长篇纪实文学

# 飘向天边的船儿
piaoxiang tianbian de chuan'er

## ——全国优秀教师袁刚的故事

吴语 著

中国文联出版社
http://www.clapnet.cn

**图书在版编目（CIP）数据**

飘向天边的船儿：全国优秀教师袁刚的故事／吴语

著 . -- 北京：中国文联出版社，2017.9

ISBN 978-7-5190-3073-5

Ⅰ. ①飘… Ⅱ. ①吴… Ⅲ. ①纪实文学—中国—当代

Ⅳ. ① I25

中国版本图书馆 CIP 数据核字（2017）第 228993 号

## 飘向天边的船儿：全国优秀教师袁刚的故事

| | |
|---|---|
| 作　　者：吴　语 | |
| 出 版 人：朱　庆 | |
| 终 审 人：奚耀华 | 复 审 人：蒋爱民 |
| 责任编辑：张凯默 | 责任校对：傅泉泽 |
| 封面设计：王　祺 | 责任印制：陈　晨 |

出版发行　中国文联出版社

地　　址：北京市朝阳区农展馆南里 10 号，100125

电　　话：010-85923013（咨询）85923000（编务）85923020（邮购）

传　　真：010-85923000（总编室），010-85923020（发行部）

网　　址：http://www.clapnet.cn　http://www.claplus.cn

E－mail：clap@clapnet.cn　zhangkaimo@clapnet.cn

印　　刷：三河市华东印刷有限公司

装　　订：三河市华东印刷有限公司

法律顾问：北京天驰君泰律师事务所徐波律师

本书如有破损、缺页、装订错误，请与本社联系调换

| | | | |
|---|---|---|---|
| 开　　本：710×1000 | | 1/16 | |
| 字　　数：264 千字 | | 印　张：19.5 | |
| 版　　次：2018 年 1 月第 1 版 | | 印　次：2018 年 1 月第 1 次印刷 | |
| 书　　号：ISBN 978-7-5190-3073-5 | | | |
| 定　　价：58.00 元 | | | |

# 目　录 CONTENTS

## 第四部 "恐怖班"新生记

# 序　一

容本镇

　　长篇纪实文学《飘向天边的船儿》的主人公是袁刚。袁刚是一个有故事的人，他的故事甚至带有几分传奇色彩。

　　《飘向天边的船儿》以朴实、细致、生动的笔触，讲述了袁刚怎样从一个大山沟的小学教师，成长为"作文大王"和全国优秀教师的故事，一个很正能量很励志的故事。

　　20世纪八十年代中期，十八九岁的袁刚师范学校毕业后，分配到桂北大石山区融安县一所边远的乡镇中学做了一名数学教师。但他的兴趣和志向却是作文教学。为了能够实现自己的愿望，他要求转任语文教师。经过一段时间争取和僵持后，他被调到了一所更加边远偏僻的乡村小学。这所小学只有1名教师，五个年级总共有23名学生。袁刚既是校长又是全科教师，工作和生活条件极为艰苦。但天性开朗乐观的袁刚没有怨言，他很快就和这些淳朴好学的农村孩子们打成一片。他在这所边远偏僻的乡村小学开始了最初的作文教改实验，并取得了明显的成效。从此，他开启了长达三十多年的作文教改实验与推广生涯。

　　袁刚信念执着，意志坚定，百折不挠。他在实践中不断探索、总结、提炼和升华，先后推出了"图示快速作文"、"储备快速作文"、"快乐高效作文"、"华语真情作文"、"四情四效双快作文"等作文教学理论和训练方法。他撰写或主编出版了一百多本作文类书籍。他的作文教改实验，受到了学生、教师和家长的广泛欢迎，先后有上百家媒体对他进行过报道。1993年，他被国家教委、国家人事部评为全国优秀教师并授予全国优秀教师奖章。他获得了一名教师所能得到的最高荣誉称号。

后来，他来到广西首府南宁市，全身心地投入到了作文教改研究与实验之中。再后来，袁刚做出了一个重大的人生抉择：辞去公职。这是一个需要勇气和底气的决定，但他义无反顾。1999年，他以优秀专业人才身份，被评为南宁市"跨世纪人才工程"人选。2002年，袁刚带领他的团队挺进广州。他在这座改革开放前沿大都市里寻找到了更加广阔的舞台，开拓出了一片新的天地。旅粤十年，他每年讲授大型作文公开课达二三百场，足迹遍布粤、桂、琼、闽、浙、湘、鄂等十余个省区市，还应邀到新加坡、马来西亚、越南、泰国、缅甸、澳大利亚等国家的华文学校讲学交流。正如书名《飘向天边的船儿》所言，袁刚就像一艘飘向天边的船儿，但这艘船不是小纸船，不是小舢板，而是一艘大船，一艘鼓满风帆驶向远方的大船。

2013年，对于袁刚来说是一个有着特殊意义的年份。年初，他从广州回到南宁，邀请几个学界朋友小聚。他告诉我们，他与广东有关机构的合约将于年底到期，想听听我们有什么想法和建议。大家觉得，其已在广东打拼了十年，取得了骄人的成绩，也积累了丰富的经验，可否考虑回广西发展，回报自己的故乡？当时只是一些闲聊式的想法，大家也不怎么往心里去，因为，主意最终还是由袁刚自己拿。没想到，袁刚很快就做出了回广西发展的决定，大家这才认真起来，聚在一起好好做了分析、研究和规划。于是，便有了"新派作文"的重新命名与提炼，有了强有力的新派作文团队的建立与运作。在新派作文团队中，我算个总协调人，实际工作主要由陆云、袁刚等人牵头负责，广西教育学院教研部、广西华苑教育研究院（袁刚老师工作室）、广西写作学会作文教学研究中心、各实验区市县教育主管部门等成为最重要的支撑机构和骨干力量。

四年来，新派作文教改研究与实验风生水起，蓬勃发展，影响日益扩大。目前仅广西就有10个县域实验区、6个实验基地、500多所学校、50多万中小学生参加教改实验。2016年4月22日《广西日报》、2017年9月20日《光明日报》分别以整版篇幅报道了新派作文教改实验活动及取得的显著成效，引起了教育界和社会的广泛关注。

2017年9月，新派作文30年成果总结展示暨中小学作文教学观摩研讨活动在南宁市隆重举行。在开幕式的主旨发言中，我把近几年新派作文教改实验和推广情况概括为"五个一"：一是建立了一套新派作文理论体系和一系列可操作的训练方法；二是编写了一套科学实用的新派作文实验教材，并获准列入自治区教育厅进校书刊目录；三是培养了一支新派作文师资队伍，带动教改实验深入开展；四是聘请了一批著名专家学者为学术顾问，加强对新派作文的学术指导和把关；五是构建了一个多方联手、强强联合的社会化大平台，形成了强大的协同创新能力与运营推广优势，确保新派作文教改实验能够大规模落地实施和可持续性发展。

以2013年为时间节点，新派作文进入了新的发展阶段，袁刚也走上了新的人生旅程。

吴语与袁刚交往多年，又都是"60后"，共同的时代背景和相似的人生体验，让两人相知甚深。因此，由他来讲述袁刚的故事，有着别人无法替代的优势与便利。吴语人生阅历丰富，擅长纪实文学创作，他在《飘向天边的船儿》一书中，较好地把握住了袁刚的个性特点，生动地讲述了袁刚在教改路上的艰辛、执着与精彩！但这部作品只写了袁刚35岁以前的经历，即从大石山区一所乡村小学一路走到壮乡首府南宁市开拓打拼的经历，此后的经历只是在书的尾声处寥寥几笔提到而已。或许，作家还有再写一部袁刚故事的规划和打算？若如此，我们期待着。

是为序。

2017年10月10日·南宁

容本镇：教授，广西教育学院党委书记，广西写作学会会长，广西文艺评论家协会主席，中国作家协会会员，中国写作学会原副会长。

# 序 二

## 袁刚团队：超越、创造与启示

洪威雷

　　袁刚团队打造的新派作文在风雨兼程中走过了不平凡的三十年，我作为学术顾问，可以说见证了以创始人袁刚为代表的新派团队苦心孤诣搞研究，呕心沥血创新派的历程。他们努力奋发，不畏艰辛，创造出了一大批沉甸甸的丰硕成果。

　　自从 1993 年袁刚荣获中华人民共和国人事部、中华人民共和国教育委员会联合颁发的全国优秀教师称号及奖章后，他不仅没有躺在功劳簿上止步不前，而是更加发奋努力，在改革开放的大潮中，将新派作文引向有广度、有高度、有深度的境界。

　　因为新派作文课题即将验收结题，并准备申报自治区和国家级教学成果奖，我经常向袁刚了解材料准备情况。当亲眼看到拷贝了新派作文 30 年研究心血的近 20 个（每个两千 G，共 4 万 G）装了一大箱的移动硬盘，看到那一堆堆、一版版、一沓沓的实验班级和学生的检测统计数据、图表，还有那堆在我面前有一人多高的 140 多册由容本镇、袁刚、陆云等主导编撰的作文图书资料……我不仅仅是眼睛湿润了（当然这种湿润是充满激动、自豪的），并且眼前马上浮现出袁刚团队 30 年如一日披荆斩棘、勇攀高峰的身影。更关键的是，我的脑海里涌现出一个个、一批批青少年，他们之前还咬着笔头，为完成三五百字的作文而双眉紧锁、痛苦万状，一副生无可恋的样子；一阵新派之风吹过之后，他们顿时舒展了眉头、铺开了稿子，脑洞大开、文思泉涌，化成下笔千言、倚马可待的幸福样子！仿佛千千万万把生锈的铁锁，一下子找到了万能钥匙——刷刷刷全都给打开了！

当然，袁刚并不是神仙，他研创的新派作文也未必就是万能钥匙，但袁刚团队30多年风雨兼程以及新派作文越来越显著的实验效果告诉我们，他们距离拿到作文教学万能钥匙的日子已经不太遥远了，就像中国量子卫星上了天，自然距离量子时代不远了一样！我相信有了新派作文这样既构建了理论体系，又形成了操作体系，还打造了师资培训体系的实实在在的一整套行之有效的教学成果，"老师怕教、学生怕学、家长怕辅导"的作文尴尬日子将会一去不复返了，中小学作文教学的美好春天不久就会到来！

我这些判断不是臆想，也不是有意去拔高，或者曲意去迎逢谁。我是有事实依据的。2017年9月份，我跟随新派作文团队到南宁市秀厢小学、桃花源小学、广西外国语学院附属实验学校、崇左市大新县硕龙镇中心校考察、听课，还专门采访了梧州岑溪市第五小学吴毅芳校长，观摩了民族大学附属小学、金光小学、西乡塘小学、秀安小学、江北小学、双定镇中心学校等20多所学校老师上的新派作文展示课，真正从内心折服新派作文，它真正解决了学生、老师、家长三方的心头之"痛"——学生之"痛"在于不爱写作文、写不好作文，老师之"痛"在于教无趣、教无效，家长之"痛"在于辅导无方、无序。特别是吴毅芳校长说，新派作文中的情感、思维、语言三位一体这一核心，不仅提升了作文课的质量水平，英语、数学等课程借鉴学习后，也提升了教学质量，就连学校的管理工作借鉴这一理念之后亦提高了管理水平。按理说，规律性的东西大都具有普适性。改革开放40年中，作文教学改革在中华大地上可以说是风起云涌，有的红极一时，有的昙花一现，然而大多属于自生自灭。为什么袁刚团队能坚持三十年并不断发展、创新、壮大？除了人的意志、毅力和目标明确等因素外，关键是他们坚持做到了两条：一是深入课堂第一线，坚持实践；二是扎实进行了新派作文基础理论研究，既从实践中探索新理论，又用新理论指导实践，这是他们做大做强的根本原因。我看到《中国青年报》和《广西日报》的连续报道，尤其是 2017 年 9 月 20 日《光明日报》的整版报道，还看到南宁市西乡塘实验区的 19 个实验班的对比数据，还看到岑溪市实验小学孩子们的作品集和"少年桂军班"的学生发表在报刊杂志上的作品……所以才发出了这样的感慨——因为一大堆事实就摆在我的面前呀。其实也摆在诸位看官的面前。相信大家认真看了，就会觉得我所言不虚。

　　一个人的成功，往往离不开高人指点、贵人相助、小人挑刺。在新派作文发展的征途中，广西教育学院党委书记容本镇教授就是他们的高人、贵人。他不仅扶持袁刚团队于 2003 年专门成立了"广西写作学会快速作文推广专业委员会"，2013 年又专门为他成立了"广西写作学会作文教研中心"，还提议成立"中国写作学会作文教研中心"，让袁刚、陆云担任副主任，并且在不同场合和会议上为新派作文摇旗呐喊。袁刚、陆云等新派作文骨干更是严于律己，坚持实践是检验真理的标准，深入一线、走进实验学校，跟师生们一道摸爬滚打，听课、上课、评课，举办一场又一场的专题讲座。纵观新派作文的发展历程，客观而言，新派作文由袁刚历经 20 多年风雨初创，与陆云珠联璧合之后取得新的发展，再上新台阶；尤其在容本镇教授全面主导和精心指导、策划下，新派作文在一个新的平台上融合与突破，终于修成"正果"，成为真正的作文一派，先后在广东、河南、湖南、云南、贵州、四川、重庆、江西、吉林、内蒙古、新疆等地推广、实验，仅参加实验的学生就达 80 多万人，获得《光明日报》、《中国教师报》、《中国青年报》等报刊的报道，中国老教授协会、中国管理思维研究院、中国语言智能研究院等机构的关注和来自北京、上海、武汉、南京、深圳等地专家的一致肯定！

　　有时候，我通过观察比照新派作文团队上传的图片新闻，居然发现经常在一个月的时间里，袁刚率领团队连续出现在四五十所学校的课堂上——说明他们除开某些周末或节假日，几乎每天都会去两所学校上课、听课、评课！

　　我常想，袁刚团队这么扎实、执着的做课题，做研究，搞实验，如果还不出效果，没有超越，那一定是老天爷睡着了！他们是 30 年的初心不忘！30 年的风雨不改！30 载的持之以恒！30 年的坚定守候！这么长时间的不懈追求，如果还没有一些创造，还没有奇迹发生，那只能是上苍在开玩笑！

　　我曾经问过袁刚：人家十年磨一剑，你怎么搞了三十年？袁刚笑笑说：我比别人笨三倍，所以用了三倍的时间呀。答案虽然俏皮，但从中我仿佛体察到了他的淡定与从容，感受到了他的洒脱超然与青春无悔！从袁刚到大深山的雅布中学任教起，无论是被贬到更加荒凉、贫寒的坟坡小学，还是在县城开展作文教改实验时被误解，他不仅顶住来自上和下的压力，仍然坚持作文教学改革、探索，而且自费外出拜访北京的张田若、南京的斯霞、长春的秦锡纯等全国知名的教育专家，向他们请教，与名家探讨，真个是屈原式的"上下求索"之士。所以才有了从图示快速作文到储备快速作文，从情感激发到思维发散、从结构符号到语言训练、从认知主义到行为主义、从人本主义到建构主义等的种种飞跃！终于使新派作文真正做到了理论上有高度、宽度，系统上有深度、厚度，训练上有热度、效度，方式上有梯度、程度。可以说，这种三十年磨一剑的教育情怀，我们怎么评价都不为过。中国太需要这样的情怀了！

　　当然，急流中没有巨石挡道，怎么能激起灿烂耀眼的浪花？归根索源，袁刚有一种强烈的愿望，有一颗不甘平庸的心，有一种为作文教学改革献身的精神。思想上积极、行动上主动，这就是掌控人生命运的法则。袁刚的经历还告诉我们：干工作，要有梦想和追求梦想的韧劲，坚持下去，只要方向正确，必然成功。从这个意义上讲，《飘向天边的船儿》既是袁刚的财富、新派作文的财富，也是我们教育界的财富。一个人不管居庙堂之高，还是处江湖之远，其梦想、智慧、热血、壮怀和勇气，终将被岁月之河卷走，不过，他们留给这个社会的财富不会戛然而止！上天是公正的，只有执善念，种善因，方得善果。人一生要吃很多东西，但有两种最难吃，一是吃苦，二是吃亏。袁刚不仅勇于吃苦，而且善于吃亏，然而吃了之后，甜与福就跟着来了！

　　去年暑假我们中国写作学会在重庆召开学术年会，袁刚应邀出席，我特请他作大会发言，他没有用长篇大论或者一串串数字甚至高深的研究理论来标榜自己的成果有多么巨大，而仅仅是用一幅幅他们团队在一线、在农村学校、在学生中间、在教学课堂上……的照片，一帧一帧地用 PPT 放出来，然后他说：我们没有做出什么巨大的成绩来，但是我们一直在路上……当时下面的掌声啊，很响，很响；很长，很长。都是发自内心的，包括我。

所以，此时此刻，我想说：新派作文真的很了不起！袁刚团队真的了不起！正如 2014 年 2 月 26 日在新派作文实验教材首发式上，广西区党委原副书记潘琦同志所说的，新派作文是一项功在当代、利在千秋的伟大事业！

跟袁刚团队接触的越多，我得到的体悟也越多。新派作文的实质是快乐作文。从心理哲学上考察，因为快乐，思维才敏捷，思想才积极，激情才荡漾，行为才主动，潜在意识流才波涛滚滚，写作自然才会渐入佳境。从传统作文的"要我写"变为现在的"我要写"。这种从被动到主动的转变，如同一枚鸡蛋，从外打破是食物，从内打破是生命。快乐作文与此同理，从外打破是压力，从内打破是成长。从这个角度分析，快乐作文不仅是教师的一种职责，也是一种精神，一种修为；它不仅是学识能力的彰显，也是一种生命素养的提升，更是浸润师生的生命体验，因为快乐是人生存的终极目标。从这个角度而言，袁刚和他的团队实在是积善积德了。

从袁刚团队成功的基础上，我还归纳了几点启示，想与读者共同分享！

第一点启示是：要有实干精神。感觉在我们的工作和生活中雄心壮志谁都有，就是偏偏少了脚踏实地的实干精神。华罗庚曾说：踏踏实实，循序渐进地打好基础，正是要实现雄心壮志，正是为了攻尖端、攀高峰。不踏踏实实打好基础能爬上尖端吗？有时从表面上看好象是爬上去了，但实际上底子是空的。雄心壮志只能建立在踏实的基础上，否则不叫雄心壮志。新派人、新派团队有没有雄心壮志？我想当初他们也是有的。可贵的是他们没有停留于喊喊口号上，而是一步一个脚印地去干，去实践。所以说，在这个浮躁的时代，实干精神真的很可贵，并且已经成了稀缺资源了。在社会转型期，数量重于质量、速成优于沉潜、急躁多于从容的时代，新派作文脚踏实地的精神确实值得提倡发扬。

前人说得好，学问是长期积累的结果，事业是长期打拼的结果；我们只有不停地学，不停地干，不停地思考，才会不停地进步。人生的目标，唯有努力，不断地努力，唯有实干，不断地实干，才会实现、到达理想的彼岸。我要指出的是，如果不在努力之前就设定一个明确的目标，你的努力就容易陷入"我这么努力有什么用呢？"的自怨自艾中，甚至把问题引向拷问社会的公平性。

第二点启示是：要有创新精神。有人说，创新是民族进步的灵魂。那什么是创新呢？在我看来，创新，就是创造新成果。新成果不仅包括新技术、新产品，还包括新思想、新观念、新理论、新方案、新点子等。当今世界比以往任何一个时期都更重视创新。知识经济离不开创新，高科技离不开创新，现代管理离不开创新，各个领域的大成就、大贡献，都离不开创新。教育领域更离不开创新。新派团队正是凭着这份创新精神，创出了一番天地，开辟出这么大一份事业来！

那么创新又从何而来？按照顾明远的观点，得有两个必要条件：一是扎实的基础知识，二是创造性思维，二者缺一不可。创新并非异想天开，而是在扎实的基础知识上，掌握了有关学科的前沿知识，运用创造性思维，举一反三，发现和创造新的知识。我觉得新派团队正是这样，多年坚持在一线教学、摸索，像袁刚老师，什么都教，语文、数学、音乐，他都敢教；小学、中学、大学，什么讲台都去站；山沟、农村、城镇，一个人的教学点，他都肯去……这种经历，就是学习，就是锻炼，就是打基础，就是修为。再加上他们专门研究思维问题，创造了被誉为"跟思维导图有异曲同工之妙"的思维分级发散法，坚持"办法总比困难多，只要圈圈画得多"的信念，所以最终创建了"新派作文教学新体系"！

除此之外，我觉得他们还善于创新式学习，所谓创新式学习，就是指像袁刚、陆云他们这样，不拘泥于书本，不迷信于权威，不依循于常规，而是像华罗庚说的那样，以已有的经验和知识为基础，结合实践，独立思考，大胆探索，标新立异，别出心裁，积极提出自己的新思想、新观点、新思路、新设计、新意图、新途径、新方法的学习活动。正因为他们善于创新式学习借鉴，所以研创出了一套行之有效的好方法。

第三点启示是：要有不忘初心，持之以恒的精神。教育是慢的艺术，是静待花开的情怀。想走捷径的，不是真教育。科学研究最宝贵的精神之一，就是持之以恒，是耐得住寂寞，是别人去娱乐的时候，你独立在开辟荒原。新派作文之所以能有今日，多半是得力于这样的精神，他们在"山穷水尽疑无路"的时候，靠着不放弃的韧劲，终于找到蹊径，创造出"柳暗花明又一村"的境界。

总之，以袁刚为核心的新派作文团队忘我工作的敬业精神、实事求是的科学精神、精益求精的工匠精神，不仅要传承，而且要发扬！

通过袁刚团队搞新派作文这件事，我还发现"一个篱笆三个桩，一个好汉三个帮"的道理，以及环境造英雄、英雄造时势的奇妙关系。可能正是由于广西这片沃土的人文环境与众不同，所以成就了新派作文。我就觉得广西教育学院的领导和不少一线教师都很有独特创新的意识，是他们扶持了新派作文，包容了新派作文，从而也成就了新派作文——也可以说成就了袁刚。当然这是一种双赢。

在祝贺袁刚团队及其新派作文硕果累累的同时，我也真诚地希望所有的中小学语文老师在作文教学中切实传承中华民族的优秀文化传统。我最近读了美国前总统尼克松的《不战而胜》一书，他在书中说："当有一天，中国的年轻人已经不再相信他们老祖宗的教导和他们的传统文化，我们美国人，就不战而胜了。"中国的教育，如果不再重视自己的传统文化，那么《国歌》中的"中华民族到了最危险的时候"就将到来，所以习近平主席一再强调"要重视中华民族优秀文化的传承和发展。"

当然，成功有时也有副作用，就是以为过去的成功做法同样适用于未来。在"互联网＋"的大数据时代，希望袁刚团队及其新派作文要有危机感，因为不能超越自己，就无法超越别人。只有不断探索，不断创新，才能不断超越自己，在寒暑易节，春秋转换的岁月中，立于不败之地。希望有更多的同行像袁刚一样，咬定青山不放松；也希望有更多的像新派作文这样的研究成果，在中国大地广袤的沃土上生根、发芽、开花、结果。

感谢作者吴语，他以清新、朴实、流畅的文笔再现了一个既是历史又是现实的袁刚。在26万余言的字里行间，感受到了袁刚的高远志向，以及他那有宽度的视野、大度的胸怀、深度的思考、强大的工作力和高度的事业心。读者如果记住了哲学家熊十力在《佛家名相通释》中说的那段话，就将大有收益——读书的时候，要用全副生命体验去撞击文字，方可迸出思想火花。不如此，就不是阅读。

祝福袁刚，祝福他们的新派作文。

是为序。

2017 年 9 月 于武昌

洪威雷：新派作文学术顾问，湖北大学教授，硕士研究生导师，湖北大学公文写作研究所所长，中国应用写作研究会会长，国际应用文写作学会常务副会长，中国写作学会副会长。

# 第一部　作文课风波

　　我曾以为理想是一条直线，但命运却像落凤河一样，在远山深处转了一道又一道弯……

——袁刚日记

# 寄往兴宁街 11 号的第 1 封信

尊敬的蒋叔叔：您好！

您离开鸟龙屯已经很久了，我已经记不起您的模样，您若是现在见到我，肯定也想不起我会是那个当年您常挂在嘴边的"袁大头"。但不知从什么时候开始，望着您留给我的那几十本厚厚的书，我就会想起您，想起我们在一起的点点滴滴。奇怪的是，您的样子越模糊，我们在一起的事情却越发清晰起来。

1972 年的鸟龙屯，模样儿有些灰头土脸。说不清是几月份了，反正屯东边的笔架山绿意盎然。我记得最清楚的是，小院土墙角上的牵牛花开得五颜六色，招引来不少的蜜蜂。风吹过墙头，牵牛花东倒西歪，蜜蜂们就一直在喇叭一样的上空盘旋。太阳挂在头顶上，但阳光很温和，风就直接让人心花怒放。我就在这样的氛围里，被人称"右派"的您牵着手，向村后的落凤河走去。

我喜欢您这个"右派"，这点我从不掩饰，一直愿意跟在您屁股后面，成为您的跟屁虫。当时的我觉得您这个"右派"很不一样，跟村里的人不同，您洗得发白的军装上衣左胸口袋上，似乎永远别着一支钢笔。站在人群里，远远看去，就像鹤立鸡群。您长得特别慈祥，一张挺白的瓜子脸，鼻子很立体，上面架着一副圆圆的眼镜，一副书生模样，不知为什么，整个人似乎总在友善地微笑着。您住进外婆家的那一刻起，我就感到您很亲近。关键是，您从没把我看成是一个小孩儿，很能跟我谈得来，也玩得来，我们似乎从来就没有年龄的界线，就像一对在乡村一起长大的伙伴一样。外婆说，您是被下放农村的"右派"，原来住在城里。但我真的常有这样的错觉，似乎我们从小就在一起了。我们住的那间小房，床头挨着床尾。都是几块木板搭起来的床。您的床头永远放着几本厚厚的书。我知道您姓蒋，外婆叫您蒋老师，我跟村里人一样叫您"右派"，您一点都不恼，总是微笑地望着我，圆圆的眼镜片后面的眼睛好像在说，小家伙，不管你叫我什么，我都喜欢。您会讲很多故事，我对您讲的故事简直着了迷。

落凤河就在笔架山的后面，水不知从哪里来，也不知要到哪里去。秋后雨水少，河就很瘦，但一到下雨的季节，河水就暴涨，整条落凤河十分凶猛。我们很快就到了河边。那时候，河水不胖也不瘦，一动不动地躺在不远处。

您就在河边的草地上坐下来，开始从军挎包里变魔法一般掏出宝贝来。我知道里边有书，有笔记本，还有渔具。您喜欢钓鱼，常常静静坐在河边等着鱼。我从没见过那么有耐心的人。倒是鱼往往忍不住自动上了钩，被我们兴奋地拿回家，成为一家人改善生活的绝好材料。河里的鱼汤太鲜美了。这会儿您已经把鱼钩往河里丢去了，鬼才知道那钩上有没有鱼饵。完成了这一系列动作，您这才往后一躺，笑眯眯地望住我，亲切地说："怎么样，是我讲还是你讲？"

我知道，若我讲，那就是鸟龙屯的家长里短；若您讲，那就是您满肚子里的故事。我自然热切想听您讲保尔的故事。您把冬妮娅描述得仙女一样美。您有时候讲着讲着还会像小孩一样哭起来，弄得我也跟着哭。见我真哭了，您忽然又笑起来，打趣地说："你看，书的力量有多大啊，能让你哭，能让你笑，你知道书是怎么来的吗？"

"不知道。"我泪眼婆娑地说。

"是作家写的。"您意味深长地说，"是作家用心血写成的。"

您说这话的时候，目光伸向了远方，似乎要到天边去了。我知道您不单是讲书的人，还是写书的人，常常在油灯下不停地写，直到天亮。您有时也向我讲您写的故事。我觉得这一切都太神奇了。

我说我想听您讲。两个人都躺在河边的草地上，头顶上有太阳，但阳光很温暖。可以看见远处的河滩上，有社员在插田。耳边有蝉在可劲鸣叫。

您没有讲故事。倒是忽然望着我，故作神秘地问："说说，你长大了想当什么？"

"作家。"我几乎不假思索地答道。

您亲切地端详我很久，似乎在研究我能不能当作家，末了才点点头，赞许地说："有志气！你只要从小立下志向，长大了就一定能实现！"

事隔很多年之后，我依然记得您那饱含赞许、鼓励的眼神。那时候四十多岁的您一骨碌爬起来，掏出笔记本，撕下两页纸，开始教我折纸船。您第一次很悠远地对我说，落凤河很小，落凤河走了很远之后，就会跟一条大河汇合在一起，然后跟着大河一起向东奔流，日夜不停，直到汇入大海。您说大海像天一样大。您说我现在就像这条小小的落凤河，将来也一定会走出去，跟着大河一道，奔向大海。山外的世界，大着呢。我虽然听得云里雾里，但内心确实充满着莫名的向往。

纸船折好了。您把我拉到河边，就坐在河滩上，拿出笔在纸船上写下了"作家"两个字，然后让我签上自己的名字。这一切都准备停当，您双手捧着那两只纸船，严肃地望着我，认真地说："这只船放下水，它就一直往前去，一直到天边去，那里住着老天爷，接到纸船后，他会帮助你实现梦想的，你相信吗？"

我一个劲点头。我当然相信。我得成为您那样的人。

您把一只纸船交给了我。我们双手捧着纸船，轻轻地放入水中。小小的纸船浮在水上，慢慢朝河的深处去，直到消失在我们的视野里。

那只纸船，从此也飘进了我的心海，再也没有离去。

那一年，我六岁。一年半后，您离开了外婆的村庄。临走的时候，您把自己随身带的书全留给了我。在《钢铁是怎样炼成的》扉页上，还写着一行苍劲有力的钢笔字：兴宁街11号。

那年匆匆一别，我就再也没再见到您。从读初中一年级开始，我对文学的兴趣越来越浓厚，也就越发想起您，强烈地想找到您，希望得到您的指引。但您在哪里呢？您可能是无意中在一个孩童的心田里播下了一颗文学的种子，您能料到这颗种子今天发了芽，长成幼苗了吗？我怎样才能找到您呢？

今天，我重读《钢铁是怎样炼成的》，再一次看到了"兴宁街11号"这行字。我忽发奇想，这就是您给我留下的联系地址！我为什么不能尝试呢？于是，这封带着我的美好回忆和思念的信，终于写好了，我迫不及待地要投到信箱里去。我相信您一定会收到这封信，就像我们一起放的小纸船最后会到达天边一样。

　　蒋叔叔，当年的"袁大头"想您了，十分渴望您的回信！

　　此致

敬礼！

您的小朋友：袁刚　敬启

1981 年 4 月 6 日

# 第1章

## 1

一九八六年六月中旬的一天上午，一辆破旧不堪、蒙着一层肮脏灰尘的班车嘶吼着从荣岸县城来到雅布公社所在地——雅布圩上，在滚滚红尘的笼罩中，车门嘎吱一声打开，从车上跳下一位背着包袱的小伙子。待班车扬尘远去之后，他这才发现，自己被丢在一条破败、孤寂、空旷的村街上，有一只皮包着骨头的灰色老狗正用混浊的眼睛警觉地盯着他。他没有从狗眼里读到任何恶意，便友善地冲着这片土地的忠实老伙计点头微笑了一下，朝这条街上有人的地方走去。

有人的地方似乎是个小卖部，门口的长条凳上坐着两个人，他走近跟前的时候才发现，原来是个理发铺，剃头匠这会儿正在铺里给人剃头，不时还跟门口那两个人搭话，声音很大，而且还透着股快乐的味道。待到理发铺门口的两个人也用老狗一样的眼神盯住来人时，他这才满脸堆起笑，恭恭敬敬地问道："两位阿伯，我想问一下，公社中学怎么走？"

见到陌生的外地小伙子问上门来，剃头匠停下手上功夫，迎上前来，上下打量了一眼跟前这位书生气未脱的年轻人，大声打趣道："后生人，看你这行头，不会是又上山下乡了吧？"

说罢，几个人自顾哈哈大笑。尽管小伙子并不觉得有多好笑，但还是不得不也赔着笑脸，笑出声来。

朗朗笑罢，剃头匠收住脸，一本正经地望着来人问道："你到公社中学干吗？找亲戚？"

小伙子保持着微笑，轻声说："我是从桂林民族师范毕业，刚分配到公社中学当老师的。"

"哎呀，失礼失礼！"剃头匠猛一拍大腿，原地转一圈，笑哈哈地朝里边理了一半头的街坊说，"你等我一会，我送老师一程。"边说边手脚麻利地拉出他那辆半新半旧永久牌自行车，把小伙子的包袱挂到车头，热情地把他让到车后座上坐好。

剃头匠五十多岁年纪，个子高大，浑身还透着精干劲，骑起自行车来又快又稳，很快就把小伙子送到雅布中学简陋的校门口。看校门的老头跟剃头匠显然是熟人，两人大老远就招呼上了，而且还似乎在用当地的土话相互开着玩笑，那语调即快乐又调皮。听说剃头匠送来的是新分配来的老师，看门老头严肃地扫了小伙子一眼，拿着调子伸出手说：

"介绍信！"

小伙子一直谦恭地微笑着，闻言赶紧从自己的军绿色背包里翻出荣岸县教育局开具的介绍信，双手递给看门老头。看门老头一眼看到县教育局那大红公章，又眯眼上下打量了小伙子一会，似乎在对照着货是否对板，例行公事一样问："你叫袁刚？"

"是的。"小伙子微笑着回答。

看门老头朝剃头匠摆摆手，拉着小伙子就往里边走。小伙子只好扭回头朝热情的剃头匠说谢谢，然后跟在看门老头的后边走。

学校并不大，四排砖瓦平房布置成一个巨大的"口"字形，中间就是操场。他们走过操场，来到一间办公室模样的房子前，看门老头用手往门里一指，说："刘主任在里边，你进去找他吧。"把介绍信递还小伙子后，看门老头就转身走了。

那天上午很顺利地办完了简单的入职手续，当袁刚再一次来到刘主任办公桌前报告时，他有些沉不住气，按捺不住地问道："刘主任，能不能安排我上语文课呢？"

这个显得很唐突的要求，让刘主任抬起眼，认真打量起跟前的这个年轻人来：中等个头，桂北人的身材，显得有些单薄，没什么特别之处，倒是那一头黑发，黑得有些邪乎，而且还有些小卷毛，这就不大像是本地人了。关键是这张脸现在的表情，那根本就不是一个像是怕事的主儿。刘主任在荣岸县教育界干了一辈子，在很多学校都教过书，说是见多识广一点都不为过，只是从没听说过刚分配来的中师生敢于向学校提要求的。他显然有些不上心，连头都不抬，就冷冷地从鼻孔里挤出声来问："你叫什么？"

"我叫袁刚。"他赶紧回答。

"其他班都放假了，只有初三两个班留下来补课，数学老师病了，你先顶顶吧，收假回来后再安排。"刘主任说完，就自顾伏案写起什么来了。

袁刚欲言又止，知趣地退了出去。

## 2

袁刚总算在雅布中学落下脚，开始了自己的教师生涯。这一年，他十九岁。教师这个行当，本就不是他所中意的，他曾经为了不上师范学校费尽心机，后来是因为看了"下放作家"蒋叔叔留下的那本叫《查太莱夫人的情人》的书，知道英国大作家劳伦斯也是师范生，这才安心到桂林读完四年师范。但直到现在，他的人生理想还是要成为一名优秀作家，当老师只能是一种过渡。因为要成为作家，就算暂时当老师也要跟作家靠点边，所以他心目中的老师角色，天经地义就该是语文老师。刚到雅布中学，碰上这么一位花白头发的怪老头主任，要让他暂时代替一下数学老师，他也是冲着"暂时"的分上，应承了下来。待新学期开始，一定要改教语文！

袁刚的数学原本就学得不错，在读初中和读师范的时候，没少参加各种数学比赛，也没少获奖。现在顶替上几天数学课，他并没有觉得有什么为难之处。初到雅布中学的那些天，他拿到数学课本，认真地背起课来。相对于语文课的成竹在胸，数学课他就有些不好把握了。但作为老师，他还是做足了功课，对自己这个临时角色充满信心。

两天之后，他貌似很轻松地走上雅布中学初三乙班的讲台，开始上第一节数学课，讲的是代数。出乎所有人意料的是，这节课他上砸了，讲着讲着竟然找不着北了，最后甚至有些语无伦次，好在下课铃声及时解救了他。走出教室的时候，他已经一身虚汗，满脸臊得慌。对于初次登台的年轻老师来说，这样的失败经历实在是十分痛苦的，有些甚至留下终生的阴影。

对于他的失败首秀，同事们表现出了极大的同情心和同理心，纷纷向他表达慰问之意，就连那位花白头发的怪老头刘主任，见到他时也两眼蓄满了温柔和敦厚，亲切地说："小袁老师，第一次上讲台，你这种情况很正常，不要泄气，多上就好啦！"

听得袁刚心生感动，双眼潮红，泪眼中的刘主任竟变得像外婆一样慈祥起来。

第二天一早，袁刚没有课，一个人在宿舍里正无所事事，忽然一位四十多岁的老师模样的人匆匆忙忙走进来，边自我介绍边拉上他往外走："小袁老师，我是初三甲班的数学老师，叫陈天谈，你来听听我的课吧。"说罢不由分说拉着他就往教室走。

这一节课，他安安静静地坐在教室后排，认认真真地听，不时还做着笔记。同样的一节代数课，陈老师上得通俗易懂，逻辑清晰，效果出奇地好。说实话，这节课让他深切体会到乡村教师的努力和付出，掂量出了岁月的分量。

上完课，两人并肩向教师办公室走去的时候，陈老师有些意味深长地对他说："刚上讲台，能依样画葫芦就不错了，以后多听其他老师的课，慢慢就好啦。"

袁刚感激地使劲点了点头。

此后这段初三年级的补课时间，他是边听课边上课，凭着自己的数学功底和机灵劲，现学现卖，居然也能把课上得越来越有模样，越来越有味道了。

课余，他甚至主动找陈天谈老师谈起数学课来。

"你上的数学课很有章法，学生容易掌握。"

"这么多年琢磨出来的，就这么上了。"

"这种课很有价值，整理出来可以拿去发表了。"

"唉！谁有时间去弄那些东西，就算有时间也没精力啊。"

"这倒也是……"

袁刚不由得深感惋惜，因为他知道，数学跟他没有多大关系，临时跟数学的邂逅，哪怕再美丽，也不过只是一次美丽的邂逅而已。望着四十多岁过早谢顶的陈天谈老师，他的心里竟升腾起一丝唏嘘来——老师们在这样偏远的小乡镇里，日复一日地教书，眼里哪里还有书本之外的世界呢。

## 3

小时候，暑假总是漫长的，长得就像外婆家门前的落凤河。成为教师之后的第一个暑假，袁刚却感觉时间不够用，他要去的地方太多了，想去的地方更多。

很多年以前，当他一个人沉静下来面对书本的时候，总会不期然想起蒋叔叔。在不知不觉中袁刚长成了少年，他少年的烦恼就是找不到蒋叔叔，因为随着年龄的增长，他的作家梦越来越强烈，找到蒋叔叔已经成为一种十分迫切的青春期需求。读初中的时候他就开始往很多城市的兴宁街11号写信。他不知道哪座城市里会有"兴宁街11号"，但相信会在某座城市里；他往各个城市的"兴宁街11号"寄信，有些会被退回来，有些就石沉大海，无影无踪。他会特别注意各种文学杂志，而且只要发现杂志上有名有地址的人，他都会给人家写信，一方面畅谈文学，一方面打听蒋叔叔的消息。那时候正值改革开放之初，国人大都还有梦有激情，仅仅是这样的鸿雁传书，也能给他带来很多陌生的笔墨朋友。

他胆子大，很早就敢于只身千里赴会，去到很远的地方去跟笔友们会面，虽然大都得到别人"远没有信上文字老到"的评价，但一点都不妨碍他跟人家成为朋友，大部分甚至是忘年之交。这样的外出，与其说是去会笔友，不如说是去找蒋叔叔，或者是去找与蒋叔叔关联的地方和人。这样的外出是他早年最为明显的过人之处，后来，这个习惯几乎就成了他自己的一种生命仪式。

他至今仍然往那个地址寄信，也去一个又一个陌生的城市寻找那条神秘的兴宁街。

这年的暑假，他已经是一名人民教师了，单位就是雅布中学。尽管给初三年级补课占用了一些时间，但补完课他还是要外出。这次他要去张家界，有蛛丝马迹显示那边的一家杂志社可能有蒋叔叔的消息。

他像蒋叔叔当年一样简单挎个军用背包，就来到雅布圩街上等班车。候车的地方正是理发铺，他一出现，忙活着的理发匠就快乐地喊起来："后生老师，你这是要去哪呢？"

"旅游去。"他欢快地回答。

"你头发长了，回头到我这理发，我不收你费哦！"

"好咧！"

班车拖着浓烟来了。两三个人挤了上去。到了荣岸县城汽车站，他立马买了到柳州的车票。他很清楚，身上没有几个钱，只能到柳州扒火车去张家界了。他明知这实在不是一件体面的事，但为了找蒋叔叔，他有充足的理由说服自己这样去做。

到柳州时天黑了，袁刚赶到火车站，就在附近粉店吃了碗螺蛳粉，然后就熟练找到火车站阴暗角落里的"扒客"，打探那些列车的去向。他很庆幸地知道，有三个同路的，他们更像是"路鼠"，扒车有如家常便饭。他就这样稀里糊涂地跟着他们上了一列黑乎乎的斗子车，和一位小个子在一节车厢，另两个人在隔壁车厢。列车轰隆轰隆地开了，不时还拉起汽笛，呜呜地响，凄厉地刺向无边的夜。

人在空荡荡的车厢里，只能像一只老鼠一样睡着了。但袁刚睡不着，他总在这样的时候想起很多过去的事情。他会记起蒋叔叔有一只神秘的麻袋，虽然又肮脏又破烂，但平日里却捂得严严实实，小心地侍候着。一间屋子里就住着一个大男人和一个小男人，大男人的这点小九九，极大地引起了小男人的好奇心。大男人白天外出劳动的时候，小男人就钻进屋里，解开麻袋，把里边的宝贝一样样往外掏：一本本破烂的书，一沓沓写满字的稿子，还有几件抹布一样散发着汗酸味的衣服。小男人抓起书，也不管看懂看不懂，如饥似渴地翻起来。很多天之后，书看完了，连手稿也一张张看，越看越感兴趣，以至于有一天晚上竟不自觉地跟大男人探讨起手稿上说的事情来。大男人其实也早就发现了小男人的秘密，只是意味深长地摸了摸小男人的头，两个人就躺在破木床上热烈谈论起来。

同一屋檐下的两个忘年交男人成为朋友后，大男人很快就教小男人写东西，而且居然在小男人上小学一年级的时候，帮助他在当地一份叫《百合花》的杂志上发表了两百多字的豆腐块文章，让小男人很早就领略到了文字的神奇魅力。

袁刚是后来才知道蒋叔叔是位作家，当年不知犯了什么错被下放到农村参加劳动，也不知怎的就被安排住进了他外婆家。后来蒋叔叔离开外婆家的时候，给他留下了那麻袋书，还有一句"你长大了是当作家的材料"之类的话。那话可真像一粒种子，种到他心里了。

……

不知到了什么时候，袁刚在睡梦中被巨大的哐当声惊醒，睁起眼时，看见斗子车上的天空很黑，只有几粒星星在浮沉着，似乎要被无边的暗夜淹没。他一激灵爬起来，把身边的那小个子一脚踢醒，望着外边明亮的灯火惊恐万状地说："不好，车要装煤了！"

袁刚一把拉过小个子，让他靠着车厢壁站好，自己顺着他的肩膀，爬到厢顶，朝着探照灯拼命招手。他发现巨大的装卸机器在前面不远处停了下来，但隔壁车厢已经装满了黑乎乎的煤粉，他全身莫名其妙瘫软下来，摔到车厢里……

　　直到数天后被铁路部门打发回荣岸县，袁刚的脑袋才清醒过来。他知道，隔壁车厢那两小子永远回不来了。他不知道他们从哪里来，要到哪里去，甚至连他们的名字都不知道。但他们死了，如同两只蚂蚁被踩死，没有谁会去注意。他们最后只能变为泥土，与这片大地融为一体。

　　此后，每次望着伸向远方的铁路，他都会不自觉摘下路边随便一朵小野花，郑重安放到铁轨上，默默向死去的"扒客"致意……

4

　　每年的九月一日，大抵就是中国中小学校秋季学期开学的日子。这年暑假的列车惊魂，一度冲击了袁刚原本坚强的内心，让他一度脆弱、消极。但想到即将开始语文教师的生活，成为作家的感觉也越来越清晰，他的心又充满力量。可以说，他是带着初恋般的激情参加雅布中学新学期全体教师工作会议的，当"怪老头"刘主任宣布各年级各科任老师名单时，他甚至不敢相信自己的耳朵："新来的小袁老师，教初一年级两个班的数学课。"怪老头顿了一下，抬起他花白的头颅，瞟了袁刚一眼，解释一样补充说，"同学们反映，你数学教得挺好。"

　　袁刚仿佛被人忽然打了一闷棍，一下全蒙了，整个人愣在那里，失去了反应能力。直到会议开完，众人散去，他才醒过来，疯了似的冲到怪老头刘主任的办公桌前，有些失态地喊道："不是说开学了安排我教语文吗？我要教语文！"

　　怪老头倒是镇定，坐在位子上没动窝，只是转头望着跟前激动的年轻人，仿佛早就料到如此情形，心平气和地呷了口茶，有些威严地挤出话来："教什么不是教？哪有年轻人刚来就挑肥拣瘦的？要懂点规矩！"

　　怪老头一句话，噎得他再出不了声。确实，这年头哪有个人向组织提要求的呢？他就算是个愣头青，也只能在外婆家跟外公争斗，或者在师范学校里跟不顺眼的同学和老师斗，现在分配到了一家单位，成了组织上的人，他就只能听从组织安排。这事儿他虽然没经历过，但多少听说过。如今这局势，他没有别的选择了，非教数学不可了。逼到这份上，倒激起了他内心底下的斗志，不就是个数学嘛，我一样能教好！

袁刚在沉默中接手初一年级两个班的数学课了。为了知己知彼，学习众家之长，他把全校所有数学老师的课都听了一遍，然后融会贯通到自己的课堂中来。频繁听课的结果是，他忽然发现雅布中学的这批数学老师，大都有长则几十年、短则十几年的教龄，教学经验丰富，他们设计的课堂，不仅有长期经验的积累，也常常有灵光一闪的创新，实在很难得。随着听课次数的增加，随着跟各位数学老师接触的增多，一个念头越来越清晰起来：我要整理这些课堂实录，要出一本书！

这个念头一成型，他一连好几个晚上睡不着，激动得辗转反侧：天啊，出书不就是作家要干的活吗？我现在要出书了，我不就是作家了吗？我要成了作家，那该是一件多么美妙的事情啊！好几回，他在梦中笑醒，还能真切地听到自己哈哈的笑声。

说干就干。人有多大胆，地有多大产。他首先跟陈天谈老师商量。他选了一个落日还架在西山上的金灿灿的黄昏，约陈老师漫步校园边的一座小山包，边走边抖出包袱来："陈老师，我觉得我们数学组各位老师上课都很有一套，课堂设计好，效果不错，我想整理这些课堂实录，拿去出版。"

陈天谈老师闻言停下步子，转身望向跟前这位并不高大的新来的老师，满眼都是惊诧莫名的疑惑，后来还演变成了喜剧的味道，仿佛觉得刚才听到的话只能用童言无忌来理解。袁刚等了好一会，才听到陈老师有些忍俊不禁地反问道："你想听真话还是假话？"

他有些急不可耐地回答："当然要听真话！"

陈天谈老师转脸望着远处西山上的一轮红日，轻叹着说："后生人，敢想敢做是好事，但过了就是蛮干了。你的这个想法，不能说不好，但要拿这些东西出书，我觉得有些异想天开。没那么容易。"

他急得上火了，冲陈老师嚷起来："也没你想的那么难！"

陈老师笑了笑，甚至老大哥一样拍拍他的肩膀，有些语重心长地说："小袁，如果你真想那样去做，我会支持你，也会招呼其他老师支持你，但最后能不能做成，那就不是我能帮得了的啦。"

"太好啦！"他几乎要跳起来，"能不能做成看我的！"

陈天谈这把年纪，多少有些城府，微笑着望着眼前的年轻人，眼神里五味杂陈，仿佛在说，年轻人不摔几个跟头，是不会消停的！

谁也没想到，袁刚真干起来了。他首先发挥自己写信的特长，给在省城的某文学杂志社的忘年交写了一封信，把想法告诉了人家，希望他能找个出版社的人问一问，这样的书是否能出版？信发出后，他就从自己所听的数学课中，精选了些课程，再一次去听，并且配备了录音设备全程录下来。上课老师瞅他那阵势，除了好奇，还是好奇。

晚上在自己的小宿舍里，他通宵达旦，把录下来的数学课用文字记录下来，形成一个个的课堂实录。

那段日子，正巧他读初中时的铁哥们张钦——高考落榜后报考柳铁招工却榜上有名当了火车司机——不知为何赋闲在家，跑到学校来跟他混，就派上了用场，两人一头钻进书稿里。这一钻他们才真切体会到了文字工作者的艰辛，也体会到了文字工作者的快乐。两个初生牛犊不怕虎的年轻人奋战了一个月，把课堂实录全部用文字表达了一遍，接着分门别类编起来，初步形成了一部像模像样的书稿。

就在书稿准备杀青之时，省城来信了，说出版社的老师对这个题材挺感兴趣，叫他抓紧时间带书稿上去，让出版社编辑审一下。这样的来信让他兴奋不已，对出书更是志在必得。为了纪念自己的第一次出书，他把精选的课堂实录定格在一百一十一篇，表达了对第一次的致敬。

一个周末的早晨，袁刚早早来到了荣岸县城，乘坐班车直奔省城，赴出版社之约。

他已经不是第一次到省城，班车在朝阳路上的汽车总站停稳后，轻车熟路出了站，直奔星湖路上那家名叫《三月》的文学杂志社。在忘年交李编辑带领下，又直闯教育路上的教育出版社。上楼，直接来到老李的文友赵编辑的办公室。寒暄几句之后，递上书稿，成熟稳重、戴着黑框眼镜的赵编辑认真浏览了好一会儿，然后微笑着对他说："凭第一感觉，这书可以出。书稿放我这，我再认真看一遍。"放下书稿，盯住袁刚好一会，大声补了一句："年轻人不错啊！"

话似乎很由衷，但在老前辈面前，他还是第一次臊了个大红脸，连自己都不知道为什么。他只记得，自己不请自取了桌上的一支烟，拿过打火机点着，狠吸了一口，结果呛得眼泪鼻涕一起流……

这一年新年的前一天，书出版了。

书名被定为《中学数学应用题多解例析》，主编袁刚，编委是一溜儿雅布中学的数学老师，一共十四位。谁也没想到的是，这本一百三十多页的书，就像一块小石子投进雅布中学平静的湖面，竟泛起了一层又一层的涟漪。

## 5

年轻的新老师袁刚不可思议地一夜成名了。

地区党报率先推出了一篇名为《一颗数学教坛新星升起来了》的专题新闻，把袁刚出道三个月就出书的事报道了出来，而且还巧妙地跟当下年轻人为"四个现代化"努力奋斗联系起来，进行了颇有高度的表扬。不久之后，地区教育局长亲自挂电话到雅布公社教办，最后电话转到雅布中学，弄得校长诚惶诚恐地接过听筒，响亮表态要好好培养这颗数学教坛新星，要让新星茁壮成长。放下电话，校长一下蒙在原地，这样的局面他还从未遇见过，真不知是福是祸啊。他抹了一把头上的冷汗，找刘主任去。

更要命的是，出书这样的大事儿，在雅布这样的穷乡僻壤，那可是几百年出不了一档的，老百姓不用你招呼，自己就传得神乎其神，以至于把袁刚小时候生活的鸟龙屯后的笔架山都搬了出来，以论证此人来历不凡。捎带着跟出书沾上边的雅布中学十四位数学老师，这下子不得不对并不伟岸的袁刚另眼相待，比往日客气了许多。这档事出在雅布中学，自然也给学校带来巨大的声誉，在方圆十八里被乐滋滋地传颂着。

这会儿，雅布中学教务主任兼副校长刘一伯的位置略显尴尬，这位被袁刚在心里称为"怪老头"的校领导，当初是明知他想教语文而硬派去教数学的，他此刻也不知道自己当初的决定到底是对了还是错了，反正他现在明白，袁刚这小子快变成他的祖宗了。校长刚刚传达县教育局长的指示，他从今往后得好生侍候这位小祖宗了。

刘一伯主任五十出头年纪，按说还达不到"老头"这样的级别，可惜早生华发，倒先长出了一副"老头"的模样，也难怪被人看老了。他虽然对袁刚这种不知轻重的年轻人有些成见，但大体并不讨厌与排斥，现在看到他竟然带领全校十多位数学老师出了书，不能不说真有过人之处。这样一想，他似乎对这年轻人又多了几分好感。

正如袁刚所料的那样，元旦与春节之间的这段时间，地区教育局会举办各种各样的活动或会议，且都通知他参加。刘主任把"通知"交到他手上的时候，仍旧保持着一贯的不愠不火的语气，对跟前的年轻人说："成绩不要多说，要保持谦虚谨慎的作风，别惹事！"

袁刚一个劲点头，诺诺连声。

于是，在接下来的好几次活动与会议上，轮到他讲话时，都会把整件事的功劳归给那十几位默默耕耘了很多年的老前辈们，自己只在过程中起到了推动作用而已。当然他也不忘表扬学校一番，没有学校的支持，他们也做不出这样一番事情来。这样的讲话深得领导欢心，自然收获更多领导的肯定与鼓励，他恍惚觉得自己仿佛也是个人物了。

不用说，袁刚成为当年整个地区教育界最炙手可热的人物。老实讲，改革开放以来，整个地区还真没有一位能够在正规出版社出书的老师，他算是开先河的了。这样的结果，谁都想不到，就连他自己也想不到。

这一年春节，袁刚带上散发着油墨芳香的几本书回到了外婆家，亲自把书送到外婆手里。当外婆那双松树皮一样粗糙的手捧着新书时，他发现那双手颤抖得厉害，外婆老柠檬一样的老脸绽开了笑容，没有几颗牙的嘴巴张开着，久久端详着手上的书，再也合不拢了。他心里清楚，对于年迈的外婆来说，外甥出个什么书已不重要，重要的是外甥是不是娶了媳妇，是否生了个娃……

他没有再说什么，在火塘边搂着外婆烤了一夜的火。

第二天，他照例上了一趟笔架山，这是他每次回老家的必修课。这一次，一个强烈的愿望驱动着，他得去跟蒋叔叔隔空对话，谈一谈未来的事儿。

这地方山高皇帝远，地处荣福、荣岸、荣水三县交界，山水纵横，山高林密，山民们自由自在，生活虽不富裕，却自给自足，自得其乐。袁刚很小就跟外婆一起生活，长大些后才知道，这散布各处的十几户人家，村名叫鸟龙屯，挺有意思。外婆家屋后不远，就是高大的笔架山，村民自称此处是要出大文人的，却不知这好事要落到谁家头上。

现在，袁刚在半山腰的一块平地上点了香，叩拜了笔架山，虔诚地献上自己新出的书。当年的小男孩出书了，如果说笔架山真的要出大文人，那么他应该是千百年来最接近的那一个。散发着油墨香味的新书发到雅布中学的时候，很多人已经把他当成作家了，雅布中学的老师和学生，还有附近单位的人，不管认识的和不认识的，都会招呼他"作家"，这个称谓让他心里很受用，常常处在美滋滋的氛围里。

此刻他更深切地认识到，所有这一切都源于当年外婆家住进的下放分子蒋叔叔。那时的蒋叔叔可能也没有意识到自己的形象在一个小男孩的心里，筑成了一座怎样的丰碑！尽管当年的小男孩并不知道作家意味着什么，但他明白写书的人是多么令人尊敬，多么的了不起，作家就是写书的人。在他内心深处，在冥冥之中，他向往自己能成为那样的人，成为写书的人，成为蒋叔叔。这是蒋叔叔给他下的蛊，他一辈子都无法摆脱。

三炷香燃毕，空气里飘起淡淡的檀香味，飘起了久远的思绪。袁刚一口气爬上了山顶，极目远眺，似乎要从岁月的深处寻找那个熟悉的身影。蒋叔叔走时他还小，还不能理解有两个字叫"永别"，以为蒋叔叔还会像之前的很多次离开一样，不久就会回来，给他过生日，或者钓鱼为家里打个牙祭。

当他意识到蒋叔叔已经很久没有回来时，他真的离开了，带走了一个乡村少年的深深牵挂。从读初中开始，他就疯了似的写信，他不大相信蒋叔叔会从他生命中离去，不相信他会找不到他。

他很够胆子，只要口袋中有点钱，就会外出四处游历。他不知道蒋叔叔在哪里，但他内心里总会相信自己有一天会找到他。他想象不出找到蒋叔叔后会怎样，他能想象到的只是，他会像老朋友一样问他：作家这条路我该怎么走？

人生的路不会平坦，他一路走一路陷入迷茫：当年最不喜欢当老师，偏偏就让他到师范读书；本以为读师范成不了作家，劳伦斯那家伙却做出了榜样；当老师一心想教语文，却被安排去教数学；不喜欢教数学，偏偏又出了一本数学书，火了一大把。谁说命运不是一直在作弄他呢？现在出的是一本数学方面的书，但他还是很高兴，毕竟也是出书了嘛，这不是作家要干的活吗？

现在他已经是一颗数学教坛新星了，说实话他并不稀罕这颗新星，他甚至觉得有些后悔出那本书，因为他担心会一辈子被绑在数学这棵树上。如果真是那样，他这辈子就得过上"套中人"的生活了，因为他知道自己想成为真正的作家。

那么往后呢？我该怎么办？蒋叔叔啊，请您继续引领我前进吧！袁刚双手合十，喃喃自语。

……

笔架山巍然屹立，纹丝不动。远处的落凤河犹如飘带，在山间盘绕，最后像一缕轻烟，向极目处散去。散落山间的十几处村舍，这会儿全笼罩在浓浓的年味里，在桂北山区的高寒劲风中，透出金黄色的暖意来。

过年，一切都是温暖的、快乐的，外婆家尤其热闹，因为所有的人都已经知道，笔架山龙脉出的文人，原来就是袁大头——这位捞过界的外甥。人家不仅考上师范，成了公家人，而且还出了书，出了大名了。一村人虽然相距也有一里多地，但大年初一还是像赶圩一样来到外婆家，一睹袁大头出的那本书长成啥样。瞅了书，拿到手上掂了掂，翻开看不懂，就放鼻尖闻闻，然后大声说，书真是香啊，你看笔架山的福气都叫袁大头拿走了，以后再写书，要说说咱鸟龙屯的事哦！

袁刚满脸笑容，迎来送往，尽情享受着村民们的祝福，享受着一个作家的荣耀。他明显感觉到，就连一直以来对他恨铁不成钢的外公——远近闻名的老猎人，这会儿也一直绽着笑脸儿，跟在他身后接受全村人羡慕和膜拜的眼神。外婆更不用说了，整整一天，老脸儿笑成一朵花，那洋溢出来的幸福，真的像陈年的老酒，能把人陶醉了。父母虽然对他成为作家贡献不多，但也满心欢喜，所有的欣喜都写在脸上。年纪差不多的表哥表弟们更是闹腾，一个劲地跟他干酒，猜拳声声在山间回响。

张钦作为他的同学和特邀的客人，这一天也醉了。看到朋友取得这样的好成绩，张钦打心眼里高兴，而且还很仗义地帮袁刚喝了不少敬酒，当晚就跟袁刚一起宿在鸟龙屯了……

这年春节，"作家"在袁刚心里，活脱脱长成了一棵芳香四溢的桂花树。

# 第2章

## 6

春天来了。

雅布中学 1987 年春季学期也来得比往常更早了些，早春二月没到，校园里已经是柳绿李白，人面桃花相映红了。在这样春意盎然的日子里，袁刚难免经常心花怒放，自我感觉绝对的良好。年纪轻轻，从教不到一年，就弄出了出书那么大的动静，一夜之间变成全地区教育界红人，如此放灯片一样的变化，他不会觉得有什么奇怪。但见多识广的刘一伯主任却在内心里隐隐约约浮上一丝不祥的预感。凭他这辈子在教育界阅人无数的经验，他看得出袁刚这家伙可不是一盏省油的灯。年轻人路太平，上得太快，难免刹不住车，车毁人亡是常事，这样的教训太多太多。刘一伯主任更感到可怕的是，小袁老师不管怎么看，都是那种心高气傲的角儿，他真难以想象接下来会发生什么……

让刘一伯主任稍感欣慰的是，开学好多天了，他没见袁刚找上门来跟他谈改教语文的事，似乎早来的荣誉把这小子给驯化了，看来荣誉也能规范人的行为啊。他偷偷在校园各处巡视，看见小袁老师上数学课的班里，这小子仍旧把数学课上得眉飞色舞，课堂气氛相当好。看到这样的情景，刘主任心中的一块巨石悄悄放到地面上，整个人轻松多了，学校只要不出什么乱子，日子总是太平的。

但刘主任看不到的是，袁刚身上蓬勃发展的文学细胞已成燎原之势，在这样明媚的春天里，生长得势不可当。他虽然还上数学课，但大部分师生见面时对他的"作家"称谓，让他挺美气，进而生发出很多"作家"的责任与担当来。这个年代，文学盛行，有个文学青年的称号，都能收获很多爱慕与敬意，何况是作家呢。雅布中学虽然远离城市，但仍然挡不住众多的文学杂志蜂拥而来，让学生们沐浴在文学的春风里。这样的时势，学生中没有文学青年是不可能的，当这些文学青年遇上作家，其所能产生的化学、物理等反应，便可想而知。

于是，文学青年们自动往袁刚周边靠拢。先是两位羞答答的高二女生在一个校园贯满春风的中午，把自己的习作送到他手上，说是请作家老师指点指点。不用说，他对此现象自然乐观其成，乐滋滋地在人家的处女作上指点江山、激扬文字，几乎是倾囊相授。这样做的结果是，女生们受宠若惊，把小袁作家的墨宝奉为心爱之物，而且口口相传，校园文学青年们慢慢就依样画葫芦，趋之若鹜了。

袁刚始料未及的是，随着"垃圾作品"数量的增多，他很快患上消化不良，无法对每一篇所谓的作品着墨太多，忍无可忍的时候他甚至差点把人家的稿子撕烂。他万万想不到的是，中学生们的作文竟差到这样的程度，不要说谋篇布局、妙语连珠了，就连语句通顺都做不到。面对这种状况，他内心里冒出的第一个念头就是：老师们到底是怎样教的作文呢？

没有人知道他脑袋中哪根弦搭错了线，一根筋牛脾气上来了，只要自己没有课，就跑去听人家的作文课。刚开始，面对学校百年不出一个的青年才俊的不请自来，语文老师们还见怪不怪地表示欢迎。如果仅仅是这样相安无事地听课，大家心里倒是能容忍一下这位名人的特权，但事情的发展远远没有这么简单。

他在不长的一段时间里，简直着了魔一样往语文课堂钻，作文课更是一节不拉，听完高中听初中，听完初中听小学，更让人不可思议的是他甚至跑到附近的几所小学校听人家作文课。年轻人不仅胆子大，脸皮也出奇地厚，哪个地方都敢闯啊。刘一伯主任看在眼里，心里焦急上火，嘴上还不好说什么。他知道袁刚是个直肠子，现在数学课教得好好的，也没落下什么毛病，单是热衷于旁听作文课，你还真不好说他什么。万一说不好惹毛了他，恐怕还真吃不了兜着走，落下个打击青年教师积极性的骂名。尽管有不少语文老师已经到他这里告状，说平白无故被人家像监工一样听课，心里发毛，感觉怎么那么怪呢？雅布中学办校也有几十年，从没出过这样的奇怪事啊！但他还是压了下来，宽慰那些老师说，不就听个课嘛，你就当他是空气不就完了，值得那么烦恼吗？

刘主任这么一说，语文老师们多少有些释然，但袁刚的做法却再次出人意料地变本加厉，已经不满足于听课，而是直言不讳地进行评课，纠缠着要跟语文老师们探讨作文的教法。他更不满足于批改文学青年的"作品"，就连学生作文都不放过批改的机会，常常把语文老师简单的评语推翻，然后换上"作家"洋洋洒洒的文字。语文老师们看到学生拿回来的作文簿，心里不得不叹服"袁作家"的细致与用心，居然连学生的标点符号错误都改正了；但脸上却十分地挂不住，因为一对比，为师的水平与责任感就高下立判，这叫人还怎么为师嘛。

一根筋的袁刚还没有意识到，他已经犯了众怒。他还是乐此不疲地帮学生们批改作文，不厌其烦地教学生怎么写作文，把所有热情都倾注到对学生作文的教学上，常常是通宵达旦地伏案疾书。他在学生作文簿上付出的心血，很快得到家长们的认可，纷纷在不同场合表达了对小袁老师的赞赏。这下事情就复杂了，对小袁老师的表扬，其实也就是对其他语文老师的无声批评，这让全体语文老师情何以堪啊！

所有的人都感到了山雨欲来风满楼的架势，唯独袁刚就像不食人间烟火似的不为所动，依旧去听课、评课，仍然越级批改学生作文。同是数学教师、跟他走得较近的陈天谈老师实在看不下去，这位干了二十多年数学教师的乡下汉子找了个机会，把他拉到当初他们散步过的学校后边的小土坡，板着脸对他说："小袁你是真糊涂还是假糊涂啊？你不觉得一个数学老师去管人家作文的事有些离谱吗？"

袁刚一副深受委屈的模样，争辩道："我帮助学生提高作文能力，我有错吗？我的数学课一丁点没落下，我招谁惹谁了嘛？"

"你本没有错，但你得想想，你这样做语文老师们怎么办？你这不是让他们下不来台吗？你看不出来他们不欢迎你吗？"陈天谈老师几乎已经是语重心长了。

他还是那一幅臭脾气："他们明知道不好，为什么不改一改？现在不是提教育改革、教学改革吗？他们为什么不能想办法把作文课上好一些？"

陈天谈老师心里清楚，他跟前的是一位两个月折腾出一本书的主儿，说服这个年轻人估计比登天还难，但作为同事和朋友，他还是得把话说出来。但说什么呢？他思量再三，还是找不到合适的话，只好轻叹一声，压低声对袁刚说："还是好好教你的数学吧，你都已经是数学新星了，别再惹那些作文了。"

袁刚能感受得到陈天谈的真诚，不作声了。

两个人离开的时候，袁刚发现尽管现在刚是初夏，但西边山上还是有一颗红得有些邪乎的太阳，转眼就不见了，黑暗来得特别快。

# 7

袁刚没有意识到前面的地雷阵是如何可怕。

除了说他不谙世事，还真找不出他如此迟钝的原因。出本书能让他目空一切？显然不太有说服力。当个作家就能让他随意指点文字江山？似乎也不尽然。只有他自己最清楚，看到学生们作文水平如此之差，他心里有多焦急，感到自己能帮助这些学生，甚至就希望能帮助到更多的学生，让他们的作文水平都能提高起来。学生们本没有错，是语文老师自己都写不好作文，更不懂教如何写作文！而作为一向以"作家"自许的袁刚老师，他真的很用心去思考如何才能上好作文课！这不就是教学改革吗？可惜在雅布中学这样的乡村中学，教改意识还太淡薄了，有些老师甚至还不知教改为何物。

他只想到了事情的对错，却严重忽略了事情背后一大群人的利益。他的所作所为，早已让全校语文老师群体忍无可忍了，就等着一个爆炸的借口。

这一天艳阳高照，风儿都懒得出来溜达，整个一仲夏景象。他没有数学课，便一如继往，来到初二1班的语文课堂上听课，这一节正好是讲作文。老师是个女的，身材高大，满脸更是写着"彪悍"两字，有点不大像是本地人。他知道她姓陆，平日里在教师办公室也打过照面，但打招呼少，对方至少没表现出有多少敌意。他安静地在后排坐好，学生一样听陆老师讲课。听完了，下课了，他微笑着迎上要离开的陆老师，挺诚恳地要套近乎："陆老师，你这节作文课……"

没料到陆老师立刻打断他的话，劈头盖脸地几乎是尖叫着回应："你不用说，我们都不会教作文，就你会教作文，以后你就来教啊！"

说完转身就噔噔噔走了。

他毫无防备，被忽然噎了一下，愣在原地半晌才回过神来。陆老师的话虽然充满对他的误解，但她最后一句却刺中了他：是啊，我原本不就是要教语文的吗？为什么要这么辛苦隔着一道数学鸿沟来管作文的事呢？难道我本着爱好和特长要求教语文课是不正常的吗？也许是我自己走了弯路啊，我为什么不要求改教语文呢？

一连数日，被刺伤的他陷入巨大的纠结之中。想不到堂堂地区新秀，想教个语文还那么难，难道有谁一定要拦着他不让教语文吗？自己本来就是要教语文的，没想到后来阴差阳错教了数学，又阴差阳错出书成了名人，接着更是阴差阳错跟语文课渐行渐远，就连自己利用自己的时间给学生们辅导作文也成为错误，我怎么能信这个邪呢？他决定一不做二不休，提笔就给学校打报告，要堂堂正正地教语文！他首先指出学生现在的作文水平实在太差，前景堪忧；其次是老师们的作文教学五花八门，毫无章法；第三是他对写作很有心得，喜欢语文教学，从一开始就要求教语文，现在仍然希望教语文。

最后，他还畅谈了作文教学改革的一些构想，表达了要为此奋斗终生的决心。如此慷慨激昂，与其说是一篇调职报告，不如说是一篇改天换地的战斗檄文。反正，他真交了上去，是亲手交到刘一伯主任手上的，刘主任当时一声不吭，仿佛被他这厚重的报告震住了一样。

次日上午，校长亲自主持召开全校领导扩大会议，很多语文老师也参加了。袁刚心中窃喜，研究报告的时候到了，看来学校反应还是挺快的嘛。他远远看见会议室里一屋子的人，似乎讨论得挺激烈，但整整开了一上午，似乎还没有结束的迹象。他有些按捺不住，瞅准一位熟识的语文老师上卫生间的当口，自己也一溜烟跟进去，试探着问："会还没开完？讨论我的问题了吧？"

那位仁兄面无表情，盯了他一会，撂下一句话就走：

"你捅马蜂窝了！"

他被这句话弄得丈二和尚摸不着头脑，一时不知如何是好。赶紧跑回宿舍，翻出那份报告的底稿，从头到尾浏览了一遍，确信没有一丁点"捅马蜂窝"的嫌疑，这才放下心来。看来，是那位仁兄故意吓人的吧，他躺到床上，展开手脚成大字形，睡过去。

# 8

学校领导扩大会议之后，所有与会人员似乎都在有意无意地回避袁刚，好像会上已经定性他为"反革命分子"一样。尽管他已经为有可能的最坏结局忐忑了一个晚上，但还是为第二天上午收到学校郑重其事的回复感到震惊：学校派出组织干事亲自给他送达一纸回复，使用的是红文件头，盖的大红公章，回复函头为"关于袁刚老师改教语文与作文教改申请报告的回复"，内文大意有三点：其一要迅速打消改教语文或所谓进行作文教改的不切实际的念头，一心一意进行中学数学教学与研究工作；作为一位对数学"有专攻"、受到各级组织重点培养的数学教坛新星，应当懂得珍惜。其二要立即停止作为一名数学教师对语文学科教学的非正常影响和干扰行为，包括随意删改语文教师布置的学生作文（学生自发写的习作除外）、未经教导处批准的随意听评语文课、随意发表对语文教学尤其是作文教学的不负责任或不利于团结的言论。其三除学校安排之外，不得擅自到其他学校听课、评课或从事其他活动，以免影响这些学校正常的工作和教学秩序……

看到回复中对自己的全盘否定与"扰乱秩序"的粗鲁定性，看到行文中那居高临下的架势，袁刚简直气蒙了，分明听到了自己那颗小心脏在剧烈地咆哮、在疯狂地颤抖，他的脸变得越来越铁青，双手抖动得厉害，一言不发地当着组织干事的面，一把把回复撕得粉碎，狠狠摔到地上，扭身就走。组织干事显然也被他这一激烈反应吓住了，在原地呆愣了好大一会，才回过神来，慌忙逃离现场。在场的同事无不惊诧莫名，骤然感到暴风雨来临之前难耐的闷热与骚动。

袁刚去哪儿了呢？他愤怒得无法自制，像一辆失控的机车冲出路面一样，在校园里乱撞一气，然后来个急速转弯，直奔刘一伯主任办公室而去。他很快发现，偌大的教导处办公室此刻空空荡荡，只有刘主任一人在严阵以待：看得出是有所准备的，因为他的目光正气势如虹地对着门口，仿佛在迎接某人似的。袁刚一碰上这么老辣的目光，自己的气焰就被压下了一半，他没敢造次，只想据理陈述改教语文和进行作文教改的理由。但他刚开口，马上就被刘主任打断话头："小袁老师，你知道你的影响有多恶劣吗？"

他以为主任说的是怒撕公文的事，随口回应道："我不该当众撕烂公文，我接受批评，可以写检讨。"

刘主任冷笑了一声，说："那只是第二恶劣的事，还有第一恶劣的事呢？"

"还有更恶劣的？"他一脸愕然。

"你知道昨天的会开成了什么样吗？"刘主任死死地盯住他，义正词严地说，"那简直就是一场地地道道的控诉会、批判会，控诉和批判的都是你！"

这句话太冲、太刺激，一下子不仅让袁刚无法接受，反倒激起了他强压着的逆反心理，一股气直冲上他的脑门，他几乎是脱口而出："这么说，我倒成了十恶不赦的恶人了！"

刘一伯主任一改往日给人的淡定印象，脸红起来，脖子也粗了，提高了声音，以罕见的气势磅礴、排山倒海之势说道："你原本是刚毕业的新人，服从组织安排是本分，你一来就提要求，你是不是特有能耐？组织安排你教数学是全盘考虑的，要考虑你的能力，也要考虑学校师资情况，这次安排你教数学，实践证明我们是对的，你不仅教得好，而且还善于总结，出了书，为学校争了荣誉，各级组织都有意栽培你，这不是很好的事情吗？你倒好，不懂珍惜，不知感恩，自以为了不起，尾巴翘上天了，你说你还有新人的样子吗？如果你折腾数学也就算了，你偏偏教数学却去管语文的事，乱改学生习作，到处随心所欲去听人家的课，胡乱评人家的课，谁给了你这个权力呢？如果都像你这样，学校的教学秩序还要不要？其他老师还要不要？大家念你年轻，是个怪才，出了书，受到领导欣赏，一直包容你，没料到你还变本加厉，孙悟空一样大闹天宫！"

刘主任一口气说了那么多，差点噎住了，忽然停下来，望着木头一样的袁刚，轻柔地召唤道："你说说看，你到底想干什么？"

其实，听到这里袁刚已经气得浑身颤抖，几乎吼叫了起来："我就想教语文，很简单，你们非得弄那么复杂吗？"

说完，他逃也似的离开刘主任办公室。

从昨天到现在，他收到的所有信息，都是在指责他的不是，都把他推到了一个危险的对立面上，所有迹象都在表达，他已经成了过街老鼠、众矢之的。他猛然之间体味到了生活的无常，但极度的委屈导致了极度的反抗，他不信天底下就没有公理在。

他像一头犟驴一样，直闯到底。去闯了校长的办公室，也去闯了公社教办主任的办公室，但最终的结局是，组织已经定性了的事情，岂容一黄毛小儿去修改？

又一次身心疲惫地回到宿舍的时候，他算是明白了，这次真的撞上了一堵高大而厚实的墙，这堵墙的深和厚远不是他能想象得到的，他在这堵墙面前实在太渺小，渺小到几乎可以忽略不计。他终于意识到，几乎可以肯定他得咽下自己种下的这枚苦果了。

第三天，他收到学校组织干事的口头通知，被停职反省了。

# 9

一颗星从天上掉到泥巴地里。那颗星原本也就是石头而已。这种落差形成的打击力，几乎把袁刚砸扁了。他没脸待在学校，有些灰溜溜地回到外婆家，也没敢把自己的遭遇告诉给任何人。恰巧铁哥们张钦正好也在老家，听到朋友呼唤，急忙赶到鸟龙屯。两个年轻人背了一大包东西，径直就上了笔架山。

为了宽慰老友，张钦把自己的情况也摊开来说，说得袁刚最后睁大了双眼：原来我们两个人的遭遇竟是出奇地相似！张钦虽然考上了铁路系统，但他对开火车不感兴趣，觉得那简直是浪费自己的生命，因为坐在驾驶位子上他几乎无所作为。后来为了解闷，他竟然把小动物带上驾驶室，结果被举报到局里，为此付出代价，被停职反省三个月。同样的年轻，相近的经历，一样的命运，让两个年轻人的心跳到了一处，两个人站在笔架山上，谈人生、论英雄，说命运、议机遇，慷慨悲歌，纵情哭号，大有惊天地泣鬼神之架势。

张钦带来了半只烧鸭和花生米，还有一瓶高度的桂林三花酒，两个人就在山上痛饮起来。一会儿哭，一会儿笑；一口烧鸭，一口酒，如此一来二往，一瓶酒见底，两个人都醉了。他们横躺在山上，头枕着大地，面朝着天空，就在似梦似醒之间，听到隐隐约约的锣鼓之声，一句口号远远飘来："一人参军，全家光荣……"

待到他们一觉醒来，天已黄昏，赶紧爬起身，下得山来，只见村道的两旁，写满了"冬季征兵"的各种标语，挂着好几条横幅。张钦忽然兴奋起来，拉着袁刚说，"我们从小不是有当兵的梦想吗，我们现在就当兵去吧！"

这句话获得袁刚的热烈回应，他们决定明天就到公社报名体检去。

第二天一早，两个年轻人急匆匆来到公社征兵办公室。他们已经不是第一批了，很多来得更早的年轻人已经领到表格，体检去了。袁刚拉着张钦挤到前面，忽然被一位从教育口调来公社武装部的女同志看到，她认得他，便高声叫了起来，"哎哟，袁大作家，你也要报名当兵吗？部队太需要你这样的人才了！"一边嚷嚷还一边把他介绍给武装部领导和部队来的领导，弄得他和张钦不停地跟人家握手，不停地陪着笑脸。

就这样，他们的当兵之路似乎很顺畅，一路凯歌，过五关斩六将，都过了。就等最后的通知，然后换上绿军装，胸佩大红花上车了。但最后时刻，命运又跟他们开了个玩笑。袁刚忽然被通知"体检"没过关。但来自那位相识的武装部女同志的说法却是，他是因为政审没过关，因为正在"停职反省"期间。他欲哭无泪，深切体会到了一种深入骨髓的无力感，他终于领悟到，在组织这张天网面前，人是十分弱小的。

如果现实无法改变，那么你只能被现实改变。这段时间的风云际会，让袁刚的身心麻木起来，不再做任何争辩，全盘接受命运安排。但这却为难了张钦，他一切都通过了，可以入伍了，本来两人说好一起走的，现在一个拉下来，他也不干了。情急之下，他也抛出自己"停职反省"身份，公社武装部一查，确有其事，为保险起见，就没敢录用他了。

两个人又心灰意冷地回到乡下。袁刚回了鸟龙屯，张钦回了十里之外的老家。他们一起走进了二十来年生命中最黑暗的一段时光……

停职反省一周早过了，但没有人通知袁刚回校。眼看寒假要到了，天气也越来越冷。前途没有了，当兵都受牵连，现在的他只有拿"磨难出作家"来聊以自慰，每天要么跟两个表弟喝着本地的"土茅台"，用酒精麻醉自己；要么就抱着一本《一千零一夜》，没日没夜地窝在床上看。世上没有不透风的墙，他在学校的"英雄事迹"和当兵被打回的消息，还是像去年出书时的荣耀一样，迅速在笔架山和落凤河一带以一个经典的笑柄流传开来。很多难听的话也传回鸟龙屯，惹得外公又骂骂咧咧起来，只有外婆依旧温柔地照顾着他，每天早上仍然从她的床底下摸出一枚土鸡蛋，给他煎个"荷包"，让他感受到从未改变的慈爱和温暖。

　　就这样浑浑噩噩地过了很多天，张钦在一个有着稀罕阳光的午后，穿着他那件挺威风的"铁路行头"——铁路制服大衣风风火火来到鸟龙屯，找到袁刚，不由分说把他拉到笔架山上，这才掏出一封信，神秘地递过来，一边兴奋地说，"还记得吧，咱初中时的同学赵亮，如今在海南发了财，他来信邀咱俩过去呢！"

　　袁刚没用多想，还是能想起这个赵亮来，因为这人可是他们当年读初中时有名的"喇叭生"，不仅第一个在全校带头穿喇叭裤，还第一个留起了风靡一时的"爆炸头"，成为这个时代浪尖上的标杆式人物。可惜这位仁兄学习成绩差强人意，初中毕业考不上高中，就外出混世界去了。前些年确实有传说他到了海南，不知做什么，反正就是发了财，据说还用起了"大哥大"——那家伙可真有派头啊。袁刚看完信，也感觉到了赵亮意气风发地写信时的样子，几乎不假思索，冲着张钦说，"就这么定了，咱们明天就出发！"

　　张钦鼓了几下掌，喝彩道，"好！我就知道来找你就对了，咱一言为定！"

# 10

　　海南，海南。

　　对于 20 世纪 80 年代下半叶的很多人来说，海南简直就是他们心尖上的图腾。改革开放大潮席卷神州大地，"下海"成了一个热词，而海南正是很多人心目中的下海圣地，若没到海南，那是谈不上下海的。那时的海南是一代人的梦啊。

　　以袁刚的性格论，"下海"这样的壮举，对他来说也不会是一种特别困难的抉择，他有胆有识，做什么都不会瞻前顾后。何况如今刚遭遇了人生第一个"滑铁卢"，他急于逃出这块伤心之地，于是对去海南的提议一拍即合。为表达自己"壮士一去兮不复还"的气概，他特地给学校写了一份辞职报告，以一种"此处不留爷，自有留爷处"的豪迈，与给自己留下爱与恨的学校道别。报告的最后，他引用了徐志摩那句著名的诗句，"轻轻的，我走了。"

　　海南虽早就是他们心向往之的地方，但要真的去，也不是一件容易的事。两个人一路上的费用，不是个小数目啊。袁刚家里穷，拿不出钱；张钦家里较宽裕，也只能给他拿了五百块钱——这在当年，已经不是小数目了。两个人上柳州，下湛江，到徐闻，然后上船过海，折腾了几天才到达海口，上岸时已经累得像两只野狗一样——只剩下喘大气的份儿了。

　　马上找到电话亭，通过BB机呼叫赵亮。天快黑的时候赵亮回了话，说自己出差到了三亚，让他们先就近找间旅馆住下，把地址告诉他，他就能找到地方，海口熟着呢。两个人照赵亮的吩咐，在附近找了间看起来还干净的小旅馆住下，还在旁边一家粉店吃了碗猪肉粉，然后跑回旅馆洗澡睡觉。大约半夜时分，有人敲门，赵亮来了。老同学多年不见，少不了先来一阵握手寒暄，笑闹一下。末了，赵亮亮起一只塑料袋，说："一起宵夜吧，我买了肉包子，香着呢。"大家伙吃包子的当口，袁刚端详了一下赵亮，发现这小子个子跟过去没什么两样，只是长高了点，一张脸被海风吹得有些糙了，倒显得有些沧桑感来。衣服还是一贯的时尚，裤腰带上别只小BB机，但没见传说中的大哥大，也没看得出发了财的气象。

　　问起老同学如何在海南发了财，赵亮这才掏出好几本证件来，都是海南几家媒体的记者证。他说，只要有了这证件，到哪找钱都容易。凭他现在的关系，帮两位老同学也办张记者证并不难，交个几百块钱就行了。张钦说，我们刚来，哪有钱啊。赵亮就说，那你们就打我的名号，先拉点广告，等得了提成，咱们再办证件也不迟。这样一说，前景似乎又光明起来，而且当记者，这可是袁刚做梦都想的事啊。这会儿望着赵亮手中硬挺挺的记者证，他心里可是打翻了醋坛子——酸得很，因为他想不出任何赵亮可以拥有记者证的理由来。当晚，赵亮没有走，钻到张钦床上混睡去了。

　　第二天早上，袁刚看出了点不祥的迹象，三个人吃早餐的时候，发了财的赵亮狼吞虎咽吃完，居然借故回电话去，让张钦掏钱付餐费。他嘴上没说什么，但心里暗想，要提醒张钦省着点用，否则这点钱一完，他们也该完了。赵亮转回来后，给了他们一份企业名单，上面有联系人与联系电话，让他们在旅馆给这些人打电话，就自称是《海南先驱报》的著名记者赵亮，要求对他们老板进行专访，请他们安排时间。张钦胆子小，怎么也开不了这个口；袁刚酝酿再三，终于打出了一个电话，对方很客气地回绝了。赵亮在一边打气，没事的，打十家有一家上钩就不错了。他听着有些不对劲，但一时也不好说什么，继续打，这回运气没那么好，对方还没等他把话说完，啪的一下把电话摔了，唬得他愣了半天回不过神来。

赵亮见状，笑着说，"做我们这一行，肯定要面对各种各样的人，有些人素质差，就这样摔电话，但这种人不多。继续吧。"

腰间的 BB 机响了，赵亮惊呼报社里有急事，急匆匆就先告辞了，说晚上没事了再来找他们。望着赵亮消失在街角的身影，袁刚问张钦："你相信他发了大财吗？"

张钦说："我看，不大像。"

两人一琢磨，还是觉得万事靠自己，既然已经到了海南，先找工作立下足再说。这么一想，两人就出了街。海口的大街上，到处挤满了人，而且满眼都是那种怯生生的外地人。太多的人蜂拥而来，来之后茫然不知所措，就像一群游魂一样在街上晃荡。袁刚和张钦两人信马由缰走了几条街，看到有招聘招工的信息都不放过，但所有的岗位都约好了似的招满了人。后来有两个洗碗的工作，他们也兴冲冲前往，但结局都一样，人家捷足先登了。跑了一天的两个人累得实在走不动了，只好回旅馆。清点一下张钦身上的钱，已经所剩无几了，再这么待下去，他们得打算睡大街、喝海风了。再打赵亮的BB 机，却是有呼无回。

两个年轻人忽然意识到已经身陷险境，弄不好就要加入流浪汉的队伍。他们决定在旅馆再等赵亮一个晚上，如果没见人来，也联系不上，明天一早就去三亚，听说天涯海角那地方偏僻，好找工作一点。两个人不敢再花钱吃粉，只在街边买了几个大馒头，就着开水对付了。然后横躺在床上，等着赵亮来敲门。但整夜无人来访。

第二天天刚蒙蒙亮，他们就赶到海口汽车站，上了开往三亚的班车。

车上大多数都是盲流，在车上就大嗓门聊开了，有人已数次往来于海口与三亚间，说三亚很小，也没什么工作做，倒是三亚乡下有打理剑麻的累活，没当过农民还真干不来。说者无心，听者有意，袁刚和张钦两人一到三亚，就打听剑麻的事，他们还真在乡下找到了打理剑麻的营生，没什么工钱，但管吃管住。两个人干活的地方相隔十多里路，虽说分开了，但也算都安顿了下来。

他们还打赵亮的 BB 机，但对方仍然静默着，再没有回音。

两个年轻人来自农村，却是第一回当农民，而且是跑到千里之外的海南来当农民，这是他们始料未及的。海南的冬天并不太冷，中午还吹来些温暖的海风，工余他们会躺在地上，望着无边无际的海天，想着这些荒唐的日子。他们终于意识到，因为自己的年轻与任性，现在正付出代价。生活本来就是十分严谨的，它容不得任何的轻慢与任性，哪怕你再年轻，也要认真对待，否则就一定会受到生活的惩罚。

他们深感已经无颜见江东父老，没脸往家里打电话。两个人分开以后，相隔十多里，各自守着一大片山坡，身边一个人影都没有。在剑麻丛中，时间忽然仿佛凝固了，每个日子都是越来越浓厚的孤独与寂寞。

白天袁刚一个人给剑麻除草、打理田垄，傍晚回到主人家吃饭，然后回到自己住的小石屋里，煎熬漫漫长夜。随身带的几本书早就看了几遍，无事可做，只好胡思乱想。但胡思乱想的结果是，他很沮丧地看到，自己和张钦其实就像两只故乡的小麻雀，想飞上天，一阵风雨就淋湿了翅膀，掉到地上就成了"落汤小鸡"。现在，他只有在风雨中瑟瑟发抖的份儿，过去的对错其实已不重要，重要的是现在这种状况，绝对不是他想要的啊！

失落，迷茫，恐惧，像一只肮脏的老鼠，在疯狂地撕咬他滴血的心。

日子虽过得慢，但这一年的春节还是在鞭炮声中来到了。两个年轻人谢绝了主人家的邀请，来到张钦打理的剑麻园，在张钦的小窝棚里过年。到村子里买了些猪肉、鸡蛋和青菜，外加一瓶低度海龟酒，两人回到山坡上的窝棚，生火做饭，过起了人生中最冷清、最寒碜的一个春节。一瓶酒喝完，两个人靠着剑麻丛，望着远处的烟花，绝望地睡去，渐渐淹没在无边的年夜里了。

三亚乡下的农民们似乎还没从过年中抽出身来，大约大年初八的时候，有三个陌生人悄无声息进了剑麻地，径直来到张钦在坡上的窝棚，找到了"失踪"一个多月的两个年轻人。这三个人，一是张钦他爸，一是袁刚的小舅，另一个是袁刚单位——雅布中学派来的组织干事。不用说，两位年轻人的"江湖行"，最后以被"押回"老家的方式草草收场。

哦，海南，我的生命中闪电一样划过的海南啊！

# 第二部 坟坡上的小学

　　我的遥远的苦麻岭啊，那段只能用无敌的青春谱写的山村日子，我独自把教育写成爱、责任与激情……

——袁刚日记

## 寄往兴宁街 11 号的第 13 封信

尊敬的蒋叔叔：

我还得再一次跟您说说我第一次任性的结果。我直到现在仍然说不清从海南回到鸟龙屯时的心情到底是什么，当笔架山和落凤河再一次出现在我的视野时，我的眼前分明浮现出您的身影。我在想，如果您就在我身边，您会如何来开导我呢？我的方向在哪里？我能告诉您的是，望着落凤河缓缓流向天边的那一刻，我的眼里噙满泪，泪水载不动的是那只小小的纸船……

所有的一切，我都得面对。而最紧要的是，我再也不能耽误我的好友了，我执意要先送走张钦。

尽管心不甘情不愿，但张钦最终还是不得不接受了当世界上最长机车司机的命运，小媳妇一样要回婆家——他原来的单位。回去之前，他很歉疚地把早就分送给朋友的铁路制服大衣收了回来——这是回单位的条件之一。这款铁路制服大衣我也有，是张钦送出的第一件，但现在已经又脏又皱，我都不好意思拿出手。张钦开玩笑地说，"这件大衣满是你身上的味道，我不是你女朋友，就替她珍藏吧，哪天见了她就一定还给她！"

两个年轻人在村头道别，泪眼相向，强颜欢笑。张钦在父母的催促下，爬上久候一边的拖拉机，朝村外驶去。我立在村口，拼命招手，直到热热闹闹的拖拉机离开视线，大家伙慢慢散去，村头只剩下自己一个人。说实话，此刻我的心像极了被掏空的感觉，张钦有如我青春岁月里最温暖的一段记忆，如今抽离而去，我心里还能剩下些什么呢？

在笔架山上用了一天的时间，我平复了烦乱的心情，这才开始考虑自己的那摊子事。我很清楚，现在是组织最后一次挽救，我回到雅布中学，那么事情的发展轨迹只能是这样：我向领导诚恳承认错误，表示组织对我的培养是有远见的，我理应在中学数学教学上继续努力，争取更大的成绩。在我教数学这个问题上，有我年轻有为出的书，有报纸上对我的报道，还有地区教育局长的特殊关照，有那么多人对我数学教学新星的期待，这就是大势，也就是大局，我一个小毛头能改变吗？我折腾了那么一大圈，现在不是又回到了原点吗？这就是传说中的命运啊，就那么爱捉弄人，硬要把甜的换成酸的，不把你满口白牙酸软不罢休。

但是，为什么一切非得是那样呢？难道冥冥中真的早有安排？您不是说，我们一起放飞的那只小纸船会一直飘到天边，天边住着一位老天爷，他会帮助我实现作家梦吗？现在，为什么我想当个语文老师，想把作文课上好，想让学生们把作文写好都变得那么难呢？

没有人能回答我。我只好又回到雅布中学，回到原来的起点，但我真不知道迎接我的会是什么。

蒋叔叔，您给我指条明路吧！

顺祝

一切安好！

您的朋友：袁刚　敬启

1987 年 2 月 15 日

# 第3章

## 11

袁刚又悄悄地回到了学校，不知何故，一种灰溜溜的感觉一直笼罩着他。

在宿舍里待了一天，他费了很大的劲，才在次日上午指挥自己的双脚挪到了校长办公室，打算屈从于大势，向校长认错，然后复职，继续数学教师生涯。他一副沮丧的样子走进校长办公室，还没等他开口，斜靠着坐在椅子上的校长大人马上绽开温暖的笑容，用带着些过来人味道的语气，大声对走进门来的年轻人愉快地问道："怎么样？想了那么久，也想了那么远，现在想通了吧？还要一定教语文吗？"

本来已经低眉顺眼的袁刚，被校长大人的这几句问话一刺激，血液中本就潜藏着的倔强因子猛然增多起来，迅速把原来打好的腹稿打散打乱，冲口而出的竟然是这么一句话："是的，我一定要教语文！"

他正惊诧于自己脱口而出的回答，校长大人那一脸松弛迅速变得绷紧的表情马上镇住了他，在闪过一丝愕然之色后，终于又无奈地回复到平静："好啊，你找刘主任商量去吧。"

说罢，校长大人转了个背给他。望着眼前这颗花白的后脑勺，他意识到自己又闯祸了。他心乱如麻，不知所措，只好默默地离开了这个地方。

　　结局可想而知，雅布中学彻底地放弃了袁刚。两天后，他被带到雅布公社教办主任办公室，见到了一个黑瘦黑瘦的中年人。那人示意他坐下，自己点上一支烟，深吸一口，然后似乎很舒坦地吐出大串的烟圈来，这才似笑非笑地望着他，问道："你就是袁刚？"

　　"是的，我是袁刚。"他小心翼翼地回答道。

　　"你教数学很不错，年纪轻轻还出了书，很多人都知道你，为什么非要去教语文？"

　　"我从一开始就想教语文，因为我喜欢写作，发表了很多文章，这是我的强项。教数学是临时的，出那本书很偶然，我知道自己更喜欢教语文。在学校里看到同学们作文水平那么差，我就想着怎样才能上好作文课，怎样才能帮助学生们提高写作水平，在这方面我有想法，有热情，我不知道我为什么就不能教语文……"

　　他一口气说了那么多，担心自己可能又说错什么，赶紧刹住口，忐忑地望着眼前这位领导模样的中年人。那人竟笑了起来，朗声说："我明白了。年轻人有理想是好事，我很欣赏！"

　　中年人坐回自己的位子，似乎在找些什么，一边问道："小袁老师，你真的想教语文，不管到哪所学校，小学也愿意吗？"

　　事情似乎出现了转机，这位领导似乎能理解年轻人的想法，而且还似乎挺支持他改教语文，他一激动，赶紧回应道："我愿意。"

　　中年人这会儿已经在桌上写着什么了，袁刚紧张地站在一边，不知道接下来会发生什么。中年人写好，自己横着竖着看了一会，这才从抽屉里掏出公章盖上，递给他，"这所学校缺语文老师，你去吧，赶快去报到。"

　　他看到了"调令"两字，赶紧接过来，连连称谢，向中年人深鞠一躬之后，才兴冲冲离开了这间雅布公社教办主任的办公室。

　　……

## 12

苦麻岭大队坟坡小学。

这是调令上白纸黑字写着的。袁刚在宿舍里翻出一份破烂不堪的广西地图,竟然发现雅布公社所在地与苦麻岭离得并不远。他收拾了一下自己的东西,整成了一挑儿,一边纸箱装着百来本书,一边是铺盖,两边分量差不多。他决定明天天没亮就走,静悄悄离开这个伤心地,真的不想带走任何一片云彩。

春末的清晨,乍暖还寒,天没放亮的时候,甚至还有些凉丝丝的感觉。他挑起自己的家当,离开校园,走到了空荡荡的雅布圩上。方向已经问好,这会儿他自信地迈开大步,向黑乎乎的远方前进。

大约不出一个时辰,天已大亮,他发现自己走在越来越窄的铺了沙砾的路上,四周围荒无人烟。在第一个岔路口,经人指点,他沿着江边而行,走了大半个上午,那条婀娜多姿的浪溪江有如飘带一般,拂过山头,消失了。但路却一直傍着山脚,向前蜿蜒。

太阳不知什么时候爬上了头顶,阳光虽不灼热,却足以把人的汗水逼出来,他的衣服早就湿透了。眼看着这路似乎没有尽头,面前又是一座陡坡,他累得不行,放下担子一屁股坐到地上,几乎瘫成一团。不知道多少年没走过这么远的路了,地图上看着挺近,谁料到有那么远呢。这时候陡坡上出现了一匹矮马,马上驮着几包东西,马的后面跟着个人。他听人说过,这一带地方,矮马可是个宝,山民们离不开它。待人走近,他招呼道:"阿叔,请问到苦麻岭大队还有多远?"

赶马人稍慢下脚步,打量了一下他,说:"你要走快点,估计吃晚饭能赶到,要是走慢了,那十有八九得走夜路。"

"还有那么远啊?"他被吓得跳将起来。

"不太远,"赶马人说,"你一直往前走,莫走岔道,走到底就到了。"

赶马人追马去了,他一下子瘫软下来,四仰八叉在地上,脑袋里一片空白。

从雅布圩到苦麻岭，需要从早上走到晚上，那是多么遥远的路程啊。他忽然意识到，那张调令原来并不都是善意的，自己几乎是活活被贬到这荒山野岭里来了。看来，厄运还远远没有结束，他们（包括刘主任、校长大人、教办主任）全都在后面安然等着看他的笑话。这实在太可恶了，他被气得浑身发抖，疯了似的跳起来，抢起扁担一阵乱舞，口中狂呼乱吼，把旁边几丛灌木砍得非死即伤，还把在此晒太阳的一条吹风蛇惊醒了。

他发现那条两米来长的吹风蛇竖起头做出进攻姿态的时候，自己是处于劣势的，危险来临时才猛然惊醒，扁担已在刚才的疯狂中不知飞到哪里去了，他现在半躺在吹风蛇的下方，已经没有可以腾挪的余地了。吹风蛇已经发出呼呼的威胁之声，那蛇头呈现出发光的三角形，蛇信子血一样闪动着，向他做出了随时致命一击的准备。他被这突如其来的危险惊呆了，想应对蛇的进攻，但又害怕自己的举动会立即招来致命一击；如果待着不动，就形同等死。就在进退两难、千钧一发之际，只见一道闪电射向蛇头，啪的一声闷响之后，吹风蛇滚到灌木丛后边的草丛中，一溜烟没了影。

一个野豹一样的少年出现在惊魂未定的袁刚面前，十五六岁的样子，手里还拿着自制的弹弓，眼光彪悍地扑向蛇消失的地方。确信蛇已消失无踪之后，少年这才回过头来，怯生生地望着坐在地上的人，一言不发，就像刚才什么事都没有发生，他只是个旁观者一样。袁刚这会儿已经缓过劲来，打量着那少年，说道："谢谢你救了我，小后生，你叫什么名字啊？"

少年犹豫了一下，反问道："你是袁老师吧？"

袁刚一脸惊讶，"你怎么知道我是袁老师？"

"看你挑的这些东西，猜的。"少年露出笑脸，有些腼腆地说，"大队长叫我来早些接你，我放了牛才来，来迟了。"

少年边说边捡起被丢弃在草丛里的扁担，很轻松地挑起担子，不由分说在前面引路。袁刚还想争着挑担子，但少年健步如飞，他只有在后面跟的份。少年身材高挑，显得比同龄人更成熟，身板子也硬朗，挑着担子走山路，不仅走得快，而且脸不红心不跳，连气都不喘一下。看这阵势，他打消了要争挑担子的念头，就一路跟着少年聊起来。

"你们大队长也知道我今天来？"他有些好奇地问。

"是啊，"少年说，"我们刘老师病倒后，学校就没有老师上课了，大队长就整天往公社打电话，要老师下来，都很多天了。听说你来，他就让我一路来接你，他现在学校等你呢。"

"你叫个什么名啊？"

"他们都叫我高仔。"

……

这一路上，两个人你一句我一句，聊得不亦乐乎，倒是把赶路的辛苦丢到脑后去了。从高仔口中，袁刚得知这地方确实是荣岸县的"西伯利亚"，是边远山区，是公家人常常望而却步的地方。整个苦麻岭大队分布在狮子山脚下很宽一块地方，全大队有两所小学，分别设在苦麻岭两边，一所叫环山小学，一所叫坟坡小学。他要赴任的坟坡小学原有学生41人，这几天因为没有老师上课跑了几个，只剩下23人了。这所学校原来只有一位刘老师，是当地人，谁也不知道他干了多少年教师，他的梦想就是成为一名公办教师，但直到他年近古稀，身体已经支撑不了的时候，仍然还是民办教师。去年刘老师曾经隐退了一次，公社派了个年轻的民办教师来接替，但年轻老师来到坟坡小学没几天，就吓跑了。刘老师不得已又来上课，但这次他老人家真的病倒了。于是，坟坡小学就瘫在了坟坡上。

袁刚算是听明白了，被发配到了就连民办教师都不愿意来的偏远山区小学，这所小学五个年级现在只有学生23名，他不仅荣任校长，而且还一身兼任副校长、教务主任、班主任、教师等职务，成为真正如假包换的一把手——多么令人哭笑不得的一把手啊！

他心里一时间像打翻了五味瓶，说不清是什么滋味了。耳边，高仔还在絮叨着，说苦麻岭，说坟坡小学。他一边跟着高仔，听他说，脑子里快速转换着很多画面。

学校坐落在很高的山坡上，很简陋。周围都是坟堆，至少有一百多个，都是附近村民的祖坟地。

有一个老师住的房间，很破烂，很脏，以前是老鼠窝——去年打理过一次，卓老师（那位年轻民办教师）来住过几天，他一走老鼠们又来了。不过，今天大队干部们肯定又上去打理了，而且肯定打理得像新房一样，因为他们知道今天下来的是个公办教师，吃公家饭，身份金贵着呢，可不能再把人家吓跑了呀。

学校里没有电灯，照明主要用松树角。那角油多，容易点燃，火光大，这里的人都用它来照明。卓老师不喜欢用松树角，说它烟大，他用他自己带来的叫"蜡烛"的小棍棒。

吃水要到山下挑。不是很远，走下298级台阶，再拐一个弯，后边就是水井。井水很甜，只是井的旁边也都是坟堆。

他听得心都麻木了。暗想，高仔挺老到，把最糟糕的那一面都提前端出来了，算是给他有个心理准备吧，只是那种种情形，全都不是他能想象的。自从意识到被发配之后，他心里就一直在呐喊：他已经被踩到了脚底，摔到烂泥里了，他的命运已经跌到谷底，那么从今天开始，他若不死，是不是每天都是提升的呢？如果他开始走的是上坡路，他是不是可以走到顶峰呢？那是一条怎样的路呢……

三月的春阳已经靠向西山，前面是金灿灿的夕阳罩着的一处村落，高仔有些兴奋地说，到了。他把扁担换了肩膀，迈开步子，几乎是小跑起来，朝前而去。

## 13

远处的炊烟越来越近的时候，高仔挑着担子、领着袁刚走进当地著名的"莆田街"。

尽管已经走得筋疲力尽，浑身酸软，但走进陌生的莆田街，袁刚还是打起精神，好奇地四处张望。这所谓的莆田街，其实也就是一段长约五十多米、宽约六米多的水泥和鹅卵石铺成的大道，大道的两边建着两排房子，有苦麻岭大队部、大队棋牌室，还有几个小卖部，其余大都是先富裕起来的山民建的新房子，在这山里面，确实有点街的感觉。黄昏时分，残阳照在街道上，他发现路面上的鹅卵石挺有讲究，不仅用不同颜色组成各种动物、植物、人物，每隔几米还写上一个"忠"字，忠字的外边围上圆圈，圆圈上还作光线四射状，远看有如一枚枚太阳。大队部及其旁边的几座房子都算是比较老的，墙面上斑驳不堪，但还依稀看得出墙上的一些标语，诸如"千万不要忘记阶级斗争""人有多大胆，地有多大产"之类。而不远处的几间新房，却展现出了一些新气象，不仅春联还簇新地贴在门头上，新开的小卖部里，摆在外头的商品多少透出些山外的气息来——山外变化很快啊。

街道上这会儿很静，偶尔从屋里有人探出头来，也只是惊奇地望一眼两个走在街道上的陌生人。偶尔也有一两声尖利的斥责小孩的声音掠过头顶，飞驰而过。高仔小声说，别看现在没人，到了赶街天，方圆十里的村子都来人，那时候可就闹热了，人多得都挤不动。两人很快走过街道，朝前再走过一大片刚犁过、似乎还冒着新土芬芳的农田，就来到一座山坡前。高仔说，学校就在坡上。坡脚下长着一片毛竹林，通往坡上的路从这里呈"之"字形盘旋而上，由石块砌成的台阶组成。高仔说，从这里走到坡上，总共有298级台阶。

台阶又窄小又陡，高仔挑着担子依旧走在前面，袁刚紧紧跟在后面。走到半途的时候，坡上有洪亮的声音喊："高仔，是你们到了吗？"

"到啦！"高仔高声回应。

他只感觉台阶旁边不时出现一些杂木，有些还长得挺高，走到坡顶后，迎面就是一条三四十米的林荫道，林荫道的尽头是一架木门，因为时间久远，已显破旧，但横梁上分明挂着块木牌，上边写着"坟坡小学"四个还算标准的行楷字，这应该就是校门了。在这校门口，有人已经在迎候了，有人上来接了高仔的担子。有一个满脸长着络腮胡子的汉子冲上前来，捉住袁刚的手，连连摇着说："袁老师辛苦了！"一边拉着他往里边走。他心里想，看这架势，这位肯定就是大队长了。

眼前的情形让他有些意外，在一块篮球场大小的平地上，排列着两队人，有小孩，有青年人，有中年人，甚至还看到有一两位头发花白的老人，他们手上一律拿着一束野花，两眼放着光，大声地高喊："欢迎，欢迎，热烈欢迎！"一边喊，还一边有规律地把野花举过头顶，让人感觉到这是十分标准的"欢迎仪式"。

鞭炮声忽然在这山里炸响，硬生生把喜庆气氛烘托了起来，硝烟弥漫中，孩子们乱了队形，绽开笑脸围拢来，隔着几米远笑眯眯地望着他们的新老师。袁刚没有忘记向他们招了招手，算是打了招呼。人们自动以他为中心，围了一个半圆。

天差不多黑了，远山变得朦胧起来。这时候络腮胡大队长不知从哪拿来了一块红布，捧在手上，来到袁刚面前，有些兴奋地大嗓门说，"袁老师，您是第一个愿意来到我们这里的公办老师，我作为苦麻岭大队——不，现在是叫村了，但大家伙还是习惯叫大队——我作为苦麻岭大队的大队长，代表大队全体山民，热烈欢迎您的到来！这面旗是我几年前从公社为学校领来的国旗，现在交给您！"

袁刚正要双手接过国旗，没料到这条汉子忽然扑通一声跪了下去，双手把国旗举过头顶，递到他面前。他从没受过如此大礼，慌乱地接过国旗，络腮胡大队长朝着手捧国旗的他又一头磕到地上，然后才站起来。山里汉子对国旗的这一拜，让他深受感动。他无声地把国旗披到身上。

他还没回过神来的当儿，一花白头发的瘦小老者手捧一碗酒来到面前，朗声说道："袁老师，按照我们山里的习俗，我代表孩子们的家长向您敬碗酒！"说着也没商量，扑通一声跪下去，双手把酒碗举过头顶。他一看这阵势，慌忙也跪下去，双手接过酒碗，一饮而尽。人群中爆发出一阵欢呼声和掌声，好几双手把他们扶了起来。

他惊魂未定，只见一路帮挑担子的高仔手捧野花向他走来，还没出声就扑通跪在面前，大声说："袁老师，我代表全校23名同学欢迎您！"双手把花举过头顶。他赶紧接过花，把他扶起来，打趣地说："原来你也是学生啊，以后给我当助教！"人群中又是一阵掌声和欢呼声。

　　天黑了，大人们领着小孩点起松明，回家去了。学校里就留下络腮胡子大队长、高仔和敬酒的老者。这几个人带着他来到一间收拾得很干净的房子，里边的一张小木桌上，摆着几样酒菜，估计这就是接风酒宴了。在噼啪作响的松明燃烧声中，在还算明亮的小屋里，在几张陌生的笑脸前，他恍如隔世，机械地应和着，频频举碗喝酒，在山里人的热情里慢慢融化，然后醉成一团软泥……

## 14

　　多么美妙的唱诗声啊。他看过一部外国的电影，教堂里就有这样的唱诗声，全是用童声唱的，清澈得像山泉水。就在这样美妙的唱诗声中，他醒了过来。

　　他睁开眼，立即就看到络腮胡大队长关切的眼神。旁边是高仔因兴奋过度而泛红的脸蛋儿。络腮胡大队长见他醒来，马上绽开笑脸，亲切地问："袁老师，你醒啦，昨晚不会很难过吧？"他勉强回了笑脸，有些不好意思地小声说，"昨晚喝多了，肯定吐了吧，我都不知道怎么睡着的。"说着，环视左右，似乎在寻找昨晚呕吐的痕迹。

　　络腮胡大队长马上说，"昨晚我们派高仔在这里陪您，都打理好了。"

　　他感激地望了高仔一眼，目光跟着唱读声传来的方向，穿过一扇门，落到门外读着书的学生们身上。他吓得一激灵，挣扎着想坐起来。他发现，离床几米便是门，离门几米便是学生们高低不同的课桌，同学们一边使劲读着书，一边用眼睛向他这边瞄过来。眼光与他相碰的时候，他们就咯咯笑着转过脸去。他忽然感到在学生们已经书声琅琅的时候，作为老师还在众目睽睽之下，赖在床上起不来，这种样子未免太狼狈了。他仿佛被什么东西蜇了一下，惊慌跳下床来，跳出被子后才发觉自己还光着膀子，急切又找不到衣服。他的这一窘态让学生们看得真切，读书声戛然而止，接着的是一阵开心的哄堂大笑。

络腮胡大队长赶紧示意高仔把门关上，从一边把衣服递给他，甚至还上前来帮他把衣服穿上。高仔也自作聪明地把一盘水送到老师跟前。他用清凉的山泉水漱了口，洗了把脸，终于把自己弄清醒了。他清楚地意识到，自己现在已经在坟坡小学上任了。

络腮胡介绍说，他姓蒋，是苦麻岭大队的大队长，当然现在叫村了，他就是村主任。坟坡小学是村里的学校，刘老师病倒这段时间，他一方面代管着学校，一方面就整天跟乡里联系，吵着让乡里派老师来。现在袁刚来了，袁刚是公办老师，相当于国家干部，就是他们的领导，学校交给袁刚，他们放心。听教办主任说，袁刚很出名，是搞改革的，现在不是改革开放嘛，他觉得很好啊。

袁刚一时不知如何跟蒋主任谈改革上的事，只好表态说："请蒋主任放心，我是一名人民教师，我的职责就是为人师表，把知识教给孩子们！"

蒋主任是个痛快人，听他这一表态，兴奋得一把拉过他，开门来到教室里，郑重其事地向孩子们宣布："同学们，这位就是你们新来的老师，袁刚老师，大家欢迎！"

同学们齐刷刷站起来，齐声喊："老师好！"

"同学们好！"他望着眼前大小不一、高矮不同的学生们，大声回应道。

就这样，袁刚成了苦麻岭村坟坡小学史上第一位公办教师，也成了雅布乡第一位被发配到如此遥远山角落去的公办教师。

当长途跋涉的劳累和刚到莆田街的喧嚣淡去之后，他不得不回到现实中来，再一次审视自己和坟坡小学。说到底，他是因为胸怀作家梦，喜欢教语文和作文，因此拂了领导们的意，在毫无思想准备的情况下，被发配到这山角落里来的。把他丢到这里来的目的不外有二，一是让他领教领教什么是"领导不高兴，后果很严重"，二是让他尝点苦头，往后老实听话点。在领导们的意识里，他走一天路赶到苦麻岭之后，肯定待不了多久又跑出来，到时再训斥他不迟，哪有年纪轻轻就敢跟领导叫板的呢？

但让所有人都大跌眼镜的是，袁刚本来就是一位纯粹的教师，教师在哪里教书都是一样的，他一旦进入角色，环境和条件都退居次要了。现在，他面对的是一所破烂的学校，全校只有23名学生，男生15个，女生8个，一到五年级只有一间教室，他在文学作品或影视作品中看到的最艰苦的乡村小学，大概也不过如此。眼前的这一切，是他惹来的，凭他的性格，他是不会逃避的；这种挑战，在某种程度上倒激发起他的斗志来。

他第一回当起一所学校的一把手，这真的是一种很奇妙的体验。

最初几天，他没有按部就班地上课，而是通过各种活动，跟学生们熟悉起来。他发起了一场全校大扫除活动，带领学生们把坟坡小学里里外外清扫了一遍，还把教室也清洗了一遍，把屋顶上那些陈年的蜘蛛网都扫得一干二净。蒋主任还带来几个木匠，把学生的课桌椅都修整了一次。坟坡小学变得整洁起来，慢慢焕发出了生机。

通过摸底，袁刚知道全校年纪最大的学生是高仔，都近十五岁了；年纪最小的是黄小弟，七岁了。平均年龄十岁。这些学生有一半家住得比较近（所谓近，也就是步行在两个半小时之内），另一半学生家就住得比较远了（所谓远，就是步行要三个小时以上，有些甚至要走六七个小时），因为学校没有住宿条件，家远的学生全都留宿在学校附近的亲戚朋友家中。

这里上学与放学时间比较特殊，上午十时上课，下午三时放学，中午只有一个小时让学生们吃饭和休息。这样安排的目的，是想让那些走读的孩子能正常上学和回家。学生们的午饭是自己带来的，因为家境不一，所以学生们的午饭也大不一样。

这时候虽然已是春末夏初，但山里早晚还是有些寒冷。袁刚仔细观察到，有些同学穿起球鞋或布鞋，身上是毛衣毛裤，但有些同学就寒碜了，打着赤脚，穿着单衣就上学来了。贫富差距在孩子们身上体现出来，这让他心里很不是滋味。

他给远在荣福的小舅子发出了第一封信，要求他到外婆屋里去，把他留在家里的旧衣旧鞋全部打包，寄到苦麻岭来。他还给在雅布中学当班主任时那个班的班长发出了第二封信，要求他发动全班同学把家里的旧衣旧鞋收集起来，洗干净后往他这里寄。两封信发出半个月之后，山外的很多包裹陆续来到坟坡小学，他给学生们全都换了服装，这些山外来的花花绿绿衣裳，使整个坟坡小学很快成了莆田街的时尚中心。

午饭的时候，他也做了示范，把自己的菜放到桌子上，喊同学们聚在一起吃。这样一来，同学们都把自己的菜拿出来，放到桌面上，然后大家伙一起吃。通过这两招，他把全校的贫富差距全抹平，坟坡小学变成了一个其乐融融的集体。不管家住何方，只要来到学校，孩子们的脸都会绽开笑容，这样的笑容让他很舒心、很安乐。

一个月的时间不到，他已经跟坟坡小学的 23 位学生打成了一片，学生们就像 23 颗小星星，开始围着他这颗太阳转，转啊转，转出了数都数不清的欢乐与激情。新来的年轻老师不同以往的与学生相处方式，让学生们既感到新鲜，又十分兴奋。在坟坡小学度过的每一分钟，已经成为孩子们最快乐的时光。他在孩子们的心目中，不仅是老师，而且是朋友，甚至于是一位明星，是他们崇拜的偶像。他的名气，随着孩子们穿回去整齐衣服的佐证，随着孩子们的口口相传，很快在这山里边流传开来，在方圆十八里成为一个很美妙的传说。

袁刚知道，他已经爱上了这个贫困的高寒山区，爱上了坟坡小学，爱上了这 23 位学生，学生们也爱他。只有在这个地方，他才能抛开所有的掣肘，才能自由，自由地思想，自由地行动，这是一种多么美妙的状态啊！

四年的师范教育告诉他，作为一名教师，必须用爱把孩子们凝聚起来，在爱的氛围里把知识教给他们，让他们在爱与公平的环境里健康成长。让孩子成长为真正的人，这是教师的第一职责。

# 第4章

## 15

高寒的桂北山区在最后一波春寒之后，进入了人间四月天。

天气转暖，山民们开始了一年一度的春耕春种。坟坡小学的下面，一大片的农田里，山民们在耙过一道之后，这会儿已经开始插秧了。按照往常的规矩，这时节坟坡小学要放七天的农忙假，让学生们各自回家帮忙。临放假的那天下午，袁刚在向同学们宣布放农忙假的同时，也宣布要利用这七天时间，完成对全校23位同学的家访，每位同学的家他都要去。在要求每位同学写清楚家庭住址，并上交到他手上时，他发现五年级女学生田小野没有交上来。这是一个长着一双忧郁大眼睛的十三岁女孩儿，都长到一米五几了，但仍然像一株不长苞的玉米，瘦条条地立着，让人担心大风都能把她刮走。在所有学生中，田小野是最特殊的一个，她不跟同学们一起吃饭，也不怎么爱说话，从不主动跟老师打招呼。常常一个人待在角落里，谁也不知道她在想什么。这样的学生，不交地址上来，肯定有她自己的理由。他没有问田小野为什么，不动声色地宣布放假了。

同学们陆陆续续都离开了学校，最后就只剩下袁刚和高仔了。自从他来到坟坡小学后，高仔就一直陪着，吃住在一起，成了形影不离的好朋友了。让高仔陪，原来是蒋主任的安排，主要是担心把老师一个人丢在坟坡上，早晚会吓跑人家。有高仔陪护在旁边，至少可给老师壮胆，二来有个伴不至于太闷了。现在同学们都走了，高仔就有些犹豫：我要不要走呢？

袁刚看出了高仔的心思，直截了当地问道："高仔，放农忙假了，你要回家帮忙吗？"

高仔说，"我家人多，帮不上什么忙，还是陪您吧老师。"

"真的是这样吗？"他盯着高仔问。

"是的。"高仔连连点头。

"你现在赶回家跟家人说一下，晚上再回来。"他叮嘱高仔说，"从明天开始，你给我带路，到同学家家访去。"

高仔蹦蹦跳跳地一溜烟跑下坡去了。

学生们都走了，偌大个校园这会儿只剩下袁刚一个人。走出教室，再一次在四月的黄昏环顾这所学校。远处是狮子山吧，近些的就该是苦麻岭了。这岭原名哭妈，原意为因过于险峻，想过岭的人大多望而却步，只剩哭妈的份。坟坡应该是苦麻岭的余脉，到这个地方时已降为坡了。这些坡有如大馒头，直接爬上去不容易，于是就有了上坟坡的"之"形阶梯。坟坡小学按说已处在一个大馒头的顶上，但馒头之上还叠着两个馒头，操场就是两个馒头之间的一块平地。左边的馒头之上没有什么大树，但灌木丛生，野芦长得茂盛，传说经常有野兽出没，不时还有猛兽吃人传闻流布于山野，让人不寒而栗。

坟坡小学的全部，其实也就是木门、操场，操场上边另一个馒头的半坡上立着的两间还算高大的泥砖瓦房。在操场的这一边远远望去，那两间房就像一个孤立在野外的庙宇一样。庙宇的上边，是一大片高大的杨桃树和苦楝树。往右下五六十米的地方，还有两间低矮得多的泥墙瓦房，但似乎已经年久失修，被丢弃在一边。只要认真观察一下，就会发现这里四周都布满了坟堆，分明是附近村民埋葬死去先人的坟场。让他百思不得其解的是，既然这里已经是坟场，村里为什么还把学校办到这里来呢？

1987年的四月，莆田街是越来越热闹了，每到三天一街，这里的人和外边的人全都汇集而来，莆田街被花花绿绿的衣服和奇奇怪怪的人占领，偶尔还有穿着大喇叭裤的几个男青年扛着一台四喇叭的录音机，在街中央用最大音量放着邓丽君的《夜上海》。山里来的年轻人怯生生地看着这一切，一脸透着好奇与新鲜，眼里闪着渴盼的光。袁刚比这里的所有人都更明白，国家正在发生着翻天覆地的变化，农村全都分田到户了，全国人民正在为实现四个现代化而努力奋斗，而这里的人要真正走出去，靠的只能是读书。

袁刚站在坟坡上远远地眺望着莆田街，心里在暗想，哪怕是这么山高皇帝远的山角落里，也该发生些什么了。作为年轻人，他有一股子冲动与干劲，想要干些什么。现在，坟坡小学就是他的舞台，他的心有多大，就能干出多大事。苍茫暮色中，他极目远眺渐渐被暮色淹没的群山，心底不由泛起一阵豪迈的要干一番大事的激情来，他要把坟坡小学办出名堂来，成为深山明珠……

晚上，高仔给自己收拾了个出远门的背包，拎着一根打狗棒回到学校。袁刚让他做家访的计划，按同学们家住村屯的远近来安排路线。这样的活动对高仔来说，形同到各村屯去游玩，很新鲜，他当然很兴奋，报出一个又一个的村屯名字来，兴高采烈地向老师介绍各个村屯的情况。袁刚当然也有些兴奋，但他更多地想到，这是他从教以来的第一次大面积家访，他实在想象不出他会遭遇到些什么，因此心里多少有些忐忑，甚至有些莫名的压力：山里人会欢迎他吗？学生们的家会是什么样呢？这样的家访会产生什么效果呢？

## 16

第二天一大早，袁刚打开宿舍门，惊奇发现门外竟站着一个人。看见门开了，那人动了一下，但没有走开的意思，直愣愣地望着老师。他定睛一瞧，认出是四年级的覃大山，一位十一岁挺壮实的男孩。不是都放农忙假了吗？他怎么还来学校呢？袁刚与覃大山四目对视了好一会，这才好奇地问道："大山，昨天不是说了吗？现在放农忙假，你不用来学校啦，你忘了吗？"

覃大山低下头，双手扯着自己的衣角，不出声。高仔闻声跑出来，一把把覃大山拉进屋，大声问他："你爸又打你了吗？"

覃大山点了点头，仍然不出声。袁刚忽然想起来，覃大山在班上有"闷葫芦"之绰号，是一个一巴掌打不出一个屁来的角色，可说也是坟坡小学一怪。

高仔对袁刚解释说，覃大山家住离此二十里的一个名叫百更的小村，他父亲原是读过书的人，是个挺有抱负的山里人，但前几年不知为什么得了一种怪病，脾性就变得古怪起来，经常打骂妻儿，覃大山被打怕了，他会想方设法不回家。放农忙假对于他来说，无异于一场噩梦的开始。一大早跑来学校，肯定就是这个原因。

袁刚亲切地把他搂到怀里，用手抚摸他的头，轻声问："覃大山，高仔说的是真的吗？"

"嗯。"覃大山终于挤出了一个字。

"你带我们去你家，行吗？"袁刚问。

覃大山眼露惊恐，连连摇头。

袁刚一看这孩子惊恐的样子，就深感他内心的阴影面积一定不小，很好奇能让孩子吓成这样子的父亲到底是个什么样子，便对高仔说："走，第一站改到覃大山家！"

"好吧。"高仔说。

太阳已经浮上东边山顶的上边。拥有自己责任田的山里人又要开始忙碌的一天。高仔拎着打狗棒走在前面，袁刚挎着个绿色军用挎包走在中间，覃大山一声不吭地跟在后面，师生三人出现在弯弯的山道上。至此，坟坡小学有史以来规模最大的一次家访行动开始了。

山路虽然不好走，但山里的空气却十足清新，让人心旷神怡。师生三人一路急走，袁刚还不时带头哼起歌来，不知不觉就到了百更屯。这是一个有着百来户人家的屯子，在这一带算是大的了，据说历史上曾经出过不少秀才，屯里人还留存着些读书传统。这会儿已近晌午，屯里人大都下地去了，屯里倒有些冷清，几只黄狗和黑狗似乎也懒得叫了，只是远远围着他们转了几圈，然后仍旧蜷在树底下睡去。

覃大山家只有他爷爷在家，老人家前两天得了感冒，现在还躺在床上。听说孙儿学校的老师来家访，赶紧连声招呼，一边想爬起来，但软绵绵地又躺回床上去。袁刚劝老人家不要起来，找只木凳子在床边坐下，跟老人家聊起天来。老人家一边咳嗽一边用本地土话叫孙儿赶快去后山把父母叫回来。

袁刚仔细一观察，发现覃家这栋泥砖青瓦的老屋，有中堂和后堂，左右各两大间房，是这一带典型的老屋结构，应该有些年岁了，看起来仍然宏伟，不显老态，可见当初起这屋子时，花的功夫不少，用的木料也挺考究，显见当时家道还是不错的。但如今除了老屋的形还在，里头却空空如也，而且肮脏、凌乱不堪，明显显示出他们现在日子过得困顿、毫无生机。整个老屋唯一的亮色，是中堂墙上还贴着几张暗黄的奖状，细看日期竟然是二十多年前的。老爷爷喘着气说，这是覃大山他爸当年读高小时得的奖状。语气里，仍透着一丝赞叹。

袁刚一边跟老爷爷搭着话，一边指挥高仔屋里屋外开始收拾起来。老爷爷虽然很客气地想阻止，但已有气无力，只好喃喃说些自责的话，感激地望着老师屋里屋外忙碌。经过一番打扫和整理，这屋里屋外顿觉清爽了许多，生气也盎然起来。覃大山把奶奶、爸爸、妈妈和姐姐叫回家里的时候，看到变了样的家，全都愣住了。覃爸爸赶紧上前握住袁刚的手，连声道谢，并吩咐女人们赶紧下灶煮饭，招待袁老师。

看得出来，这是一个读过书的山里汉子，虽然这时候显得十分谦卑，身上明显雕刻着艰难岁月的痕迹，但骨子里仍然透出一丝礼教的滋味。袁刚称他叔，两个人很快就热聊起来，而且竟然还能聊出些话题来。

覃家已有多年没来过袁刚这样的贵客，也很久没有这样热闹过，所以这一天中午的饭菜也特别地丰盛，杀了鸡，炖上了干笋腊猪脚，还有新鲜的毛竹笋炒鸡杂，实在令人难挡香味的诱惑。覃爸爸显得特别高兴，吩咐覃大山去打酒，说无论如何都要跟袁老师喝几碗。奶奶和覃妈妈想阻止，但在覃爸爸兴高采烈的气势之下，也不好再拂了他的意，只好提心吊胆地看着他很豪气地往碗里倒酒。

老爷爷起不了床，袁刚就示意覃大山一起给老人家装了饭和菜，送到床头去，先喂老人家吃。老奶奶见状，便搬到床边服侍老爷爷一起吃，把老师让到桌上来。一家人就像过大年一样吃饭，袁刚能感觉到这一家人发自内心的喜庆，也能感受到这一家子人的善良，他实在想象不出覃大山为什么会对家充满恐惧。他搂着覃大山，一边端起酒碗，对大家说："我是坟坡小学新来的老师，我姓袁，师范毕业，当老师已经两年，来到苦麻岭也有差不多三个月了，今天是我第一次到学生家家访。我一直认为，老师其实就是学生的兄长，是陪着他们长大的人，所以我要来认大叔大婶，往后一起教育好大山，让他长大成材。为此呢，我要先敬大叔大婶！"说完先干了一碗酒。覃爸爸慌忙也陪着干了一碗。

袁刚看得出来，这一家人虽然都穿得普通，跟这周边的农民别无二致，但覃爸爸这位年近不惑的山里汉子，却显得有些乡村干部的味道，透出一股难得的干练，说话显得挺威严。这个家里，已久违这种喜庆而热烈的气氛了，覃爸爸话虽不多，但却十分豪气地喝酒，而且跟袁刚对着喝，完全是一副正宗山民的豪爽劲。

让所有人猝不及防的是，惊人的一幕接踵而来。正在大家伙其乐融融的时候，刚刚还在喝酒的覃爸爸忽然毫无预警地摔到地上，先是剧烈抽搐、口吐白沫，一家人吓得惊恐地乱成一团，跑到一边木然地远远望着。这一幕尽管袁刚早有心理准备，但当场还是受了些惊吓，他愣了好一会才回过神来，招呼高仔过来帮忙，一边观察病人的状况，一边让大山准备水和毛巾。剧烈抽搐一阵之后，病人似乎安静下来，甚至抬头望了袁刚一眼。但很快他又大叫起来，喊打喊杀，十分狂躁地挥舞手脚。袁刚示意高仔一起上前，一人一边抓住病人的手，把病人控制住，同时让大山拿来湿毛巾帮他擦脸。挣扎一会之后，病人软了下来，瘫坐在地上。一边的几个女人呆愣着。大山惊恐地立在一旁。

这种病况，应该是"癫痫"病，袁刚心里暗想。他见覃爸爸清醒过来，扶着他小声问："覃叔，好些没有？"他这一问，覃爸爸忽然就猛抽了自己几个嘴巴，号哭了起来。袁刚和高仔把他扶到床上，给他递上一碗米汤，喂他喝下，然后让他躺下来。覃爸爸睁着一双眼，袁刚看到这双眼里，既空洞又无助，这时候还透着一丝歉疚，眼泪不由自主涌了出来。

袁刚坐在床边，握着覃爸爸的手，情真意切地说："叔，我终于明白大山为什么农忙假也要回学校了，原来都是你这病闹的。我看出来了，其实你这病可以治，你不要灰心，更不要放弃，我会让我的同学在城里帮忙找医生，想办法让你去治疗。现在，关键是叔你要挺住，你倒下家也就倒下了，让我们一起努力好不好？"

覃爸爸一边点头，一边压抑地哭起来。他一哭，他一家几个女人全都忍不住跟着哭起来。看着这一家人脆弱的信心，袁刚忽然感到了自己的强大，他让自己忍住不哭，压低声对躺在自己身边的这个男人说："答应我，以后不许拿家人和孩子出气，行吗？"

"嗯！"覃爸爸只剩下点头的份。

这一刻，袁刚感到了一种无法言表的沉重，同时也感到了一种明确的责任。他也来自农村，深知农民的生活和他们的命运一样脆弱，这里所有的苦难可能不一样，但根源都是一样的。虽然分田到户多年了，农民能吃饱了，但他们仍然无法掌握自己的命运。他作为一位吃皇粮的人，比他们不知要强多少倍。只要力所能及，他一定要帮助他们。只有这些农民家庭和谐了，教育才有根基，他的学生才能有一个完整的有效的教育。

呆立在一旁的覃大山让他明白，他的路还很长。

<h1 style="text-align:center">17</h1>

整个家访行动让袁刚深受震动的还有田小野家。

那是一个离莆田街四五十里地远的小屯子，只有十来户人家，房子都是泥巴垒起来的，有几家的屋顶还是盖着草，田小野家便是其中之一。小屯子的四周都是石山，没有什么树，山脚下有些水田，估计就是生产全屯人一年口粮的地方。田地早就分到各农户家了，因此现在看得出，有些已经插上了水稻，有些田还荒着。高仔带着袁刚、覃大山寻到这里的时候，正好碰到田小野一个人在路边的一小块水田里插秧。袁刚不由分说，似乎很兴奋地大声招呼高仔和覃大山一起跳下田去帮田小野插秧，寂静的山野忽然就热闹起来。

田小野对于老师和同学的不请自来，似乎有所准备，但这会儿还是一脸的意外。这位敏感的山里妹子，这会儿因为自己一身泥水，羞红了脸。看见老师下田来，她有些慌乱，嘴里惊叫起来，"老师，田里有蚂蟥，吸血的，您上去吧。"

袁刚笑着说，"不怕，我小时候专抓蚂蟥来玩呢，田我也插过。"

田小野不说话了，低着头飞快地插着秧。

袁刚一边插一边不解地问："田小野，怎么就你一个人？你爸妈呢？"

田小野依旧低着头，小声说，"爸爸出山去几年了，没回来，也没有消息，妈妈前年从山上摔下来，摔伤了腰，没钱医，起不来了。"

袁刚明显感觉到，田小野在说这些话的时候，似乎心静如水，说起那么大个事在她心里竟仿佛没泛起半点涟漪，这实在令人感到窒息。她怎么看都不大像是个十三四岁的小姑娘，倒像是个成熟的农村姑娘了。

一块田插完已过中午，袁刚、高仔和大山这才跟着田小野来到她家。这是一间低矮的茅草屋，墙是泥巴垒成的，里边隔成了两间，里间睡人，外间煮饭吃饭。他们进屋的时候，看到一个十岁左右的小女孩正领着一个六七岁左右的小男孩，从一口大锅里捞红薯粥吃。见田小野走进来，他们就喊姐姐，然后怯生生地望着跟进来的三个陌生人。

田小野问那小女孩，"给妈吃了吗？"

小女孩怯怯地点头，口里咬着两根筷子。

田小野不搭理她，拉过一只条凳请老师和同学们坐，自己进里间摸出几个鸡蛋，打算煎给老师和同学们吃中午饭。袁刚赶紧阻止了她，说不喜欢吃鸡蛋，倒是很喜欢喝红薯粥。说着示意高仔在一个竹篮里取了碗筷，从大锅中打了红薯粥，三个人就津津有味地喝起来。田小野自己也装了一碗，默默地陪着他们喝粥，一句话也没有说。大家默默地喝完一碗粥，袁刚提出要看看阿姨，田小野就把他们带到里屋的一张木床边，对着躺在床上的妈妈轻声说，"妈，我们学校的袁老师看你来啦。"

床上的女人盖着薄被子，只露出头来，看样子大约三十四五岁的样子，见女儿领着老师进来，她对着客人点了点头，再也忍不住泪如泉涌，哭了起来。袁刚见状赶紧上前握住了她的手，连连说，"阿姨别难过，我们一起想办法，会好起来的。"

他大致了解了阿姨的病情，也问了一下这个家庭的情况，终于明白田小野为什么沉默不语了，这女孩子单薄的身子上，承受着多大的压力啊。但他想不通的是，家里这种状况，田小野怎么还能上学呢？田小野沉默了很久，终于说出实情，"屯东边我爸老同一家会来帮忙，但他们说好了，要我长大了嫁他们家儿子……"说到这，田小野默默地流着泪，但硬是没哭出声来。

袁刚一下子感受到了山里人生活的沉重，这种沉重有时候真的是人无法承受的，更为可怕的是，这种沉重有时候会不期而至，让人无法回避，也无力躲藏。人们通常把这种超自然的力量称为命运，命运是人无法选择，也无法改变的。面对活生生的苦难，个人的力量其实很微小，就像他现在一样，能改变的东西很少。但他不会接受命运的安排，他坚定地对田小野说："以后不要别人来帮忙，老师和同学们一起来帮你，好不好？"

田小野眼含热泪拼命点头。

走出这间房子前，袁刚只能硬把二十块钱塞到阿姨枕头底下，表示要想办法让她能到外边接受检查和治疗。临走时他在自己学生瘦削的肩头上轻轻拍了拍，表示安慰与鼓励。他心里十分清楚，在苦麻岭这个地方，学生跟他们身后的家庭是紧密连在一起的，他们来学校，已经不仅仅是接受基础教育那么简单了。

回程的山路，不仅陡峭，而且弯曲。由于接连目睹自己学生的生活惨状，袁刚的心里有些沉重，路也走得很慢。山里的夏天，天气变化快，刚刚还是骄阳当空，转眼就一阵急雨，让人猝不及防。师生三人虽然躲到树底下，但身上还是被淋湿了。雨一时半会没有停的意思。他们站在高处，能看到底下的山谷迅速山洪暴涨，气势汹汹。袁刚和高仔、大山他们赶紧下山，企图在山洪暴发前过了这条山谷，但他们刚刚来到山谷中间，就被一股山洪堵住，三个人只好趴在一块巨石上。没想到很快水淹巨石，把他们三人冲走，好在袁刚和高仔水性都很好，他们拉着覃大山被冲出数十米后，又双双在另一块巨石上找到立足之地，三个人在巨石上趴到半夜水退之后，才得以脱险……

三个人好不容易爬上岸来，袁刚望着仍然湍急的洪水，心有余悸地问他的学生："高仔、大山，你们怕吗？"

高仔和覃大山对视一笑，高仔说："我不怕。"

大山忽然难得一笑地说："不怕！"

# 18

袁刚原以为利用七天农忙假期间，走访完全校23位学生的家长，但实际走起来，发现很难做到。山民们视他为贵客，只要一出现在哪家门口，这家人就会放下所有事，很荣耀地接待他，热情得他就连退一步都困难。山里人有规矩，进门的都是客，要是客人没有喝醉，主人家会很没面子。何况他是这一带名声很响的人物，是孩子们的先生，要是进了家门不吃饭就走，山民们的自尊心就会大受伤害，因为你看不起他。这么一来，袁刚就毫无办法，每到一处，人家兴高采烈拿出烟熏腊肉、杀了鸡来款待，他必须得跟大家伙喝酒交心，几乎每一次都喝得两眼昏花。他的真诚、豪爽和见识，让山民们打心眼里喜欢，这一轮走下来，他跟方圆数十里的山民们都变成了"老同"，成了无话不谈的朋友。

有些山民的热情实在让他叹为观止。他喝醉过几次，醉了之后就喊回去，山民们不敢耽误他的工作，便用竹子制成简易的轿子，把他抬到另一个村子。有次他见天太晚，经不住主人家挽留，就住了下来。没料到主人家看着自家那铺简陋的床，竟然满脸歉意地说，"袁老师，实在招待不周，晚上就让我家大女服侍您睡吧。"

他尽管已经喝得醉意朦胧，但此话还是听得真切，主人家一出屋，他立刻把门关死，然后装出鼾声震天的样子，任屋塌下来都叫不醒，以此逃过被服侍的好运气。

不管经历了什么，走了多少个村屯，七天的农忙假还是结束了，他的家访行动也告一段落。这次家访，虽然没能像预期的那样全部走完全校 23 名学生的家，但想去的基本上都去了，他的行动获得了山民们的广泛认同，"坟坡小学来了位好老师"的消息不胫而走，传遍了周边十里八寨。家访不仅让他了解到学生的家庭状况，而且还收获了很多家长的信任与友谊。他和山民们谈孩子的教育，告诉他们教育不单是学校一家的事，家庭教育对孩子成人更加至关重要，父母是孩子的第一老师。他希望家长和老师相互配合，把孩子教育好，把下一代教育好，让他们在做好人的基础上，学会谋生技能，学习科学知识，将来走出大山，为国家的四个现代化努力奋斗！他的话，让朴实的山民们热血沸腾，恨不得真就把孩子教好，送出山外去，将来出人头地，为山里人争光。

不久，坟坡小学流失的学生陆续回校，有家长还慕名送小孩到坟坡小学读书，学生人数慢慢多了起来。另一个变化是，此后经常有山民会不期然来到坟坡小学，给袁刚送来一把新鲜的蔬菜或者几斤新薯，目的是来跟他聊一会儿天。

坟坡小学慢慢又恢复了它过去的景象了。

## 19

五月初的时候，坟坡小学的学生增加到了五十多人，教室全坐满了。

在全面了解学生，了解学生的家庭背景之后，袁刚很清楚，接下来就是如何因材施教，如何把课上好了。只有把成绩搞上去，坟坡小学才能被乡教办承认为一所优秀的学校，才能被山民们认可。

坟坡小学这样一间教室一个班五个年级的模样，袁刚曾有过耳闻，那叫什么"复式班"，上起课来就是典型的"滚大龙"模式。他从师范毕业后，接触的至少是乡一级的学校，上的班级都是整齐划一的，从没碰到这样的复式班，连做梦都没见到过。现在，一个班就是一所学校，也就一个老师一所学校，这所学校实际上就扛在他一个人的肩上，很多人在看着他和这所学校，山民们在看，乡教办的人在看，发配他到这里的那些领导也在看。他甚至能想象得出领导们的心里话：你不是很能耐吗，看你在坟坡小学能弄出点什么名堂来！他做得好，就可以挺真腰杆子做人；做砸了，就只能夹着尾巴过日子了。照他的性格来说，现在已经没有别的选择，只能做好。坟坡小学是他的学校，他要让它按他的想法去变化，他要做出成绩来！

一个星期一的上午，袁刚向全校五十多位同学宣布了一个重大任命：从这一天开始，五年级学生高仔同学担任坟坡小学唯一的助教，协助老师开展教学工作。尽管在宣布这一任命时他郑重其事很严肃，但话音未落，全校同学还是哄堂大笑起来，纷纷朝高仔那边看。高仔没料到同学们是这种反应，冷不丁闹了个大红脸，浑身不自在。袁刚挥手止住了同学们的笑，再一次严肃地说，"高仔同学五年级已经读了两年，他可以毕业了，现在由他协助我，把语文、数学两科一到五年级的内容整理、排列出来，以后我要改变我们以往的上课方法，我要一到五年级一起上，这样会很好玩，大家说好不好？"同学们齐声叫好。

其实袁刚早就胸有成竹，他整整用心了一个月时间，把一到五年级的语文和数学教材集中起来，研究每本教材的知识点，然后把它们排列组合起来，形成一到五年级的知识点连接组合，既明确了它们的关联，又标明了它们的深浅程度，连起来就是一个知识体系。这样一来，他就会在上课之前，把一到五年级的知识点一一列出，然后分别讲解，学生不明白的再一一互相讨论，直到弄懂为止。这种教复式班的方法，他称为之"异步的同步教学法"。这样重新组合，就连打下手的高仔都豁然开朗，觉得他读那么多年书一直混沌不清的学问，经这么一疏理，现在彻底洞明了，以前所有的难题竟然都能迎刃而解。袁刚就是看到他一副开窍的样子，才提议他当助教的，没料到这家伙竟然一口答应下来，一点都不含糊。

开始新法教学那一天，他用了一个上午的时间，把语文课一年级到五年级的知识点全部列了出来，而且还把这些知识点分配到各个学期，明确每个学期的学习任务。但他同时鼓励同学们加快学习进度，可以用一个学期学完两个学期的课程，甚至一年级可以学完二年级的课程。然后用一个下午的时间，又把数学课程做了同样的知识点排列组合，分配到各个学期。最后，把这些排列组合做成表格，贴在教室里，让同学们时刻都能看到，时刻明确自己的学习任务。如此几天上课下来，同学们不仅没觉得不适应，反而觉得新鲜，就连年纪最小的一年级学生黄小弟，也迅速学完自己的知识点，嚷嚷着要学二年级的了。

这种全新的教学方法，完全颠覆了中国现有的教育模式，也完全改变了填鸭子式的灌输方法，是一种狗胆包天的创新。它完全是一种引导式教学方法，这种引导基于孩子们的兴趣，然后在快乐中探索、学习。这种事情要是发生在雅布中学或者雅布小学，那肯定会引起轩然大波，他肯定成为千夫所指的对象，方方面面的各色人等肯定会指出他的荒唐、胡闹和离经叛道。但坟坡小学是一所哪怕在雅布乡也几乎可以被遗忘的学校，这里发生什么教学方法之类的事，不会有人知道，也不会有人管。坟坡小学来了个挺能折腾的人，因此什么奇怪的事情都有可能发生。

更有趣的是，他在全校掀起了一股"学得快"比赛，看谁最先把五年的课程学完，看谁最先掌握这五年教材上的学问。这个氛围一形成，全校学生的学习劲头十足，纷纷出现一二年级学生充满好奇地学习三四年级的课程，四五年级的同学倒回头去补习三四年级的课程，彼此之间互问互学，四五年级同学完全可以当二三年级同学的老师，而一年级的同学就认其他同学为师。这种抛出知识点，通过引导让学生们自己去探索的方法，不仅激发了学生的极大学习兴趣，而且开发了孩子们的巨大潜能，其惊人结果让他感到意外：

他发现一二年级学生学起三四年级的知识，竟然一点都不比年长的同学逊色。

同学们兴趣盎然地互教互学，让他能腾出很多时间来，思考如何让学生们写好作文。他自己喜欢写作，每天都写东西，对写作有自己的理解与心得，看到学生们作文写得很不像样，心就像被猫抓一样难受，忍不住要去帮人家，最后把自己"帮"到遥远的坟坡小学来了。来到坟坡小学之后，每当学生们都已离校，空旷的坟坡只剩下他和高仔的时候，他想得最多的还是作文。眼下全国中小学生，作文水平都普遍偏低，雅布中学的学生作文已经让他痛心疾首，来到坟坡，看到学生们普遍不足百字的所谓作文，他更是无言以对。如此学生作文，简直就是老师的耻辱。他由此暗下决心，一定要想出一套又快又好教会学生写好作文的方法来，这样才不枉了做语文老师一场。

在看到同学们的语文、数学课程学习任务都完成之后，他就把更多时间花在同学们的体验作文上。他首先得让同学们喜欢上写作文，千方百计把作文塑造成一件很快乐的事情。单是语文课，他就很别出心裁。

夏天的时候，操场左边的圆坡上，会长出一大片野芦苇，一直延伸到远处的山顶上，远远看去，有如一汪碧绿的海洋。他经常把语文课搬到这里来上，把《美丽的草塘》和《小英雄雨来》这两篇课文拿到这里来朗读，让学生们亲身感受塘里的水草是如何的"茂"，感受"还乡河的芦苇"是如何"荡"起来的，让学生们用自己的话把坟坡上的野芦苇描述一遍，而且是一个跟一个比赛着说。书读完了，学生们的描述比赛结束了，他又指挥学生们钻进野芦苇深处，玩起捉猫猫和打仗的游戏，让学生们在快乐之中学习、作文，在快乐之中度过童年的每一个日子。

他根据自己在雅布中学时费尽心机琢磨出来的"作文结构图"，向学生们讲解了自古文章"凤头、猪肚、豹尾"的黄金结构，还跟学生们一起想出了一些符号，用来代替课文中的比喻、排比、夸张、拟人等修辞手法，让学生们标注在课文每行字的下边，然后统计整篇文章用了多少修辞方法，为什么要那样用。这种做法孩子们称为"挖地雷"游戏，这个游戏被孩子们玩得滚瓜烂熟，不单把自己的书画得密密麻麻，还敢把看到的任何一本书都拿来试,看能挖出多少地雷来。如此针对孩子们兴趣的一系列方法,如此寓教于乐,极大地调动起了学生们的写作兴趣,他们慢慢就把每天写点东西当成习惯了。袁刚心里明白,这是多么美好的习惯啊。

看见学生们能看的书太少,他忍痛割爱把自己随身带着的一百来本书全部贡献出来,开了一个小小的图书柜,同学们可以借书,看完后拿来还,而且还得说说自己的读书心得,不说写出来也行,写出来再比赛,写得好有奖。这样一来,同学们的读书热情更加高涨,很自觉地读书、写作,并以此为乐事。

# 20

苦麻岭深处的那次家访行动,让袁刚看到了大山深处的世态炎凉,也看到了农民们的苦难,他为此亲自找到了村委会蒋主任,建议他成立一个村民互助组,以志愿的方式,把一些富余劳动力集中起来,帮助那些确实困难的农户。在分田到户多年、农民们各自为政的时候,他的这个想法显得与大环境格格不入,因此参加的人并不多,说白了只有蒋主任和他的几个哥们儿。他没法改变这种状态,只能从自己做起,努力地去帮助有困难的学生家长们,其实也就是帮助他新交的朋友。

他抽空把覃爸爸送到了县城的医院,让他接受了一次全面的检查,开了药。还利用自己分散各地的同学寻医问药,鼓励覃爸爸继续服用中药进行调理。根据覃大山反馈回来的信息,覃爸爸已经安静多了,已经很久没有发作过。这一点,从覃大山同学痴迷上写作就可以看出来,他的学习没有受到家庭问题的影响了。

另一个让袁刚一直惦记的是田小野的母亲,他意识到这个家如果主要劳动力倒下了,压力肯定就转移到他学生的身上,这种压力对于一个十三四岁的小姑娘来说,实在是无法承受之重。要解决这个问题,关键是得想办法把人送到医院去检查,对症下药才有可能治好。田地里的事,他央求蒋主任帮忙了,但治病要钱,他怎么办呢?他根本不知道治好阿姨的病要花多少钱,因此一直不敢轻举妄动。

后来他一想，他身上存有些工资，应该够看病了。至少先把病看了，才知道如何治，要花多少钱嘛。但在这山角落里，怎样才能把人送到雅布乡医院呢？乡医院连辆急救车都没有啊，就算有，苦麻岭的路也不是急救车能走的。他无计可施，只好问高仔，如何才能把田小野同学的母亲拉到乡上去呢？

高仔不假思索，干脆利落地说："用马车拉！"

他恍然大悟，这地方最主要的运输工具是著名的小矮马啊，他兴奋地拍了高仔一肩膀，但立即又犯难地望着高仔问："可是，哪来的马和马车呢？"

高仔还是一副轻松的样子："我家有马，我叔家有车。"

他按捺不住兴奋了："高仔，能不能把马和车借用一天？"

"这太容易了。"高仔还是轻描淡写地应着。

袁刚哈哈大笑起来，抱起高仔转了个大圈子。闹心了很多日子的这件事情，就这么轻而易举地迎刃而解了，实在出乎意料。你别说，这高仔还挺得力，做他助手合适啊。

他兴冲冲找来田小野，把自己的想法告诉了她。田小野一听，双眼当时就红了，对老师的安排只会一个劲地点头。望着这位长得跟自己差不多一般高的学生，想着她这几年的遭遇，袁刚不禁也悲从中来，眼眶发热，但他努力克制住自己的情绪，低沉着声音说："小野，坚强些，只要我们一起努力，没有克服不了的困难。"

田小野眼含热泪，也只会拼命点头。

一个夏日的星期天清晨，四点来钟的光景，天还黑着，只有那几粒硕大的星星，似乎在努力往地上洒了把亮光，黑暗变薄多了。高仔打着手电，驾出马车，来到坟坡底下跟袁刚汇合，两人就直奔田小野家所在的旺山屯而去。沐浴着清晨凉爽的山风，看着山野慢慢醒来，这让袁刚和高仔心情舒畅，两个人几乎是一路说笑着，不知不觉就来到了田小野家的草屋后，惹起了邻家的一阵狗吠。

袁刚抬腕借着晨光一瞧，才六点来钟，天刚麻麻亮。

　　田小野已经等候多时了，马车一到，她就熟练地抱过一捆干稻草厚厚地垫在车床上，然后铺上席子，打点妥当之后，才用无助的眼神望着她的老师。袁刚马上明白，田小野抱不动她妈妈，这活儿得他来做。他会意地笑了笑，来到田小野妈妈的床前，把她抱起来，抱出屋外，轻轻放到马车上。田小野细心地给她妈妈盖上一层花色的床单，垫上枕头。安顿好两个弟妹，田小野在前面引路，马车就静悄悄跟在她身后，朝村外去。

　　马车上了山路，袁刚招呼田小野坐到车上去，高仔在前面拉，他在后面推。但田小野不愿意，她无论如何也不能让同学拉、老师推着自己走，她执拗地跟老师走在一起，上坡时也推一把车。他只好由着她。师生三人就在这夏日清晨的山路上，驾着马车，向雅布乡进发。车过莆田街，天刚亮透。他们马不停蹄，趁着早晨的好天气赶路。

　　师生三人都感到意外的是，当天午后时分，他们就赶到了雅布乡医院，把田小野的妈妈安置到了病床上，等待医生的检查。经过乡医院唯一一台 X 光机的拍片，医生望闻问切之后，这才向袁刚说，病人有些骨折，腰骨有一节错了位，伤得并不严重，只是拖得太久，伤就熬老了。主治医生给她打了针，配了药，还请来当天坐堂的一位老中医给她做了一次针灸，也配了些中草药，让她回去热敷。这位热情的老中医还再三叮嘱，不能老卧床，要起来多动一动腰身。经过这一番诊疗，田小野的妈妈似乎轻松了许多，脸上也浮起了笑容。

　　当晚，袁刚安排田小野母女在医院留医一晚，打算明天再观察巩固一下再走。他自己带着高仔，找一起分配到雅布乡中心小学工作的师范同学借宿去了。

　　第二天早上，田小野的妈妈已经明显感到疼痛消失许多，但袁刚还是要求医生再给她打一针，再检查一下。折腾到近中午，师生三人才再一次驾起马车，回苦麻岭。

　　回途之路，大家明显轻松了许多，就连仍旧躺在马车上的田小野的妈妈，也一路眍着眼，微笑地望着这师生三人，在心里感叹这一天发生的一切真的太神奇了。这发生在她身上的一切，都是亲爱的袁刚老师促成的，这小伙子真的是老天爷派下来帮助穷人的吗？袁刚不知道田小野的妈妈在想什么，但看到治疗效果出奇地好，所有人都开心，就连这一路上陪着的太阳，也是笑模笑样的啊。于是他就一路上不停地给两个学生讲故事，有时候还兴奋地唱起一首歌，反正这一路笑声没有停止过……

回到家不久，田小野的母亲就奇迹般好起来了，慢慢已经能够打理家务，给田里除个草、施个肥什么的也能自己去。一个月后，完全恢复健康的她就让田小野的妹妹田小南也到坟坡小学读书来了。

此后，袁刚发现田小野看他的眼光里，不仅多了感激，还多了些崇拜的意味。自从她母亲病好了之后，她整个人变得开朗了许多，脸上的笑容也多了起来。小图书柜开放之后，借书借得最勤的人就是她。看到小姑娘振作了起来，袁刚体会到了教师的成就感。

而在田小野看来，袁老师简直就是她的福星，是她少女梦中一直呼唤着的超神秘的力量，这种力量能帮助她实现自己的梦想。她虽然生在山村里，但她爸是村里唯一读完高小的读书人，从小就教她认字，讲她喜欢听的故事。她喜欢看书，五六岁的时候就能把爸爸的几本大书看完，还像模像样地给妹妹讲故事。后来爸爸出山去了，一去数年都没有回来，有人传话来说她爸爸死在外头了，她感到生活没有了滋味，更没有了奔头，从此就沉默寡言。但她无论多困难，都坚持上学，从没间断过。自从袁老师来了之后，她家的命运神奇地改变了，她真切体会到了袁老师的神秘力量，这种神秘力量不仅能改变她的家，而且还能给坟坡小学带来欢乐，带来同学们敞开心扉的灿烂笑声。

田小野喜欢这样的快乐日子，喜欢听袁老师上课，特别喜欢上作文课，因为袁老师经常把作文课上得妙趣横生，往往能从同学们身上顺手牵出一长串生活琐事，然后化腐朽为神奇，都能写到作文里去，成为作文的好素材。她迷上了写作。

袁刚知道田小野在想什么。有时候他会在课堂上拉出古灵精怪的黄小弟同学，让他在讲台上溜一会，然后让同学们描述黄小弟刚才的神情、动作和心理活动，而且当堂让同学们一个个口头描述。同学们的描述千奇百怪，各不相同，有时就惹起哄堂大笑。在这样的氛围里，同学们再也不拿作文当难事，而是争先恐后地多写、多练，越写越好，越写越上瘾，简直是神了，遥远的山角落里竟然冒出了一批小写手，就连黄小弟都能写出千字长文来，而覃大山简直就是一位准文学少年了。

在这批小写手中，田小野和覃大山无疑是最出类拔萃的两个。小姑娘十分积极写作，作文文字虽朴实无华，但却全透着可贵的真情实感，很能抓人。而且，很明显的是，进步飞快啊。看她的作文，凭直觉，就能看得出她很有文学天赋，如果她从小立志，那么从坟坡就很有可能走出一位萧红一样的大作家。这样考虑以后，袁刚就经常把田小野和几位作文写得好的女生聚拢来，有意无意地跟她们谈文学，讲女作家的故事，谈女作家的作品，从她们充满向往的眼神里，他看到山里孩子们的心灵世界被打开了，里面同样丰富，同样精彩……

庆幸的是，这批小写手赶上了中国文学大发展的好时代。覃大山仍然不多言语，但却自信多了，他甚至开始偷偷地写起小说来，这一点让袁刚狂喜不已。

这个时代不仅国内伤痕文学风起云涌，国外的意识流、魔幻现实主义等文学流派蜂拥而来，整个文坛可谓百花齐放，文学刊物也如雨后春笋般冒出来，文学青年更是千千万万，一直以来心怀作家梦的袁刚就是其中之一。作为文学青年，写信、投稿是必修课，而这正是他学得最好的一门功课，他从初中时起就敢于写信跟素未谋面的名家们交流，而且常常被误以为是基层老教师呢。如今看到自己教出来的学生作文写得好，他就产生了一个冲动，那就是精选出几篇来，寄给文学杂志或儿童刊物，若能发表出来，岂不是坟坡小学的大事一件？

想到就干，精选了田小野的《爸爸，让我知道你在哪里好吗？》，黄小弟的《蚂蚁国》，还有高仔的《莆田街一日》，覃大山的《百更屯怪事》等五篇文章，打包寄给了地区文联主办的《柳蕾》文学杂志。没想到很快就收到

《柳蕾》杂志稿件采用通知，说杂志社决定以"校园新苗"这样的专栏，全部发表坟坡小学五位同学的习作。收到编辑部来信的那一天，坟坡小学沸腾了，蒋主任来了，附近村的青年们也来了，大家伙纷纷像看圣旨一样传阅那一纸《柳蕾》杂志用稿通知，纷纷感叹这是苦麻岭有史以来第一遭，一下子出了那么多位秀才，袁老师真是位神人啊！

一个月之后，崭新的《柳蕾》杂志带着浓厚的油墨香味被邮到了苦麻岭村委会，莆田街立即轰动起来，人们不约而同涌往村委会那两间老屋，一睹苦麻岭村子弟的新鲜事——文章竟然印成书了。看过，摸过，叹过，蒋主任一行人就像捧着个宝一样，热热闹闹地送上坟坡来。在同学们、乡亲们的欢呼声中，蒋主任亮起他的粗嗓门，激动地大声说：

"大家静静，听我说两句！我早就说过，袁老师作为公家人，吃铁饭碗的，他能到我们苦麻岭来，就是我们苦麻岭的福分！大家伙看看，袁老师来我们这里不到半年，我们这里就出了秀才，往后大学生都能出，我们大家伙要感谢袁老师，我们苦麻岭的老少爷们一起给袁老师鞠个躬！"说着带头鞠了一躬。

黑压压的一片头全都低了下来，那一刻，袁刚双眼潮湿了，慌忙也给大家伙鞠了一躬。

# 第5章

## 21

袁刚第一时间拉着覃大山回到了百更屯。

已经是傍晚，他们来到覃大山家的时候，覃大山全家人都在。袁刚把还在散发着油墨香味的《柳蕾》杂志递给覃爸爸时，激动地说："叔你看，这是大山写的文章，发表在杂志上了，咱们得好好培养大山啊！"

覃爸爸双眼发光，颤抖着手打开杂志，寻找覃大山的名字。当他看到"覃大山"这几个字真真切切地出现在他面前时，便庄严地把杂志摆放到祖宗牌位前，然后跪了下去，认认真真叩了三个响头，对祖宗们说："列祖列宗在上，我儿大山读书争气，写出了好文章，被登在书上，这也是光宗耀祖的事情，我今天向列祖列宗发誓，不管多难，都要供大山读书，让他考取功名！"说着，双眼早已泛出泪光，声音也颤抖得厉害。

袁刚看在眼里，也上前在覃家祖宗牌位前深深地鞠了一躬。他知道，从此以后，这一家人有盼头了。

……

1987年7月1日清晨，坟坡小学举行了隆重的升国旗仪式。

操场上的旗杆是距莆田街十多里的水湾屯青年阿德和阿芳兄妹带人竖起来的，他们屯靠着浪溪江，围着一大片竹林，他们一听袁刚提出这个构想，就几个人钻进竹林，选了一根又高又直的竹子，扛到坟坡小学来。选好址后，几个后生又挖好坑，把竹子立起来，做成旗杆。袁刚选了黄小弟和另一位差不多同龄的女同学担任升旗手，操练了几天。为了这次升旗仪式，学校还做了一系列规定，一是当天同学一定要穿戴整齐，戴好红领巾，要会唱国歌。学校同时欢迎家长、乡亲一起参加升旗仪式。

袁刚想起一个人来。他找来蒋主任，对他说："我到学校半年了，一直抽不出空去看一下刘老师，也不知道他现在病得怎么样，如果有可能，明天把他接到学校来，一起参加升旗仪式吧！"蒋主任说，他前两天刚去看了刘老师，人还是下不来床，要让他上学校，得抬着。袁刚说，征求一下刘老师意见吧，如果他老人家愿意，就把他抬上学校来，毕竟老人家把一辈子都奉献给了坟坡小学，他就应该是坟坡小学的荣耀！蒋主任望着袁刚，他似乎有些不相信这些话是出自这位年轻老师的口，但他的耳朵却分明听到。一丝久违的感动漫上他的心头，他暗自想，明天无论如何也要把刘老师抬上学校来。

这天一大早，莆田街文学青年蓝天领着几位小伙子就把柴油发电机搬到坟坡上，目的就是为了给一台巨大的双卡录音机供电，录音机要播放国歌。

一切准备就绪之后，人陆续来了。袁刚发现，除了五十多位学生的家长，还有很多附近的山民闻讯而来，总人数应该有近两百人。后来人群骚动起来，只见蒋主任打头，后边跟着四个大汉抬着的一副担架，担架上躺着的正是刘老师。人群自动让开一条路，好让担架直接来到袁刚面前。这里已经摆好了一张躺椅，他跟众人一起手忙脚乱把刘老师从担架抬到躺椅上，总算把老人家安置到了"主席台"。

上午十点，升国旗仪式开始。

全校学生排了五列，每列十人，家长和山民们就站在后面，安静地看着这庄严的一幕。袁刚宣布"七一升旗仪式"开始，并朝升旗手喊口令，黄小弟和他的搭档一脸神圣，手捧国旗、踏着正步来到旗杆前，把旗的一角绑到绳子上，然后一人举手敬礼，一人开始缓缓拉绳子升旗。全校同学同时举手朝国旗敬礼，录音机里随即播放国歌。袁刚高喊大家一起唱，带头唱起来。一时之间，沉寂的山野里响起了高亢的国歌声，这歌声那么庄严、那么神圣，让每个在场的人都热血沸腾，情不自禁地跟着唱起来。许多人发现，躺在椅子上的刘老师眼含热泪，抬起沉重的手，全程向国旗敬礼，嘴唇剧烈地嚅动着。

国歌唱完，礼毕，诺大的操场沉静下来，大家伙没有一个人说话，似乎还没从刚才的氛围中走出来。袁刚站到旗杆前，大声地问道：

"同学们，今天是什么日子？"

"党的生日！"同学们齐声回答。

"同学们回答得对，很棒！"他话锋一转，继续发问，"我再问一下同学们，我们为什么要读书？"

"为了考上大学！"似乎是黄小弟的声音。还有人回答"为了将来找份好工作"，更多的同学是一时不知如何回答，纷纷交头接耳起来。

"好，大家的答案都不一样"他清了清嗓子，更加洪亮地说，"大约五十多年前，有一位年轻人也回答了这个问题，他的回答是为中华之崛起而读书！大家知道这个人是谁吗？"

"周总理！"田小野大声回答。也许是感觉自己声音太大，答完后她吐了吐舌头。

"田小野同学答得对！"袁刚接上说，"今天，中华正在崛起，我们读书自然是为中华之崛起而努力，但另一方面，我们读书更是为了做一个好人，做一个爱家、爱别人的人，做一个诚实的人，做一个善良的人。学好了做人，再学谋生的本领，这就是读书的目的，大家说对不对？"

"对！"振聋发聩的回答，他明白，这绝不仅仅是学生们发出的。山民们的质朴，再一次让他深深感动，这就是他的学生、他的学校啊！

他有些激动，站到刘老师的躺椅前，饱含深情地说："我们国家的进步，总跟许许多多人的奉献分不开。就像我身边躺着的刘老师，他就为我们苦麻岭的教育事业，付出了一生的心血。今天站在这里的乡亲们，有些几辈人都是刘老师的学生。现在，老人家已经七十多岁高龄，站不起来了，可就在我没来之前的几个月，他仍然挣扎着上坟坡来给学生们上课，直到实在站不起来。今天趁这个机会，让我们一起给老人家鞠个躬吧，感谢刘老师为我们坟坡小学所做的贡献！"说完，他带头朝刘老师深深地鞠了一躬。现场所有的人，都低下了黑压压一片头。

躺在担架上的刘老师保持着向国旗敬礼的姿势，早已老泪纵横。

升国旗仪式在太阳爬上坡顶的时候结束，所有的人都意犹未尽，山民们的脸上洋溢着久违的庄严，他们的灵魂在那一刻是崇高的，他们的激情在那一刻是激荡的，他们似乎在这一刻才真切感受到自己和国家的联系。但仪式毕竟已经结束，众人慢慢散去，蒋主任也要组织人把疲惫的刘老师抬回家。临走时，刘老师颤动着双唇，但已说不出什么话，只是握着袁刚的手，久久没有松开。袁刚凑近他耳朵，大声说："刘老师，你安心养病，我会带学生们下去看你的！"老人这才点着头，松开他的手，依依不舍地被抬走。

送走刘老师，还逗留在坟坡上的山民们便涌进了教室和袁刚的房间。他给学生们上课，山民们也像学生一样坐在教室后面认真听。他看到覃爸爸和田小野的妈妈也安静地坐在后排，认真听他讲课。有些年纪比他大得多的山里人，怀着崇敬的心情，瞻仰着他房间里的哪怕是一点新奇小玩意，轻易就报以巨大的惊叹，流连忘返。

下课之后，覃爸爸把袁刚拉到一边，指着坟坡十分富裕的土地，建议他搞些副业，种菜养鸡，甚至可以养猪。覃爸爸自告奋勇地说他要抽空来帮忙做这些事情，田小野的妈妈说她种菜可是一把好手。大家相谈甚欢，规划了好一阵，这才各自回去。

中午，跟袁刚已经混熟的农村青年阿德、阿芳和蓝天仍然没有离开坟坡，他们起哄着把吉他递了过来，要他表演一首。他不会在这种情况下怯场，潇洒地把吉他挎在胸前，开始自弹自唱，一首《祝酒歌》就行云流水般倾泻出来，让听者痴迷不已，报以疯狂的掌声和欢呼声。

## 22

一个周末的下午，袁刚把"助教"高仔和新任班长田小野叫到自己房间，给他俩布置了一个任务，要求他们召集全体同学开一次主题班会，让大家讨论"刘老师老了，我们能为他做些什么"这个话题，大家先自行讨论，他会在班会后半段出现，听取大家讨论的结果。高仔和田小野可从没开过班会，更没有单独主持过班会，接受任务后，两个人讨论了半天，决定把主题写在黑板上，然后让大家伙自由发言、讨论。

这种场合，黄小弟是最活跃的一个。这个虎头虎脑的小家伙第一个跳出来，反客为主地冲着田小野就说："现在我们请班长带头发言吧！"说完还带头热烈鼓掌。

田小野被迫站了起来，同学们的掌声更加热烈，她腼腆地憨笑了一会，才小声说："我从上学读书那天起，就是刘老师的学生，直到他病了，来不了学校了。"这句话一出，同学们都安静了下来，似乎所有人的思绪都被拉回到初上学时的日子。田小野停了一下，清清嗓子，继续说，"我爸只上过高小，他的老师也是刘老师，我们苦麻岭很多人，只要读书，就都是他的学生。听我爸说，刘老师从年轻时候起就一直在村里教书，他有一个梦想，就是有一天能转正成为公办教师，但直到现在，他的梦想也没有实现……我想，我们能为他做些什么呢？我想，他老得走不动了，我们至少可以陪陪他吧……"

教室里鸦雀无声，同学们都沉浸在对刘老师的回忆之中，哪位同学能没有与刘老师一起度过的童年时光呢？刘老师那头雪白的银发和慈祥的面容，简直就是同学们的童年记忆啊。接着田小野的话，高仔也颤抖着声音说："现在刘老师家里一堆年轻的儿孙都到山外打工去了，家里只有他五十多岁的大儿子留守，一个人忙里忙外，顾不上刘老师呢，大家说怎么办？"

大家议论纷纷，提了很多想法。有说要去给刘老师挑水，有说要定时去看望刘老师，有说要去帮刘老师打扫卫生，还有说要经常去陪刘老师说话，给刘老师唱唱歌的，田小野都一一记录下来，然后一条一条跟大家讨论实施的办法。

就在大家讨论得热火朝天的时候，袁刚悄悄走进了教室。走进同学们中间，示意大家继续讨论，直到大家都静下来，五十多双眼睛都望着他，这才走到讲台前，严肃地问大家："同学们，我请问一下，你们当中有谁知道刘老师的名字叫什么？"

同学们面面相觑，还真没有人知道刘老师的大名叫什么。就连在莆田街见多识广的高仔，一时也说不上来。袁刚这才毕恭毕敬地说道："刘老师大号刘国正，1911 年生于莆田街，20 世纪 30 年代到桂林求学，新中国成立后一直在附近学校任教，后来回莆田街筹办小学，直到几个月前因病离开学校，刘老师一辈子都是当老师的，大家说，可不可以说他桃李满天下啊？"

"可以！"同学们异口同声喊道。

"现在，刘老师老了、病了、走不动了，我们作为他的学生，是不是应该为他做点什么，以表达我们的感恩之情呢？"他环视了一下大家，继续说，"刚才同学们讨论了很多，提出了很多想法，都很好，接下来就看我们怎么做了，不能光说不练对吧？"

同学们都会心地笑起来，讨论得更热烈了。高仔和田小野对大家提出的各种想法进行了总结归纳，决定明天一早全体同学一起到刘老师家进行大扫除，为刘老师洗一次头，为刘老师做一餐饭。而且，这个活动要长期坚持下去，使之成为坟坡小学的一项长期的课外活动。

第二天早上，坟坡小学全体同学在坟坡下集合，有的带来了大扫除的工具，有的带来了手动理发剪，袁刚吩咐高仔跑到莆田街菜摊买了肉和菜，一行人便浩浩荡荡朝莆田街后边的刘老师家而去。

刘老师家其实就是一栋黄泥砖砌的老瓦房，老式两厅四房结构，进门是中堂，隔着一面墙，墙上是祖宗牌位，牌位前是一张布满灰尘的高八仙桌，左右两边各安放一张圈椅，一般是举行什么家庭仪式时由长者所坐。中堂后面是后门，左右两边各两扇门共四间房。刘老师就住在进门右边的一间房里，听闻袁刚老师带领孩子们看望他来了，老人一脸的兴奋，笑了起来。袁刚和同学们一一进房向刘老师问好，然后就按计划进行屋前屋后大扫除，各自欢快地忙活，平日寂寥无声的老屋一下子充满了生机与活力。

袁刚观察了一下刘老师的睡房，只见除了一张陈旧的木床和一张被岁月染黄的旧蚊帐，房里最显眼的就是一张旧书桌和书桌旁的旧书架，书架上还摆了很多书，其中就有不少的文学名著。至于生活用品，可以说一无所有。他发现中堂前有一张折叠躺椅，便让高仔搬到院子里的龙眼树下，然后两人合力把刘老师从房里扶到躺椅上。

在高仔与覃大山的协助下，袁刚为刘老师理了头发，三个人又一起为老人家洗了头，这才帮他舒服地斜靠在椅子上，让他能舒舒服服地看篱笆墙外的风景。

学生们都各自忙去了，只有一老一少两位坟坡小学教师坐在一起，望着门外的远山。

老人一脸安详，这会儿显然是幸福的，他亲切地望着袁刚，轻声说："你是来到我们坟坡小学的第一位公办教师，真不容易。"

"总要有人来，要不孩子们怎么办呢？"袁刚故作轻松地说。

"看到孩子们有今天，我死也该瞑目啦。"

"老前辈，"袁刚迟疑了一下，望着老人家说："这一辈子，您还有什么遗憾吗？"

"有啊，"老人说，"我一辈子都是代课老师，睡进棺材也转不了正啦。"

看着老人脸上一副早已无欲无求的淡然神态，袁刚心里为之动容，说话的声音有些颤抖起来："可是，在所有学生心中，您就是最好的老师。"

老人闻言，脸上舒展开心满意足的笑容。

大扫除完毕的同学们，大部分都汇聚到院子里，在田小野的指挥下，排成三列，给刘老师表演合唱《在希望的田野上》、《让我们荡起双桨》等歌曲。在同学们有些稚嫩而杂乱的歌声中，袁刚发现，刘老师微闭着双眼，但有一颗硕大的泪珠滚落了下来……

# 23

夏季学期期末考试开始了。

这是袁刚来到坟坡小学后的第一个期末考试，他所做的一切，包括学生在杂志上发表文章，似乎都不如期末考试成绩来得重要，因为这是对一个教师工作与教学考核的硬指标和唯一标准。时值中国教育拨乱反正后的第九个年头，高考、中考制度恢复多年，应试教育深入人心。教育成绩的标准，渐渐向一个学校考出了什么成绩看齐，如果一个学校考出了十几个清华、北大学子，那这所学校就火了，家长就会挤破头也要把孩子送进这所学校来读书。袁刚虽然不认同这种做法，但人在屋檐下，不得不低头，必须也要接受这种考核，否则谁给工资啊。

由于上级重视，期末统考就变得十分郑重其事，各学校间要交换教师互相监考，以示公平、公正、公开，这样考得好的学校获奖，考不好的学校你就提不出意见了，谁叫你们学校考得那么差呢。就连考得好的学生也有奖励，三五元不等，也是按分数高低来定。

山角落里的坟坡小学，与四十里外的一所小学互换监考。陌生的监考老师提着试卷袋来到坟坡小学，望着五十多位高矮不一、年纪不同的学生，慢慢打开试卷袋，抽出试卷，忽然似乎发现不妥，自言自语道，"怎么全是五年级试题呢？这里分明有一二年级的嘛，是不是搞错了啊？"

"报告老师"，高仔见状，赶紧站起来解释道，"没有错，我们袁老师要求我们统一考五年级的试题。"

黄小弟甚至笑嘻嘻地冲他说："莫不是我们袁老师没告诉你吗？"

监考老师一脸惊愕，很显然这种情况超出了他的想象，他一边分发试卷一边嘟哝着："你们老师一定疯了，敢开这样的国际玩笑！"

学生们一阵嬉笑之后，安静下来考试了。

令监考老师意外的是，拿到五年级试卷的好多位看起来也就是一二年级的学生，并没有一脸茫然，而是绷着个小脸，认真看题目，有几个还动了笔。

这个发现让监考老师有如白天见了鬼,吓呆了。考完试,他赶紧收齐试卷封好,离开险境一样迅速下坡。后来学生们给袁刚描述说,监考老师那天是慌里慌张溜下坡去的,边跑还边回头张望,怕鬼跟着呢。

期末统考结果很快出来,坟坡小学五十多位同学参加考试,及格率达到80%,大大超出同类学校,在雅布乡属于佼佼者,就算跟条件优越的雅布完小相比,也毫不逊色。特别让人叹为观止的是,坟坡小学一年级学生黄小弟居然考了数学 100 分,这点让全乡教师感到不可思议。坟坡小学五年级学生田小野语文考到了 98 分,作文几乎满分。四年级学生覃大山的作文更是得了满分。学生们的出色表现,让坟坡小学这颗深埋于山里的璞玉,按捺不住地发出了光,这光突兀得让雅布乡的所有教师都感到刺眼。袁刚过往的那些故事,又开始在全乡流传开来,很多人不得不感叹,这家伙是有些真本事啊,否则怎么总能整出些让人"难以置信"的事来呢?

雅布学区期末工作总结大会上,那位精干的袁刚至今都叫不出名字来的乡教办主任热情洋溢地表扬了他,说他年轻人有志气,主动要求到边远山区任教,爱岗敬业、艰苦奋斗,是受乡亲们爱戴的好老师,到岗半年,大大提高了学校教学质量,穷山沟里的小学生还在地区杂志上发表文章,这是多么了不起的成绩啊!学区全体教师就应该以此为榜样,当一个心里有学生的好老师,为实现四个现代化贡献每个人的力量!

说到最后,教办主任降低了音调,改用很迂回曲折的声调说,"我早就知道小袁老师是个人才,分配到雅布中学教数学没多久,就总结前辈数学教师的教学经验,做出了成绩,出了本好书,影响很大,连地区教育局长都亲自来电话表扬。后来他一心要教语文,搞作文教改,为了让他不受任何干扰,我就调他到了坟坡小学,现在看来,我当初的决定是对的,年轻人只有深入基层,才能成长起来!"

袁刚在台下听着,脑子里不禁浮现起自己第一次步行去苦麻岭的样子,差点以为自己要把一辈子的山路都走完呢,走到莆田街的时候,人几乎要散架了。

大会最后公布获奖名单，袁刚没有任何悬念地获得两项大奖：教学成绩突出奖和教案评比一等奖。第一项奖获得奖金20元，相当于他当时月工资的大约一半；第二项奖获得一本精美的塑料封皮的笔记本，封面上是毛主席与尼克松握手的照片，估计价值也不菲。上台领奖的时候，袁刚发现雅布中学的校长竟然没有参加会议，后来据说他是以身体不适为由请的假。而刘主任坐在前排，袁刚上台的时候，他老人家适时把头转过一边，透过窗户，看外边的风景。倒是雅布中学几个他认识的老师，包括数学组长陈天谈老师，在台下热烈地鼓掌，用眼光向他表达祝贺之意。他当然也回之点头，表示感谢。

回到坟坡小学之后，他也召开了一个全校表彰大会，表扬了同学们这次期末考试表现优异，成绩突出，打出了坟坡小学的威风，希望同学们再接再厉，争取更大的胜利！接着向单科成绩出众的黄小弟、覃大山、田小野三位同学颁发了每人奖金6元，高仔同学因为协助老师抄写教案有功，袁刚把那本高档笔记本转奖给他。

高仔手捧笔记本的时候，他发现同学们全都一脸艳羡。如此精美的笔记本，同学们谁都没见过呢。

在同学们过年一样的喜庆氛围里，只有覃大山仍旧一声不吭，显得有些刺眼。老师一宣布散会，同学们就一群野麻雀一样飞离教室，只有他低着头还坐在座位上没动。袁刚收拾好讲台上的东西，正要离开教室，抬眼看到覃大山仍然趴在座位上，便来到他跟前，问道："大山，放学了，你怎么还不回家呢？"

"我不敢回。"覃大山抬起头，眼睛里已经满是泪花，带着哭腔说，"我爸又打人了。"

"又犯病啦？"袁刚盯着他问。

"没有钱买药吃，病又犯了，犯了就打人，昨天打了我和妈妈……"

袁刚明白了。如果覃爸爸能接受好一些的治疗，他的病是可以治好的，但在这贫困的大山里，谁能帮得了他呢？看来，有时候厄运真的像一张让人无法挣脱的大网，这网牢固得令人绝望。

　　望着大山手上几条明显的鞭痕，袁刚二话不说，拉着他就一起去百更屯。在暮色深沉中走进覃家老屋的时候，他的心就像被丢进冬天的山泉水里，凉透了。这个家又变得凌乱不堪，就在一支松明的昏黄火光下，一家人正就着咸萝卜喝粥。看见老师来到家里，老爷爷赶紧起身让座，但覃爸爸却木着脸不动，低头不语。

　　袁刚一时不知说什么好。在令人窒息的贫困与苦难面前，所有语言都变得苍白无力。不知道为什么，他忽然悲从中来，忍不住眼泪夺眶而出，哽咽着说："爷爷奶奶、大叔大婶，大山期末考试得了单科第一名，乡里奖了他6块钱，他给咱们覃家争了气！"

　　大山捧着6块钱小心翼翼递给他爸爸，小声说："爸，给您钱，您买药来吃吧。"

　　覃爸爸忽然狠狠地给了自己一巴掌，怪异地号哭起来，这哭犹如一部正在加速的机车忽然刹车一样，发出瘆人的声响。袁刚赶紧阻止了他，对他说："叔，你心里苦我知道，我们一起克服困难吧，我等下就带大山一起回校，以后只要我还在学校一天，就让他跟我住一天吧！"

　　覃爸爸似乎哭得更剧烈，但却说不出一句话来。倒是老爷爷拉过袁刚，掏心窝似的说："小袁老师，你是我们家恩人，对我孙儿好，我老了，没有什么东西感谢你，我给你行个礼吧！"说着就跪了下去，深深叩了个头。袁刚慌忙把老人扶起，连呼受不起如此大礼。

　　离开覃家，在一座小山坡上回望被黑暗笼罩的百更屯时，袁刚无奈地长叹了一声。

## 24

　　坟坡小学在袁刚来了之后发生的巨大变化，让苦麻岭村委会感到十分满意，村委会干部们都感受到了他们子弟学校的魅力——竟然有邻村的亲戚请托，希望让他们的小孩到坟坡小学来读书。这种情况让村委干部们认识到，坟坡这地方似乎要恢复"文革"时的辉煌了，当年的坟坡有两个小学班、两个初中班，全校师生近两百人啊。如果现在坟坡小学扩大招生，肯定能招来很多学生，但学校教室肯定不够，基础设施严重不足，这是制约学校发展的主要问题。蒋主任为此多次找袁刚商量，打算扩建学校，未雨绸缪。

商量的结果是，趁暑假期间学生不用上课，集中人力推倒原有的教室，重新建设一排四间的大教室，确保能满足一百多名学生上课使用。这排教室有两间建到一层半，上边可当办公室使用。教室右边的那两间矮房，同样推倒重建四间宿舍，预备有些学生要住到学校来。这是第一期工程，第二期工程主要是校园规划，操场现在已有简易篮球架，但左边是一块低洼地，应把上边的圆坡削下一半来，把低洼地填平，这样操场就一下子扩大数倍，且平展展一片，更像一个学校大运动场了。这个规划在学校和村委间达成共识，袁刚担任学校改造工程总指挥，蒋主任任副总指挥，只等暑假一开始就马上动工。

桂北山区山民起的房子，大都是土坯房，因为当地黄泥土黏性大，只要舂实，就十分坚固，而且不怕日晒雨淋。舂墙要用的木夹板、木桩，还有下地基要使用的石头、砖头，上梁要用的横梁木等，都提前准备好。蒋主任还安排人在附近烧了窑石灰，以备砌砖之用。

七月末，学生放暑假了，学校扩建工程也就开始了。首先是一期工程，蒋主任发动了四十多名青壮劳力，用一天时间把原来的教室扒掉，墙也推倒，清理干净。然后下地基，用石头砌到地面以上，最后才上墙板，往墙桶里装入黄泥，两三个人就在上面舂。为赶进度，他们一共使用了六副墙板，分六组人马同时上板舂墙。按照当地人的做法，他们上好墙板后，要先在里边放些竹片，然后才能倒进泥土，接着用墙锤击打、夯实，这样一堵墙才算完工。如此反复，一座泥坯房就很快建起来。

建设工地上，袁刚发挥了文化人的优势，大造会战声势，大搞犒军活动，让整个工地始终欢声笑语、彩旗飘扬、热火朝天。他每天让水湾屯的姑娘阿芳安排几个妹子到现场，给汉子们端茶送水，有时候还在临时休息时表演上一两个节目，让汉子们开怀一笑，干起活来更干劲冲天了。建设果真进展神速，不到半个月，四间连排教学楼的框架已经完成，再用几天上梁盖瓦就可完工。袁刚把一大半的人工调到宿舍工地，开始学校宿舍的建设。这样马不停蹄，交错作业，两排土坯房趁着好天气，顺风顺水地在坟坡上冒了出来。

四开间连排教室，高一层半，每间约五十平方，里外墙全都用石灰和泥沙批上墙皮，屋檐也用木板装饰起来，批上灰，有点像原来公社平房办公室的模样。右下边几十米外的宿舍，同样是四间连排，但每间比教室矮，也明显小得多，大约只有教室的一半大小。内外墙同样批上墙皮。照蒋主任的说法，这墙皮不怕日晒雨淋，保护墙体，作用挺大。

最后剩下的石灰，工匠们用来和着黄泥打地板，把个教室和宿舍地板都打得平整光滑，乍一看和水泥地板差不了多少。

第一期工程差不多完工的某一天，待工匠们陆续离校回家，天也黑了下来。袁刚抓住正准备回家的蒋主任，小声说："主任，你留步，我跟你商量个事。"

"啥事呢袁老师？"蒋主任边披上衬衫，边走到他跟前。

两个人在工地上边走边谈，袁刚说，"乡亲们辛苦了二十多天，现在工程收尾了，我想以学校的名义，我出钱，买头猪犒劳一下他们，请他们吃一餐饭。"

蒋主任赶紧接上说，"大家伙吃一餐，这钱村里出，毕竟这是村里的学校，不能让袁老师你破费，这事我来安排。只是……"

蒋主任欲言又止，轻叹了口气，把目光投向操场边上的圆坡。

"主任有话直说吧。"他见蒋主任的样子，似乎有什么难言之隐，便停下脚步。

蒋主任停顿了好一会，才对他说，"眼下又到夏收夏种时间，工匠们只能做到这一步了，二期工程得慢慢来。"说到这里，这个壮实的桂北山区汉子又似乎情不自禁地轻叹了一声，继续说道，"袁老师你也知道，我们这里分田到户也好多年了，大家伙都开始各顾各，现在除了我没有人还能动员他们了。大队改村委会后，明年开始村民选举，我就不一定是村主任了，所以，我就想在退下来之前,给子孙们留下一个好的学习环境,算是最后出把力吧。"

袁刚这才意识到,蒋主任刚才的心境,其实就像暮色一样苍凉,面对这位南方少有的络腮胡子,他竟然在一瞬那间,想到了武侠小说中的侠客,那一走天涯的悲壮。

这回轮到他无言以对,停顿半晌,才打着结巴说,"主任,不用担心,你在苦麻岭的威望,没人能比啊,山民们不选你,还能选谁?"

"现在的人心不是过去的人心啦!"蒋主任反倒笑了笑,大声说,"不管那些。这个暑假我还得请几个木匠,做些新课桌椅,把四个教室都用上,能装百把二百学生了。"

袁刚不知道再说什么,心里堵得慌,鼻子有些发酸,只好连说几个谢谢。蒋主任告辞回家,很快消失在夜幕之中。他不自觉地跟在后面,送他到校门口,一时无法从刚才的语境中走出来。他想到自己。来到坟坡小学后,就一直在心里把学校当成是自己的学校,因此各种卖力,现在竟然把学校都换了个样,在学校的各个方面都打上自己的烙印,但此刻他忽然意识到,其实这个学校也不是哪个人的,他随时都有可能被一纸调令弄走。

在黑暗的坟坡,他心里苦笑了一声。把学校当成自己的,无非只是说明你用心而已,难道真把学校当私有财产啊?一个真正的教师,一定要把学生看成是自己的学生,一定要把学校当作自己的学校,否则,一个不进入角色、不融入环境的教师,是不合格的。但现如今,就像蒋主任说的,什么样的东西是合格的?有多少东西是合格的呢?

## 25

话说学校教室、宿舍都相继完工之后,袁刚和蒋主任预感到秋季学期学生人数肯定猛增,就提前招聘代课教师,没料到风声一放出去,竟有好几个人找上门来,声称愿意到坟坡小学任代课老师。这些人都是山里的高考落榜生,经过一番考核,袁刚和蒋主任最后决定录用一男一女两位高中毕业生,男的叫蒋昌，女的叫刘梅，两人分别家住水湾屯的上下游，距莆田街都只有十里左右的路程。

有了两位新老师，还有高仔等块头大些的学生，再加上几个常待在坟坡上的青年男女，袁刚就决定校园扩建二期工程开工，领着这十来个人，扛着锄头、铁铲、十字镐就上了操场左边的圆坡，开始重复愚公移山的故事……

但这批人战斗力远没有一期工程建设者那样强，不仅爆发力不够，耐久力也不行，几天下来，圆坡是被啃下了一大块，但接下来进展就越来越慢。尽管这里是山区，但丝毫没有减轻太阳炙手可热的程度。袁刚虽然拼命坚持，带头苦干，但很快还是经受不了炎热的考验，中暑倒下了。透过宿舍的窗棂，他看到圆坡上只有蒋昌和高仔等两三个人在坚持了。特别是蒋昌，这个当地人称为阿昌的小伙子，体格挺好，很耐劳，一声不吭地埋头干活，就像侍弄自己家的田地似的。

袁刚中暑倒下那一晚，阿昌回了一趟家，第二天带来了七八个年轻人，跟他说这都是他自己家的兄弟或堂兄弟，来帮忙降坡的。袁刚强撑着跟高仔赶到现场，向兄弟们递茶送水表示感谢，那一刻他不仅万分真诚，而且充满敬意：只有阿昌这样的好青年，才会如此人没上岗就以校当家，才会如此乐于奉献！圆坡之上一时间又热闹起来，掀起了又一轮的攻坚之战……

暑假总是很漫长，袁刚除了花心思改变学校面貌，还惦记着学生们应该在暑假里做些什么。

荣岸县文联近年都在暑期举办中小学生的文学夏令营，他为田小野争取到了一个名额，按照日程安排，明天田小野就应该到乡里集中，然后跟乡里几个同学一道前往荣岸县城。田小野从没出过远门，他打算让高仔用自行车送她到雅布乡，把她交给带队老师后再回校参加劳动。

这天清晨，天刚蒙蒙亮，田小野和她妈妈就赶到莆田街村委旁，见到了等候多时的袁刚和高仔。看到田小野妈妈两边手都提满了大包小包的东西，袁刚急忙把早就准备好的一个旅行袋递给她们，笑着说："我早料到会是这样，把东西都装进旅行袋里吧，一个袋就够了。"

高仔帮着田小野的妈妈手忙脚乱地把大包小包的东西全都装进旅行袋里，让田小野背好，自己推起自行车，望了老师一眼，小声问道："走了吧？"

袁刚说："我们送你们一段。"

莆田街还没完全醒过来，天地间很静，有晨风呼呼地从耳边吹过。头顶上似乎还有几粒星星在眨着眼。高仔推着自行车走在前面，后边三个人紧跟着，朝街外而去。袁刚发现，田小野母女手拉着手，似乎依依难舍。

"阿姨，小野这次去城里，前后十天就回来了，您不会舍不得吧？"袁刚望着田小野的妈妈问。

田妈妈说："小野从没离家那么久过，也没去过城里，她早上还哭鼻子了呢。"

袁刚轻轻笑起来，望着田小野，好像在问：真的吗？

田小野不好意思地娇叫了一声："妈！"，眼睛又红了。

四个人走了几里地，眼看天已大亮，袁刚停下脚步，吩咐他的两位学生上路。田小野听话地坐上自行车后座,高仔熟练地跨上了车,轻快地朝前驶去。

袁刚和田妈妈一直目送他们消失在小坡后面，这才要往回走，转头的刹那他惊讶地发现，田妈妈在女儿消失于视线外的时候，竟然无声地泪流满面。

他一时慌了神，不知如何是好，没料到田妈妈抬起泪眼，坚定地望着他，哽咽地说："小袁老师，我有件事想求你，但我不知道该不该跟你讲呢。"

他有些好奇，疑惑地说："阿姨，都不是外人，你有事就说吧。"

田妈妈迟疑了一下，终于下了决心似的说："小袁老师，你离开坟坡小学的时候，把小野也带走好不好？"

袁刚闻言吓了一跳，脱口道："阿姨为什么这样说？"

田妈妈说："我就是想让她跟上一个好人，她跟你，我放心。"

袁刚似乎还不能完全理解田妈妈的良苦用心，但面对眼前这位不幸的乡下女人，他一时不知道说什么好，沉吟了好一会，这才字斟句酌地说："阿姨，您放心吧，我是小野的老师，永远都是，肯定会一直关心她，直到她读完大学能够在社会上自立为止。"

田妈妈大致能明白他的意思，这个操心操劳的乡下女人，抹了把泪眼，仿佛了却了一桩心事，这会儿脸上露出了一丝旁人难以觉察的笑意。

他们这才并肩往回走。

……

秋意渐浓，坟坡上的黎明静悄悄。

袁刚送走了田妈妈，径直上了坟坡。经过蒋昌一家人的努力，原来操场左边的沟壑被填平，操场一下子显得宽大了许多。操场东边靠近教室的斜坡上，蒋主任派来的工匠新立了一个全木结构的舞台，在清晨的薄雾中，显得又高大又气派。而沿着这条线依坡而建的连排教室和连排宿舍，也像戏台一样崭新，透着一丝雅布完小校一样的味道。才半年时间，坟坡小学已经大变样，不仅是基础设施，而且连精气神都变了，变得朝气蓬勃，变得激情飞扬，变得豪气干云。一个小地方能有这样的大气势，实在不简单啊，有时候连袁刚自己都觉得不可思议。

但走过了大半辈子人生的蒋主任心里明白，眼前的这一切，都是袁刚老师带来的，这个个子不高、年纪不大的外地人，竟然跟苦麻岭、跟坟坡那么亲近，竟然搅动了苦麻岭这块地方的人心，真不是一般人能做到。想想看，附近十里八寨的青年男女，现在只要有点面子的哪个不往坟坡上爬啊？一个小年轻有这样大的凝聚力，没点真本事行吗？

每每想到领着大伙儿巡视校园的袁刚老师，蒋主任心里都充满了对这个年轻人的由衷敬佩。

# 第6章

## 26

秋季学期的坟坡小学，果然正如袁刚和蒋主任所料，一下子涌来了不少原来退学回家的学生，还有不少慕名而来的，学生人数增加到了一百二十一人。教师除了袁刚，新增加语文老师蒋昌、数学老师刘梅。学校可以向家比较远的学生提供住宿，还办了个小食堂。

开学了，尽管增生数倍，但坟坡小学的教学、生活秩序正常运转，看不出有什么异常。袁刚召集蒋昌老师和刘梅老师开过教务会议，决定他原来带的那个班还是维持不变，新增的两个班，一至三年级合为初小班，四至六年级合为高小班，还是采用他的"异步的同步教学法"，使用他重新组合过的教材，同时给三个年级上相同的课。这样的上课方式蒋昌和刘梅虽然都没有接触过，但上了之后，感觉不错，学生能接受，老师也方便教，效果奇好。两个是新老师，一切都听袁刚的，步调与风格自然也与他一样。

而袁刚自己的坟坡超级班，因为小学学制调整，由五年制变为六年制，高仔和田小野他们就继续在坟坡小学读六年级，高仔仍旧当他的助教。黄小弟因为把五年级数学考了个满分，被戏称为"陈景润的干儿子"；田小野也因为那篇写爸爸的文章，被安上了"冰心大孙女"的花名；覃大山因为已经写起小说，被称为"小作家"，袁刚自己因为与同学们打成一片，被冠以"老大"的尊称，意思是被大伙当成了大哥了。当然这大哥跟黑社会大哥没有任何相似之处。

他依然用特立独行、天马行空的方式带这个坟坡超级班，特别是作文课，大都是带着全班跑到野外去，不是去秋天的野芦苇荡，就是上后山满山采摘山稔果，然后练习环境描写、人物描写，写记叙文或者散文。这个班的同学人人像打了鸡血一样，哪怕是日常生活中的事，也常用各种修辞方法来表达，而且一个跟另一个比赛，你说一句我回一句，简直就是一群作文疯子。

为让学生们不要因环境闭塞而与外界隔绝，他不仅用自己的藏书，而且还发动自己的同学和朋友往坟坡寄来很多书创办图书室；后来还亲自带头订多种文学杂志和报纸，发动家境稍好的同学也订一二份，这样聚到一起来就成了阅览室，供同学们自由阅读。他的这些做法，让蒋昌和刘梅竟羡慕起坟坡小学的孩子们来，因为他们读小学的时候，可没这么幸运碰上这么好的事儿。

蒋昌这一年十九岁，高考不慎落榜，只好暂时赋闲在家，早就耳闻坟坡小学来了位挺有能耐的年轻老师，前段时间听说坟坡小学要招代课老师，就毫不犹豫前来报名了。刘梅的情况也差不多一样，但她现在仍然复习功课，打算今年继续参加高考，因此当代课老师只是权宜之计。蒋昌至少今年不敢再考了，上次败北严重打击了他的锐气，他想喘口气再说。两个本地青年男女来到袁刚手下，在坟坡把日子过得快乐又充实，倒很少回家了。

因为是同龄人，加上爽快带领全家人参加坟坡小学扩建二期工程，上演现代版"愚公移山"而深受大家好评，苦麻岭村男青年蒋昌与袁刚很快成为朋友。蒋昌对袁刚既好奇又崇拜，似乎感到这个个子不高、身材瘦削的青年，身上竟然潜藏如此巨大的能量，能把整个苦麻岭都指挥起来。相处一段之后，他有些明白，人家学习能力强啊，写作能力也好啊，你看人家的书那么多，你看人家发表的诗歌和文章，都积了一堆了。听说人家还是出了书，上了报的人，不会太简单的。现在又整天琢磨着怎样教学生写作文，还准备写一本关于作文的书呢。蒋昌从没有见到有一位老师这么上心上课的，更没见过如此痴迷作文教学的，有时候听他讲作文课，简直就是一种享受。袁老师嘴巴真能说啊，能把人逗得乐哈哈的。

一个深秋的夜晚，挤住同一间宿舍的袁刚和蒋昌干完了手边的活，两人一起到外边透透气，沿着校园的小径漫步。他们边走边聊，在谈了一通教学上的事后，话题转到了年轻人的理想上。蒋昌忍不住问袁刚，"袁老师，你会一辈子当教师吗？"

袁刚想了一会，回答："可能不一定一辈子当教师，但会一辈子教作文。"

蒋昌笑了："那还不是一辈子当教师嘛！"

袁刚一板一眼地说："不一定。因为如果从职业上来讲，我不一定一辈子当教师，但如果从爱好上来讲，我会一辈子琢磨写作这件事，琢磨透了肯定会拿出来与大家分享，那不就是教人作文啊？"

蒋昌似懂非懂，转移话题说："你是师范毕业，能不能告诉我，怎样才能做一个好老师呢？"

袁刚沉吟一下，回答道："师者，传道授业解惑也。也就是说，把做人的道理传给学生，教给学生生存的技能，解答学生的人生迷惑，这就是好老师。要做到这一点，首先你得爱你的每个学生。你能听懂吗？"

"不大懂。"蒋昌摇了摇头，望了他一眼，"我要是一直当老师，就一定要弄懂。"

袁刚亲切地在蒋昌的肩膀上拍了拍，以示对这位伙伴的坚定支持。

## 27

坟坡小学的阅览室里，整齐摆放着每月来自全国各地的报刊，有《儿童创造》、《故事大王》、《小学生学习报》、《作文周刊》等，够学生们翻看的。袁刚很好发挥了"优秀投稿手"的作用，经常从学生的优秀作文中选择出一些来，向这些报刊投稿。在他的一个小本本里，记录有一百多个投稿目标呢。因为路途遥远，且单车都难行，乡邮局基本上是每月送一次邮件到莆田街，然后收走往外寄的邮件。一个月的等待有时让性急的他忍俊不禁，他会寻找机会亲往雅布圩去，直奔那个小小的乡邮电所。

这次因为他自以为很出彩的一篇散文寄给了《花山文艺》，急着想知道是否被采用的结果，就预谋了两天，终于跟蒋主任借了辆永久牌自行车，朝雅布圩的方向冲去。经过了自行车骑他和他骑自行车两个阶段、费了大半天，他才赶到了雅布乡政府所在地雅布圩，直冲到乡邮电所。果然不出他所料，在邮电所里收获颇丰：不仅收到了他心爱的散文的采用通知，同时还收到了学生们作文的好几份采用通知单，实在太激动人心了。

走出邮电所的时候，他轻飘飘地跨上车，兴奋地在雅布乡政府所在地这个不大的集镇上转了好几圈。没料到就在乡政府大院外面，碰上了同是桂林民族师范毕业、同批分到雅布来的校友李杜。

两个人热烈握手寒暄一阵后，李杜忽然对他说："哎，现在有个赛事，你小子多才多艺，很合适参加啊！"

他心生好奇："什么赛事啊？好事还能轮上我？"

李杜现在已是乡团委副书记兼雅布中心小学团委书记，颇有些官范儿了，一脸认真地对他说："这是一国字号的赛事，全国少工委和团中央主办，叫《全国少先队辅导员技能技巧大赛》，下午三点就在乡政府小礼堂初赛，你小子别跑啊，我把你名字加上，算是你支持我工作！"

话说到这份上，袁刚就不好推辞了，跟着李杜到了雅布中心小学，两个人开小灶煮了几个小菜，喝啤酒叙旧。聊着聊着时间就到了，两个人赶到乡政府，参加大赛。开赛之后他才知道，参赛的老师还不少，李杜端坐评委台上，一副领导或专家的样子。

袁刚稀里糊涂就参赛了，全属琴棋书画歌舞之类，八九个小项目，全在他的强项里挑，几轮下来，就难得糊涂地获得了雅布乡第一名。下来之后，李杜告诉他，一周之后，到县里参加决赛，如果他一直这样过五关斩六将，就可以一直赛到地区、省城甚至北京去。最后，这家伙还挤眉弄眼地给他来了一句："预祝你成功！"

托老校友的福，他确实挺成功的，一周后到荣岸县参加县级决赛，仍旧是即兴演讲、唱歌等嘴上功夫和吉他等表演，几轮下来，他又荣获第一名，获得代表全县到地区参加比赛的资格。到了地区赛场，他仍然是奋勇拼搏，力压群雄，最后获得地区的并列第一名。他又代表地区征战省城，虽然出师不利，没获什么名次，但"全国少先队辅导员能手"的光荣称号还是实实在在地扣到了他的头上。这下子，他就像打不死的"小强"，再一次在地区和县两级教育系统脱颖而出，令很多人不得不尴尬瞩目。

袁刚身上自然发出的亮光，已经到了要让人考究他现在的情况的程度，他所在的遥远的坟坡小学，终究还是被领导们看到了。没有人跟他商量，就在他外出征战"全国少先队辅导员能手大赛"的时候，上级为坟坡小学正经八百任命了一位姓黎的校长，迅速空降坟坡。看到上级的公文，苦麻岭村委蒋主任不得不召开了全校师生大会，宣布了这个任命。

黎校长到校几天后，经过摸底，大致了解了坟坡小学现在的教学状况，深感袁刚的做法过于大胆，便迅速采取措施进行调整，把全校一百二十一名学生重新按年级分班，严格按照各年级课程上课。这样一来，袁刚的"坟坡超级班"就被打散了，六年级只有高仔、田小野等几个人，而全校一二年级却很多人，一年级甚至要分成两班。大半年的教学模式被打乱，大半年的平静被打破，全校学生一时手足无措，代课老师蒋昌和刘梅也不知道该怎么办，只好找到蒋主任反映情况。

蒋主任找到黎校长商量，"是不是等袁老师回来之后再改变呢？"

黎校长客气地回应，"我在把学校教学秩序恢复到正常，这是我作为校长的职责，袁老师是教师，他教好分内的书就行了。蒋主任不必担心。"

蒋主任碰了颗软钉子，不好再说什么了。但他心里很清楚，以小袁老师的性格，他回来后，这两个人肯定有得一拼，真不知到时候坟坡小学又会变成什么样！

# 28

　　袁刚载誉归来、兴致勃勃，自然很难接受坟坡小学在他外出期间被悄然改变的现实。回到坟坡小学，验证了黎校长的公文，他一声不吭钻进了宿舍。本来要向全校宣布的特大喜讯，被狠狠地压到了肚里。蒋昌见他脸色不对，心里有些忐忑，跟着他来到宿舍，胡乱说道："我们都不知发生了什么，来这么个人，把原来的都打乱了，真不知怎么回事……"

　　袁刚安慰他，"没事阿昌，你照他说的做就行了。"

　　但"坟坡超级班"的同学不乐意了，看见袁刚回来，他们马上派高仔来探消息。袁刚平静地对高仔说，明天"坟坡超级班"还是一起上课。高仔兴奋得蹦了起来。

　　第二天，他上课。老"坟坡超级班"所有同学全部到齐，还像原来那样上课，还像原来那样欢声笑语。一上午的课上完，黎校长急匆匆上来堵住了他，几乎是气急败坏地质问道："袁老师，你怎么这样不讲规矩呢？有哪个学校会这样上课？"

　　袁刚马上堵上他的嘴："坟坡小学不是一直这样上吗？上学期的统考成绩你没听说吗？"

　　黎校长被噎得无言以对，气呼呼地扭头就走。

　　从此以后，坟坡小学出现了"一所学校两种制度"，一边是袁刚的"坟坡超级班"依旧风生水起，一边是另外一到六年级六个班，按部就班上课，上完一年级上二年级，上完二年级再上三年级。黎校长拿袁刚没办法，只好由他去，但只要有机会肯定要告一状，说有人在坟坡小学无法无天，教书不像教书，整天跟学生们瞎胡闹。

　　袁刚后来才知道，黎校长也是本地人，四十出头年纪，也是公办教师，原先在别的小学做副校长，现在调到坟坡小学来，也算是满足他扶正的心理需求了。此人瘦高个，长得很有人类祖先的风范，经常一副爱憎分明的模样，一般人都不会去惹他。袁刚自然也尽量避免与他发生正面冲突，两人表面上相安无事，但蒋昌和刘梅还是能闻得出其中的紧张气氛来。

"坟坡超级班"虽然还是活力十足，但所有的人都感觉到，袁刚并不开心。他心里憋屈得很，凭什么刚把一个坟坡小学改造好，倒让别人来收割胜利果实？当初把他一脚踢到这山角落里来，就他一个人，他不就是校长了吗？当初谁好意思任命他当校长啊？现在倒好，拼命大半年，把学校搞好了，别人就来当校长了。这样的窝囊事，谁碰上谁着火，何况是火爆脾气的他？他曾经也想像孙悟空一样大闹一番，闹到天上去，但后来一想不值当，因为有那个时间精力，不如花在琢磨作文教学上。想通后，他就沉默下来，只和他的"坟坡超级班"在一起，其他事全都高高挂起，不反对、不参与、不妥协。

但这样别扭的氛围不是他想要的，面对现实这种荒腔走板的演出，他不是导演，无法改变剧情，只能痛苦地跟着走过场，演着他无法理解的角色。一场戏如此演十天半月尚可以，要是长年累月这样演下去，人会疯掉的。他现在面临的就是这样的状况，如果还继续这样待在坟坡小学，也会疯掉。他开始待不住了，经常往外边跑。

他得想办法离开这个地方，但要到哪里去呢？他要去哪里，都得通过乡教办同意才行，那位想起来就恶心的主任会放他走吗？他就像一只鸟，早就被他们罩在笼子里，如果没有意外，他将无法逃脱这只笼子。但他从来不信邪，从小就不服外公的暴力管教，从来不神化权威，从不妄自菲薄，他不相信自己掌握不了自己的命运。

一些学校知道了他的情况，纷纷通过一些渠道与他接触，希望把他挖到他们学校去。但所有这些试探，全都在乡教办那里打了回去。乡教办的意见是，年轻教师要扎根基层，山区学校需要他们，要让他们多锻炼些时日，别都往安逸的地方扎堆。理由很充分，道理很简单，他还真没话说，只好老老实实待在坟坡，教他的"坟坡超级班"。这样一来，他倒有更多时间与超级班的同学们一起，沉浸在作文的意境中了。

# 29

转眼一个秋季学期在纷纷扰扰中又过去了，坟坡小学开始放寒假。再过十来天，春节也要到了。因为家住农村，黎校长早早就离校回家置办年货，学校里就剩下袁刚和蒋昌两个人。算起来，袁刚来到坟坡小学已有一年时间，这一年他除了外出参加比赛，便从未离开过这里。他也想家了，但还不能走，因为"坟坡超级班"已经约好了，要在坟坡举办一次篝火晚会，然后才让他回去过年。"坟坡超级班"在"小农场"里养了鸡，种了菜，他们的劳动成果要一起分享，而且还要请他们的家长一起来。

临近年关，一切都欢乐起来了。这天正好是莆田街日，街上人山人海，热闹非凡。莆田街上的人家大都有双卡收录机，这会儿全都放在街边来，播放着时下流行的歌曲，大抵都是邓丽君的，还有王洁实与谢丽斯的男女声二重唱。顽皮孩子冷不丁放的几声鞭炮，给空气中平添了浓浓的年味。

袁刚与蒋昌正在街上采购篝火晚会的烧烤配料，没想到被穿着大红棉袄、满脸通红的田小野一把拉住，有些上气不接下气地说，"袁老师，我跟我妈上学校找你，没见人，我就跑到街上来找，我妈还在学校等你呢！"

他听罢，赶紧和蒋昌买了东西，跟着田小野就回到学校。田小野妈妈坐在校门口，怀里抱着只篮子，里边装着一大封腊猪肉，还有笋干等山里的特产。见他上来，田小野妈妈就把篮子塞给他，说这是阿姨的一点心意，你要带回家去让你爸妈尝尝。这份亲情，不能推却，他收下篮子，转身给田小野姐弟三人各封了十块钱的过年红包。目睹这温暖的一幕，蒋昌拿来相机，高高兴兴地为袁刚与这对母女照了个相……

桂北山区的冬天虽然有些冷，但傍晚的时候，"坟坡超级班"的同学们还是带着爸爸或妈妈陆续来到坟坡上，参加他们的新春篝火晚会。袁刚喊来水湾屯的阿德、阿芳和蓝天等几位男女青年，在坟坡小学操场上燃起篝火，放起音乐，烤起坟坡超级班"小农场"养的鸡。随着夜幕的降临，坟坡上弥漫起动听的歌声、欢乐的人声和扑鼻的烧鸡香味。他发现除了田小野和她妈妈、覃大山和他爸爸，蒋主任、高仔的爷爷、黄小弟的妈妈等也都来到了坟坡上，大家围着篝火，欢乐地畅谈着，嬉闹着，和着浓浓的年味，山里人一年到头难得开怀地大笑起来。

　　人差不多到齐了，班长田小野宣布新春篝火晚会开始，首先请袁老师讲话。大家忽然安静了下来，定定地坐在操场上，抬头望着袁刚。他站了起来，微笑着扫视了一下自己的学生和他们的父母，真诚地说："春节快到了，我们在这里欢聚一堂，提前欢度新春，我代表坟坡小学和超级班全体同学欢迎各位家长的到来。"话音未落，安静的坟坡响起了热烈的掌声。他停了一会儿，待大家安静下来，继续饱含深情地说："今天我想跟大家谈谈缘分，这个世界很大，有千千万万的人，这些人一代接一代延续了千万年，因此在人的一生中，成为父女或母子真的是一种难得的缘分。成为一家人，就意味着不管富裕或贫穷，他们都要一起面对，一起搀扶着往前走。我常跟孩子们说，家永远是一副担子，现在是爸爸妈妈在挑，爸爸妈妈不仅生下我们，而且还要把我们养育成人，这是父母的责任，但走着走着爸爸妈妈就老了，挑不动担子了，这时候长大成人的我们就得接过担子，接过责任，继续挑着往前走。一家人命中注定要相亲相爱一起走，所以我要求孩子们要爱自己的父母，哪怕父母并不完美，也要理解，也要孝敬！今天的聚会，就是孩子们向爸爸妈妈表达孝敬的活动，等会他们会用行动向爸爸妈妈们表明，你们的孩子爱你们，孝敬你们，爸爸妈妈辛苦了！"

　　孩子们不知什么时候齐刷刷在袁刚左右站成一排，齐刷刷向家长们鞠躬，齐声说："爸爸妈妈辛苦啦，我们热爱您！"

　　听着孩子们稚嫩的声音，家长们早已眼含热泪，热烈鼓掌。袁刚继续说，"今天我们要品尝孩子们自己养的鸡，孩子虽小，但已经可以用自己的劳动成果来孝敬父母了，家长们品尝的，是孩子们的孝心啊！"

　　孩子们用菜叶包着烤得喷香的鸡块，双手捧给了自己的爸爸妈妈，然后来到他们身后，开始给他们捶捶腰、捏捏背。吃在口里，暖在心上，孩子们的这些举动，让被沉重生活掩埋了情感的家长们泪流满面。覃大山的爸爸更是一把抱住儿子，号啕大哭起来，泣不成声地说："山儿啊，爸对不住你，爸不该打你啊……"

现场一片哭声，但袁刚知道，这都是幸福的眼泪，就连他自己都早已双眼潮湿。等到大家伙尽情发泄了好一阵，他才示意大家安静下来，轻声说："刚才很多人都哭了，说明大家都被自己感动了，其实在我们的生活当中，到处都有能够让我们感动的事情，只是我们没有用心去发现而已。我提议，今年春节不管家庭情况怎样，大家都要和和美美地过，大家说好不好？"

"好！"大家几乎是吼了起来，掌声雷动。

篝火晚会就在这样温暖的氛围里进行，袁刚和孩子们给家长们表演了好多节目，把浓浓的亲情延续到晚会结束。大家互道春节快乐，然后才依依不舍地陆续离开。

袁刚把田小野母女俩送到坡下，提前预祝她们一家新春快乐、健康如意，临了还把一个大大的"福"字让小野拿着，叮嘱她初一早上贴到家门上去……

# 30

袁刚是在背着大包一人站在雅布大街上等车时，被沈大姐看到的。她远远地招呼他，一脸的兴奋，推着自行车往他这边来。沈大姐四十多岁，是雅布中学的后勤管理人员，因为患有结核病，平日没什么人搭理她，袁刚在时，就只有他还把她当正常人看待，经常跟她聊天。一年多没见，如今忽然碰到，沈大姐打心里高兴，兴冲冲地来到他面前，亲热地大声问："小袁老师，在等车回家过年哪？"

"嗯，"袁刚看到故人，也很亲切，轻声说，"再不回，年就过了。"

"你还在苦麻岭没出来？"沈大姐关切地又问，并替他打抱不平，"他们把你罚得也太狠了，把你往山旮旯里推！"

"没事，我挺好。"他笑着说。

"你要多去找乡教办！"沈大姐替他操心了。

他说，"去了，但那主任不让我走。"

"那人调走啦。"沈大姐提高了声音，"新来那位是我堂哥呢，我跟他说说，你也要多走动走动，赶紧调出来，待在山沟沟里没法出息啊。"

他连声道谢，从包里掏出了些腊肉和特产，送给沈大姐，权当是过年礼物。

车来了，袁刚与沈大姐道别，上了车。车上人并不多。一路上，他都在想着乡教办主任已换人的事，琢磨自己该怎么办才好。看来，他是不能再待在坟坡了，那个地方实在不是争权夺利的好场所，他堂堂一有志青年，应不至于沦落到在坟坡这样的山角落里，与什么人争长短。更何况，经过差不多一年在坟坡小学随心所欲地试验，他发觉用图形来解剖作文、结构作文，都是一种比较直接有效的方法，整理之后，就叫"图示快速作文"，这种方法能帮助孩子们看得见作文，快速构思写好作文。如果这种方法能够推广，那真是一件很有意义的事情。他应该到更大的地方去完成这件事。

想了很多天之后，袁刚终于在春节期间，在外婆的屋里，给尚未谋面的新任乡教办主任写了一封20多页的长信，把一个有志青年的作文教改梦和在现实环境下无法施展的苦闷、彷徨淋漓尽致地抒发了出来，真可谓情真意切、慷慨悲歌！

这封长信在经过数日的沉淀、多番雕琢之后，重新以袁氏书法誊写，洋洋洒洒20多页纸，把他善于写信的优点发挥到极致，差不多可以说妙笔生花了。他精心选择了收假返校路过雅布圩时，把这封信投入到那个绿色门面的乡邮政所邮筒里。

此后的一段时间，信中一些经典段落总像一朵朵彩云一样，飘浮在他自己的脑海之中——

……诚然，伟大的作家不是空谈而来，他必须像高尔基一样，经受无数的磨难，战胜险阻，最后才能像高傲的海燕，穿过猛烈的暴风雨，到达胜利的彼岸。我将以伟大的高尔基为榜样，立志成为他那样的作家！

因为有作家梦，我喜欢写作，从读初中时起便不间断创作，深刻体会写作的规律和个性特点，也总结出了不少写作的技巧。当老师后，我更是从学生角度出发，研究作文的教法和写法，特别是在坟坡小学的一年时间里，我一方面追踪全国作文教改的动向，一边和我的学生们一起探索和实践了图示快速作文方法，取得了可喜的成绩。我自己和我的学生们，都在全国各地报刊发表作品，收获了许多写作带来的快乐与幸福……

我作为师范毕业生，作为雅布中学明星数学教师，却痴迷于作文，擅自批改全校学生的作文，给学校带来了麻烦和困扰，我对此深感自责。在坟坡小学的一年多时间里，我心无旁骛，努力改造自己，一心一意投入到教学当中去，开创了坟坡小学教学的新局面，做出了一个年轻教师应有的贡献。

现在，我的作文教学研究已现雏形，作文教改经过近一年来的实验，也形成了一定的模式，具备了实验推广的实力。我将向上级申报相关课题，一边继续进行深入研究，一边进行实验推广，尽快向更多学校推介，造福于老师与广大学生……

……

## 31

元宵节还没到，1988 年的春季学期又开学了。

袁刚的"坟坡超级班"全部回到了学校，每个学生都给他带来些家里的特产，把宿舍堆得满满的。他组织同学们一起来分享，品尝不同家庭的美味，讲述彼此过年的趣事，把过年的温暖和亲情再一次烙在同学们心里。他幽默地对大家说，温暖和亲情就是过年的中心思想，超级班的高手们心领神会地一致热烈鼓掌、高声欢呼！

他没料到的是，正是这年的春节期间，刘国正老师在正月初二中午时分，平静地离开了人世。根据他的遗愿，村里把他埋葬到了坟坡大操场左面的高坡上，让他能够与他创办的学校永远相互守望，永远地融合在一起。

回校第二天，袁刚郑重其事地带领"坟坡超级班"同学们去给刘老师上坟。面对那坯新黄土，他就像看到一个尚未实现的梦想，花一样凋零在这山野里，怎么看都让人心酸。他领着学生们在刘老师的坟前种下了两棵香樟树，静静地默哀了很久，抬起头时超级班每个人的眼睛里都蓄满了泪水。

……

鉴于今年七月田小野、高仔等七位超级班的同学要参加升初中考试，袁刚进行了针对性的复习安排，要求每位同学都要认真厘清各知识点的联系，真正弄懂知识点，一定要把升初考试考好，考到荣岸中学重点班去！他早早地提出了"奋战3个月，冲进荣岸城"的口号，鼓励参加升初考试的同学把"那碟小菜"准备好，七月好好炒上一把，端到县城里去吃去……

春风又绿坟坡上。左边圆坡虽被降了大半，但顶上依然是绿得邪乎的野芦苇或野茅草。教室上边，杨桃林和苦楝树也吐出了新叶，绿嫩得紧。就连操场边上的新土，也布满了绿草。就在这样春风沉醉的日子里，袁刚忽然想到，他正是去年此时来到坟坡，但此时的坟坡已经不是去年的坟坡了。

就在这春天里，预感告诉他，离开坟坡的日子快到了。这些日子，离愁别绪渐渐充满了他的心，一想到要离开"坟坡超级班"的同学们，他就难受得慌。在一个春风荡漾的午后，他带领"坟坡超级班"的同学们走了远路，来到浪溪河边举行了一次春游活动。

孩子们走进桃红柳绿的大自然之中，尽情地玩起了他们自己的游戏。他弹起吉他，领着同学们唱了一首又一首的歌。后来，大家围着他在河岸上的一个小草坡坐下来，静静地眺望远方。他轻轻地问同学们："大家说说，你们每个人有什么梦想吗？"大家七嘴八舌说自己的愿望，平日闷不出声的覃大山忽然冒出一句："我希望老师一直教我们！"他的话引来了同学们热烈的掌声。

袁刚心里泛起一阵酸楚，但他不动声色，微笑着对同学们说："好吧，大家每个人折一只小纸船，把愿望写上去，给自己立个目标吧。"说罢分给每个人一张纸，然后就叠起小纸船来。同学们纷纷折好了自己的纸船，然后写上自己的梦想，郑重其事签上自己的名字。他领着同学们来到江边，双手捧着漂亮的小纸船，依次放入水中。望着慢慢随水漂远的小船，袁刚对同学们说："你们有谁能告诉我，这些小船要漂到哪里去？"

漂到荣岸去，黄小弟抢着说。田小野说，可能要漂到很远的地方去吧，是不是可以到北京去呢？大家七嘴八舌，莫衷一是。袁刚待同学们一个个把小纸船放入水中，这才深情地说："很多年前，有一个人也带我到落凤河边，让我也放了一只纸船，那只纸船后来漂到了大河，漂到了大海，一直漂到了天边。你们知道吗？浪溪河一样向东流，流着流着就会跟一条大河汇合到一处，然后一直漂到大海，漂到大海后面的天边去。同学们的小纸船也一样会漂到天边，住在天边的老天爷会看到你们每个人的愿望，帮助你们实现梦想。你们长大后，有人会离开这里，走得很远；有的人可能会一直留着这里，建设家乡，但浪溪河会永远把你们连在一起，你们都是浪溪河的儿女，将来不管干什么，你们都是好样的，都是顶天立地的浪溪河子孙！"

同学们用心听着，看着一长串小小纸船慢慢朝河心漂去，慢慢向远处漂去，小脸儿都变得严肃起来。看着这一张张庄严肃穆花一样的脸，袁刚知道小纸船已经漂进了他们的心海，知道这只小纸船会一直牵引着他们，把他们牵引到很远的远方。

望着渐渐消失在浪溪河深处的小纸船，袁刚和同学们不知何故，全都热泪盈眶，静静地矗立在河岸上……

……

两天之后，乡教办的电话打到苦麻岭村委会来了，请村委会通知坟坡小学袁刚老师给乡教办回电话。蒋主任急匆匆地跑上坟坡来，立马把袁刚拉到莆田街上的村委办公室，拿起电话就摇起来。电话通了，是乡教办通知袁刚，他已被县教育局调到荣岸县城所在地长安镇的镇初中，请他三日内到乡教办办理相关手续。电话放下来，只有两个男人的办公室里忽然显得很静，他们彼此的呼吸都能听得到。半晌，蒋主任才小心问道："终于调你啦？"

袁刚点了点头，不知心里是何滋味。蒋主任高兴地说，"我早料到你会往上调的，你那么有能力的一个人，上级肯定会重用。"停了一会，又叹息着说，"可这是苦麻岭的一大损失啊。"

袁刚心里明白，自己的 20 多页长信起了作用。

他意识到，他在坟坡小学一年多的"一把手"生涯终于要结束了，他在坟坡上用青春与热情涂抹的所有颜色和图案，终将离他远去……

# 32

真要离开，方知难舍。袁刚发现，当初到坟坡，只有一纸调令，没有任何任命，现在要离开，似乎也没什么手续要办。黎校长已经早就接管了学校，他已经边缘化，从某种意义上讲，坟坡现在的主人是黎校长。坟坡小学不会因为他的离开而有所变化。想想一年来自己的激情与奋斗，他甚至感到有些滑稽可笑。作为新坟坡小学的创造者，他现在要离开了，坟坡小学会为他举行欢送仪式吗？黎校长得知他要离开后找他谈过话，但没有那样的意思。那么，他自己跟"坟坡超级班"的孩子们哭哭啼啼地分别？那似乎不是一种荣耀，而是一种弃妇般的做派，这种做法不符合他的性格。思来想去，只有一种离开方式不会伤及他的尊严，这种方式他的偶像徐志摩早在数十年前就演绎过一遍了——

但我不能放歌，
悄悄是别离的笙箫；
夏虫也为我沉默，
沉默是今夜的坟坡！

悄悄地我走了，
正如我悄悄地来；
我挥一挥衣袖，
不带走一片云彩。

他把"今夜的康桥"换成了"今夜的坟坡",再秀了一把袁氏的急智文采。还别说,换得不俗。他决意效法老徐,来一次悄悄地离别。就连"坟坡超级班"也不招呼,让自己有如人间蒸发,悄无声息地消失在他们的世界里。时间一长,孩子们肯定还会安好如初。

他把自己的想法告诉了好搭档蒋昌,蒋昌对此表示理解,答应会安抚好"坟坡超级班",也答应不去送他。安排妥当,他开始收拾自己的东西。书决定留给孩子们,这是他留给孩子们的唯一念想。除了一百多本书,他别无所有,几件衣服塞进背包里,外加一个军用挎包,这就是他的全部。

四月初的一天清晨,天刚蒙蒙亮,他就出发了。这个时候,坟坡还在沉睡,静得就像地球都停止了转动。他绕着校园走了一圈,特别是在刘老师坟前,默默地呆立了好久。那坏黄土之上,不知何时竟然爬满了不知名的野花,开得绚烂,绚烂得近乎诡异。他深深给刘老师鞠了一躬,以示道别,这才悄悄下坡去。

走过熟悉的莆田街,街上连狗都还没醒来。出了莆田街,就是山路了。按照他的预想,必须走完这十多里山路,然后到达一个比较大的村庄,到那里才有人可以用摩托车把他送到雅布圩。清晨的山路上,空气清新得沁人心脾,吸进一口,透心凉。他说不清此刻自己是什么心情,像是解脱,又似失落,反正脑子里一片空白,脚下加快了步伐,朝前赶。

转了一个山弯,又上一个缓坡,袁刚骤然发现坡上立着个人。定睛一瞧,竟是田小野。女孩儿长发及肩,瘦削的身板子站在坡顶上,显得亭亭玉立。她板着张小脸,对他大声说,"老师,您以为您真的是一个人走吗?您以为同学们没有送您吗?您错了。您出门的时候,超级班的全体同学躲在教室里,忍住不哭,怕您发现。您下了坡,高仔、覃大山、黄小弟他们全都在坡顶上跪下送您,他们的哭声您听不到,不代表他们就不哭!我们都舍不得您走!"

他瞬间崩溃,扶住坡上孤独立着的一棵不知名的树,泪如雨下,失声痛哭,颤抖着声音喊道,"小野,你别说啦!我是怕同学们伤心,才一个人走的啊!"

小野望着她亲爱的老师哭得伤心,自己也忍不住落泪。她就在坡顶上跪了下来，梨花带雨地对老师说："老师，您等我们超级班毕业了再走好吗？"

他慌忙扶起小野，说，"改变不了了。但老师会一直关注你们，老师不会真离开你们，你回去告诉同学们，老师跟你们在一起！"

小野含泪点头。

他挤着脸笑了笑，故作轻松地问她："你怎么敢一个人天没亮跑这里来啊？"

小野说，"我就是一个人来这里，他们谁跟来我骂谁！"

两个人破涕为笑。袁刚对田小野说："我到新的工作岗位后，会马上给大家写信，你要让同学们都给我回信，我要看大家的作文有没有进步！"

"嗯。"田小野含泪点头。

天已大亮。远处的村庄飘起了晨炊轻烟。坟坡上开满了五彩缤纷的野花。

他走了。田小野一直目送她老师的身影消失在视野之中，久久不愿离去。

**附：袁刚快速作文常识之一**

## 图示快速作文法图示系统

在坟坡的日子里，袁刚发现，正处在生理与心理发育初期的学生，他们的抽象思维能力相对较差，课堂精力较容易分散，因此教师在作文课上如果仅仅采用传统的讲述法授课，学生会感到不易理解，甚至容易产生疲倦感，教学效果必然会受到影响。受到古语中的"耳听为虚，眼见为实""百闻不如一见"等说法的启迪，袁刚通过反复实践后发现，在课堂上生动讲解的同时若能配以各种图标去演绎，往往会达到事半功倍的效果。因为直观形象、清晰易懂的图像和图表能够帮助学生更好更快地理解和记忆知识，它的直观性、动态性、系统性、简明性和随机性注定了它在学生初学作文时的巨大作用。

后来，袁刚带领学生们一道运用直观、形象的图像、图表、线条、符号及其组合体等图示手段，来表现抽象复杂的文章基本结构规律及写作技巧，创造出了一套神奇的"图示符号系统"。有了这套系统，学生就能迅速掌握作文的方法，取得事半功倍的效果。

例如：

结构符号：主要用于表示一篇文章的基本格局、段落层次。

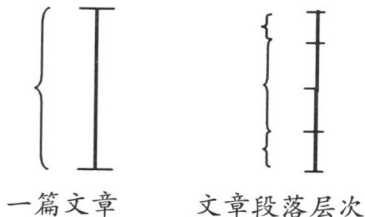

一篇文章　　文章段落层次

顺序符号：主要用于表示记叙的顺序，如顺叙、倒叙、插叙、夹叙夹议、事件的来龙去脉等。

顺叙　　　倒叙　　　插叙　　　夹叙夹议　　　过渡、照应　　脉络

修辞符号：主要用于表示各种修辞方法。

（○|○）比喻　　（○|△）拟人　（··|··）排比　（"|"）引用（＋）对比

（＋）反语　　（∧）反复　　（＊）顶真　　（◎）夸张（△）借代

描写符号：主要用于表示行文中的各种描写技法。如：

（ᴗᴗᴗᴗ）动态描写　（ᴏᴏᴏᴏ）静态描写　（ᴗᴏᴗᴏ）动静结合　（▨）心理描写

（▱）外貌描写　　（⌐"⌐）语言描写　　（⊗）环境描写　（⌒）想象描写

字母符号：例如行为句法中表现人物动作的称为人动句，用字母 D 表示；表示人物思想的称为人想句，用字母 X 表示；表示人物说话语言的称为人说句，用字母 S 表示；表示听的行为用字母 T 表示……在进行句式训练的时候，就可以用 $D_3 + ○|○ + S_2 + X_3 + ○|△ + T_2$ 这样的公式来进行训练。

# 第三部　小城故事多

在荣岸的教师生涯，让我懂得了老师到底是什么，怎样做一个好老师；我用荣岸小城刻骨铭心的五年时光，换回了"全国优秀教师"这一光荣称号。

——袁刚日记

# 寄往兴宁街 11 号的第 18 封信

亲爱的蒋叔叔：

我调到荣岸县城里来了，如果我说是糊里糊涂就调上来的，不知您信不信。这次上调的不是乡里，而是直接到了县城，可见对我的调动，是由县里做的决定。如果没有县教育局首肯，我不可能从一个偏远山区村办小学直接调到县城里来，至于其中的缘由，我自己也不知道。我只记得曾给乡教办新来的主任写过一封信。

我怎么也想不到，荣岸县教育战线上的头头脑脑们对我的认知，是这个县教育界近年来出的一个颇有争议的人物。在他们眼里，我虽年轻，中师毕业也就两年时间，但却经过了村、乡、县三级学校的历练，而且在每级学校都能搞出点名堂来。我不仅自己写文章发表、出书，而且还能让自己的学生也发表文章、挣稿费。尽管很多人都没见过我，但关于我很出格的故事似乎都听了不少，什么教数学三个月就出书、上报纸，什么半年把一所山区小学换了模样，什么一不小心参加全国少工委和团中央主办的少先队辅导员技能技艺大赛，连摘乡、县、地区第一名，轻松获得"全国少先队辅导员能手"称号，这一桩桩一件件，没一样是假的，可也没一样是正常人意料之中的。从这个意义上讲，把我调到县城里来，实在也有些出乎我意料，我也弄不明白为什么。

当然，还有一个在坊间流传、但从未搬上桌面的说法，是我这人有才、胆子大、关系广，早就跟国内语文教学界的很多知名人物有很深的关系，常常书信往来不说，还亲自到了北京、南京等地，到了那些国字号专家级人物的家里，受到热情接待，拍了不少照片。这层关系，县里没人说得清楚，也不知深浅，更无法探究，但却越传越神乎。整个荣岸县教育界虽然没有人明说，但大家似乎都心里有数，对我总有些另眼相看，至少是包容与鼓励的，我对此常常心存感激。

据说在一次县委、县政府召开的文教会议上，谈到教育问题时，有人忽然提到了我，把我在这次团中央主办的赛事上的出色表现表扬了一番，提议县里应该营造更良好的人才成长环境，让我这样的人能继续为荣岸县争光。其实，我获得"全国少先队辅导员能手"称号有很偶然的成分，对作文的研究才是我一直努力的方向，我为此付出了很大的时间与精力。

眼下中国教育刚刚拨乱反正，正在启动大发展的前奏，关于教育改革、教学改革的呼声已经越来越高，我所进行的作文教学改革研究，不仅合乎潮流，而且很有现实意义，我一直坚信这一点。让学生们都能写好作文，都能掌握文字表达，这是生活的一项基本要求啊。

我就是在这样的大气候下来到荣岸县城的，被安排落户到长安镇初级中学，担任语文教师。由于我是以"全国少先队辅导员能手"的身份调上县城来，所以同时还兼任长安镇第二小学的少先队大队辅导员。对于组织上的工作安排，我吃一堑长一智，这回全都采取积极配合的态度。让我感到安慰的是，这回没有人对我在镇中教语文课一事再提出什么异议。我简单打理了一下镇中安排给我的那间十多平米的单身宿舍，就算在这所依山傍水的学校里安了家。

短短两年多时间，我就像一只充满能量的皮球，在不知疲倦地跳跃之中，歪打正着地实现了自己教师生涯的三级跳，从乡村小学、乡镇中学跳到了县城中学，不能不说略显神奇了。更主要的是，我终于如愿以偿教语文课了，当然更可以从事自己喜爱的作文教学研究了。如果换上别人，估计就会在这种心满意足的安逸中度过很多年，直到把自己变成老教师。但我从来都不是一个安于现状的人，在任何一个岗位上，我都要想方设法做出成绩来，我天生就具备"把信送给加西亚"的潜质。

我现在还不知道荣岸将给我带来什么，但此刻我对前面的路是充满憧憬的，我甚至对接下来的工作充满激情，尽情想象着自己离"作家"越来越近，对自己的作文课越来越有信心！

　　我多希望您能给我更多的信心与勇气啊！

　　专此奉达，

不尽欲言！

您的学生：袁刚　敬启

1988 年 8 月 15 日

# 第7章

## 33

荣岸是一座安静的小城，融江穿城而过，四周群山连绵，把整座小城拥在怀里。因为被融江隔开两边，小城人就过上了山水相依的日子。1989年春末的某一天，袁刚带着简单的行李，走进了这座素朴的桂北县城。

在荣岸的工作和生活刚刚安定下来，袁刚就开始认真思考将如何在这座县城里做出成绩来。他想到自己在坟坡小学一年多摸索出的一套"作文符号"，必须在这个基础上继续研究作文教学方法；他还想到既然自己是以"全国少先队辅导员能手"的身份调到县城里来，而且还兼任荣岸二小的少先队大队辅导员，如果不能在少先队辅导员这个工作上有所建树，别人就会认为"全国少先队辅导员能手"也不过是花架子。那么，他要做点什么，才能突显一位少先队辅导员能手的作用呢？冥思苦想了好多天，他最后终于想出了一个好点子。但他实在对能否说服领导接受这个点子没有多少把握。

不能不指出的是，袁刚那三寸不烂之舌，有本事把树上的鸟儿招下来，而且他从不怯场，是个自来熟，这是个大优势。在很多学校里，少先队辅导员只不过是个摆设，一年到头也没搞个什么活动。但他不一样，为少先队辅导员这个岗位，没少跑荣岸二小，一来二往就跟学校的领导和老师混得很熟。在一次与学校几位领导的闲聊之中，他适时诚恳地对他们说："趁各位领导都在，我想问一下，大家对学校的少先队工作有什么要求没有？"

校领导们七嘴八舌地说，现在的少先队也就是个形式，没有人过多关注，学校工作主要看升学率，其他都是次要的，你要想做个什么事，只要你有精力搞，我们都会支持。袁刚表示自己既然是全国少先队辅导员能手，就应该把二小的少先队工作做好，做出成绩，以不辜负这个称号。他提出了一个组建二小少先队仪仗队的构想，通过仪仗队这种方式，培养孩子们的集体荣誉感和对仪式的敬畏，打造二小少先队工作的一大亮点。

听完袁刚激情飞扬的描绘，二小的领导们颇为心动，同意支持他实施这一计划，但建议尽可能用低年级的学生，因为高年级学生课业日重，恐怕不好耽误。他没有想到的是，调到荣岸县城后的第一个行动，便是荣岸二小少先队仪仗队的组建工作。这是一个重要支点，有了这个支点，他就拥有了撬动整个工作局面的力量。

荣岸二小现有学生一千多名，二十三个班，要组建少先队仪仗队的消息有如一颗石头投进平静的湖面，泛起了阵阵涟漪，一时间成为全校学生和家长们热议的话题。长年被埋在书堆里的学生们对新生事物充满好奇，尽管对仪仗队一知半解，但都纷纷踊跃报名，单是报名人数就达四百多人。报名学生虽需要符合身高、体重及品德等要求方可参加面试，但获得参加面试资格人数仍近三百人，可谓盛况空前。

学生们的热烈反应，有些出乎学校领导的意料，学校只好调配原少先队辅导员肖小娟老师来协助袁刚进行仪仗队队员面试和组建工作。

一个晴朗的下午，少先队仪仗队队员面试在学校操场举行。三百多名同学涌到操场，热闹非凡，少先队大队干部们只好主动协助老师维持秩序。面试进行得十分顺利，临近放学的时候，10单元仪仗队94个队员名额已经差不多满员，但等待面试的队伍仍然很长。

袁刚虽然一直笑容可掬地对小同学们进行面试，但偶尔抬头却发现队伍中有一个十岁左右、高挑个子、短发圆脸的男同学一直不敢上前，似乎还不自觉地往后退。这位男同学的奇怪举动引起了袁刚的注意。仔细观察，这个男生穿着朴素，双眉紧锁，一双略显忧郁的眼睛飘移不定，脚穿褪色的解放鞋显得很土，在穿着光鲜的同学们面前，一直鼓不起勇气走上前来，一副犹豫不决的样子。

袁刚看在眼里，心想这位男生身高与形象都挺好，为什么裹足不前呢？他瞧准个机会，起身不经意地走出去，一边大声要求同学们不要乱，一边把那男生拉过一旁，亲切问道："你叫什么？"

男生怯生生地回答，"我叫凌云。"

"哪个班的？"

"三年级 3 班。"

"想参加仪仗队吗？"

"想。"

"为什么一直不敢上前面试呢？"

"我……"

"好吧，"袁刚微笑着拍了拍凌云的肩膀，对他说，"你已经通过面试。"

凌云似乎不敢相信这个现实，他愣愣地望着袁刚，眼睛里充满疑虑，而且还透出些惊惧来。袁刚已经走出几步，仍回头友善地冲他笑笑，朝他做了个握拳加油的动作。凌云这才窃喜转身回去。

按照计划，面试后的第二天早上，仪仗队就要进行首次集训。在清晨的霞光里，94 位同学集中在学校操场上，分成两个队，在体育老师的一系列口令之后，整齐地站立成两个方阵。队员报数完毕，体育老师请仪仗队辅导老师袁刚给队员们训话。

袁刚今天也戴上了红领巾，远远看去跟学生们也没有什么区别。他望了一眼面前排成两个方阵的学生，大声问道："同学们，能不能告诉我，今天我们为什么要集中在这里？"

同学们交头接耳了一阵，有人就大声回答："因为我们要参加仪仗队！"

袁刚环视了一下两个方阵的同学们，大声说："说得对，从今天开始，二小少先队仪仗队就算成立了！仪仗队就是一个集体，不管你来自哪个班，现在你们彼此都是仪仗队的队友，是一起奋斗的优秀的战友！所以，在这个队伍里，不管每个人担任什么角色，都像一部机车上的每个螺丝钉一样重要，只要你努力完成你的工作，你一样受人尊敬。我们二小少先队仪仗队要成为全国知名的少先队仪仗队，大家有信心吗？"

同学们响亮地回答："有！"

"好，接下来进行队列操练！"

体育老师接过袁刚的棒子，开始仪仗队队列的训练。这是第一次集中演练，大家都很卖力。94位队员，袁刚在面试中印象深刻的有几位同学，他们是高远、李小丽、何俊杰和凌云，他能从人群中认出他们来。在边上观察，他发现高远是那种一招一式都中规中矩，做事稳稳当当的人，虽然只是三年级学生，年纪不大却透着很稳重的特质，一看就是班干部的料。凌云个子虽长得跟高远一般高，但不知为什么，骨子里总是透出那么一丝怯懦的味道。在所有队员当中，何俊杰的表现显得十分张扬，不管是个子还是个性都很高调，跟畏首畏尾的凌云简直是鲜明的对比。而四人中唯一的女生李小丽，看起来挺娴静，但一双机灵的眼睛却透出十足的聪明与干练。他想，这四个同学就是仪仗队的骨干了，只要把指挥员与旗手的位置安排好，仪仗队就立起来了。

第一次训练结束，袁刚把高远、李小丽、凌云和何俊杰四位队员留下来，其他队员解散。他领着四位队员来到操场边上的草地，示意大家围成圈坐下来。这种场合，凌云和何俊杰的性格差异立刻就显现出来，凌云低着头，紧张地绷着脸，何俊杰则嬉皮笑脸望着老师，一副很轻松的模样。袁刚望着何俊杰，问道："你也是三年级3班的，在班上担任什么职务？"

何俊杰指指凌云，笑着说："他没担任什么职务，我是体育委员。"

袁刚转脸问凌云："他说得对吗？"

凌云望了何俊杰一眼，点点头。

袁刚扫视了大家伙一眼，对大家说："我们仪仗队是一个集体，需要一位指挥员和一位旗手、两位护旗手，我打算由何俊杰和李小丽担任旗手，高远担任旗手，凌云担任指挥员，你们有什么意见吗？"

高远和李小丽没有说什么，但何俊杰却跳了起来，大声说："凌云不能当指挥员！"

袁刚好奇地盯住他问："为什么？"

"他不敢说话！"何俊杰说。

他把手放到何俊杰肩膀上，故作严肃地盯住他问："你跟他同班，连让他说话的办法都没有，你也不算有能力吧？"

何俊杰似乎有些摸不着头脑："不知道。"迟疑了一下又说，"反正他当指挥员肯定当不好！"

高远插上说："老师，以后我多跟凌云说话就行了。"

袁刚赞许地对高远点了点头，然后沉下脸对何俊杰说："你要记住，每个人都有优点和长处，也都有缺点和短处，你告诉我，想办法让凌云说话，你能做到吗？"

何俊杰马上大声回答："能！"

"凌云呢？你也表态。"

"能。"凌云小声说。

"好！"他双手把他们俩搂在一起，大声说，"你们这几天的任务是，凌云帮助何俊杰说话小声点，何俊杰帮助凌云说话大声点，明白了吗？"

"明白！"两个人异口同声回答。

## 34

第一次走进三年级 3 班教室，袁刚差点在讲台前摔一跤，上演猪八戒拱泥巴的好戏。

他被学校分派担任三年级 3 班的语文老师，这天是第一次来上课。刚走进教室，全班同学便起立大叫"老师好"，他兴冲冲走上讲台，没料到脚下被什么东西绊了一下，打了个趔趄，嘴上喊的"同学们好"几个字仿佛从嘴里跌出来，掉了一地。

全班同学哄堂大笑。他不慌不忙，回身去找刚才绊了他一脚的地方，然后回到讲台前，一脸怪笑地望着同学们，把竖起的食指压到嘴唇上，嘘了一下，示意大家不出声。待同学们止住笑，他忽然倒是怪笑了两声，拿腔拿调地说："刚才你们给了我一个下马威，害我差点摔个猪拱泥巴，到底是谁干的？"

同学们忍不住又笑起来。坐在后排的何俊杰站了起来，大声说："报告老师，没有人干！"

他故作恼怒地说："不是你们干，那就是我自己干了！"说完自己又笑起来，对着同学们话锋一转，大声说："不管是谁干的，干得好，第一次见面，我印象深刻，算是记住你们了！"

同学们都被他吸引住，瞪着一双好奇的眼睛，直勾勾望着他。他这才笑容可掬地给大家伙作揖，幽默地说："我叫袁刚，意思就是圆圆的水缸，从今天开始，我就是你们的语文老师，跟你们是一伙的了，大家欢不欢迎？"

"欢迎！"全班同学响亮回答。大家盯着这位身材不高不瘦，但一张脸表情丰富的新来老师，一时间竟有些兴奋，但更多的是浓浓地好奇。

"其实我对你们并不陌生，我认识你们中的两个人。"他继续微笑着说，"一个是凌云，一个是何俊杰，他们一个是学校少先队仪仗队的指挥员，一个是护旗手，都是我的好朋友。"

"周星星！"

"垃圾仔！"

马上有人在下面尖叫起来。同学们又是笑成一团。袁刚意识到，周星星和垃圾仔是两个人的花名，这两个人难道是何俊杰和凌云吗？他还没反应过来，只见何俊杰已经进行反击，用一只纸叠的飞机朝尖叫者呼啸而去。

袁刚啪地把书往讲台上一拍，绷紧脸，威严地扫视整个教室。同学们被震住了，顿时变得鸦雀无声。他这才严肃地对大家说："我们这间教室就像花果山水帘洞，你们就像一群猴子，当然可以闹，但你们也要知道，我是你们的猴王，你们得听猴王号令，明白吗？"

"明白！"全班同学齐刷刷喊道，情绪显然都被调动起来了。

"好！"他一边给同学们鼓掌，一边说："我这个老师跟别的老师很不一样，大家都知道我们校少先队仪仗队吧？那就是本老师一手打造出来的，我有很多绝活，我能给你们带来快乐，大家信不信？"

"信！"

"大家喜不喜欢这样的老师？"

"喜欢！"同学们又开心地笑起来了。

他没有笑，竖起中指又压到嘴唇上，示意大家静下来，压低声说："我也喜欢你们！但是，我不喜欢同学之间乱起花名，从此以后不许再叫同学花名，大家做得到吗？"

"做得到！"全班同学吼叫起来。

在大家伙的笑声中，他忽然又摩拳擦掌起来，小孩子使性子般地嘟哝道："刚才你们给我来了个下马威，我现在也要给你们来个下马威！给你们出道天大的难题，看你们还能不能笑出来！"

同学们完全被这位特别的老师激发起极大的兴趣，大家都笔直地坐着，一脸好奇地望着他，一边又有些忍俊不禁地想笑。大家凝神静气等待他发话的当儿，他忽然又嬉皮笑脸起来，欲语还休地对全班同学小声嘀咕道："不过，这题目你们可能都知道，太小儿科了。"

"老师，快出题，我们才不怕！"何俊杰同学已经耐不住性子叫了起来。

他猛然一拍大腿，大叫道："好，你有种，大家听好了！"

众目睽睽之下，他的声音又忽然低了八度，轻轻抛出问题："大家说，蚯蚓有没有眼睛？"

这问题就像水滴滴进了滚油锅，一下子炸开来。"有。"，"没有！"大家伙纷纷叫起来，说什么的都有，乱成一团。他又把食指压在嘴唇上嘘了一声，示意大家安静下来，有些挑衅意味地斜视着大家伙，说："有本事的上来回答，别在下边瞎嚷嚷！"

他这一说倒把大家震住了，整个教室一下子变得鸦雀无声。他一副得意的表情，怪声怪气地说："你们不敢上来，我就点名了啊！何俊杰！"

何俊杰倒是不怯场，他噔噔噔上了台，冲着全班同学说："我认为蚯蚓是有眼睛的，因为它在地底下钻来钻去，没有眼睛怎么办？"

他把何俊杰请下去，又点了另一位同学的名："凌云，你也上来说说。"说完又小声自言自语："谁叫我只认得你们俩呢。"同学们闻言又会心地笑起来。

凌云仍然是一副怯生生的模样，扭扭捏捏地走上台，颤抖着声音说："有眼睛吧，要不，它怎么找到方向呢？"

班长潘艳同学没等袁刚点名，站起来马上反驳道："我见过蚯蚓，它没有眼睛，它生活在地下，地下都是黑暗的，不需要眼睛。"

袁刚微笑地望着潘艳，带头给她鼓掌。待凌云回到座位坐好，他这才对大家说："今天这两节课是作文课，作文要求大家要有观察能力，要懂得如何去寻找答案，蚯蚓有没有眼睛，老师也不知道，接下来我要带领大家去找蚯蚓，大家要自己去找答案，然后写一篇作文，题目你们可以自己拟，大家说好不好？"

"好！"同学们兴奋之情溢于言表，喊声震天。

袁刚就是以这样的方式走进了三年级3班。那天的另一节课，他带领同学们到了学校南面的融江，在江边一块潮湿的土地上挖起蚯蚓来。同学们把大大小小的蚯蚓放到一块尼龙布上，用老师为大家准备好的一只放大镜认认真真地观察起蚯蚓来。仅仅用了两节课的时间，他就跟全班同学打成一片，玩在一起了。

## 35

荣岸小城的夏夜，宁静而凉爽。

这样的时候，袁刚心里想得最多的还是"图示快速作文法"。进入县城的这些日子，他的晚上都是在自己的宿舍里度过，在坟坡一年多悟出的那套作文教学"图示系统",成了他思考作文教学的工具。很多日子以来,他一边思考,一边把思考的结果写成文字,这些文字现在都可以编成一本书了。他有编书经验,到荣岸县城后不久就编成了《图解快速作文教学法讲义》一书。他自己感到这个图示作文教学法通俗易懂、趣味性强,学生们肯定会喜欢。如果老师们都掌握这种教学方法,岂不是能够大大提高学生对学作文和写作文的兴趣?只要有了兴趣,还怕学生作文水平上不去吗?

他也不知道为什么,当年在落凤河放飞的那只纸船,一直就在他的心海里航行,挥之不去。不管他到哪里,心思总在这上面。他不仅喜欢写些东西,还像着了魔一样研究如何写,研究如何教学生们写。

理智告诉他,一定要把这本小册子编排出来,并刻印成册,送给语文老师们,让他们从中领悟到作文教学的一些好方法。说干就干,他很快就印出了这本书,除送给相熟的一些学校老师做实验教材之用外,还邮寄给北京的中央教育研究所研究员、全国著名语文教育专家张田若老先生,以及南京的全国特级教师、著名教育家斯霞老师等名家,向他们讨教。说起来别人可能不信,他跟张田若、斯霞这样的名家,已经通信神交多年,早就是笔友了。

《图示快速作文法讲义》一书寄出去没多久,他就陆续收到张田若老先生和斯霞老师的回信,张田若不仅称赞了图示快速作文法的创新与意义,还在信中提议把这个研究成果并入中央教科所农村小学作文教研课题,希望他考虑。而斯霞老师则在信中热情洋溢地写道:"相信图示快速作文法对于提高小学语文教学特别是作文教学会发挥很大的作用。"

这些前辈的认可,让他十分振奋。张田若老先生的信提醒了他,要找到县里的教研部门,申报图示快速作文法的研究课题,在更大的层面上来推动作文教改研究。只有这样,他"让作文成为伴随孩子一生成长的基本能力"的愿望才能得以普及,才有可能实现。

他首先得找荣岸县教育局教研室,向他们汇报,向他们申请。只有把课题组立起来,他才能有着力点,开展作文教改研究与推广。但他在荣岸县城没有一个熟人,没有一个关系,应该从哪里着手呢?思来想去,他最后决定直闯县教育局教研室，直接找他们谈。

他选了一个天气挺好的下午直奔荣岸县教育局。不认识人，也不认识路，一位热心的办事人员就把他领到办公楼二楼的一间敞开着门的办公室，对着里边一位正伏案写着什么的人说："喏，教研室主任就是他。"说完就匆匆忙忙走了。走进这间陌生的办公室，把自己刻印的《图示快速作文教学法讲义》小册子递给了眼前这位领导模样的人。领导似乎很认真地翻看了一下，照例把书放一边，让他先回去等消息。

几天之后，县教育局教研室来电话，说领导们要去听一节他上的作文课。袁刚在电话上定好下周三亲自在荣岸二小三（3）班上一节作文课，欢迎领导们来听课。他心里很有数，因为这段时间以来，他已经把图示快速作文法的架构图在班上展示了一遍，充分调动起了同学们学作文和写作文的积极性。

这一天很快来到了。袁刚静静地在讲台前等着，看见校长陪着几位领导模样的陌生人从教室后门鱼贯而入，他正想向同学们隆重介绍，校长急忙摆手阻止，示意他开始。他清了下嗓子，面朝同学们喊道："上课！"

值日生喊"起立"，全体同学一起喊"老师好"，他回"同学们好"之后，大家坐下，课就开始了。他没有拿书，故作神秘地向同学们问道："我有一个问题，同学们长大了有想当解放军的吗？"

想当，全班同学大声喊。他习惯地把手指压在嘴唇上长长嘘了一声，示意大家静下来，然后压低声音对大家说，"你们看见仪仗队没有，那多威风，今天老师准备在咱们班成立一支侦察兵小分队，你们愿意参加吗？"

众同学兴奋地喊起来："愿意！"

"好！"他这才笑了，大声说："想当侦察兵，没那么容易！大家看过电影都知道，侦察兵们都有一些特殊的联络暗号，也就是一些特殊的符号，你们要懂，我等会教给你们，你们谁记得牢、用得好，就能符合条件当上侦察兵，大家有没有信心？"

这下吊起了孩子们的胃口，好奇心被激发起来了，更响亮地回应道："有！"。

他继续神秘地说，"这些符号我们都用学过的修辞方法来记，这样就能让大家记得清，记得牢。"

他在黑板上画下个"OIO"的符号，神秘地小声问同学们："这是什么？"

全班同学面面相觑之时，有同学调皮地叫起来："两只眼睛和鼻子。"惹得同学们哄堂大笑。

笑毕，他引导同学们说："大家想象一下，如果左边这个圆是一枚八月十五的月亮，那么右边这个圆像不像圆圆的菜盘啊？"

同学们欢快地笑起来，叽叽喳喳议论开了。他继续引导着说，"十五的月亮就像我们家圆圆的菜盘子，这句话用的是什么修辞方法啊？"

"比喻！"同学们齐声喊。

"记牢了！"他故意压低声说，"这是比喻的符号，我只教一遍，等会答对了才能当侦察兵哦。"

如此这般，在一节课里，把"侦察兵"需要认识的符号一一呈现出来，全都是排比、夸张、拟人、对偶等修辞方法很具象的符号，同学们既觉得好玩，又牢牢记住了各种修辞方法的含义，实在是一种十分简易又实用的方法。通过测试，同学们对这些符号的认知程度非常地高，基本上都能记得下来。

这些符号是工具，是工具就应该使用，接下来他便引导同学们再玩一个好玩的游戏，即在一段文字里，用学到的这些符号把发现的修辞方法标示出来，这个游戏就叫"挖地雷"。这下子同学们更加热情高涨，纷纷交头接耳，互相挖地雷，把那段文字里使用的修辞方法全都标示了出来，画满了符号。

在同学们的欢声笑语中，时间过得飞快，一节课结束了。领导们在教室后排站起来，热烈鼓掌。

## 36

仪仗队的训练越来越军事化。

袁刚有空就跟体育老师相互配合，尽量跟队员们一起训练，似乎把自己也当成了队员。他心里想，要让每位队员都像战士一样强大起来，他就必须首先是他们的榜样，没有将军身先士卒，就不会有战士舍生忘死！

有一回他因事没来训练，体育老师安排仪仗队自己练习，这一下就出事了。在队列操练的时候，何俊杰不知何时把一只空饮料瓶用小铁丝钩在凌云衣服后面，惹得队员们哄笑起来。高远赶紧上前摘下凌云身上的瓶子，大声质问："谁把瓶子挂凌云身上？"

凌云立在那里不知所措，很多队员站出来指证是何俊杰干的。高远拿着瓶子来到何俊杰跟前，质问他："何俊杰，是你干的吗？"

何俊杰阴阳怪调地说："是我给他的，他每天都捡这些垃圾卖钱，我是帮他捡的。"

"你欺负同学！"高远气愤地说，"我要报告给袁老师！"

"你报啊！"何俊杰不以为然地说。

袁刚知道这件事后，找到凌云了解当天的情况，并征询他处罚何俊杰的意见。没想到凌云却说，不要处罚何俊杰，他想退出仪仗队了。袁刚严肃地对他说："我不知道你这是出于什么原因，但是仪仗队不是想来就来，想走就走的，你不能当逃兵！"

这件事的处理结果是，袁刚当着全体队员的面，宣布暂停何俊杰护旗手的职务，以观后效。他同时表扬了凌云，说他不记恨队友，原谅队友，要求不处罚何俊杰，表现出了团结友爱的精神。何俊杰这回低下头，不再出声。但他内心里仍然没把凌云当回事。

几天之后的一次集合，袁刚发现凌云不见人影，一问才知道他一连两天都没来参加仪仗队的训练了。

他把何俊杰拉到一边问："凌云为什么没来训练？"

何俊杰一脸茫然："不知道。他请假两天了。"

"是病假吗？"

"不是。他说家里有事。"

袁刚感到这事有些蹊跷。他稍了解就发现，这几天每位队员都要置办服装，服装费每人一百二十元。九十多人的仪仗队，只有凌云还没有交费了。他敏感意识到，凌云的请假可能与此有关。

"你知道凌云家在哪吗？"他盯着何俊杰问。

看见老师盯着自己，何俊杰有些发怵，他吞吞吐吐地说："我没去过，我只知道沿着江边走，就能找到他们家。"

"你带我去找，好吗？"

"好！"何俊杰说。

袁刚找了辆自行车，后座上搭着何俊杰，朝融江边驶去。他知道，荣岸县城这几年虽然疯了一样大兴土木，但总体并不大，居民们晚上散步都能把小城走个来回。此时已是傍晚时分，天离黑似乎还远，但融江边的路小而且崎岖不平，袁刚和何俊杰没敢骑车，推着车朝前走。走了很久，他们看见前面有一间破烂的房子，不知有没有人。走近前去才发现这是一间老旧的泥墙瓦屋，估计当初是打鱼人建的，显然年久失修，十分破败。墙体被烟熏得很黑，关着漏风的破木门，里边静寂无声。上前敲门，好一阵才有人开门，一个老人探出头来。他们一问，这里果真就是凌云的家。

老人把他们让进屋。外边的夕阳余晖照进来，只见满屋都是各种从外边捡来的生活垃圾，一张木床和几块砖头搭成的火灶几乎挤到一处。一男一女两位六十多岁的老人木然地望着突如其来的两个陌生人，一时有些手足无措。老爷爷好一会才找来两只黑乎乎的木凳子给客人让座，老奶奶还在埋头分捡垃圾。当得知不速之客是凌云的老师与同学时，老爷爷怯生生地小声说，他们就是凌云的爷爷奶奶。袁刚问凌云在哪儿，老爷爷说在荣岸城里，这两天他都去捡垃圾，很晚才回来。

尽管袁刚早有心理准备，预备着要面对一个贫困或者不幸的家庭，但目睹了这间一无所有的破屋里的家时，还是被眼前的这一幕惊呆了。很显然，这里只生活着爷孙三人。他急问凌云的爸爸妈妈在哪里？老人家沉默了很久，两只老眼里含满了泪，哽咽着告诉老师，他们家住农村，离县城十几公里，凌云的爸爸在他三岁的时候就病死了，他妈妈改嫁后，他就由他们两个老人拉扯大。他们身体不好，干不动农活了，几年前就到县城里来，主要靠捡破烂为生，供孙儿上学。这间屋子，是别人丢荒了的，他们无意中发现，胡乱收拾一下，就住下了，一住就好多年。

面对这两位当自己爷爷奶奶也绰绰有余的老人，袁刚内心感到现在什么话都显得太苍白，只觉得自己的小心脏已经被一泡酸涩的液体浸泡着，莫名地酸楚。在衰老、贫穷、病痛和严酷的现实面前，教育显得是那么地奢侈。末了，他只能空洞地宽慰两位老人，凌云是个懂事的好孩子，我们一起来好好培养他，一切都会好起来的。老人虽诺诺连声，眼露感激之色，但脸上终究难掩岁月蹂躏之后的深度麻木……

袁刚不知道自己是怎样离开凌云家的，只记得转过身去要离开的时候，眼泪已经忍不住夺眶而出。他的这一反应把何俊杰唬住了，第一次怯生生地跟在泪流满面的老师身后，一脸严肃，朝县城跑去。

远处的荣岸县城已经华灯初上。他们加快脚步，趁夜未深，急着要找到凌云。

进入荣岸县城，刚转了两条小街，他们远远就看到了前面有两个抬着胀鼓鼓的两只蛇皮袋的小孩，在慢慢朝前走，其中一人手中还拿着一只小铁夹。他们赶上前一看，手拿铁夹的正是凌云，另一位竟是高远。凌云对老师和同学的忽然出现显得十分惊愕，他愣在那里，呆住了，不自觉地低下头。高远则站直了，望着走来的老师，小声说："老师好！"

袁刚在他们面前停下车，亲切地问道："你们这是要去哪里？抬的是什么东西？"

高远回答说："都是凌云捡的饮料瓶和纸皮、旧报纸，我放学路上碰见他，就帮忙把这些东西抬到废旧收购站去卖。"

袁刚当即表扬了高远乐于帮助同学的行为，示意何俊杰和高远帮忙把那两只装满瓶瓶罐罐的蛇皮袋抬到他自行车后座上，然后对他们说："你们俩先回家吧，路上注意安全！我和凌云把这些东西送去收购站。"

何俊杰和高远就各自回家了。凌云因为慌乱，这会儿说不出话来，两只手不知所措，只能摆弄自己的衣角。袁刚望着他，轻声说："走吧，你在前边带路，我帮你把东西拿去卖。"

凌云只好在前面引路，袁刚推着自行车，朝县城北边走去。袁刚尽量把自己装扮得若无其事的模样，故作轻松地对凌云说："你找到这么挣钱的门路，为什么不跟老师说一声呢，我可以发动同学们都来捡啊，一方面清洁环境，一方面还可以挣钱，多好呀！"

凌云默默地走在前面，见老师问起来，只好如实回答说："我没钱交服装费才请假出来的，有钱的同学就不用出来捡破烂了。"

袁刚温和地望着他，亲切地说："每个同学的家境可能不一样，但大家都应该从小就懂得，钱是靠自己劳动挣来的，这点你做得很好。只是，不能因此影响学习，用课余时间就行了。"

"嗯。"

两人边走边谈，很快就到了城北的废品收购站。分类，过称，算账，凌云拿到了20多块钱。往外走的时候，袁刚问："还差多少才够服装费？"

"还差一半。"凌云说。

"那一半老师帮你垫上，明天你回校上课吧。"

"嗯。"凌云感激地望着老师。

天黑透了。荣岸小城的夜生活开始了。袁刚把凌云抱上自行车后座，把他送回融江岸边的家。

## 37

经过一个多月的训练，仪仗队队员们的队形与行进步伐都非常到位了，在操场上，已能走出一定的精气神与气势。服装与设备到后，袁刚让队员们全副武装，做了一次彩排，请学校领导来检阅。仪仗队队员们饱满的激情、昂扬的斗志、整齐的队形、有力的行进、激越的鼓点，让学校领导们大开眼界，深受鼓舞，十分满意。

仲夏时节，一年一度的荣岸山水旅游文化节又到了。在荣岸文化广场举行的文化节开幕式上，长安二小少先队仪仗队的闪亮登场，十分震撼，把所有人都看呆了。只见穿着统一制服的仪仗队方阵，在旗手和护旗手的引领下，敲着激昂的鼓点，迈着军人一样的步伐，雄赳赳行进主会场，引发观众的阵阵喝彩。荣岸人民一般都只在电视上见过这样的阵势，这回亲眼目睹，既好奇又激奋，大长了见识。

坐在主席台上的荣岸县县长何强山一眼就看到自己的孙儿何俊杰，这家伙踏着正步，还真像模像样，有军人的架势！一丝微笑悄悄爬上他的脸，原先他对孙儿参加训练不以为然，没料到仪仗队一亮相，竟然一下子惊艳全场，让他自己都深受震撼。他牢牢记住了荣岸二小的这支仪仗队，还有那个名叫袁刚的少先队辅导员能手。

荣岸二小少先队仪仗队的惊艳亮相，让荣岸人民印象深刻。仪仗队的故事，开始在校外流传。这些穿着仪仗队制服、腰板子挺直、眉眼间透着精气神的孩子，这强大的阵容，竟然是荣岸二小的学生们，是地道的荣岸子弟，这下子荣岸二小就不得不名声在外。

此后，荣岸县政府举办的活动总少不了仪仗队。雄壮的队伍一出现，立即引发阵阵尖叫，这种激昂的仪式，总能让现场庄严起来，所有人都能感受到仪式的力量。

荣岸县有支少先队仪仗队的消息不胫而走，很快传到了地区，地区各政府部门搞活动的时候，就打电话到荣岸县来，指名要借用二小少先队仪仗队。仪仗队又把在县里的轰动效应再一次复制到地区，同样引起万人空巷，来自荣岸县的这一新生事物，上了地区报纸和电视，名声更大了。

……

仪仗队旗手高远是个温和而善解人意的孩子，他虽跟凌云不同班，但自从在仪仗队认识凌云后，两人很快就成了好朋友。他出身于普通干部家庭，生活条件比凌云好多了，但他从不在凌云面前显摆，甚至能时时替凌云着想。当他知道凌云会在周日满县城捡垃圾时，他就默默陪着凌云一起捡，当玩儿一样到处跑，为能帮助朋友而开心快乐。凌云自己也感到，只有跟高远在一起，他的心才是平静的，才是真正快乐的。两个好朋友在校里校外经常就有些儿形影不离了。

一个星期天的上午，高远和凌云还像往常一样，在县城各处溜达。近中午时太阳很大，他们躲到树荫底下休息。两个人趁着这个时间，在草地上练习起仪仗步伐来。踏着正步，昂首挺胸走了两圈，两个小伙伴玩得很开心。但就在走近一棵榕树的时候，高远忽然尖叫一声停了下来，凌云看见他的手被一根铁丝划了一道口子，鲜血很快冒了出来。凌云赶紧抓起一把土想帮他止血，但高远没让他把土敷到手上，而是用另一只手压住伤口。但可怕的是，只要他一松手，血就没有止住的意思。这下两个人都有些慌了，急得不知如何是好。

后来有一位好心的阿姨路过，见此情景，赶紧跑到不远处的一个小药店买来了创可贴，小心帮高远贴上。看见血没有流出来了，阿姨这才叮嘱他们要小心，然后急匆匆走了。

两个小伙伴没有了玩的心情，就各自散了，高远回家，凌云继续满大街捡垃圾。

高远回到家，也没把受伤当回事，甚至都没跟家里人说。直到晚上吃饭时妈妈发现了他手上的创可贴，他才说起被铁丝划伤的事。妈妈除了轻轻责备了一下，也没放心里去。但两天后，当高远把创可贴解开的时候，发现伤口仍在流血，只好重新把一枚创口贴贴上。

他就这样带着创可贴，照常上课，照常参加仪仗队训练，没有人会认为铁丝划个小伤口算什么大事，人们甚至都没把他手上的创可贴放到心里去。

1989年的荣岸县城，尽管偏居桂北穷山瘦水之间，但改革开放十年来，其变化仍然让人目不暇接。新的思潮，新的事物，新的人物，每天都有可能向所有人扑面而来，把人裹挟着向前推进，理解或不理解的都得朝前看、向前进。个人在这大潮里，往往可以忽略不计。

# 第8章

## 38

这一年是袁刚成为教师之后的第四个年头。

四年在光阴的长河中，简直就是沧海一粟、转瞬之间，但在他的生命里，却显得轰轰烈烈，百转千回。就连他自己做梦都想不到，在他身上会发生如此多的故事，会让他拥有那么多的经历。只有自己清楚，所有那些发生在他身上，在外人看来匪夷所思的事情，归根结底都是他心底无法消停的"作家梦"和倔强的性格特质所导致，那只落凤河放的小纸船仍旧在他的心海里游弋，挥之不去。因为早就自命为作家，所以写好文章就成为思维定式，不仅要自己写好，还要让自己的学生写好，这几乎成了袁刚内心深处为师的使命，这一使命生发的源源不断的动力，使得他能在不同的环境下，都执着于作文教学的研究，并屡有超常的创见。

矗立于天地间的笔架山，还赋予了他天不怕地不怕的秉性，给了他敢想敢干的勇气。从读初中时起就不断给一些知名杂志写信，让他拥有了坚强的内心；不断给全国各地的语言文学名家写信，让他拥有了不少的笔友，有些笔友甚至可以当他的爷爷。成为教师，痴迷上作文教学之后，他更放眼全国，大着胆子给冒头的那些作文专家写信，以一副老气横秋的语气跟人家探讨作文教学的方法，介绍自己的探索与实践。而且，就像当年赴外地跟文友会面或拜访名作家的壮举一样，他养成了背着蛇皮袋云游各地，遍访名家的习惯，那做派真有些古时文人周游列国游学的味道。

在那些陌生的地方，当他走在某个熟悉而又陌生的街角，内心深处总会期待着一个奇迹，或许能够在下秒钟里与故人相遇。然而，那种美丽从未出现过。

现在，暑假又到了，他自然又得出远门。这次，他的《图示快速作文法教学讲义》已经印出来，他的目标首先是张田若。那可是中央教科所的权威专家，若"图示快速作文法"被他首肯，身价可就不一般了。唯一的问题是，他本来钱就不多，还在仪仗队上贴补了些，计划好的这次行程，就显得十分拮据了。

他千方百计在荣岸县城搭顺风车到了地区，然后买了最便宜的赴京无座火车票，上了那趟绿皮火车。火车上人满为患，车厢早就变成了沙丁鱼罐头，这种状况，他已经司空见惯了。他选择了一个靠近厕所的地方，在三人座靠背后面占了位。他的意思是，只要到了晚上，就可以钻到座位底下睡觉了。这是他乘火车的习惯做法。

这个暑假，他的另一个拜访请益对象是南京的全国特级教师、著名教育家斯霞老师。他没有跟他们约好时间，也没跟他们打声招呼，就直接上了路。

在慢吞吞的火车上待了两天两夜，他基本上一分钱没花，吃的是自己从荣岸带在身上的馒头，喝的是火车上的开水。到了北京，他也像去别的地方一样，先在报亭花一毛来钱买了张北京市地图，然后找公共汽车，一步一步找到张田若研究员所在的中央教科所。

当听到这位闯上自家门的陌生年轻人自称叫袁刚时，张田若老先生还愣了一小会，这才想起什么来，小声问道："是常写信来的广西的小袁吗？"袁刚连连点头，而且为了证明确实是广西的经常写信来的小袁，急忙把肩上的背包拿下来，迅速翻出了几封张田若的亲笔信和自己的工作证，恭恭敬敬地递给老先生。

张田若老先生看到自己的亲笔信和来人的工作证，这才认真打量起眼前这位年轻人来。虽然坐了几天火车,但袁刚还不至于到不修边幅的地步,衣着还是挺整洁,只是很普通而已,肯定看得出还是属于很有教养的那类人。张老先生于是爽快地收留了他,在自己的家里接待这位年轻的不速之客。

这个时候的张田若已经六十多岁,早已退休,但老人家还很硬朗,精神也好,还活跃在中国语文教学研究的第一线。儿女们都不在家,只有老两口待在北京的四居室家中。他就被安排住进了客房。初次见面,张老先生首先十分感叹袁刚的年轻,在老人的想象中,他至少应该是一位中年教师了。让张田若老先生没料到的是,接下来几天的接触,让他对这位年轻人更加刮目相看。袁刚的谈吐,与其年龄极不相符,二十出头的年纪,对中国作文教学改革了解挺多,说起作文教改的想法来,竟然老成持重,很有深度。而且,他发现这年轻人口才极好,常常口若悬河,以至于一老一少两个人能够针对《图示快速作文教学法》讨论上几天几夜,还不亦乐乎。张老先生甚至从袁刚的描述中,了解到目前中国农村的教育现状,深深地为基层教师不怕艰苦、扎根农村,为教育事业默默奉献的精神而感动。老先生于是也爽快地把目前国内进行语文或作文教改的名家向他一一介绍,还答应要为他引见,鼓励年轻人游学,集众家之长,最后形成自己的独特的作文教学法。

这趟北京之行,袁刚的收获大大超出预期,不仅与张老先生成了忘年交,获得张老先生的肯定与支持,而且开阔了视野,了解到全国教改的现状,增强了自己的信心。张老先生还同意把他的《图示快速作文教学法》并入中央教科所农村小学作文教研课题,把荣岸县列为图示快速作文教学法实验基地之一,让他回去做出实验方案报来北京。

说实话,在北京的那么多天,望着这位和蔼可亲的瘦高个老头儿,袁刚心里充溢着莫名的感动,感动于老一辈专家的质朴与真诚,还有跟学问一样深的厚道。

离开北京,他没有马上回广西,而是转道去了南京。

这回他要拜访的人是全国著名特级教师、知名教育家斯霞老师。20 世纪 50 年代中期,斯霞老师就创造了"字不离词、词不离句、句不离文"的小学语文随课分散识字教学法，曾经风靡全国。20世纪60年代初，经专家、学者总结论证，斯霞老师的"以语文教学为中心，把识字、阅读、写作三者结合起来的"小学语文教学法，在国内外产生了广泛的影响。1963年新华社专门播发了通讯《斯霞和孩子》，向国内外传扬了她的感人事迹。

但到了南京，袁刚就没有在北京那么幸运了。虽然找到斯霞老师容易，但走进斯霞老师的家，他自己都感到窘迫。斯霞老师当时已年近八旬，是一位和善的老太太，虽贵为全国特级教师、知名教育家，但一大家子却仍然挤住在一套四居室的旧房里，就连沙发都没有位置留给他了。尽管如此，老太太见到他，仍然很高兴，一个劲夸他年轻有为。两个人忘记了年龄，同行相聚，还是相谈甚欢，一谈就是大半天。

直到晚上，温雅敦厚的斯霞老师在家里接待他吃了饭，两人还继续就图示快速作文法谈到深夜，他才不得不告辞。斯霞老师关心地问："小袁，你有地方住了吗？"他赶紧说，"我在学校附近已订了间小旅馆，明天再来讨教。"然后很客气地不让斯霞老师送出家门。

走下楼来，他脑袋一片空白，不知往哪里去了。身上的钱是断然住不起旅店的，他打算先出去，哪怕找个桥底，也能将就一晚。此时的校园安静得可怕，他已分不清方向，胡乱拐了个弯，看见有个大建筑物，小门是开着的。他信步走进去，发现是个乒乓球室，没有什么人看管。他钻了进去，就在乒乓球桌上睡下，一夜无事。

第二天他还是找斯霞老师，继续谈他们共同的教改话题。两人就图示快速作文法展开了专业研讨，斯霞老师最终认为该作文法至少对刚入门的师生来说，是一条便捷的途径。几天交往，老太太把他当亲人看待，虽年纪很大了，但还是带着他逛了南京这个六朝古都的几个著名景点，这多少让他的这个暑假有了一点旅游的味道……

在送袁刚离开南京的时候，斯霞老人不禁感慨，小袁你这么年轻就大胆游学，遍访名师，对作文教学有那么深的理解，实在是后生可畏。从中，她自认也看到了中国教育改革的希望。

此后，老人和他也成了忘年之交，在教改道路上多次为他鼓与呼，在圈中传为佳话。

# 39

荣岸城应该说是桂北重镇，城虽不大，但却是水陆交通要冲，水路可达自治区首府，省道直通地区、桂林，而湘桂铁路也经过县城，在这里置办了一个大型的货场。改革开放后，交通运输繁忙，荣岸县的经济也发展迅速，城区建设简直就是日新月异，驶上了快车道。此时的荣岸县，经济、社会、文化、教育等领域都进入了大发展的轨道，荣岸人民激情满怀，走在改革开放求发展的康庄大道上。

经济发展必然带动各种项目的开工上马，这时候荣岸二小少先队仪仗队就派上了用场，成为烘托项目开工开业盛大场面的制胜法宝。后来，仪仗队的名气扩展到全自治区，甚至扩展到了全国，获得全国比赛的名次。一手打造仪仗队的袁刚，自然在荣岸县成了一位炙手可热的青年才俊！

仪仗队威名远扬，就连县领导有时到地区开会也沾光，地区领导会津津有味地谈起这事来，捎带着表扬一番，说荣岸县就是能弄出些新鲜玩意来，这就是改革开放精神嘛。荣岸县领导心里受用，自然也更加留意仪仗队的谱儿来。谁也不知道此中是哪个环节起了化学或物理反应，反正袁刚在新学期即将开学的时候，被通知从镇中正式调到了荣岸县第二小学，提拔为负责教改的副校长，算是平生第一回真正当了官。

他于是再一次挪窝，搬到了依山傍水的荣岸二小，安顿下来。在二小除了当领导，还兼任三年级3班的班主任和语文老师。此时的他心里很清楚，自己志不在当官，而在作文教学研究与实践，在努力当好一名教师。编制进入一个学校，在这个学校领工资，就得带班教书，这是基本的活儿。但在外边，他得立起图示快速作文法的课题，得带领课题组成员一起进行作文教改研究与实验，而且要做出成绩来。

　　这是新学期开始后袁刚第一次找到县教育局，向领导汇报了自己暑假上北京下南京的情况，把中央教科所小学室张田若主任同意图示快速作文法纳入农村小学作文研究课题，并把荣岸作为实验基地之一的消息透露了出来，待县里课题组立起来之后，中央教科所课题组会有部分经费拨到县里来。这个消息是令人振奋的，地处桂北山区的荣岸县能够跟中央教科所联上关系，本身就不容易，何况课题还并在一起，这更是了不起的成就。领导们都为即将在荣岸县展开的教改浪潮兴奋不已。

　　袁刚汇报之后没多久，县里便决定成立课题领导小组，由县教育局一把手亲自担任领导小组组长、县政府办二把手任副组长，相当于以全县之力，保障这个课题研究的成功。这是荣岸县前所未有的安排，如此一来课题的高度完全不一样了，实在令人振奋。

　　又一次从县教育局开会回到荣岸二小自己的办公室，安静下来之后，袁刚才会慢慢掂量出自己肩上担子的分量。说实在话，本来一个小小的作文课题，现在已经被提高到全县教改实验的高度，其规模之广，影响之深，都大大超出了他原先的想象。但他并没有感到畏惧，他有的是胆量和激情。这段日子以来，他没有心思去想课题研究以外的事情，就像不食人间烟火一样，心无旁骛，只有课题。尽管从未试过，但他相信自己研究可以，实验也一定可以。

　　这一年秋天，图示快速作文课题在地区教育局教研室正式立了项，以袁刚为组长的课题组和以荣岸县教育局主要领导为组长的课题领导小组也同时宣告成立。课题组的骨干成员为袁刚、陈圣哲、王玉洁、肖小娟四人，参与课题研究的老师达数十人之多，涵盖了荣岸县所有中小学校的精英语文老师，可谓声势浩大。

　　课题组运作之初，即以课题组的名义，把袁刚自己刻印的《图示快速作文教学法讲义》一书，正式排版印刷，更名为《图示快速作文简介》，作为研究课题之基本材料，派发给参与课题研究的老师们。

　　紧接着，中央教科所授权荣岸县教育局制作"中央教育科学研究所农村小学作文教研课题图示快速作文法实验基地"牌匾的授权文件也发到了荣岸县教育局，引起了县委和县政府的极大重视。

挂牌仪式当天，主管教育的王副县长亲自来到教育局，主持召开课题领导小组扩大会议，全县中小学校长和主管教学的副校长全部参加。王副县长在会上强调中央教科所把图示快速作文法实验基地放到荣岸县，这是对荣岸县图示快速作文课题的极大支持与鼓励，课题组必须把图示快速作文法的研究向深度与广度推进，为作文教改做出标杆，做出贡献。因此，课题研究与实验要先从荣岸县做起，边研究边实验，边实验边总结经验，条件成熟再向地区各县学校推广。希望课题组的老师们能够做好研究与实验计划，有条不紊地推进相关工作，做到扎实稳妥，不出乱子，多出成果！

王副县长的讲话，既是对课题组的鼓励，也是鞭策，但更多的是希望。因为大家伙都知道，这是新中国成立以来荣岸县教育界干得最兴师动众的一件大事，自然马虎不得。

图示快速作文法课题组就这样在荣岸大地上扎下根，长出了一棵新芽，在温暖的秋阳里，慢慢地在抽条、伸展……

# 40

高远的妈妈黎小欢是在一次帮高远换创可贴时，发现流血仍然不止这个问题的。她是县劳动局的一名普通干部，平时工作忙，对家里事总有些粗线条。儿子被划伤，她总以为是小事，见儿子长时间贴着创可贴，她就以为是儿子不注意防水，伤口愈合不好。当她意识到这创可贴也贴得太久了之后，这才拉过儿子的手，认真看起来。这一看不打紧，创可贴解开后，儿子手上的伤口仍旧在冒血。她吓了一大跳，赶紧把老公高尔泰拉过来看，两人这才意识到问题严重了。

第二天，黎小欢就带着儿子高远来到县人民医院看医生。医生在望闻问切之后，就抽血进行检验。结果是医生把她叫到里间，告诉她高远得的是白血病。有如晴天霹雳，在黎小欢头顶炸响，她一下子就眼冒金星，差一点站立不稳。她再三问医生是不是搞错了，但医生的回答都是肯定的。她几乎要崩溃，发冷似的全身颤抖，搂着高远离开医院。

回到家，她支开儿子，急匆匆打电话给高尔泰，带着哭腔说："你马上回来，儿子出事了，我也不想活了！"

高尔泰在县人事局上班，听到妻子这通莫名其妙的电话，吓得也不轻，赶紧跑回家。一进家门，黎小欢就瘫软在他怀里，压抑地号叫起来："医生说儿子得了白血病啊，你说怎么办？"

高尔泰冒出一身冷汗，口中喃喃自语："怎么会呢？怎么可能呢？怎么这样啊？"但他毕竟是男人，很快冷静下来，对妻子说，"如果是真的，我们哭也没用！这事暂时不能让高远知道，我们还是赶快带他到地区复查一下，搞不好是虚惊一场呢？"

黎小欢这才松了一口气，默默地点头。

……

时间过得快，原来的二小三年级 3 班，已经在不知不觉中变成四年级 3 班了，袁刚担任这个班的班主任也迎来了一周年的日子。

在这一年里，袁刚除了忙仪仗队和图示快速作文法的研究与实验，他还是把不少时间花在 3 班上。说实话，自从当上老师，他就很喜爱自己的学生，喜欢诲人不倦的感觉。根据他的经验，要做好班主任，就必须对全班同学有充分的了解，了解每个人的性格特点、优缺点，还有每个人的家庭情况，这是基本功。他一直坚信，家访是做好班主任的必要条件，因为教育需要家长的配合，只有家校关系处好了，教育才能够完整和高效。

担任 3 班班主任一段时间后，全班同学还是迅速进入袁刚心里，他基本上能了解每位同学的情况。在全班五十五名同学中，经常在他心里冒出头来的大致也就是潘艳、何俊杰、凌云、谢丽丽、邹家齐等几位同学，他们之所以出头，是因为他们或个性或家境际遇，总有一样太特殊。对这些学生，他必须用心呵护，因材施教，让他们融合进班级大家庭中来。而正是这几位同学，比他想象的要复杂得多。

袁刚首当其冲要面对的是何俊杰。班上同学给他起的绰号是"周星星"，意思就是像香港影星周星驰一样"无厘头"。他不仅长得比同龄人要高大些，而且由于显赫的出身自然透出的霸气，让他总是有些与众不同。他有时候可以静如处子，有时候又动如脱兔；有时候似乎很规矩，有时候又出人意料地弄些恶作剧，简直判若两人，让人不好琢磨。原来的班主任曾想让他当班长，但他不干。倒是学校要办少先队仪仗队，他积极参与，并因此开始跟袁刚打起交道来。

在仪仗队的时候，袁刚让一副懦弱模样的凌云担任仪仗队指挥员，反而让何俊杰成为高远的手下，担任护旗手。这种安排一下子让何俊杰感到不同凡响，他意识到这是一位不按常理出牌的老师，但看似不经意打出的牌，却透着歪打正着的玄妙，让他感到深不可测。因此，在仪仗队里，何俊杰除了最开始闹了个恶作剧，接下来可都是挺老实的，心甘情愿当起了高远的副手，尽管骨子里仍然不接受这样的现实。

仪仗队红火起来后，他还有些莫名其妙地佩服起袁刚老师来，觉得他跟别的老师有很大的不同，他喜欢他上的作文课。他们曾经一起去凌云家，就在走出那间破烂的小屋时，他看到了袁刚老师流泪的眼，他自己的小心脏也被深深触动。从那以后，他再也不叫凌云破烂王了。回到家里，跟爷爷说起学校的事，也大都说的袁老师的事情。

后来，袁刚老师在作文课上引来蚯蚓，让何俊杰兴奋了好几天，疯了一样寻找潮湿的地块挖蚯蚓，用放大镜把蚯蚓翻来覆去地观察，希望能找出蚯蚓的眼睛来。但他找不到蚯蚓的眼睛，只好转而向书本寻求答案。他费了一番周折，这才弄明白，蚯蚓是没有眼睛的，但周身都有感光细胞和感觉细胞，只要碰上光，它都要躲避，只要有震动，它就会有反应。当他把这个好不容易得来的答案大呼小叫向爷爷报告时，倒把他爷爷——本县县长大人——唬得一愣一愣的，因为这答案确实连县长大人都不知道呢。何俊杰从那以后对袁刚老师的作文课简直着了迷。

　　袁刚心里很清楚，关于蚯蚓是否有眼睛的问题，第一次让孩子们自己去寻找答案，第一次感受找到答案的乐趣。老师，其实就是那个领着孩子们去寻找答案的人。在长时间的接触中，他渐渐了解何俊杰的性格，上次暂停他仪仗队护旗手的资格，其实就是一次奖罚分明的实践，强调了纪律的尊严。

　　接下来的日子，袁刚想通过文学这条纽带，把3班的学习风气带动起来。他从内心里相信，迷上作文的何俊杰在这一点上可以发挥很大的作用。但他的行动刚刚开始，事情就找上门来了。

　　一天下午，坐在何俊杰前面桌的两位女生就气呼呼地找上袁刚老师办公室，控告起何俊杰来。原来两位女生都留着马尾巴似的长发，下午自习课的时候，何俊杰竟在后边把她俩的两条"马尾"打起结来，两人一无所知，下课站立起来想各自离座时，这才扯痛了头发，引起周围同学的哄堂大笑。她们责骂何俊杰，但他一脸的无赖相，硬是不承认是自己干的，还嬉皮笑脸地说马尾巴本来就有这功能，就叫"马尾巴的功能"。

　　袁刚好言宽慰了这两位女同学，请她们相信何俊杰只是开玩笑的方式过火了点，他没有恶意的，表示一定要找何俊杰谈话，好好批评他，让他下不为例。两位女同学走后，袁刚陷入沉思，如何才能更好地处理这件事呢？简单地批评就行了吗？

　　这一周的班会上，在引导同学们讨论了班级治理，检讨本周纪律问题之后，袁刚出人意料地表扬了何俊杰："同学们，我们下周的班会要讨论一个问题，那就是我们要做一个怎样的人？是做一个庸俗的人还是高雅的人？是做一个粗野的人还是有教养的人？大家要认真想一想，下周一起讨论。我给大家举个例子，我们班的何俊杰同学，他就是一个有教养的人，在仪仗队训练期间，我发现他懂礼貌、礼让女同学、善待老人家，下周我们要让他谈谈自己的心得体会，大家说好不好？"

　　全班同学齐声喊好，袁刚发现何俊杰虽然也笑了，但却很快低下头来，收敛了笑容。

　　班会结束，袁刚把何俊杰留了下来。何俊杰不知是何缘故，只好傻笑着坐在原地。袁刚翻了一下自己的教案包，拿出一本很厚的书，放到他面前，说："这是英国作家司汤达的著名小说《红与黑》，里面有很多关于英国贵族生活的描写，我已经看过两遍，我想让你也看一看，然后下周给同学们谈谈你的读书心得，好不好？"

何俊杰笑了，把书接过来，在手上掂了掂，说："我从没看过外国书呢。"袁刚不以为然地说："这不算什么，我八岁就开始读普希金的长诗了。你读书要回答四问：什么书？写什么？怎么写？怎么样？"

何俊杰似懂非懂，把书放进自己书包。

其实袁刚已经十分清楚，何俊杰基本上就是全班同学的风向标，这个人弄妥帖了，全班就很容易转弯了。而他要想在班上取得号召力，就必须完全征服潘艳、何俊杰、凌云、谢丽丽、邹家齐这几个人，让他们与自己处在统一战线之上，才能让全班按自己的想法发展。而这几个人中，何俊杰是第一个堡垒。四年级小学生都是小大人啊，班主任可不能掉以轻心。

六天之后，何俊杰到办公室找袁刚老师了。他当然不知道，袁老师早就在等着他了。

袁刚微笑望着他，愉快地问道："俊杰，怎么想起找老师来啦？有事么？"

何俊杰竟然有些忸怩，缓缓来到他桌前，递过来一张纸。他定睛一瞧，上面写着"道歉书"三个大字，下边是对"马尾巴事件"的道歉信。他故作轻松地把信还给他，调皮地说："这信应该给马尾巴的主人，你知道怎么做。你的字写得挺好，练过书法吗？"

何俊杰点点头，说："从一年级就开始练。"

"什么时候我们切磋切磋，在班上表演一下怎么样？"

"好啊！"何俊杰兴高采烈地回去了。

后面的发展如袁刚所料，在又一次班会上，大家对要做一个怎样的人讨论热烈，同学们纷纷发表意见，最后的共识是大家都要从小做一个有教养的人，不仅要有知识，而且守纪律，懂礼貌，尊重他人。班长潘艳还把同学们的话总结记录下来,做成四(3)班语录,提议每次班会全体同学都要宣读一次。后来,这成了3班的一个优良传统。

在这次班会上,何俊杰的表现赢得了同学们的广泛赞扬。他不仅向同学们讲了于连的故事,而且还勇敢承认"马尾巴事件"是自己所为,坦承已向两位女同学提交了道歉书,甚至当着全班同学的面,再一次向两位女同学道歉。

在袁刚带动下,全班同学给何俊杰报以热烈的掌声。

他欣慰地笑了。他对付何俊杰的办法,看来是奏效了,而且超出预期,意外的收获是他跟何俊杰似乎已经变成铁哥们儿了。

# 41

在取得何俊杰的信任之后,袁刚决定组织一次何俊杰、凌云、潘艳、谢丽丽、邹家齐五位同学参加的活动,希望通过活动把这五位同学吸引到自己周围,成为四(3)班的骨干力量,成为他通往全班同学的桥梁。

袁刚是在一个周五的下午把他们五人约到办公室的,待他们都坐下后,他抬头就问:"你们猜一猜,今天老师为什么叫你们到这儿来?"

"不知道。"

"不会是有什么好事吧?"

"要组织大家活动?"

他故作神秘地笑着说:"明天老师带领你们一起去做件好事,好不好?"

"好!"大家异口同声说。纷纷猜测要做什么好事。

他没有亮出谜底,只是交代说:"每个人备好一只编织袋,明天上午九点准时到学校集合。"

同学们带着疑问各自回家。

第二天上午,五位同学陆续来到学校,聚集到老师办公室来。袁刚自己也拿出一只编织袋,领着他们就一起往外走。来到大街上,他对大家说:"老师要带领你们体验一下生活，你们都是家里的宝贝，肯定没干过体力活，不知道劳动的滋味是什么，今天老师就带领你们劳动一回。"接着他强调了注意事项，要求大家要听从指挥，不能乱跑，更不能相互打闹。

"到底要干什么嘛？"潘艳有些按捺不住地问。

"捡垃圾！"袁刚不动声色地说。

话音刚落，五位同学不约而同爆发出了一阵起哄之声，似乎对这样的活动大失所望。

但他还是带着3班这五位骨干分子，开始了这项跟学生似乎没有什么关系的工作：拾荒。

这行当，凌云最熟悉。什么东西值钱该捡，什么东西要丢到垃圾桶，他心里清楚得很。于是，他老练地走在前面，成为其他同学模仿的对象。他知道哪里有他想要的东西。满街的店铺、餐馆和搬家的地方，都会产生许许多多的垃圾。他给每位同学都找来了一根小木棍，就用这根木棍在垃圾堆里划拉。纸盒、纸箱、饮料瓶、易拉罐等，都被装进蛇皮袋里。

刚开始是新鲜和快乐的，但随着一条街走下来，袋里的东西越来越多，大家伙开始汗流浃背、气喘如牛了。袁刚没有把自己当成老师，而是当成他们中的一员，一路上没有发号施令，低着头捡垃圾。长得最高大的何俊杰，这会儿已经扛不动编织袋了，他干脆放到地上，哼哧哼哧地拉着走。这种时候凌云的优势就越发显现出来了，他虽然也一身的汗，但却没有上气不接下气，轻松地接过何俊杰的袋子，扛到肩上一声不响就往前走。街上人并不太多，也没有人过多注意这支似乎有些业余的拾荒队伍。

在一个无人的街角，空手走路的何俊杰发现一个塑料袋装着的几个饮料瓶子，便跑过去拿起来。他没有想到的是，角落里忽然冲出一个蓬头垢面的流浪汉，一把抓住他的衣领，不由分说就打。就在大家都还没回过神来的时候，只见凌云丢下肩上的袋子，像一只猎豹一样朝流浪汉冲去，一下子把流浪汉推倒在地上，扭打在一起，把何俊杰解脱了出来。

就在大家清醒过来，纷纷转过身来冲上前的时候，力气明显比凌云大的流浪汉已经把凌云压在身下，疯狂殴打起来。袁刚大吼一声冲上去，一脚把流浪汉踢翻在地上。流浪汉在地上滚了一圈，发现上来的人多，便气哼哼地落荒而逃了。

凌云从地上爬起来，同学们才看清，他的脸上已经青一块紫一块了，眼角肿起一个大包，嘴角也出了血。袁刚连忙扶住他，心有余悸地问：“凌云，哪里疼？老师背你去医院看看吧！”

凌云站起来，笑笑说：“不去。我不要紧。”

何俊杰似乎惊魂未定，愣愣地站在一边，说不出一句话来。潘艳拉了他一把，大声说：“何俊杰，要不是凌云冲上去，你就惨啦！”

何俊杰第一次低下头，一言不发。

袁刚拿出随身带的风油精，为凌云抹了一下肿痛之处，在确认他没事后，这才继续领着大家往前走。凌云依然扛起何俊杰的袋子，左右开弓在前面开路。袁刚望着何俊杰，朝凌云伸出了大拇指，以示赞许。何俊杰有些不好意思，赶紧去帮助潘艳和谢丽丽两位女生提袋子。

刚才突如其来的惊险一幕，虽然让大家都受到惊吓，但同学们的表现，却让袁刚感到欣慰。他想不到在危险面前，凌云竟然判若两人，勇敢地冲上去。他相信通过这个忽发事件，同学们一定对凌云产生更深一层的认识，尤其是何俊杰。回味这一路上的点点滴滴，袁刚看在眼里，喜在心上，同学们的表现虽然各各不同，但身上都有着自己独特的品质。他一直坚信，世上没有不好的学生，只有不够好的老师。苗长得不好，大多不是苗的问题，而是园丁的问题。

正午的时候，每位同学的编织袋都满了，袁刚让凌云领着大家往城北边的废品收购站而去。大家把捡到的东西分了类，分别过秤，卖给了收购站。最后结算的结果是，大家劳动半天的收入是 68 块 9 毛，人家给个整数，算是 69 元，平均每人 11 块 5 毛钱。

看着这些钱，看着眼前这几个独生子女，袁刚心里忽然涌上一股暖流，静静地感动着。他知道这肯定是他们第一回参加劳动，第一回那么劳累，第一回凭自己的努力挣到钱。他把钱分给了他们，特别强调这是他们的劳动所得，要求他们要想想怎么花这个钱。

除了凌云，其他同学拿到钱都显得既新鲜又兴奋，纷纷计划着要如何花这些钱。潘艳与谢丽丽竟然拉着凌云，要求以后要带她们一起参加这样的活动，这种央求让凌云有些哭笑不得。

……

## 42

何俊杰直到回了家，才回了魂。但坐在自己的小房里，他满脑子还是凌云冲向流浪汉的模样。他把这件事告诉爷爷，爷爷就说，凌云同学受了伤，明天你得去看望、慰问一下哦。他就在家里给袁刚老师打电话，邀请老师和一起拾荒的同学明天一起去看望凌云。

次日上午，袁刚把潘艳、谢丽丽和邹家齐召集到学校，跟何俊杰会合后，就一起朝融江边进发。按照爷爷的吩咐，何俊杰带了几盒保健品和点心、水果，还从自己的零花钱里拿出了五十元，准备到菜市买些菜，今天就在凌云家里请大家伙一块儿吃顿饭。听完何俊杰这些想法，袁刚就大赞何县长想得周到，不愧是好官，还要求同学们向何县长学习，凡事都要考虑周全。

一行人来到融江菜市场，袁刚觉得这是考察学生们独立自主能力的好机会，便接过何俊杰手上的东西，要求同学们自己去买菜。买什么、买多少全由他们做主，四个人商量着办，但要把五十块钱花完。他特别强调，今天有八个人一起吃饭。听完他这些话，他发现何俊杰很茫然，邹家齐很木然，谢丽丽没出声，只有潘艳似乎有了自己的想法，拉着谢丽丽嚷嚷起来，一个说要吃番茄炒蛋，一个说要吃红烧鱼。袁刚说，老师就坐在这里，你们去买吧，买好了就一起回到这里，老师等着你们。

四个同学就一起进了菜市场。他远远跟在他们后面，悄悄进行观察。进入熙熙攘攘的猪肉行之后，谢丽丽就显得熟门熟路，她先是领着同学们直奔她爸爸的猪肉摊，买了猪肉，然后到了鱼摊，买了一条鲤鱼。接着又到别的摊子，一样一样地把菜买齐。袁刚通过观察发现，当没当过家的孩子是完全不一样的，每个人接触社会的程度和生活自理能力在这个过程中显露无余。这四位同学中，看得出谢丽丽肯定是经常跑菜市场的，潘艳应该也有过买菜的经验，整个买菜过程几乎都是这两个人在主张和实施；何俊杰完全没来过这种地方，他只是嘴巴在不停地说着什么，对眼前的一切都十分好奇；邹家齐似乎没有什么参与感，一声不吭，也不主动去拣一样什么菜，只是跟随着众人，不时接过谢丽丽和潘艳递过来已买好的菜，成为大家的菜篮子和小跟班。

　　看他们买得差不多了，袁刚就在边上买了些一次性碗筷，迅速退回到原来的地方，就在这儿等着他们。

　　待同学们回到约定的地方，袁刚惊讶地发现，他们买的菜里，竟然考虑到了搭配，可见买菜人是熟悉厨房的，搞不好还是个小厨师呢。他暗自高兴，乐滋滋把大家领到了凌云在融江岸边上的家。

　　那间简陋的土房子，一扇木门上挂了把小锁，似乎没有人。同学们上前敲门，一会儿就有了人声，凌云熟练地在门后掏出系着一根绳子的锁匙，打开了门。见老师和同学们都来了，凌云有些意外，低下头呆立在一边，木无表情，脸上的肿包还没有消退的意思。

　　袁刚一把搂住他的肩膀，亲切地说：“老师和同学们看你来了，俊杰同学还给你带了礼物，家里就你一个人吗？”

　　凌云点头，“嗯”了一声。何俊杰赶紧把带来的东西递给凌云，还从口袋里拿出两小瓶药水，对凌云说：“这是两瓶消肿的药，我爷爷专门找来的，你擦擦伤口吧。”

　　说着就拿出爷爷准备的小棉签，为凌云涂药。

　　大家进了屋。屋里的阴暗、简陋、杂乱依旧，只是灶间和床铺收拾得挺干净了。袁刚把同学们招呼坐下，然后对他们说：“这是凌云同学的家，今天大家来到这里，一是看望受伤的凌云，二呢我还想让大家认识两位令人尊敬的老人，他们就是凌云的爷爷和奶奶。他们都已经七十岁了，但每天还像我们昨天一样，在荣岸县城的大街小巷捡垃圾，挣钱把凌云养大，供他读书。大家说，这样的老人家值不值得我们尊敬啊？"

"值得！"同学们异口同声喊道。

"我们应不应该帮助老人家做点事？"

"应该！"

于是，他带领同学们开始收拾这个简陋的家，把散乱的瓶瓶罐罐集中起来，放到角落里，然后把地打扫干净，把家里的东西都擦洗了一遍。

然后，大家开始讨论要做什么菜，要把饭菜做好，等老人家回来一起吃。袁刚给大家分了工，洗菜、切菜、做菜，都落实到人。他和谢丽丽、潘艳各做一个荤菜，何俊杰自告奋勇炒青菜，再加一个汤，今天的四菜一汤就完成了。做完了这一切已近中午，大家都舒心地坐着，一边聊天一边等着老爷爷老奶奶回来。潘艳还领着大家唱了好几首歌，其中就有大家耳熟能详的《让我们荡起双桨》。看得出来，同学们虽然累了大半天，但都很开心。

一直等到正午时分，凌云的爷爷和奶奶才挑着两大袋东西回到家里。同学们全体起立，给两位老人报以热烈掌声。这温馨的一幕让两位老人有些意外，慌忙把担子放下来，朝同学们一个劲点头。袁刚迎上前去，对两位老人家说："爷爷奶奶好，我今天带凌云的同学一起来，看望凌云同学。昨天凌云为了救同学，被一个流浪汉打伤，同学们都很佩服凌云的勇敢。这都是因为爷爷奶奶平常教育得好，我带领同学们向您二老鞠躬！"说完带领几位同学齐刷刷向两位老人深深鞠了一躬。

"谢谢老师，谢谢同学们。"两位老人家感动异常，颤抖着双唇，喃喃地重复着说。

袁刚请两位老人到摆好了饭菜的桌前坐，准备开饭。老人家刚坐下，马上又站起来，到水缸前舀了水，认认真真把手洗了一遍又一遍，然后才一起回到座位前来。这细小的一幕，令袁刚双眼一热，眼眶里很快蓄满了泪水。朦胧中，他看见同学们都争先恐后地往爷爷奶奶碗里夹菜，两位老人刚吃了两口，就忍不住泪流满面了。多少年了，老人家什么时候有过被侍候的感觉啊，如今面对这些孙儿一样大小的孩子们的举动，他们深埋了多少年的情感不经意间冒了出来，边香甜地吃饭边默默流泪。吃了几口之后，奶奶更是抱住孙儿凌云哭得痛快淋漓，惹得同学们都双眼潮红。他赶紧转过话题，举起一次性塑料水杯，大声说："同学们，让我们一起举杯，以水代酒，为老爷爷老奶奶干一杯，祝他们身体健康，开心快乐！"同学们一听，都闹开了，纷纷站起来举杯相碰。

两位老人仿佛忽然之间拥有了这么多的孙儿孙女，这热闹的氛围充满了这间破屋，让正午的阳光也显得特别的柔和，透出一丝人性的光芒来。袁刚深深知道，他的父辈跟眼前的爷爷奶奶一样，都经历过人世间的艰难困苦，都拥有他们一样的坚硬的双手。他坚定地认为，今天这样的图景，是老人的内心所需要的，也是人与人之间应有的氛围。

他希望他的学生都是心中有爱和心地善良的人，而爱与善良的种子，必须在他们幼小的心灵里播撒下去，并且要生根发芽。这是教师的第一要义啊。

陪爷爷奶奶吃罢饭，袁刚又跟同学们一起把碗筷收拾好，这才领着大家跟老人家告别。他两边手握着爷爷奶奶粗糙的手，诚恳地说："老人家，我们还会再来，你们要保重身体！"

同学们也都拉着老人的手，依依惜别……

# 第9章

## 43

在荣岸小城的日子，越来越忙碌了。

图示快速作文法课题组成立之后，很快在全县铺开实验，声势浩大。看势头不错，袁刚马上组织课题组核心成员们定期编辑印制《课题简讯》，向各学校派发，尽可能扩大课题的影响力。所有课题组成员想课、上课、听课、写总结、写稿，都忙得不亦乐乎，一扫了过去无所事事的疲态，显现出昂扬的工作热情。

课题组的成员们就在这样忘我的工作中，走过了一个学期。临近期末的时候，教育局领导和袁刚商量，要召开一次大型的图示快速作文法观摩会，不仅全县语文教师参加，而且还要邀请兄弟县派代表参加观摩，要进一步扩大影响。他接受任务之后，就开始认真打磨观摩课，领着大家分头行动起来。

这是袁刚第一次面临如此大型的展示，不得不十分慎重，第一时间把陈圣哲、王玉洁和肖小娟叫来，一起商量观摩课的事。大伙儿一听将有上千人的领导、同行甚至是外县的领导和同行前来听课，全都面露怯意，不知如何是好。陈圣哲、王玉洁、肖小娟纷纷表态，他们不敢上台，害怕把课上砸了，害了课题组。反正都感到责任太重大了。

他完全能理解伙伴们的忧虑，确实，这样大型的展示观摩会，他也是第一次碰到，自己心里也打怵，但他表面上必须镇静，要鼓起大无畏的勇气，要带头。于是他神情轻松地笑了起来，打趣地说："大家怕什么？又不是千人批斗大会，有什么可怕的？不就是像平常一样上课嘛？当然，我们在战略上藐视这件事，但在战术上要重视这件事，这可是毛主席说的啊！大家说对不对？"

他这么一鼓动，大伙儿才重拾信心，一起研究如何上好这次观摩课。他和局领导商量过，观摩会一天的时间，上午领导讲话后，至少要上两节课，下午再上两节课，总共四节课的量。课题组几个人商量的结果，是他上午打头阵，陈圣哲第二节课；下午第一节课还是他上，第二节由王玉洁上。至于内容，第一节课主要展示符号，第二节课展示结构图，第三节课是用符号与结构图解构一篇文章，第四节课是结构图与符号相结合的作文练习。内容确定后，大家分头回去构思课堂设计，至少要进行多次试讲修正之后，才能上观摩会。

数日之后，当大家再一次碰头时，四节课的初步设计已经出来。经过一轮讨论修改，开始在二小袁刚的四（3）班上试验课。效果非常好，但大家还是看出了一些不足，再加以修正，真的做到了精益求精。几轮课下来，课堂基本定型的时候，又请县教育局主管领导亲自来试听，再进行一番打磨，最终才定下课型，等待观摩会的到来。这种等待充满着激情与梦想，令人动容。

袁刚在四（3）班开了一次动员大会，向同学们讲述了本次观摩会的重要性，要求全班同学要拿出十二分精神，以昂扬的斗志，展现荣岸县小学生的时代风采！全班同学精神饱满，跃跃欲试，犹如一群嗷嗷叫的小虎崽。

秋季学期的期末，其实已经是冬天，桂北山区温度已经很低，据说山上都结冰了。但这一天的荣岸县人民会堂里，一千多个座位座无虚席，来自全地区各县代表及荣岸县全体语文教师汇聚在这里，举行图示快速作文观摩会。大会堂里气氛热烈，温暖如春，在《年轻的朋友来相会》的歌曲声中，大家都在热切等待大幕拉开的那一瞬间。

上午九时，观摩会主持人宣布图示快速作文观摩会开幕。按照议程，首先是地区教育局教研室的领导和荣岸县教育局领导分别发表讲话，然后是县教育局教研室主任介绍本次观摩会的安排情况，紧接着就是袁刚和二小四年级3班学生上场。

袁刚从国民电影《渡江侦察记》引出话题，绘声绘色讲述了一番侦察兵的厉害，然后把图示快速作文的符号系统当成侦察兵接头的暗号，一个一个地向学生们亮出，勾起孩子们浓烈的兴趣，纷纷争当侦察兵，踊跃参与课堂互动，整节课气氛热烈，轻松快乐，学生们就在这样开开心心的氛围下，完成了符号系统的识别与记忆，测试效果良好。

一节课下来，台下的老师们耳目一新，此刻方知作文课也能这样上，不知不觉地把知识传授给了学生，真个是润物细无声。而且，有一个最明显的特点是，老师上课再不是板着面孔的样子，袁刚老师简直就是一个睿智的大男孩，以一种平视的角度与孩子们对话，放下老师的身架，把自己融入学生中，实在难得。这样的老师，学生一定喜欢。学生喜欢的老师，自然是好老师。

有了袁刚这个好开头，接下来的课都精彩纷呈，陈圣哲老师以《海滨小城》一文为例，展示了作文结构图，并进行了相关解读。下午第一节课还是袁刚上，他利用结构图与符号系统，活生生把一篇文章解构出来，再一次展示了符号系统与结构图的妙用；而紧接上的王玉洁则以《我爱故乡的杨梅》为题，辅导学生进行了一次精彩的现场作文。

一天下来，课几乎是完美的，学生们的表现也是可圈可点的，老师们的印象也很深刻，感触良多，评价很高，领导们都表示很满意。图示快速作文法第一次观摩会就这样成功落下帷幕，余音绕梁，给很多人留下了很美好的回忆。

## 44

这个学期，袁刚召集的3班第一届期末家长会，就如期在一个冬天的晚上召开了。

曾经有人说过，袁刚这人天生嘴巴闲不住，喜欢跟人沟通，当老师后就把家访当成一大乐事，经常乐此不疲。调到荣岸后，工作压力重了，作文课改的任务紧迫了，就不能像在坟坡小学一样有时间外出家访了，思来想去，他就改变了做法，把家访改成开家长会，以此密切与学生家长的联系。他心里想，以后应该把开家长会与重点学生家访相结合，工作方式可以不一样，但教育任何时候都不能离开家庭。为这次家长会，他发挥了班上"五大骨干"的积极性，由他们组织、发动，并布置会场，尽可能让他们"当家做主"。家长会开幕的前一天晚上，他到班上视察了一番，发现整个会场比他想象的要好得多，他除了表扬，还是表扬。

让他感到不同凡响的是，原本他担心的座椅问题，被同学们轻巧地化解了：家长各自坐自己孩子的座位，孩子则站在家长身边，而且要像仪仗队员一样站立。他在全班同学面前有些担心地问，同学们能做到吗？回答是干脆利落的肯定，而且斩钉截铁。他当然没有理由不相信自己的学生，他们让他看到了善思与勇敢之光。

这天晚上，在同学们的强烈要求下，全班55位同学的家长全部到齐，大家济济一堂，在孩子们精心打扮的教室里，其乐融融地相互攀谈、聊天。晚上七点，期末家长会正式开始，潘艳与何俊杰共同主持。全体起立，同学们齐唱《中国少先队队歌》。这里不得不补充一下，这个环节仪式感很强，是袁刚建议加上的。他早就意识到，仪式感是一个团队进行行为规范所必不可少的，当初提议二小成立少先队仪仗队正是基于这样的考量。就在这歌声中，同学们一脸的庄严，家长们自然也不敢怠慢，跟着站起来，一起哼唱。班会，此刻变得很正式。

班长潘艳代表全班做了本学期班况报告，向全体家长汇报了四（3）班的学习和生活情况，最后还特别介绍了袁刚——新来的班主任老师。袁刚知道该他说点什么了，就镇定地走上讲台，跟家长们打了招呼，做了自我介绍，然后开始接过主持的棒子。他尽管刚接四（3）班班主任一年多，但还是如数家珍一样向家长们讲述他和孩子们的故事，讲孩子们点点滴滴的进步，还有孩子们给他带来的深深感动。最后，他动情地问家长们："最近一段时间是否感觉到自家孩子有什么变化？有了发现的家长上台来分享好不好？"

同学们热烈鼓掌，胆子大的家长就开始上台讲自家孩子的好。有的说孩子主动做家务了，有的说孩子变得懂事多了，有的说最近孩子长高挺明显。轮到邹家齐的妈妈上台，这位邻校的小学老师向大家讲述了一个故事："我们家家齐是个性格比较内向的孩子，平常在家里都不说话，问他什么也就应一下。有时候，我都不好琢磨他的想法，不知道他到底在想什么。上周末他忽然找我说话，说明天要我带他去玩。孩子平时很少提什么要求，这一次亲自开口，我就答应了他。我们在县城开心地逛了一下街，他把我带到城中小花园，叫我在石凳上休息，等一下他。我看着他走进了花园旁边的一个蛋糕店，不一会就提着一个小蛋糕来到我面前。我很惊奇，问他哪来的钱买蛋糕？孩子说，钱是跟老师和同学们去捡垃圾卖挣来的。接着孩子很严肃地说，妈妈，今天是你的生日，我就买了蛋糕，想跟你一起过生日。我一听这话，眼泪唰的一下就下来了。我真的没想到……孩子记住我的生日了……"家齐妈妈再一次哽咽起来，说不下去。很多妈妈都跟着热泪盈眶。

全班同学和家长们立即报以热烈的掌声。有的家长情不自禁地喊起来，邹家齐，好样的！袁刚赶紧接过话题，对家长们说："孩子是我们父母最杰出的作品，父母不仅要把孩子生下来，而且还应该在孩子的童年里精心雕琢，关注孩子们的点滴成长，爱他们，鼓励他们。我相信所有的孩子都是好样的，他们性格虽然千差万别，但人之初性本善，只要我们尽到做父母的责任，尽到做老师的责任，孩子一定能教育好，一定能成才！"

又是一阵雷鸣般的掌声。他发现家长们由衷地兴奋起来了，彼此之间消除了隔阂，变得十分热络。最后的自由交流环节就十分活跃，家长们不仅互相交换名片和电话，而且还纷纷涌上前来与袁刚攀谈，除了孩子，还聊到了现在的社会与教育问题。他深深感到这样的交流，对孩子的教育意义重大，但眼下学校和老师们已经忽略了这样的环节，有些老师更是不知家访为何物了。

他会坚持他的想法，坚持自己的教育主张，就像对作文教学的主张一样。他觉得一个老师如果没有思想，为人师表就无从谈起。

此后，家长会就成了袁刚教育生涯的一种独门利器，威力巨大，屡试不爽。

## 45

期末考试结束，这就意味着离放寒假不远了。

一天下午，袁刚正在办公室里紧张地批改期末试卷，一位陌生的干部模样的中年妇女满面愁容地走了进来，客气地问："请问，您是袁刚老师吗？"

袁刚见有来客，赶紧起身让座，微笑着说："我是袁刚，您找我有事吗？"

那中年妇女挤出一丝笑容来，轻声说："我是 1 班高远的妈妈，我姓黎，在县劳动局工作。"

"哦，黎大姐，欢迎到学校来。高远是仪仗队旗手，我认得。"

"听说袁老师是从雅布乡调上来的吧？"

袁刚饶有兴味地说："是啊，我在雅布中学和苦麻岭的坟坡小学当过老师，您怎么知道？"

"我就是雅布乡人。"

"老乡啊！"袁刚似乎忽然生发出了些他乡遇故知的感觉来，精神为之一振，再一次问，"黎大姐，您找我有事吗？"

黎女士低下头，不经意地叹了一声，小声说："袁老师，不瞒您说，我们家高远得了白血病，他喜欢您，想下学期插到您班上来，您看行吗？"

说着，眼眶里眼泪已经在打转。袁刚吓了一跳，瞪大眼睛望着黎女士，紧张得语无伦次："确诊了吗？会不会搞错？怎么会这样呢？"

黎女士的眼泪无声滑落，"我们带他到地区大医院查过，不会错了。"

空气一下子仿佛凝固，袁刚也不知该说什么好。过了好一会，他才想起什么似的问："是怎样发现的？"

"上学期他不小心划伤了手，就一直流血，怎么都止不住，我们觉得奇怪，就带他去检查，结果就是这样。"

袁刚的脑海里浮上高远的模样。这是一个多么优秀的孩子啊。老天怎么就那么残酷呢？他虽然只是在仪仗队时跟高远有过接触，但这孩子就是那种你第一眼就觉得是好孩子的那种人，他曾经一点都不犹豫地选他做仪仗队的旗手。这样的一个孩子，怎么会跟白血病连在一起呢？他痛苦地叹息着，望着眼前悲伤的母亲轻声说："让高远插到我们班没有问题，只是接下来你们打算怎么做？"

黎女士显得挺茫然，"治病的费用很高，高远的爸爸在县人事局工作，我们两个人都只是普通干部，没有什么钱，我们正为这事发愁呢。乡下的亲戚也帮不了什么忙。"

袁刚安慰道："黎大姐，你先不着急，我们大家一起动脑筋，总会想到办法的。你先把高远送到我们班吧。"

高远的妈妈迈着沉重的脚步离开了袁刚的办公室。袁刚送出好远，回到办公室时已经浑身瘫软，歪到椅子上。他恍惚想起最近很火的一部名叫《血疑》的日本电视剧，说的就是白血病人的故事。明白一点说，这病就叫血癌，是一种可怕的绝症，唯一的治疗方法就是换骨髓，但治疗费用是天文数字，不是一般人能承受得了的。他实在很难想象，面对这么巨大的灾难，一个小孩子会有怎样的反应呢？他想不下去。

临近放寒假的时候，袁刚带着何俊杰、凌云和李小丽一起到县人事局宿舍，找到了高远的家。看到仪仗队的小伙计们来看望自己，高远很兴奋，拉着大伙去看他的小房间、玩他的玩具、看他的相册，还兴致勃勃地给伙伴们演奏了一曲电子琴独奏。

折腾了一阵，高远似乎有点累，虽然是冬天，但额头上还是冒出了一层细密的汗珠。高远的妈妈赶紧劝他休息，袁刚这才带着大伙离开。

高远还像没事人一样，这点让袁刚挺佩服。他跟高远妈妈达成一致，高远的病情暂时对同学们保密。

# 46

热闹的元宵节刚过，春季学期又开学了。

高远同学的事情，袁刚还是全面地向学校领导做了汇报。学校同意把高远调到3班，而且还首先在教职工中进行募捐，希望能为高远治病筹集到一点资金。听到这个不幸的消息，刚刚收假回来的全校教职员工，尽管各自都收入不高，但还是十分积极踊跃捐款，两天工夫就募到六千多元，交到袁刚手上，委托他交给高远的父母。高远的爸爸高尔泰、妈妈黎小欢送高远到学校注册的时候，袁刚在自己办公室里把全校教职员工的心意交给了他们，代表校领导表示慰问之意。夫妇俩万分感激，不仅郑重其事写下收据，还表示回去后要写封感谢信，亲自送到学校来，交给校领导，以表达由衷的感谢。

袁刚还跟夫妇俩商量，高远的病情既然不让同学们知晓，那么在学校的安全就由他留意，平常用药及治疗由他们夫妇负责，有什么问题要及时互相通气。夫妇俩也转述了医生的建议，高远不能受累，不能受伤，更不能参加剧烈运动。双方安排妥当，这才选择了一个温暖的春日让高远正式进入3班。

为欢迎高远的到来，袁刚专门找来了3班的班干们，商量如何举办一次欢迎会。一听高远要转到3班，他的好伙伴凌云马上就开心地笑了。潘艳一听有些不明白，问道："插班生来我们班也有过，一般都是老师介绍一下就行，没听说过要开欢迎会的呀？"

何俊杰也在嘟哝："又不是什么大人物，需要那么隆重吗？"

袁刚严肃地说："第一，高远同学年年都是我们学校三好学生，去年还是全县三好学生，这样的优秀同学到我们班，我们是不是欢迎？第二，高远同学加入我们班，是他主动选择的，说明他喜欢我们班，我们难道不应该回报他热烈的欢迎吗？"

没有人再说话了。班干们领了任务回去，开始琢磨欢迎会的事。他们的目标是，要把欢迎会办成一次让高远同学感到像回家一样温馨而又热烈的见面活动。

　　这天下午，3 班教室的窗玻璃上，贴上了红窗花，简单明了地烘托出了喜庆的气氛。全班同学整齐坐在自己的位置上，每个人的小腰都挺直，双手放到桌面上，双眼兴奋地望着门口。不一会，袁刚老师打头，后面跟着何俊杰、凌云和另一个略显清瘦的男孩，四个人一起走到讲台上。待四个人都面对全班同学站好，袁刚指着站在何俊杰与凌云中间的高远，对大家说："我们 3 班今天开个欢迎会，欢迎我们的新同学高远！高远同学原来在 1 班，由于在仪仗队的共同工作和生活中，与我们班凌云、何俊杰同学结成了深厚的革命友谊，所以主动申请调到我们班。高远同学是校、县两级三好学生，是我们学习的榜样，现在全体起立，欢迎高远同学！"

　　全体同学齐刷刷站立起来，爆发出一阵热烈掌声。潘艳挑选的八位坐在前排的女生更是双手摇起红花，整齐划一地高喊："欢迎欢迎，热烈欢迎！"这动作可是她们从电视上学来的，八位女生的认真劲，惹起全班同学开怀大笑。高远也笑得很开心。

　　全班同学坐下后，袁刚请高远也讲几句话。高远并不怯场，落落大方地说："我很喜欢大家刚才的样子，感谢同学们。想到 3 班来，主要是我喜欢你们的班主任袁刚老师，我想老师是好样的，同学们肯定错不了，大家说对不对？"

　　"对！"全班同学一起欢呼。

　　袁刚把高远安排跟凌云坐在一起，方便两个小伙伴互相帮助。看到高远很开心地坐到自己的座位上，袁刚心里不知是什么滋味。他把目光摇到窗外，看见春光已经明媚，校园里的几株桃李开得格外灿烂，十分赏心悦目。但愿学校里永远是春天的模样吧。

# 第10章

## 47

1990 年仲春的一天上午，一通电话打到荣岸二小办公室，要找四年级 3 班的袁刚老师。办公室接线生小陆姑娘赶紧跑到袁刚办公室，急匆匆说有电话找你，在校办公室，快去接。

袁刚也急乎乎跑到学校办公室，抓起电话，客气地说："你好，我是袁刚老师。"

"你好，"对方也自报家门，"我是何县长。"

袁刚心里不免打起鼓，何县长的宝贝孙子就是 3 班的何俊杰，今天县长大人竟然亲自打电话来，不知出了什么事。他冷静下来，礼貌地问道："何县长好，您找我有什么吩咐吗？"

何县长在电话里有些情绪地说，"昨天我见俊杰在书上乱画些符号，就问他为什么乱画，他说是老师要画的，我就没在意。没想到今天在县里开会，我才发现他连我的文件都画上了些奇奇怪怪的符号，我想问袁老师，这是你们要求画的吗？"

他一听，大致明白何县长这是兴师问罪来了，也大致能想象得出何俊杰到底惹了多大的麻烦。他笑着向何县长解释道："这确实是我要求学生画的，这些符号都是图示快速作文法使用的符号，主要表示文章中的修辞方法，我让学生们在任何一本书上练习找出各种各样的修辞方法，我们班上把这种做法叫'挖地雷'，没想到何俊杰同学竟挖到县长大人的文件上了，实在是大水冲了龙王庙，真让我感到意外！"

"原来是练习作文啊，"何县长说，"这就是你们搞的图示快速作文法？"

"是的，"袁刚回答说，"我们全班同学作文水平进步很快，正准备参加全国小学生作文大赛，何俊杰同学是我们班的种子选手啊。"

何县长在电话那头也笑了："本来我还想问你清楚之后，等他放学回来再收拾他，听你这么一说，看来我得去多买些书来，让他尽情挖去。谢谢袁老师！"

放下电话，他回到自己办公室，脑子里还环绕着刚刚县长的话，想到何俊杰竟然连县长爷爷的文件都不放过，说明他是"挖地雷"上了瘾了。天哪，还能有什么更稀奇古怪的事情要发生吗？他坐回椅子，苦笑了几声。

他忽然想起来，这段时间由于受邀到外县举办图示快速作文观摩会，他已经有些日子没到自己的 3 班去了。不知不觉之中，他带的 3 班已经拥有了明显的"袁氏风格"，敢想敢干。在这一年多的时间里，他大着胆子把 3 班当成根据地，进行图示快速作文实验，同时也进行各种新的教学改革尝试，尽可能地让学生们发挥潜能，进行自我学习、自我管理。这样的做法虽然有些离经叛道，但由于他正领导着一个声名显赫的作文课题组，正在全县进行图示快速作文实验，所以整个二小甚至县教育局就是看不惯他在 3 班的这些做法，也都不敢加以阻拦，只能在背后嚼些舌根，指指点点而已。

此刻是上午第四节课，袁刚瞄了一眼压在桌面玻璃下的课程表，发现正是语文课。他拿起全国小学生作文大赛组委会的比赛通知，就径直往 3 班的教室而去。上了第二教学楼的二楼，他悄悄从第三间教室后门溜进去，没有被人发现。讲台上一位学生——他一眼看出来，她是潘艳——正在有模有样地上课，给课文《刘胡兰》归纳中心思想。发现老师溜进来，她立马停下课，大声喊："同学们起立！"大家都转头找到他，齐声喊："老师好！"他只好站起来，示意同学们坐下，自己走到台上，用一贯的风格说："我刚刚听了一下，潘艳同学课上得不错，说明第四小组备课是下了功夫的，现在继续上课，我在后边听。"潘艳就继续上课，分别讲解了本课要求掌握的几个知识点，讲完了才停下来。

袁刚这才重又走上讲台，大声问同学们："刚才潘艳同学上的课文是篇什么类型的文章？"

同学们大声答："记叙文！"

"对了，"袁刚大声说，"天下的记叙文大抵都是一样的，不是顺叙，就是倒叙，再就是插叙，《刘胡兰》这篇课文用的是什么记叙手法？"

同学们齐声答："顺叙！"

他笑着说："顺叙那不就简单了吗，用我们的结构图，就马上划分出段落，然后用我们的符号，把课文中的修辞方法找出来，归纳段落意思，这篇课文慢慢就被我们消化了，大家说对不对啊？"

同学们都笑了，大声喊对。他继续诙谐地说："刚才潘艳同学的课上得挺好，基本上按要求把这篇课文的重点和知识点都分析解读了，跟老师上的一样。她们这组还有个厉害的地方是，她让同学们把课文演了一遍，这一招厉害，演的同学都进入文章里了，还能不理解课文吗？刚才那个演反派的同学就挺像的嘛！"同学们闻言哄堂大笑起来。

他接着问同学们："老师前段时间准备图示快速作文观摩会，到班上来的时间少了些，最近发生什么事，大家说来听听！"

大家伙叽叽喳喳喊开了。

"我们上语文课时，有很多老师来看，还有校领导也来看过。"

"有其他班同学也来看，他们觉得很奇怪！"

"有人说我们四（3）班是个怪班，瞎胡闹！"

"学校领导还找我们几个班干到办公室问话了。"

他示意大家停下，自己大声说："让他们说去，我们的口号是什么？"

同学们齐声答："我们用成绩证明一切！"

他接着亮出一封信，对同学们说："这是全国小学生作文大赛组委会的开赛通知，我想组织咱们 3 班迎战，一定要拿下前几名的奖项，大家有没有信心？"

"有！"全班同学吼道。

他接着把大赛的要求一条条向同学们进行说明，要求每位同学都要参赛，先从班上初选，优秀的就推荐参加全国赛。如果在全国赛中夺得好名次，再组织大家参加名声很大的新概念作文大赛。这番赛前动员说得慷慨激昂，把同学们的情绪都调动了起来，大有随时准备向大赛最高名次冲锋的气概！

话音刚落，同学们又一阵欢呼。这就是四（3）班的做派，一群嗷嗷叫的小虎崽，什么事都争第一的品德，什么事都自己来的秉性！

# 48

从走上讲台的第一天，到真正意识到自己是一名人民教师，袁刚一直在思考，怎样才是一个真正的好老师？怎样才能成为一名优秀的教师？而他的意愿是当一名优秀的语文教师，不仅自己能写，还能向学生们解读一篇美文之妙处，品味文字之雅趣！

语文，顾名思义就是语言与文字的意思，语文而成为学问，其实就是人们对自己语言和文字的规范。因此，语文是一门活生生的学问，是一门快乐的学问，是一门人人都需要参与的生活学问。他经常会想起自己学生时代经历过的语文老师，有人让他感到快乐，有人让他感到痛苦，也有人让他没感觉。自己当老师后，他常常跟学生换位思考，他们之间教与学的关系到底是一个吃一个喂，还是一个示范吃一个学着吃？以他在雅布中学的经历与见闻，发现我们现在的所谓教学，其实就是一种粗暴或温柔的灌输，在这样的模式下，学生是被动接受者，他们的主观能动性被压制了。通过在坟坡小学一年的试验，他充分感受到学生潜力的巨大，只有让他们的脑子充分转动起来，他们才能拥有真正的学问。

调到荣岸二小后，他有了自己的班级，便决定以一种不一样的教学方法，让学生们自学自教，让他们学会自学，学会发现问题并寻找解决问题的方法，最终解决问题。他参照坟坡小学的经验，把一个学期的语文课按单元把知识点一一列出，把单元练习的目的也做了说明，然后每单元他只上一篇示范课，其余的都分配给全班四个小组，每个小组都有上课任务，同学们称之为"分猪肉"。

对于自己每个单元要上的一篇示范课文，袁刚上课之前都要先做足功夫，先从一系列问题开始：我们为什么要学这篇课文？根据教学大纲要求，列出这篇课文需要学生掌握的知识点，但这些知识点怎样从课文中寻找出来呢？在这些知识点之外，采用图示快速作文法的结构图与符号系统，对课文进行一次解构，我们又有什么新的发现？

学生们带着这样的问题先对课文进行预习，第二天他才上这一课。四（3）班有四个小组，每个小组十三人左右，他规定每个小组必须回答问题，而且在小组内确保每个同学都认真思考这些问题，对这些问题提出自己的看法。这样一来，他发现学生们对课文的理解程度比自己想象的要深，他们的理解能力实在不可思议。他上第一课，目的就是给他们做示范，包括备课本都让他们看。这一课上完，同学们基本上也知道了上课的套路，他们依样画葫芦，也能学着上课了。他们每个小组会推选出一位小教师，一位助教，大家全部参与备课，找问题、查资料，大家群策群力，比赛着要把课上好。

刚开始比较困难，学生们一时把握不好，胆子也不够大，他就热情鼓励，拼命煽动，把学生们的潜力都发挥出来。第一次很显然还比较生涩，第二次就自然多了，第三次就比较老练了。上完一个单元，他就会集中让学生们提问题，有什么不理解的全都提出来，然后他再跟大家探讨，把问题解决掉。

对于这样的语文课，四（3）班的同学们感到十分新鲜、好奇，他们很兴奋地参与到课程中来，在实践中体会语文之美，在学习中领悟如何去学习，在领悟之后自觉学习。

为了图示快速作文法课题研究与实验，袁刚会经常外出，对于班里的纪律维护，他成立了一个由学生们自己民主组建的"纪律法庭"，由班长及班上几个有影响力的人担任"法官"，来管理和裁决班上的各种事务。同学们很乐意这样做，而且还能经常做出些新花样来。

但在其他老师看来，这样形同撒手不管，如此当老师简直不可思议。在荣岸二小，四（3）班慢慢变得像个怪物一样，成为人们指指点点的所在，同学们的一举一动，都成为人们议论纷纷的话题。

一年多来，袁刚和四（3）班因此经常被推到舆论的风口浪尖，荣岸二小的氛围因此常笼罩在紧张和一种莫名的诡异之中。尽管四（3）班不管是期中还是期末考试，全班成绩仍然拔尖，但所有老师都不认为这样是可持续的，全都不以为然。

在荣岸二小，四（3）班终于成了切切实实的异类。但袁刚心里很清楚，教育应该教会学生如何学习并付诸行动，而不是填鸭子。尽管别人议论纷纷，但他还是要坚持自己的理念，坚持走下去。

## 49

俗话说，无风不起浪，无浪不兴风。四（3）班的怪异做法，很快被推到学校领导面前。校长韦能、副校长任菲菲、教导主任方中南不得不在袁刚外出的情况下，开了一次碰头会，研究四（3）班的问题。这几位校领导，教龄长则二十来年，短则七八年，全都一致认为，没见过四（3）班这样教学的，也没见过袁刚这样当老师的，这年轻人的做法太过超前了，别说在荣岸是怪事，放在全国也一样是怪事。尽管袁刚是上级任命的二小主管教改的副校长，但在中国，教育改革似乎还不能这样随心所欲啊。

三位领导协商的结果是，为保险起见，要给四（3）班派一位助理班主任。他们要求助理班主任暂时不改变四（3）班现在的做法，但要时时监控，有问题及时汇报，不能出乱子。对于学生自己上课，要求助理班主任要在场，而且要指导。

在做了这样的安排之后，校长韦能感到还不行，因为他对袁刚这个人和做法，都有疑虑，他要找县局领导，把这些疑虑说一说。从内心来讲，在教育战线上摸爬滚打了十多年的韦能，在情感上是肯定不能接受袁刚这一套的，原因是什么呢？主要是他太年轻、太敢想、太敢干了，前段时间成立了一个少先队仪仗队，搞得风风火火，但在学校领导和老师们的眼里那些东西只是个花架子，图个新鲜热闹，对学校的升学率没有什么实质用处嘛。现在他又折腾作文教改去了，顾不上仪仗队了，别的老师也不愿意接这个茬，仪仗队这不又进入休眠状态了？他们当初就是被仪仗队的风光热闹所迷惑，把他调入二小，而且还是主管教改的副校长，后来图示快速作文课题组级别越来越高，他们才明白自己接了一颗烫手的山芋，捧不得，不捧也不得，难受的是自己。

韦能跟县教育局余局长曾经短暂同事过，关系还不错，所以到余局长办公室，就像串门一样随便。这天下午他瞅个空，就溜到了县教育局，上了余局长的办公室。余局长一见韦能一副无精打采的样子，打趣道："韦校今天有空到我这串门啊？我倒没空哦，忙得开心一刻都没机会，还是当校长好啊！"

韦能切了一声，在沙发上坐下，长叹了一声。

余局长睁大了眼睛，故意倒吸一口冷气，讶异地盯住他问："韦校长跑到我这里来叹气干什么，莫非又有什么把柄被老婆抓住了吧？"

韦能苦笑了一下，直冲着老同事埋怨道："都是你干的好事，把袁刚这么个大人物调到我那里，现在倒好，教书不像教书，领导不像领导，让学生自己上课，自己整天没影儿，忙课题组的事去，也不跟学校报告，简直像无影大侠一样来无踪去无影啊！"

余局长收起笑容，盯着韦能问："出什么事情了吗？"

"现在还没出什么事"，韦能有些激动地说，"但你看他干的那些事，迟早要出事的嘛！你自己也教多年书，你见过让学生给学生上课、家长给学生上课的吗？你见过在班上成立什么"纪律法庭"的吗？你见过一个老师整天都不在学校的吗？你见过这样放羊的吗？……"

一口气喷出那么多话，韦能有些急红了脸，越说越激动。余局长还是一副云淡风轻的样子，接着他的话问："你能证明他所做的那些是不好的吗？是班里乱套了，还是成绩大滑坡了？有没有家长来告状呢？"

韦能被问住了。他确实还不能证明。目前也还没出什么事。他说不出话。

余局长还是盯着他的这位前同事，认真地说："韦校长，我们没见过的东西太多，难道都是不好的吗？十多年前你见过分田到户吗？你想象得到改革开放的样子吗？五年前你听说过教育改革吗？都没有嘛！所以，要容得下新生事物！袁刚这个年轻人我有所了解，单看他做过的事你就不能不服，毕业当数学老师不到半年，出了一本数学方面的书，上了报；到边远的坟坡小学任教，穷山沟里的孩子能在全国报刊发表文章，他自己参加全国比赛过五关斩六将，获得全国少先队辅导员能手称号，而且还发明了图示快速作文法，这些都不是虚的，我们有哪位老师能做到？你我都做不到嘛！"

这样一说，韦能就更说不出什么话了，袁刚的那些事，他也很清楚，正因为清楚，他才无可奈何，才跑到这里来发泄一下，没料到不仅发泄不了，还被倒灌了一壶，浑身更不得劲了。局长毕竟是局长，见部下一副沮丧的样子，也没忘打打气，便笑着轻松地宽慰他说："你做好自己的本分、确保学校不出乱子就行了，至于教学上的一些新做法，没什么大惊小怪的，小平同志都说了，改革嘛，就是做从来没做过的事，得摸着石头过河！袁刚的工作，你多支持，他现在负责的课题，已经不仅仅是我们荣岸县的问题了！"

韦能怀着复杂的心情，回到了自己的学校。

他思虑再三，决定召开一次全体教师会议，要统一一下思想。这周的周末，全校一百多号教师都集中到了会议室，参加这个没有名称的会议。会议一开头，韦能就冲着大伙问："在座的老师，有哪个听说过深圳没有？"

大家伙莫名其妙，不知校长葫芦里卖什么药，稀稀拉拉地回答，听说过。

韦能进一步问："有哪位去过深圳的吗？"

"没有！"这回大家齐声回答，都笑了起来。有人大声说，"校长有什么话直说吧，别给我们卖关子啦！"

韦能这才一本正经地对大家说："近段时间以来，大家对袁副校长的四（3）班议论很多，甚至非议的也很多。我只是想告诉大家，我们这样一个社会主义国家，为了改革开放，也有深圳这样的特区，我们二小有一个四（3）班，实验班嘛，大家为什么就看不顺眼了呢？教育改革，也需要摸着石头过河，也要做出尝试，大家可以有不同意见，但对新生事物一定要包容！我们要把四（3）班看成我们二小的'深圳'，以后大家不要议论，更不要胡乱非议，我们要睁大眼睛看四（3）班到底长成什么样子，从中吸取经验和教训！散会！"

大家再一次莫名其妙，韦校长开会从没这么短小精悍过，但见他已经扭头离开，大家才相信会议真的结束了。有老师感叹，真的感受到改革开放的春风吹到二小了。

## 50

袁刚对二小领导班子唱的这一出戏并不知情，后来也是从助理班主任的只言片语中略知一二。他开始意识到，自己在二小有重蹈雅布中学覆辙的可能性。但是，这对于已经历过一些风雨的他来说，实在已经不算什么了。虽然还不满 25 岁，但却长着三十五岁的胆子，现在就算把他丢下海去，也不会感到有什么可怕。他自己有时候冷静下来想，以他现在思维的活跃度，实在是无法老老实实待在办公室里，做着日复一日的工作。换句话说，要是跟芸芸众生一个模样，那就不是袁刚了，他天生就是孙悟空转世，去到哪里就非得在哪里弄出点动静来不可。他偶尔也会迷糊，这是不是一种毛病啊？但他很快打消了这种念头，因为不安现状、积极进取是这个时代的主旋律，他不会有错！

如果说他因为初生牛犊不怕虎才在雅布中学碰了壁，但几年的工作经历已经让他变得成熟了许多，调到县城后，尽管对人情世故与体制的潜规则仍然谈不上圆熟，却也不至于格格不入了。由于图示快速作文课题组研究与实验工作的特殊性，他有时候会迷失自己，谁也不知道他是真的不清醒，还是假糊涂，这反倒成了他的标签。但也正因为这个巧妙的模糊，让他看起来有些让人难以捉摸，加上在每件事上都能干出令人想象不到的名堂，他的头上不知何时就被罩上了一层神秘迷离的光环。人们对他的这种微妙的认知，使得他从来无法真正融入一个单位，那些单位也从不敢把他当成自己人。初进城时他在长安镇初级中学挂了半年，除了报到时与校长打过招呼外，他几乎再没跟该校的其他领导有过交集，也再没找过校长。但学校安排他带着两个班的语文，他都能把课上得有滋有味，特别是作文课更为精彩，在学生中的口碑更是没的说。有人曾把他在镇初级中学的故事编成了段子，把他编排成了作文江湖上的大侠，是一个三步成诗五步成文的大才子。

别人怎么说都好，但有一点袁刚十分清楚，这里的所有一切，都得拿成绩来说话，只有实打实的成绩，才能成为他的镇教之宝。作为一名教师，只有严守为师之本分，给学生传道授业解惑，学生的成绩经得起检验，才敢于挺起胸膛做人做事，世俗的一些喧嚣实在算不了什么。因此，他平时想得最多的仍然是如何做一名好教师。

在他不算太长的从教经历中，家访一直是他的最爱，他是名副其实的家访控，拿家访当乐事。他十分注重与学生家长的沟通，把对学生的教育跟家庭教育联系起来，通过家长这个窗口，更深入地了解他的学生。在二小第一次成功的期末家长会之后，他就一直沿用这个好方法。

因为学生多，工作忙，一家一户家访已经不现实了，只能改为开家长会。多次开家长会的结果是，很多家长跟他很快就成了朋友，无话不谈。有个别家长语文功底了得，他就邀请他来给学生们上一课，同时也欢迎其他家长来听课。哪位家长如果欣然应邀，数日准备之后，就真的兴致勃勃到校来给学生上一课，学生反应热烈，效果不错。这样的课不仅是家长来上，还有几位家长也挺好奇地来听课，特别是大嗓门自称卖猪肉的谢师傅在人群中常常显得十分扎眼。

有一次，袁刚待某个家长的语文课上完，便笑哈哈地请来听课的谢师傅也上台讲几句。谢师傅扭捏了一会，被人拉到了台上。面对教室里的几十号学生，还有窗外越聚越多的其他班级学生，谢师傅忽然抛出了一个问题：一头二十来斤的小猪养到三百斤出栏，需要多长时间？同学们都茫然不知，家长们的回答也不一样。谢师傅笑了，他如数家珍般给同学们普及了一次养猪的知识，甚至把一头猪共有多少块骨头都爆了出来，让同学们听得津津有味，门外聚集的人越来越多。这样的家长课，慢慢形成了二小四(3)班的一个奇观。

袁刚常常借助家长会，把自己在班上的一些做法向家长们作说明，比如班里以四个小组为单位，每个小组办一份手抄报纸，自己定办报方向，自己选主编、副主编等工作人员，自己征稿、写稿、编稿，自己画版，每月出8开那么大一份报纸。当家长们拿到自己孩子编的、写的、画的报纸，简直有点不敢相信自己的眼睛，他们都不敢相信自己的孩子能有这个能力。家长对孩子认知与实际的差距，让很多家长大呼意外，并为袁刚的这些新鲜方法拍案叫绝。有些家长对自己孩子的手抄报爱不释手，竟自发掏钱拿出去印刷，然后大量发放给同学们和亲戚朋友。

在办手抄报方面，谢丽丽是个一顶一的高手。她喜欢绘画，也写得一手好文章，但因为长得略显矮胖，时常还是有些自卑。因为骨子里的自卑，表现在外的反而是大大咧咧的样子，似乎对什么事都没心没肺。在班里，她只跟潘艳在一起玩，其他同学她一般很少正眼去瞧。她跟潘艳合作办手抄报，也算是珠联璧合了，因为她的绘图加上潘艳组来的好文章，让这份名叫《七彩虹》的手抄报发出迷人的奇光异彩。

这个学期，潘艳、谢丽丽同学的《七彩虹》获得了全国小学生手抄报大赛的二等奖，再一次为四（3）班获得殊荣。让人惊奇的是，报上竟然还有两则小新闻，是对四（3）班同学的作文在区内外报纸、杂志发表的报道。

谢丽丽的父亲谢师傅财大气粗，见女儿的手抄报获了奖，兴奋地自己掏钱把手抄报印刷出来，自豪地分发给市场里的每个摊档，还到大街上到处派发，有力扩大了四（3）班手抄报的影响力。

四（3）班这个学期收获的另一组殊荣，就是全国中小学生作文大赛的获奖名单。何俊杰获得了小学组一等奖，高远、潘艳获得二等奖，获得优秀奖的还有谢丽丽、凌云等五位同学，可谓大丰收。这串亮丽的成绩单，足以让人感到炫目。

而这一学期的期末考试，经过一天的考试和数日的改卷，期考成绩终于新鲜出炉。四（3）班语文科成绩比四年级其他两个班要好，特别是作文，更是比另两个班遥遥领先，平均分高出七八分之多。事实胜于雄辩，四（3）班同学用自己的实际成绩，向全校做出了最有说服力的说明，他们是优秀的，他们的学习方法是优异的！

四（3）班期末考试成绩的出色表现，让二小全体老师集体静默了很多天。四（3）班同学各方面能力历炼带给未来的力量，则是老师们还没看到的。

# 51

就在四（3）班成绩飘红，士气大振的时候，不幸的消息最后还是冒了出来。尽管高远插班进来的时候，已经身患重疾，但表面上还没有显露出来，同学们也压根想不到他会有什么病。直到有一天，高远在教室里晕了过去，同学们才发现，他病了。

尽管高远是插班生，但他人缘好，到3班没多久就跟大家相处得很融洽。他不仅性格温和，而且很包容，跟班上所有同学都能处得好，包括几个棱角明显的同学都是他的朋友。有了高远，凌云就不再缺少朋友，而且慢慢地话也多了，声也大了。高远曾经带领几个特要好的同学又去了几次凌云的家，帮助凌云把家搞得整齐干净，而且爷爷长奶奶短地叫，把凌云的爷爷奶奶叫得很贴心，都把他当凌云一样看待。

高远虽然不断地吃药、打针，但病情终究没有根本性的好转。时间对于他来说，简直就是生命了。这次晕倒，他就直接入了院，病情严重了。现在的问题是，他需要有配得上的骨髓才能移植，而就算有了配得上的骨髓，骨髓移植手术的费用也是天文数字，对于他们一家来说，基本上是不可能完成的任务。

面对这一切，母亲黎小欢只能每天以泪洗面，父亲高尔泰就像一头困兽，在不大的自家客厅里踱来踱去，无计可施。

高远的病情在学校公开了，全校教职员工已经捐过了一次款，这次是全校学生也参与捐款。尽管四（3）班每位同学都捐了款，何俊杰、谢丽丽、潘艳等同学的家里都各捐了一笔不小的钱，但全校加起来，也就是两万多元，离手术费用还差得太远。

四（3）班为此专门召开了一次主题班会，目的就是要大家群策群力，想办法为高远同学募捐医药费。班会开始的时候，班长潘艳请袁老师讲话。袁刚语气挺凝重地说："高远同学不幸患上了绝症，死神随时都有可能把他带走，我们3班当然不能答应。同学们现在年纪还小，能力有限，我们唯一能做的，就是想办法尽量把这个不幸的消息传递出去，让更多的人知道，让更多的好心人捐款，帮助我们的高远同学。同学们可以讨论一下，我们能用什么方法把这个消息传递出去呢？"

何俊杰马上说："我让爷爷号召干部们都捐款！"

潘艳说："我们要做一期手抄报，题目就叫'救救我们的同学'，然后把报纸印出来，在县城派发。"

谢丽丽望了一眼潘艳，说："我负责拿到我爸那去派发，让那些老板们捐钱。"

凌云眼睛泛红，哽咽着说："我们能不能把仪仗队拉到文化广场，办一次募捐活动呢？"

同学们七嘴八舌又说了很多，但潘艳总结起来也就两点，就是扩大消息和募捐。袁刚最后做了安排，由潘艳与谢丽丽做一份专题小报，印好后派发；由何俊杰与凌云负责重整仪仗队，准备在县文化广场举办一次募捐义演。安排妥当，同学们就各自忙碌起来。

十五天过去，潘艳和谢丽丽的《七彩虹》手抄报做出来了。潘艳组的文章里，有荣岸县三好学生高远不幸患上白血病，荣岸二小全体教职员工和学生踊跃为高远捐款的新闻，还有高远手术费用高昂的报道和呼吁好心人捐款抢救高远的倡议，当然更多的是3班同学写的高远的好处，有些甚至写得情真意切，令人感动。这份《七彩虹》高远专题，谢师傅仍旧出资影印了上千份，让谢丽丽到处派发。

在文化广场的募捐义演现场，主角是二小少先队风靡一时的仪仗队在表演，而围在四周派发《七彩虹》高远专版和背着小箱子募捐的就是3班的同学们。

仪仗队再一次以完整的阵容亮相文化广场，还是让人十分震撼，引来众多市民围观。大鼓和小鼓方阵队列整齐，小队员们踏着正步，在旗手的引领下，敲着鼓点，激昂地行进，整个状态足可让人热情高涨。但条幅上"救救我们的同学"几个大字，小队员绷得很紧的小脸，却让观众的心都提到了嗓子眼上，不知道到底发生了什么事。看过《七彩虹》后，这才唏嘘不已，替那位患了白血病的可爱的小学生惋惜。知道了真相后，围观的市民纷纷慷慨解囊，往3班同学背着的募捐箱里投钱。

高远的病危，让3班的同学们一下子长大了。

# 第11章

## 52

在同学们为高远奔走呼号的时候，只有邹家齐显得特别近乎冷漠，跟同学们保持着一定的距离。

很多同学都清楚，邹家齐是个性格很怪异的人，他平时不大说话，但只要一出口，总会得罪人。同学们形容他的话就像一把锋利的铁铲，轻易就能把人铲倒，致人重伤。在3班，他是最不合群的一个人。但奇怪的是，他这样的性格，还能在同学中有些追随者，这些追随者大都是在班上处于边缘角色的同学。

在研究他性格成因的时候，同学们反映的一些情况让袁刚挺难过。邹家齐的父亲似乎是一个脾气十分暴躁的人，他曾经亲自跑到学校里来，冲进教室对着邹家齐破口大骂。甚至有一次他竟动手打了邹家齐。根据一些同学的描述，邹家齐被打的时候，竟然像木头一样一动不动，好像不是打在他身上一样。

袁刚觉得这样的父亲是有问题的，在孩子身上滥用暴力是不可取的，特别是那些失去是非判断的暴力，更加不可原谅。他感到邹家齐似乎是一口向外部封闭了的深井，对阳光实在是脱离得太久了，已经失去了感应能力。但家长会上他母亲的一番讲述，让袁刚对他有了另一种解读。其实深井之下，水还是温暖的。

通过一番了解，袁刚得知邹家齐原来是随母再嫁，继父对他们母子很不好，常常很粗暴地对待他们，不时还伴随着家庭暴力。他母亲是一名小学教师，性格柔弱，在家里没有什么地位，邹家齐长期处于这种压抑的环境中，造成了他这样复杂的性格特质。为了解开这个结，袁刚曾经主动跟邹家齐接近，甚至一度把他摆在了重要班干的位置上，让何俊杰、凌云等同学多接触他，接纳他，在意他，一边让他参加班里的骨干分子活动，一边观察他有什么爱好或特长。

在一次约邹家齐出来谈心的时候，见邹家齐似乎不为所动，袁刚忽然问道："你爸还经常打你妈吗？"

邹家齐愣了好一会，眼睛红了，默默点了点头。

袁刚声音一下子高了几度："你想想，你妈就因为你为她过了个生日就哭成那样，说明她多需要你强大起来！但你现在这个样子，能强大起来吗？"

邹家齐低头不语。

"你跟我一起阻止你爸，让他再也不敢打你和你妈，你愿不愿意？"

邹家齐忽然两眼放光，爽快回答："愿意。我不想让他打我妈！"似乎小男子汉的劲头回来了。

"好，帮助你妈妈，你得听我的。"袁刚认真说。

邹家齐连连点头："我听你的。"

袁刚其实已经做足了工作，他通过邹家齐妈妈了解到邹家齐的继父是县里一家集体矿泉水企业的一名小业务员，工作并不如意，脾气因而暴躁。在一次与高远妈妈的会面中，他提起这件事，高远妈妈说她认识这家矿泉水厂的厂长，可以引荐他认识。他就找机会去厂里拜访了这位刘厂长，希望跟他合作，以后在各地召开的图示快速作文观摩会都用他们厂的水。刘厂长求之不得，跟袁刚一来二往，很快成了朋友。在一次与袁刚的聚餐中，刘厂长叫来了邹家齐的继父，让他以后就跟袁校长对接，开拓教育这条线的业务。刘厂长在介绍袁刚的时候，更是用尽了各种溢美之词，把他吹得神通广大。邹家齐的继父也看得出来，厂长对这位袁校长确实是礼遇有加，可见所言不虚。对于此等好事，他自然不会放过，赶紧点头哈腰地给袁刚递上名片，请袁校长多多关照。

袁刚管邹家齐的继父叫老邹。以这种方式认识了老邹后，他才知道，邹家齐本不姓邹，随母嫁到邹家后，就改姓邹了。他有意无意中把邹家齐是他班上学生的事透给了老邹，老邹一听就嚷嚷起来："哎呀袁校长，我儿子还是你的学生，我真想不到，我们真是有缘啊！"

袁刚平静地说："算起来不单有缘呢，邹家齐的妈妈叶老师老家是不是永福？"

"是啊，"老邹有些纳闷了，"你怎么知道？"

袁刚说："我也是永福人，论起来叶老师还是我的远房表姐呢。"

老邹兴奋得有些失了态，拉住袁刚的手直呼一家人，一副攀上了高枝的得意模样。

从此以后，老邹对袁刚那可就言听计从，袁刚也在业务上帮了他不少忙。在一次跟老邹碰头喝酒的时候，袁刚借着酒劲对他推心置腹地说："老邹啊，我表姐叶老师不容易啊，把儿子都改姓邹，换上我，我肯定不会这么干，你会不会这么干？"

老邹愣了一下，赶紧说："不会，不会。"

"但我可听说你对我表姐和家齐不好啊！"袁刚大声说，眼睛直视着老邹，样子有些可怕。

老邹一脸的愧色，一个劲点头，慌乱地诺诺连声。

袁刚越说越大声："打自己老婆孩子算什么男人，你知不知道，你在做给家齐看，家齐现在十一岁，信不信再过几年，他就可以把你的头打爆？"

老邹吓了一大跳，赶紧给袁刚递上杯水，连声说："不会啦，我再也不会打骂他们了。袁校长你放心！"

此后，老邹就真交上了袁刚这个表亲戚，袁刚也刻意在刘厂长那关照了他一下，他更当袁刚是兄弟了。这样做的结果是，老邹明显地对邹家齐母子好多了，再也没有打骂孩子。他甚至偷偷买了双滑轮鞋送给了家齐，因为他知道，家齐渴望有一双滑轮鞋已经很久了，这个举动深深触动了孩子的心。

一天下午，邹家齐宝贝一样捧着还放在鞋盒里的滑轮鞋来到袁刚办公室。袁刚好奇地望着他，问："家齐，你抱的是什么啊？"

"滑轮鞋。"邹家齐说。

"哪来的？"

"我爸爸给我买的。"

"真的啊？"袁刚叫了起来，"你会不会溜呢？"

"会。"邹家齐笑了。

袁刚拉着邹家齐来到学校操场，还喊来了3班的同学，一起看邹家齐溜旱冰。在老师和同学们面前，邹家齐有些激动，穿鞋的手都有些抖。袁刚摸摸他的头以示鼓励。在同学们的掌声中，邹家齐在滑轮鞋上站了起来，轻快地溜了出去，而且越来越快，还玩起了花样，时而像风中的杨柳，时而像飞翔的燕子，简直帅呆了。

何俊杰羡慕地附在凌云的耳边说："要是我也能这样，我就跟你上街捡瓶子！"

凌云说："你买鞋，叫邹家齐教你不就行啦？"

袁刚把邹家齐叫停，让他回到同学们面前来，高兴地说："家齐，你来教咱班同学怎么样？"

"嗯。"家齐笑着点头。

袁刚大声问同学们："大家想不想成为滑轮少年？"

"想！"同学们兴奋地喊起来。

"好，"袁刚说，"我们3班成立滑轮队，由何俊杰当队长，邹家齐当教练！"同学们一阵欢呼，把邹家齐团团围住，好奇地抢他的鞋来看。

邹家齐渐渐地变得平和开朗，脸上也经常露出了笑容。班上有部分同学也买了滑轮鞋，整天跟邹家齐玩在一处，3班的滑轮表演渐渐引来了全校同学的围观。令袁刚高兴的是，邹家齐的学习成绩也慢慢上去了。

邹家齐的变化，让袁刚深刻体会到，家庭是否和睦，家庭教育如何，对孩子的成长至关重要，"父母是孩子的第一老师"这句话一点都没有错。其实他一向喜欢对学生进行家访，或者开家长会，本意也就在这里，希望家庭教育能够成为学校教育的有力补充。

# 53

袁刚的另一个家访对象是卖猪肉的谢师傅。

为什么是他呢？这缘于他女儿谢丽丽的一篇作文。谢丽丽原本对作文并没有感觉，写得不好，但自从学了图示快速作文法之后，却喜欢上了"挖地雷"和写作文，作文水平提高很快。

有一次袁刚看到她一篇写小仓鼠的作文，说的是她在家养了一对小仓鼠，她对这两只小东西的喜爱溢于言表，对这两只小仓鼠的描写细致入微，明显受到他的储备快速作文法中关于"做生活有心人"理论的启发，对小仓鼠用心进行了观察，也在字里行间倾注了自己的感情。但文章的结尾却很忽然而且很假，说她爸爸发现她沉迷于这两只小仓鼠，认为她贪玩不认真读书，有一天趁她不在生气地把这两只小仓鼠拿到外面丢弃了。文中没有写她的感受，反而说爸爸是怕她玩物丧志才丢弃小仓鼠，所以她要努力学习，不要再玩这些小动物了。

他把谢丽丽叫到办公室，跟她聊起她那两只可爱的小仓鼠，忽然问她："丽丽，从这篇作文我看得出，你很喜欢这两只小仓鼠，你描写得太有趣了，说明你很用心，但写到你爸把小仓鼠丢掉了，你却没有写自己的真实感受，为什么呢？难道你不知道，小仓鼠可能被丢到垃圾堆里，它们可能就死了呀？"

话没说完，他就看到丽丽眼里冒出了大颗大颗的眼泪，她伤心地哭了。她边哭边哽咽着说："我恨我爸爸。"

"你不要恨爸爸，因为你爸爸肯定不是故意伤害你，"他赶紧说，"你回去把这篇作文的结尾改一下，文章贵在真情实感，你就按自己真实的想法写，好不好？"

谢丽丽抹着泪走了。不久，她把改好的作文交来给袁刚。这次，作文的结尾完全变了个样，不仅写出了自己痛失小仓鼠的难过，还以"两代人的代沟"点题，整篇文章感人至深，发人深省。袁刚表扬了丽丽，决定把这篇作文向省报投稿。

袁刚终于可以接受谢师傅的宴请了。谢师傅自从在家长会上认识他后，就一直邀请他一起吃个饭，让他品尝他做的鲜炒猪杂。说白了，是谢师傅认可袁刚的为人，想交他这个朋友。

袁刚主动提起，谢师傅自然更加高兴。他迅速定了吃饭地点。袁刚怎么也没想到，谢师傅把他约到了滨江路上的排档街，而且还是他和课题组的同事们常去的那家"老地方"。他在电话里打趣地说："谢师傅，那家'老地方'我也去过，但没见过鲜炒猪杂这道名菜啊？"谢师傅马上纠正他说："不是师傅哦，现在人家都叫我老板了！那家店是我从小玩到大的兄弟开的，那道菜只有我才能做，店里要是来了贵宾，我就放下摊子去帮忙呢。"

原来如此。他越发觉得这谢老板挺有趣。他赶到"老地方"时，服务员就径直把他引到了一间包房，足见谢老板早已妥善安排。他刚坐下不久，谢老板的大嗓门就到了，他探进门来，把手里的一包东西向他扬了扬，兴奋地说："袁校长你运气好，这是傍晚才杀的猪，很新鲜的猪杂，我马上下厨，你先喝茶等着，今晚我们要好好喝两盅。"

袁刚感到这是一个直肠子的人，简单而爽快，他其实挺喜欢这类人。很快，谢老板亲自下厨的一大盘鲜炒猪杂就上桌了，配着姜块与葱段，确实是鲜香扑鼻，令人食欲大增。谢老板上了桌，这才把店老板招呼来，让他把自己寄存在店里的好酒拿来，并且命他也来陪两盅。店老板乐呵呵地去了，拿来了一瓶茅台酒，递给谢老板。谢老板边倒酒边说："这是几年前何县长送我的酒，那年我参加了地区万元户表彰大会，老县长就送了我两瓶。我和几个朋友去年喝了一瓶，这瓶一直舍不得喝，今天袁校长是贵客，这酒派上用场了！"

谢老板举起杯，三个人碰了一下，全都仰头吱的一声干了。确实是好啊，这是袁刚平生第一次喝上茅台酒，就着如此鲜香美味的鲜炒猪杂，印象确实深刻。于是就闷头喝酒，大块吃肉。酒过三巡，他从提包里掏出一本作文簿，对谢老板说："今天谢老板有好酒好菜，我不能没有好文章！两位老板，我给大家朗诵一篇好文章助兴如何？"

两位老板连声说好，鼓掌欢迎。于是，袁刚声情并茂地把谢丽丽的这篇《我爱死了小仓鼠》朗诵了一遍。他停下来的时候，发现了两位老板不同的反应：店老板听完就一个劲嘟哝着，说那位爸爸太不像话，怎能把那么可爱的小仓鼠拿去丢了呢？也不怕伤了女儿的心？而谢老板却出不得声，尴尬地愣在一旁。袁刚赶紧添油加醋应和着店老板说："是啊，你看这后边写的：小仓鼠被爸爸丢了，我的心好像也被丢了似的，我多希望我的心能被丢到小仓鼠身边。我不知道在哪里，但我能想象它们被丢弃在垃圾堆里，被大老鼠欺负，被大狗咬，它们肯定死了。可是，我连它们的尸体都找不到，我的心好痛，如果能埋葬它们，我能经常去看它们的坟，那该多好啊！"读到这里，他已经两眼潮湿，他意外地发现谢老板也在抹眼泪。

"十一岁的孩子，文章写得好啊！"袁刚呷了口酒，感叹道，"我们有些家长望子成龙、望女成凤，用心是好的，但他们往往不了解自己的孩子，认为孩子小不懂事，但现在的孩子跟我小时候都不一样，更不用说跟你们两位小时候完全不同了，他们比我们小时候看得多、听得多、懂得更多。父母管教孩子，真的不能简单粗暴！"

他点到为止，赶紧转移话题，把酒重又喝得高高兴兴。不是吹牛，他发现自己真的有这种社交场上的驾驭能力。他能营造各种气氛。反正三个人喝到微醺，还是挺尽兴的……

## 54

一个多月后，谢老板再次约袁刚，说还是在"老地方"，他要给女儿办十一周岁生日。

　　谢丽丽也邀请了班上几位要好的同学，包括何俊杰、潘艳、凌云、邹家齐和另外两位女同学，下课后跟老师一起来到"老地方"。一进包房，只见里边已经布置得很温馨，桌了摆了花，蛋糕放在中间，谢老板夫妇已经等着了。录音机里循环播放着中文的《生日快乐歌》。袁刚和同学们一到，谢老板就点上蜡烛，关上大灯。同学们纷纷帮着把小蜡烛插到蛋糕上，一起拍着手，跟着录音机唱生日歌，场面温馨而又热烈。

　　谢老板央求袁刚主持，袁刚就请谢老板夫妇坐好，也请同学们围着桌子坐好，然后对大家说："今天丽丽爸丽丽妈和我们一起，为丽丽同学过生日，我们首先祝小寿星丽丽同学健康快乐、茁壮成长！"

　　在同学们的热烈掌声之后，他继续说："今天，我想趁丽丽过生日这个机会，跟在座各位同学做个约定，我们让爸爸妈妈为我们过生日到18岁，过了18岁我们就自理了，接下来就轮到我们为爸爸妈妈过生日了，我提议同学们在父母六十岁之后，要每年为爸妈过生日，要把这个事当成是我们做儿女的责任和义务，大家说好不好？"

　　所有人都更热烈地鼓掌。坐在一边的店老板朝袁刚竖起大拇指，连称这个想法好，孩子18岁就成人了，他们应该独立，到父母六十以后为父母办生日，就变成做儿女的责任了。说得谢老板夫妇连连点头。

　　袁刚把丽丽带到她爸妈面前，让她深深地给父母鞠躬，以感谢父母的养育之恩。他再一次看到，谢老板夫妇在乖巧的女儿面前，热泪盈眶。

　　吃过蛋糕，菜陆续上来。谢老板一反常态，站了起来，示意大家安静，然后十分诚恳地望着女儿说："丽丽，今天当着你老师和同学的面，爸爸要向你道歉！爸爸没有跟你好好沟通，也不了解你的想法，就武断认为你整天玩小仓鼠就是不好好学习，所以，粗暴地把你的小仓鼠拿去丢了。后来袁老师给爸爸读了一篇文章，写的事情跟我们的很像，才知道爸爸伤了你的心。今天爸爸重新给你买回来两只小仓鼠，希望你能原谅爸爸！"说着从角落里把两只小笼子拿起来，递给丽丽。丽丽一见两只可爱的小仓鼠，眼泪唰地就下来了，扑到爸爸怀里哭了起来。几个女同学被感动得在一边跟着抹眼泪。

袁刚打开电灯，把一叠报纸送到谢老板面前，对大家说："刚才谢爸爸说的那篇文章，正是谢丽丽同学写的，我把文章投给《山城日报》，文章已经刊登出来了。报纸每人一份，大家先睹为快！"同学们纷纷为谢丽丽鼓掌。谢老板捧着还在散发油墨香味的报纸，泪流满面，兴奋之情漫了满脸，激动地举起酒杯，感激地说："袁老师，丽丽的文章能登在报纸上，这可是我们老谢家一百年都没出的荣耀啊，我得替老谢家敬老师一杯！"

袁刚知道谢老板是真诚的，便陪着他一饮而尽，笑着提议道："现在，我们请小寿星谢丽丽朗诵她自己的这篇文章好不好？"

大家热烈鼓掌。谢丽丽站起来，轻轻地朗诵起这篇名叫《我爱死了小仓鼠》的文章。在丽丽声情并茂的朗读声中，袁刚发现丽丽眼里闪着泪花，谢老板夫妇再一次泪流满面……

## 55

由于袁刚在图示快速作文研究与实验过程中的核心作用，他自然而然地成为课题组的灵魂人物，抛头露面在所难免，这就让一些人看不下去。就在他的作文教学观摩会收获越来越多掌声，课题研究与实验开展得风生水起的时候，有些人已经按捺不住在背后使绊。在表面一如往常喧哗并骚动着的荣岸县城里，已经有人正四处向外投寄对袁刚的告状信，关于他的各种传闻也慢慢甚嚣尘上，被传得沸沸扬扬。

这一年，课题组的实验工作已经大大减少，荣岸县各乡镇学校大都合并重组，每个乡镇大致只有一所初级中学，高级中学都集中到了县城。各学校的升学压力越来越大，很多学校甚至已经把教师的收入与升学率挂钩了。在巨大的升学导向面前，教育改革只能渐渐边缘化，作文教学改革自然也没有什么紧迫性，荣岸县慢慢也没有什么乡镇学校再要求图示快速作文法课题组下去上示范课了。在热闹了一阵之后，整个荣岸县的图示快速作文法实验学校成建制实验的几乎没有几个了。

　　鉴于这种新的教育形势，县教研室已经不再对图示快速作文研究与实验全力以赴，课题组前进的动力已然在静寞中消失殆尽，工作无声地减速，甚而至于停滞。袁刚对这些变化的反应历来迟钝，在风雨欲来风满楼的状况之下，他的课题研究工作竟然没有停止，他跟踪全国各地作文教改动向的努力也没有停歇过，他由图示快速作文法向进一步的储备快速作文法推进的研究也没有消停。他就像一个老学究，专注于学问，有些两耳不闻窗外事的超然与淡定。而这份平静，主要源于他对作文教学改革必要性的深信不疑，对作文教学改革始终充满信心，至于目前的情况与是是非非，他根本没往心里去。

　　没有观摩课与示范课的日子里，这份清闲使他忽然有更多时间与他的3班在一起，他和同学们似乎一下子拥有了很多可以在一起的快乐时光。孩子们已经慢慢长大，已经从最初的三（3）班走到了现在的五（3）班，他很高兴能够有更多时间陪着他们慢慢成长，很自豪全班同学以自己的创新、坚持与努力，维护了3班德智体全面发展的荣誉，维护了团队的尊严。

　　现在的3班已经是一个团结、向上的集体。何俊杰已经能够顾及别人的感受，他甚至还在他爷爷任内的最后时光里，让爷爷拨出专项扶贫款，把融江边上凌云家的那间危房翻修了，建成了亮堂的砖瓦房。而凌云也不再是那个谨小慎微的男孩，他甚至为了高远的医药费，敢于自己沿街募捐。潘艳和谢丽丽还是最铁的姐妹，文章的发表让谢丽丽自信心大增，过于丰满的身材已经被她忽视，跟潘艳走在一起，也敢于昂首挺胸了。变化最大的是邹家齐，他带领的3班滑轮队早就成为二小很多滑轮少年的偶像，他也经常联合凌云，一起在街头义演募捐，一起为筹集高远同学的手术费而努力。

　　这一切都让袁刚感到欣慰，也让他有所收获。尽管存在争议，但成绩有目共睹，他还是每年都评上县优秀教师，去年还评上了地区优秀教师。接下来，就该向自治区优秀教师冲刺了。跟这群个头跟他差不多一样高的学生在一起，他心里除了充满骄傲和自豪，还有一个教师真正的成就感——他终于可以成为陪着他们慢慢长大的那个人了。

　　每每想到这一切，他总是被孩子们深深感动。

袁刚选了一个阳光灿烂的初春的下午，邀请高尔泰、黎小欢夫妇把在家休养的高远也带上，带领着3班全体同学来到融江边，举办了一次春游活动。

高远更加清瘦了许多，小脸显得有些惨白，但却依然笑容满面，一点没有生着大病的样子。跟同学们分开了一段时间，他显得有些兴奋，跟所有的同学一样，沉浸在早春的阳光里，一直开心地微笑着。

袁刚和高尔泰夫妇就坐在高远旁边，陪着他说话。同学们也聚拢来，在潘艳的指挥下，唱着一首又一首的歌。歌声飘出去很远，在融江水上跳起春天的舞蹈来。

袁刚给同学们讲起了蒋叔叔的故事，讲了他和蒋叔叔的落凤河，讲了他们放的那只小纸船，然后对同学们说："我们放的那只小纸船，一直沿着落凤河，漂到很远的地方，后来一直漂到了天边。我一直相信，小纸船一定会漂到天边，天边住着老天爷，只要你是一个好孩子，老天爷会帮助我们实现梦想，帮助我们成为受人尊敬的人。"看着孩子们一个个神情肃穆的样子，袁刚知道，载着梦想的小纸船已驶入他们的心海……

那天，3班的同学们都折了漂亮的小纸船，一只只放入水中，铺满了融江，一起向远方漂去。那一刻，融江的尽头彩霞满天，金红色的霞光染红了天和地。同学们默默肃立在岸边，目光被牵引到很远很远的远方……

## 56

世间事，无一事不相连，无一事不因果。

在荣岸县城，袁刚是一名人民教师，但出了荣岸地界，就没有人知道他是谁了。当老师有个好处，那就是每年有两个大假期，特别是暑假，长达40天，这是他的自由时间。这一年的暑假，按照多年的习惯，他又开始游学了，但这次游学他增加了一个为高远寻医问药的任务，他的目标是东北和西北两个方向。

郑州会议期间，张田若老先生向袁刚引见了新疆霍城地区教研室的罗玉光主任。年近六十的罗玉光主任与袁刚一见如故，谈得十分投机。后来在张田若老先生的提议下，由他们俩牵头在霍城成立了一个图示快速作文课题组，袁刚任课题组组长，罗玉光任副组长，把图示快速作文法输出到了新疆。这个事，他压住没跟县里说，觉得这已经跟荣岸没有什么关系了。

他要拜访的另一个人也是张田若老先生引见——吉林长春教育学院的秦锡纯教授，一位语言学方面的专家，也是语文教育的一位积极研究者。

按照路途的远近，他首先往东北方向走。这是他第一次去那么远的地方。他在书本上了解到东北的长白山奇珍异宝很多，可能会有很好的中药材。高远一直无法换骨髓，目前除了化疗，主要就靠中药维持了。他也只能在中医药方面寻找解决之道，希望奇迹出现。

坐三天火车到了北京，然后转车往东北走，又是几天几夜在火车上度过。这个秦教授，在跟他联系上后，两人便鸿雁传书不断，袁刚现在身上就带有他十来封的回信。每次出门游学，他都是背着一麻袋的书和教案材料，外加几件换洗的衣服，就这样穿州过府，寻访高人，就像上千年前穿越过来的古人一样。

黄昏时分，火车徐徐进入长春站。袁刚背起麻袋，随着旅客走出站台。望着华灯初上的城市，他想今晚不好去找秦教授了，为省钱，就在火车站对付一宿吧。买了块东北大馒头，在火车站里接了壶热水，他就在站里找了个僻静处，拿麻袋当枕头，躺下来看书。这个年代，他这样打扮的农民工很多，汇聚在车站，没有什么人会去注意他们。

第二天，他兴冲冲直奔长春教育学院，但在跟门卫说明来意后，门卫大爷告诉他，秦教授出门了，去哪里不知道，什么时候回来也不知道。他没有办法，只好在附近转悠，守候秦教授。晚上，他又回到火车站睡觉。如此三天，均扑空，没有见到人。

第四天的时候，袁刚一大早就来到学校，刚接近学校大门，门卫大爷认出他来，老远就大声说，秦教授昨晚回来了，你现在上去找他吧。他按照门卫的指引，上教工宿舍楼某房间敲门，这才见到睡眼惺忪、一脸惊讶的秦锡纯教授。

两个人见了面，袁刚呈上图示快速作文法的相关资料和教案，请秦教授指点。经验丰富的秦教授一眼就看出来，图示快速作文法重在形式，解决的是作文的形式问题，但内容这一块就缺了，文章的内容从哪里来，怎么来？袁刚一听，正合心意，便把自己这段时间的想法向秦教授和盘托出。其实他也意识到了这方面的问题，并寻找到了一个方法，解决刚才秦教授提出的问题，他把这种方法正式命名为"储备快速作文法"，也就是通过做生活的有心人，积累储备作文素材。但至于如何储备，现在他自己也还没有成熟的想法。这种说法，有些类似于作家所谓的要积累生活一样。秦教授认为，这个思路方向应该是对的，但要进行研究，特别是关于写作学方面的研究。秦教授特别提了一下，说你们那里有个容本镇，在写作学研究方面是有建树的。袁刚连连称是。他与容本镇打过一次交道，听过他的课。两个人聊开话题后，有些刹不住，竟忘记了时间。

这个秦锡纯也年近六旬，但全不以袁刚为后辈，而是与他一见如故，促膝谈心，畅谈语文教改事业，实在难得。这个年代，教授仍是为人师表的典范，全没有丁点的铜臭味。秦教授的真诚交流与指点，让他受益良多，为他日后构建作文理论打下了坚实基础。

离开长春的时候，他是快乐的。长春在他眼里，有如东北大妞般简洁、朴实。唯一的遗憾是，秦教授对中医药没有什么了解，也提供不了有用的信息，只好带着他到药店，买了些当地的中药。

袁刚重新坐火车返回到北京，然后从北京乘飞机到乌鲁木齐，再从乌鲁木齐坐班车去伊犁。班车进入漫漫黄沙世界之后，他才发现，这漫漫黄沙真的没有尽头，根本不知道车走了多远，只知道腕上手表的时针走了多少圈。好不容易到了伊犁小城，他被告知霍城还要继续往边境走。于是，他见车就上，反正像个盲流一样，背个麻袋，跟哈萨克族同胞挤在一起。但班车根本不到霍城，他被迫下了车，然后改坐马车，朝霍城进发。这一路上又渴又饿的他这才真切体会到什么叫长路漫漫，那才真的是令人绝望的没有尽头。

当罗玉光夜半时分接到袁刚时，他简直有些不敢认这个背着麻袋的小青年就是他，眼前这人跟郑州会议时的光鲜亮丽真有天渊之别。但认真细看，他能认出他来。老罗有些感动，赶紧领着袁刚回家，弄了碗热腾腾的面让他吃，然后服侍他洗漱完毕，腾出间房来让他休息。

第二天，罗玉光起得早，就给袁刚弄早餐，等他起床，表现得既亲切又得体。袁刚起来后，两个人才一起吃早餐，一起谈论新疆的奇闻趣事。

关于图示快速作文法在新疆的实验情况，罗玉光表示，在汉语教学地区，这个图示法有比较好的效果，但若用少数民族语言和文字来教学，则未必能行得通。他负责的教研室已经把实验任务下达给一些学校，反正他尽量完成课题任务吧。袁刚听罢，感觉目前全国的形势大致一样，也只能这么做了。两个人相互交流语文教学心得，谈论目前全国的教学改革步伐，直感叹相见恨晚，否则两人就有可能一同浪迹天涯，一起打拼中国教改江湖——此番霍城笑谈，将铭记着一老一少两位教师的短暂快乐时光……

袁刚没有忘记寻医问药的事，让罗玉光主任陪着他走了两天，专门去找特效药。逛了两天的结果是，袁刚接触了很多奇奇怪怪的西域中草药，他把高远的病情向人家说，人家就推荐些药品给他。

他选购了些药材，这些药被他千里迢迢带回荣岸，交给高远的父母。对于高远的病来说，现在是什么都要试一试了……

# 第12章

## 57

高远的病情越发严重，不得已又住院了。

从确诊为慢性白血病至今，已经一年多过去，高远从最初的不间断发烧、乏力、多汗等轻微症状，慢慢越发消瘦，随检时脾肿大明显。现在，他的贫血已经很严重。尽管面色苍白、浑身无力，但当看见妈妈收拾东西，预备着再一次住院的时候，高远还是一脸笑容，小声对妈妈说：“妈，我能把课本和书带上吗？”

黎小欢望着懂事的孩子，微笑着说：“妈给你带去，你不累的时候可以看，累了就歇，好不好？”

“好的，妈妈。”高远满意地点头。

这一次，县医院已经无能为力，黎小欢向单位请了长假，专门陪儿子住进了地区的大医院。母子俩在病房安顿下来后，高远坐在病床上，忽然想起了什么似的，认真地对妈妈说：“妈，我忘了一件事，我到地区来了，都没有跟袁老师、凌云和同学们讲一声呢，我得给他们写一封信，告诉他们我到这里来了。”

黎小欢鼻子虽然泛酸，但她还是努力控制自己，平静地对儿子说：“妈妈帮你打电话跟袁老师说吧，妈妈在荣岸没有说，主要是怕老师和同学们又来送你，耽误他们上课啊！"

"妈妈做得对。"高远高兴地说，"现在我都五年级了，老师说明年就升初考试，同学们一定很忙了。我还是给他们写一封信吧。"

"你不要太累就行。"妈妈说。

护士姐姐来打吊针了。从见到高远那一刻开始，护士姐姐就喜欢上了这位总是温和微笑着的小男孩。听说高远要写信，护士姐姐给他拿来了信纸，帮助他侧起半边身子，可以一边吊针一边写信。望着穿白衣服的护士姐姐为自己忙碌，高远暖暖地说："姐姐，你真好。"说得护士姐姐心里也暖暖的。

高远让妈妈从书包里拿出自己的笔，开始写起来。他写了很久，一直微笑地看着自己在白纸上写下的每个字，似乎就当着同学们的面跟大家讲话，开心的神情写在脸上了。写好后，他让妈妈替他拿出去寄。妈妈答应了他，没想到他又追问道："妈，你说袁老师、凌云和同学们会给我回信吗？"

"一定会回信的，你放心！"黎小欢坚定地说。

黎小欢赶紧跑出病房，因为她已经到了马上要泪奔的临界点。她跑到护士站，打开儿子的信，终于忍不住泪流满面。儿子信上写道：

亲爱的袁老师、同学们：

昨天我和妈妈到地区医院来了，这次住院可能要很久时间，不知道什么时候才能再见到你们。来这里之前，我本来想去跟大家道别，但妈妈说不要影响同学们学习了，因为明年就要升初中，大家学习都很忙。我觉得妈妈说得对。但我会想你们，所以就只好写信。

收到我这封信的时候，你们在干什么呀？在听袁老师上作文课吗？我真的好喜欢袁老师的作文课，每次我都笑得很开心，同学们肯定也很开心，因为我看见何俊杰笑得都差点滚到桌底下了。只有我一个人在病房里，我会想你们的，我一定快快好起来，回荣岸，跟大家在一起。我喜欢你们。

你们一定要给我写信啊，我看到你们的信，就像见到了你们一样，我会很高兴。

祝老师工作顺利，祝同学们学习进步！

3 班学生：高远

1991 年 5 月 18 日

护士们看见黎小欢边看边哭，都聚过来安慰她，但她们看到信的时候，也全都热泪盈眶，忍俊不禁。因为她们看到一个几乎要走到生命尽头的孩子对生活的依恋，这种温暖的依恋让所有人心碎。

几天之后，袁刚在荣岸收到了高远的这封信，还没看完就已经泪流满面。他马上到了 3 班教室，把这封信读给同学们听。教室里静悄悄的，同学们全都默默流泪。他哽咽着问道："同学们，我们要让高远同学感到他并不孤单，我们该怎么做呢？"

"我们每个人都写信给高远！"何俊杰叫道。

"不能每个人都写，"潘艳马上反驳说，"信太多高远会看得很累，我觉得全班同学统一回一封，凌云跟高远特别好，他自己写一封就行了。"

袁刚说："有道理，我自己也要写一封，总共三封信就可以了。"

谢丽丽站起来，大声说："我要把我们最新一期的《七彩虹》给他寄去！"

同学们一致同意谢丽丽的提议。袁刚见凌云一直不出声，只是两眼发红呆在座位上，便问道："凌云，你自己写一封信给高远，行吗？"

凌云的眼泪夺眶而出，拼命点头，哽咽着说："我要写……还要去募捐……"

大家分头行动，各自完成自己的任务，很快就把 3 班全体同学的心意寄往地区医院。

收到回信的那天，高远别提多兴奋了，他躺在病床上，双眼放光，急切地让妈妈给他读信。知道老师和同学们都十分挂念他，高远这位微笑少年的眼睛里也含满了泪花。读一遍不够，他又让妈妈读第二遍，边听还边跟妈妈

187

说起跟凌云去捡垃圾的趣事……

## 58

一天傍晚，袁刚的传呼机意外地响了。显示是一个陌生的电话，他犹豫了一下，还是在办公室里拨打了这个电话。对方是一个男青年的声音，似乎有些忐忑地小声问："您是袁刚老师吗？"

"是的，你是哪位？"

"我是高仔，袁老师您还记得吗？"

"高仔？"他跳起来，"你是莆田街的高仔吗？"

"是啊，我现在荣岸。"

"哎，你应该读高中了吧，不是在荣岸读吗？"

"我考不上高中，就不读了。"

"你现在荣岸的什么地方？懂不懂荣岸第二小学？你来找我一下？"

"我不懂，你说是什么路吧，我坐摩托过去。"

"你问一下人就懂，我在校门口等你。"

"好的，我现在就过去。"

放下电话，袁刚有些莫名的伤感，因为坟坡小学，因为从坟坡小学出来的孩子。高仔这个时候在荣岸，而且已经不读书，那肯定就是时下所谓的农民工了。算起来，他今年也不外二十出头，年纪轻轻就出来打拼了。苦麻岭那个地方人，除了读书，似乎也只有这样出来打工的命了。

他穿好衣服，急匆匆赶到学校大门口，等人去。

天差不多黑透了，街灯都亮了起来。他在校门口旁边站了一刻钟，这才见一辆搭人的摩托车来到，他一眼就认出坐在后座上的高仔。相比于多年前到半道上接他的少年，现在的高仔高大了许多，完全像个小伙子了。他迎上去握住了他的手，连呼高仔长大了。高仔有些腼腆地笑着，没怎么说话。

袁刚直接把他拉到附近比较熟悉的一家小饭馆，想请他吃餐饭，然后边吃饭边聊他的情况。两个人在小饭馆坐下，高仔说自己吃过了，老师想吃什么自己点，这餐饭他来请客。袁刚笑了，对高仔说，你来看我，我是主人，你是客人，理应我来请。但高仔执拗地说，他也在荣岸，跟老师吃餐饭，应该由学生来请。看高仔那份认真劲，他也不争了，先点了两样菜，然后对高仔说："你先汇报一下你的情况，你怎么知道我传呼机号呢？"

"我打电话问的，"高仔笑着说，"那年您离开坟坡后，我考上了雅布中学读初中三年，去年考高中时没考上，也不想再补习，出来做事了。我爸有煮螺蛳粉的手艺，我们就到荣岸来开了家粉店，就在车站附近。"

"好啊，"袁刚说，"干个体户，也是一条路，好好干，能有大发展呢。"

菜上来，他就边吃饭边跟高仔说话，问了很多坟坡小学的事情。最让他震惊的是，当年他手下的代课老师蒋昌在他离开后没多久，就参加招干考试，被录取到雅布乡派出所当了一名公安干警。几年下来，小伙子兢兢业业，干一行爱一行，进步很快，都提到副所长的位置上了，但就在去年的一次执行任务过程中，与犯罪分子英勇搏斗，壮烈牺牲。乍一听高仔说起这事，他愣了好一会，说不出话来。阿昌带领全家人在坟坡上战天斗地的模样仿佛还在眼前，他人怎么就去了呢？人生无常，好人有时候也要做出巨大奉献，包括献出生命，阿昌的故事，令他唏嘘不已。

阿昌的事让他吃不下饭去，匆匆带高仔回到自己的宿舍，请高仔今晚就跟他一块住，明天一大早再回店里帮忙。高仔很高兴地住了下来，还像在坟坡时一样，两个人躺在一张床上，谈天说地。高仔说的是袁刚离开坟坡后的事：蒋主任在一年后村民委员会换届时，主动辞去主任一职，变成了一个精干的农民，日子过得挺自在，为坟坡小学接来公办教师这件事是他经常在酒后必讲的故事。黄小弟从二年级跳级读六年级，在他之后一年考上雅布中学，去年考上荣岸中学读高中了，苦麻岭一带的人都认为他必考上大学无疑。田小野那年考上全县重点班，到荣岸中学读书，现在应该上高二了，明年高考，她考上大学应该也不是问题。咱坟坡超级班还是出了几个人的，高仔轻叹道。他说这些的时候，似乎还带着些自豪感，像在说他家的高兴事似的。

袁刚见此情景，便换个话题，提高声音问高仔道："你现在跟你爸在荣岸开粉店，有什么长远打算没有？"

高仔说："我对炒菜感兴趣，我想找机会去学厨艺，将来开饭店、当厨师。"

"这是一个好方向，"袁刚对他说，"现在城市发展很快，那么多人总要吃饭，开饭店是一条不错的路，我帮你留意一下，有好的厨师学校通知你。"

"太好了，袁老师！"高仔顿了一下，忽然说，"我原来考不上高中，觉得很自卑，根本不敢找您，怕您失望。"

袁刚很严肃地对他说："你这个想法不对，其实不是每个人都能考上大学，一个人的价值不在于他读了多少书，而是在于他是不是做好他喜欢做的事，这个社会上，可能有各种各样的人，有的人先富起来了，有些人穷一些，有些人当官，有些人只是农民，但你不管做什么，只要你努力做好自己分内的工作，你都是受人尊敬的。比如你现在想成为一名优秀的厨师，那也是一个很好的理想啊，记住，不管做什么，一定要用心做好，你也会成为一个对社会有用的成功的人！"

高仔有些疑惑地问："工作还是有贵和贱的分别吧？"

袁刚断然说："没有。只有人格才有贵贱之分。一个农民工的人格可以很高贵，一个暴发户的人格可以很低贱，人格的修成是不以贫富为转移的。"

高仔似懂非懂。师徒俩就这样你一句我一句，一直聊到很晚，才在浓浓的困倦中睡过去。

第二天一早，高仔无论如何也要拉着袁刚去他们螺蛳粉店看看，袁刚只好去了。那是荣岸车站旁边老街的铺面，大约二十平方的店面，除了灶间，外边能放得下七八张桌子，客人们就在这里吃粉。尽管挺早的，但还是有不少街坊已经来到这里吃早餐，四周围飘浮着浓浓的螺蛳味道。高仔的父亲在里边忙碌，袁刚过去打了声招呼，就找位子坐下。高仔给他送来了一碗螺蛳粉。人越来越多，他赶紧让高仔去帮父亲的忙，不用管他。

味道真的很鲜美，难怪客人不少。现在干个体户，干得好真能挣钱，看高仔父子俩这个店，生意挺好，一年下来肯定也能挣不少。如此这般干几年，高仔或许真能开上大饭店，一切皆有可能啊。如今这个时代，已经不是过去铁板一块了，现在开放市场、搞活经济是主流，整个社会各色人等全都八仙过海，各显神通，全都奔着挣大钱去了。

他不能不想到自己。他现在一头钻进作文教改里边去，整天跟作文搅在一起，到处去讲课，但挣的钱根本就很有限，根本就无法跟个体户们比。他很清楚，当教师本身就比较清贫，如果要想发财，就不能选择当老师了，因为教师本身就不是能发财的职业。做一个好的教师，能让自己桃李满天下，这就是老师的价值所在，轻易跟个体户比不得的。

如此胡思乱想，一碗粉也吃完，他向高仔父子俩告辞，匆匆离去。

# 59

1991 年下半年，图示快速作文法的研究与实验陷入停滞，这是袁刚作文教改研究与实验的困难时期。课题组虽由县里和地区领导，但现在已经没有什么人搭理这件事，只有袁刚和课题组原来的几个核心骨干成员还在支撑着这块空牌子。

袁刚就像个弃儿，孤独地驾驶着课题组购置的一辆二手吉普车，不时仍然应邀到桂中、桂北地区一些学校巡讲图示快速作文法公开课，力所能及地宣传推广快速作文教研成果。有很多省外的教育部门或教育机构慕名来函来电，邀请课题组和袁刚出去讲课，他因此到了贵州、云南、四川、福建与广东等地区进行作文讲座，在所涉足的各省市都留下了很好的口碑。快速作文法示范课开始由荣岸县向外地发展，形成了墙内开花墙外香的奇怪局面。

由于袁刚经常外出，课题组几位骨干的聚会就越发稀少。这些骨干都是荣岸当地教师，都带班有课，在升学率的压力下，也无法分心到课题组，最后连课题组的助理也调回学校，也带班上课了。课题组终于名存实亡，只剩下袁刚一个光杆司令了。但这些骨干没有完全放弃课题，他们私底下还参与课题研究，坚持作文教改实验，在另一条战线上实验作文教改的最新成果。

他们都知道，哪怕是现在这样的时候，仍有为数不少的老师自动使用快速作文法进行作文教学，不时还有人跑到课题组成员的学校来，要求听快速作文课。

虽然课题研究与实验已经基本停摆，但对袁刚进行调查的风声却一直没有停，而且一阵紧过一阵。很多人都在传，说他这几年吃了不少课题经费，贪污挪用都有，县里、地区里至今有数十封告状信，有些甚至告到自治区教委和国家教委，说什么的都有。这些信层层转回来，最后都到了县里，县政府形同用手捧了个热山芋，拿着滚烫，丢了还不妥。

袁刚几乎淹没在各种各样的流言蜚语之中。

但他记住了课题组老同事的话，清者自清，让他们去说，让他们去调查去吧。

他自己很清楚，论课题研究，他的课题组几乎都是超额完成研究任务，出教材、发论文，论文获奖，这些都是铁打的事实，任谁都抹不掉。若论实验工作，他们的快速作文实验曾经也搞得风生水起，参与学校数百家，参与教师一千七百多人，影响力巨大，而且地区级观摩会也开了好几次，成绩斐然，这都不是吹出来的。至于他自己带的班，哪个不是参加地区以上作文比赛获得一等奖最多的？哪个不是在《柳蕾》杂志发表作品最多的班？而且连续三年，年年如此。这些都是摆在面前的事实，是经得起考验的啊。

至于贪污挪用课题经费，袁刚所有的支出都有凭有据，全都清清楚楚，也不用怕人家查。他每年外出寻师游学，都是为课题服务的，但他用的都是自己的工资，这些年跑路留下来的路票就有上万元，票都好好留着，他没报过一分钱啊。

至于男女作风问题一说，更是捕风捉影，简直可用无中生有来形容。他们课题组四个骨干的友谊，课题组成员与众多实验教师的来往与交流，不容这些人玷污。他们的友谊只能更加突显某些人的精神猥琐，除此之外，他们散播谣言还能有什么收获呢？

让暴风雨来得更猛烈些吧！袁刚心里呐喊着高尔基的那句经典豪言，内心更加平静，一边抓紧构建自己的储备快速作文法理论，一边静静等候调查组的到来。

……

荣岸小城的夜晚已经日渐喧哗与骚动，灯红酒绿装饰着小城崭新的大街，只有偏离城区中心的荣岸二小，依山傍水，安静地在融江边上守候着什么。袁刚在自己的小宿舍里，躺在床上彻夜难眠，辗转反侧。他认真地梳理了一下自己二十六年的人生，努力想找出自己的问题到底在哪里，为什么会一路走来，一路遭遇各种各样的挫折与打击呢？

他想到自己在外婆家度过的童年，想到慈爱的外婆和脾气火暴的外公，想到自己是如何反抗外公的，也想到了跟自己住在一块的蒋叔叔。作家是蒋叔叔在他童年埋下的一颗种子，这颗种子伴随着他读书、成长，也生根发芽，成为自己的青春梦想。他喜爱写作，立志成为作家。后来成为教师，又艰难曲折地成为语文教师，他希望用自己的写作特长，去教孩子们写作文，因为写作是他们一生必备的技能，作为教师有责任教好他们，让他们都能随心所欲地用文字表达自己。在这个过程中，他冥思苦想出了让孩子快速入门的作文方法，由此也进入了作文研究的领域，这就是他这些年奔波各地的工作。直到现在，他仍然相信自己走的路是对的，只是不知在哪个环节自己没做好，导致道路总是曲折崎岖，自己总是会遭遇各种阻碍。是他倔强的性格造成的吗？他还是那个反抗"恶魔"外公的小男孩吗？

他想得头疼，但还是想不明白。爬起来，从书架上拿下自己几年来获得的各类奖状、奖杯和证书，一件件地仔细看过。他看到自己获得荣岸县优秀教师的奖状和证书，也看到自己获得地区优秀教师的奖状与证书，按说今年该报自治区一级的了，以往都是县教研室操办，如今还有谁管这些呢？但不管怎样，他还是得像往年一样报上去，至于结果，那就只能天知道了。

想到这里，他有些振奋，伏到案上，继续编写储备作文理论教材。

# 60

医院似乎永远是一片白色。高远躺在这片白色里很久了，长时间的化疗让他脱光了头发，他变得更加瘦了，但脚却浮肿得越发厉害。他始终微笑着，哪怕是浑身酸痛的时候，痛得额头上都冒出了汗，他的脸上仍然是微笑着，柔和地望着趴在他床头的妈妈。

"妈妈，"他声音微弱地说，"你不要难过，我不痛。"

黎小欢的手一直握着儿子的小手，听了儿子的话，她怜爱地对儿子说："远，如果你感到痛，你就喊出来，或者哭出来吧，妈妈在这里陪你，别怕。"

高远说："我不痛。"

他把眼睛闭上一会，再睁开来，对妈妈说："我连着两个晚上都做一个梦，梦见妈妈带我来到一个很大的城市，我们在很多人中间走，但忽然我们的手松开了，我们走散了，我怎么都找不到你，就在马路上哭喊。"说着，眼泪终于从他眼睛里滚落了下来。黎小欢赶紧抱住儿子的头，自己也泪流满面，母子俩仿佛要生离死别一样抱在一起，泪流到一处。

高远却忽然笑起来，开心地说："后来，是凌云找到了我，他整天在大街小巷钻来钻去，有一天就碰到我了。"

"妈妈永远不会放开你的手！"黎小欢哭着说。

高远似乎有些累，重又闭上眼睛。再一次睁开眼睛的时候，高远喘着气说："我要给袁老师和同学们写信，不知道还要多久才能见到他们了。"

……

两个月后的一个下午，3班全体同学齐聚一堂，与高远见面了，但他们见到的是一张高远同学的遗像。这张遗像上的高远温文尔雅，温暖地望着大家伙。他的像前，是一串洁白的菊花。袁刚和每位同学的胸前都别着一朵小白花，在站立默哀三分钟后，都在自己座位上正襟危坐，神情哀伤，对高远同学进行追思。

一刻钟后，袁刚站起来，强忍着悲痛，从口袋里掏出一封信，对同学们说：

"这是高远同学给我们班的最后一封信，我现在给大家读。"

他很罕见地感到自己的声音哽咽，甚至颤抖得厉害：

亲爱的袁老师、同学们：

　　我不知道什么时候才能回到你们中间，想你们了，所以就只好写信了。你们是不是也想我呢？

　　我最怀念袁老师上的作文课了，他总是能让同学们开怀地笑，让同学们感受到作文真是一件很快乐的事情，写作文是一种享受。我妈妈给我买了几本书，我在医院里就整天挖地雷，几本书都被我画满了符号。但我还是羡慕同学们，能够在一起上课，能够在一起玩。

　　这几天可好了，我老是做梦，在梦中见到同学们，还跟同学们一起玩游戏，一起打球，一起写作文！每次我都不想醒来，梦更长一点，让我跟同学们待在一起久一些。每次醒来，我都哭了。

　　有一次我还梦到了凌云的爷爷奶奶。他们都很老了，我跟妈妈说一定要帮助他们。我希望同学们还像以前那样，去看望他们，帮助他们。

　　我累了。下回再给大家写，好吗？

高远　12 月 15 日

信刚读到一小半的时候，同学们早就哭声一片了。凌云更是哭得像个泪人一样。袁刚虽然也双眼潮湿，但在同学们面前他要坚强，便迅速平复了自己的情绪，示意大家平静下来。待整个教室都寂静下来，他才低沉着声音说："高远是我的好学生，是你们的好同学，我们相信他一定到了天堂，我们祝愿他在那边开心快乐，继续开心挖地雷。我们今天要记住的是，要像高远同学那样，做一个心地善良、关爱他人、热爱生活的人，只有拥有这样人格的人，才是令人尊敬的，同学们说对不对？"

"对！"全班同学振聋发聩地回应。

"好"，袁刚说，"高远同学希望我们多去看望、帮助凌云同学的爷爷奶奶，我们去不去？"

"去！"群情激荡地回答。

袁刚沉吟了一下，对大家提议："为了纪念高远同学，我们3班就一直保留他的座位原样不动，大家同意不同意？"

"同意！"同学们异口同声高喊。

从此以后，高远的座位就一直保留在3班，保留在凌云身边。凌云每天都要把高远的书本摆放整齐，并把桌面擦得干干净净，然后放上一小朵他在上学路上摘来的不知名的小白花……

这个空位，一直保留到这一届3班从小学毕业。

# 第 13 章

## 61

　　1992 年春末的一天中午，袁刚在荣岸二小自己的办公室里，正在埋头整理自己的书稿，时而旁若无人地奋笔疾书，时而把桌面上的稿纸叠起来。春阳金子般地照进屋子里，亮堂堂、暖烘烘的，给人一种很温馨的感觉。他身后的书柜上，摆放着一排奖杯与证书，显得醒目而且耀眼。他前后左右的桌上与椅子上全都堆满各种书和纸质材料，显得有些杂乱，但似乎也显示出主人的工作繁忙和博学敏思。此刻，他敞开着门，让阳光照进来，同时也把一股干草的味道迎了进来——那自然是暮春的味道。他很享受这样的阳光和书本交融的感觉。

　　学校的中午是静寂的，但有一个身影探进了他的办公室。一个和善的老头子微笑着探进头来，向他打招呼。他见来人年近六旬，头发花白，但气质不凡，不大像是本地人，便热情地请他进来，关切地问："老同志，你找人吗？找谁呢？"

　　来人坐了下来，对他说："我来找韦校长，时候不大合适，就信步走到你这里了。"

　　见他忙，来人客气地问："你是小袁老师吧，你看这里都是你的名字，我冒昧来访，打扰你没有啊？"

　　他连连说没有，停下自己手边的活，坐下来陪这位和善的客人。

　　来人扫了他办公室一眼，笑眯眯地说："县里的，地区的优秀教师都得了，自治区级的报上去没有？"

他谦逊地说："报是报了，但自己努力不够，恐怕还不够格啊。"

"年轻人能够清醒认识自己，这很好。"来人仍然笑眯眯望着他，不自觉地用起了领导的口吻，"你在搞作文课题对吧？"

他有些惊讶，奇怪地望着这位和善的老头子，笑着说："老同志，这你也猜得出来？你肯定当过老师吧？"

"不是猜，我听说过图示快速作文法，"来人哈哈大笑起来，接着说，"我年轻时当过差不多十年老师，那段时光很难忘啊，一日为师，终生难忘！"

两个人就这样拉近了距离，情不自禁地谈起了做老师的种种。老人家似乎对他的课题很感兴趣，问得比较细致，特别是研究经费从哪儿来，领导批这些钱很难之类，听起来似乎也是个行家。但他谈兴一起，就把不住嘴巴，把自己这些年一心研究作文方法，遍访全国名师，向全国各流派取经的经历向老人和盘托出，甚至把自己趴火车、睡车站等经历都拿了出来，用喜剧的方式来叙述自己曾经的苦难。老人越听越兴致勃勃，越听越一脸肃穆。

最后当袁刚兴高采烈地打开一个破纸箱，把一箱的各种车票推到老人面前时，他发现老人忽然庄重起来，用手在箱子里拿出一些票据，有火车票、汽车票、出租车票，还有偶尔的飞机票。老人一边啧啧称奇地翻看着，一边说："你这些都是为课题出去跑的，按规定是可以报账的啊，为什么自己收藏起来？"

他沉吟了一下，若有所思地说："课题组经费本不多，经不起我这么报的，何况我这些票，值得收藏！"

老头子赞许地点点头："行万里路，读万卷书，遍访名师，这一路确实有纪念意义，值得收藏。小袁老师，你不简单哪！"

老人站起身，开始在他的办公室里翻看课题组编的教材，还有来自全国各地的各种报纸杂志，随意问："小袁老师，最近又在研究什么呢？"

他有些自豪地说："还是研究作文的方法，去年我去长春教育学院拜访秦锡纯教授的时候，我们讨论过，图示快速作文仅仅是解决了作文的形式问题，作文的内容还没着落呢，这个内容也就是我们常说的作文素材，我要解决作文素材从何而来的问题。"

"也就是作家们常说的那句话吧，创作素材来源于生活，但又高于生活，说起来简单，但做起来不容易哟！"老人感叹着说。

两人叹息着停顿了一会，老人忽然望着他问："小袁老师，我和你不是一个时代的人了，我想知道，你这种年纪的年轻人，梦想是什么呢？"

他几乎是不假思索地回答说："成为全国最好的作文老师，让所有孩子都能写一手好文章，如果我自己能成为作家，那就更好啦！"说完，他开心地笑了起来。

老人也陪着他笑了："好梦，让天下皆文章啊！"

老人笑毕，抬腕看了看表，惊呼起来："哎哟，都两点多啦，多有叨扰，多多包涵。"说完跟袁刚握了下手，匆匆离去。他想，这真是个有意思的老头，看来挺有学问的哦，跟他聊天还挺开心……

下午快放学的时候，韦校长一脸怪异地来到袁刚的办公室，有些阴阳怪气地问："袁副，区教委的领导来调查你的案子了，找你问话了吧？"

他一脸茫然："没有啊，没人找我呢。"

"不可能，"韦校长有些不屑地说，"一位老同志，就是我指路他过来的，你还说没有？"

他想起中午那可爱的老头，笑了："哦，是有个人来谈了。"

"不会出什么事吧？"韦校长试探着问。

"天下本无事，庸人自扰之。"袁刚说。

韦校长悻悻然走了。他回想起今天的遭遇，不禁拍案惊奇。如果韦校长一说属实，那中午到他办公室的长者就是调查组的人了，但他竟然不显山不露水地完成了调查，实在是高啊。中午两人所谈，似乎不大像是调查，倒像是唠家常，如果这是世上最高明的调查方法，那被调查者实在是无所遁形了。

## 62

袁刚成为被调查者，这在荣岸早就不是新闻了，课题组的活动完全停顿，实验工作再也无人问津。他难得如此清闲，一边静待调查结果，一边继续做研究，完成他的书稿，偶尔应邀出山，到外边讲学，日子倒也过得安然而实在。特别是跟 3 班的同学们在一起，让他的心情晴朗了许多。

一天，一个电话打到学校办公室，指名道姓要找袁刚。他匆匆跑进校办，拿过电话听筒，只听里边一个本地口音的声音说："你是老大吗？"

他听着一愣，"老大"这个称呼是属于坟坡小学时代的了，现在竟有人直呼他老大，会是谁呢？他赶紧说："我是啊，你是谁呢？"

对方似乎有些激动，兴奋地叫起来："老大，好久不见了，我是蓝天啊，坟坡文学社的社长，还记得吧？"

袁刚兴奋起来："蓝天，怎能不记得呢？你小子现在哪里发财啊？"

"我现在深圳，有要事找你啊！"蓝天大声说。

蓝天所谓的大事，是想让袁刚去一趟深圳，到深圳考察一下，那里的教育培训市场大着呢。很多人上一堂课就上万块地收费，但他们讲的根本没有老大你的好。他现在也在深圳的一家教育培训机构工作，他们想请他去上一堂作文示范课，希望他能走一趟。

袁刚很爽快地答应了蓝天，说这两天就可以走。

放下电话，袁刚寻思着，蓝天就是当年围着他转的农村文学青年，现在都用上"大哥大"了，应该混得不错。看来，外面的世界真的很大，自己窝在小县城里，若再不出去走走，可能要成井底之蛙了。当年他主导的苦麻岭青年文艺晚会仿佛还在昨天，但光阴已晃过了好多年了。

眼下的中国，变化太快，简直让人目不暇接，让人转不过弯来。正是这一年——1992 年的春天，就在人们为姓资姓社纠缠不清的时候，邓小平展开了他历史性的南巡，在南海边转了一个圈，发表了著名的"南巡讲话"，把中国的改革开放朝前又猛推了一把。这时候的深圳，真不知变成什么样了呢，想着自己马上要去那个令人神往的地方，他心里还真有些激动。

袁刚处理了手边的一些事，安排好五（3）班的语文课程，安顿好课题组，自己到派出所办了个特区通行证，就启程前往广东。在地区乘火车，一个白天就到广州了。广州火车站广场混乱不堪，人满为患，各色人等聚集在这里，让人恐惧。他没有逗留，急忙到对面的汽车站转车，乘最后一班车直奔深圳。

到深圳时，已近半夜，好在蓝天早早就在车站等候，接到袁刚后赶紧找个地方吃了饭，在他单位附近给他安排了个宾馆住下。当晚蓝天说老大赶了一天一夜路，肯定很累了，早点休息，有什么都明天再说。

他听从安排，就早早睡下了。看着蓝天那麻利劲，他有些欣慰，从坟坡走出来的青年，毕竟开始有出息了。

一夜无话。

第二天，蓝天领着袁刚到这家公司的老总办公室，让老总跟他谈。老总姓许，是深圳本地人，有个堂哥是深圳特区教育局的一位官员，所以他就开了这家教育咨询服务公司，主要做教辅材料和老师培训。明天就有南山区的一个老师培训，他想请袁刚给老师们上一节图示快速作文示范课，如果老师们反应良好，他和他们就可以长期合作了。至于课酬，许总沉吟了一下，说先给个红包吧，以后再商量。他没有什么异议，毕竟是第一次嘛。

上课的结果是，近三百名教师全被袁刚逗乐了，他们从没接触过这么有趣的作文课，他们完全被征服，下课了还围着他照相留念。许总很满意，不仅当晚请他在一家很豪华的餐馆吃饭，还当场给了他一个很大的红包。几杯酒下肚，许总握着他的手不放，一定要跟他合作，声称一定能让他跟着发财。袁刚似乎也说了些什么话，但酒醒后就不记得了。总而言之，这次深圳之行，算是圆满成功了。

袁刚后来拆开红包，发现里边是一叠簇新的五十元版人民币，总共 10 张，五百元。真够大方的，这钱几乎是一个教师两个月的工资了。他向蓝天提议约一下也在深圳打工的阿德和阿芳一起吃餐饭。

那天晚上，在一家还算不错的饭店包厢里，袁刚和蓝天、阿德、阿芳这几位当年的苦麻岭青年实现了深圳重聚。但见面之后，物是人非，阿德和阿芳已不再谈坟坡上的事儿了。阿德在给一位香港老板开车并兼保镖，现在变得心大了，事也多了。阿芳在一家日本工厂上班，烫了头发，穿得挺时髦，现在已跟当地的一个小伙子同居，洋气多了。蓝天多少也有了些白领的范儿，拿着他们中唯一的一只大哥大，挺有派头。但蓝天不知道的是，水湾屯来的保镖有个更小巧的摩托罗拉手机，放在口袋里呢。他们一致的信念是，再不回莆田街那山沟沟去了。

说实话，这顿与坟坡记忆有关的饭，吃得变了味，袁刚多少有些失落，但看着他们几个都混得挺不错，他也就宽下心来了。也许，中国现在剧烈变化着的，不仅仅是看得见的高楼大厦，还有变得陌生的人心。

# 63

回到荣岸二小自己的办公室，袁刚发现门底下塞进来很多封信和报刊。学校的收发员就是这样，发现他不在，就往他门缝里塞。他把这些报刊和信捡起来，放到桌面上，然后一件件地拆开细看。除了那些熟悉的报刊，还有那些预期中的信，他发现有一个陌生的信封，一看信封上的单位，赫然写着G自治区教育委员会的大红字样。

他赶紧打开这封信，好奇地看起来。写信人说他是GX教育学院的老师，在《中国人民大学复印报》上看到一篇《图示法在作文起步教学中的妙用》的论文，觉得很有创新，很有价值，希望跟他在这方面进行探讨与合作，请他在方便的时候与他联系。他一看名字，知道此人可不是一般的老师，而是大名鼎鼎的全国中语会顾问、高中语文教材的编委、G自治区教委副主任、GX教育学院王钦院长！他吓得跳了起来，捧着信认认真真重读了一遍，这才确认是王钦本人给他来了信。这可不是一件小事啊。

他连夜给尊敬的王钦院长回了信，表达了被抬举的感激之情，表示十分愿意跟王院长合作，愿意在王院长的指导之下，把作文教改研究推向一个新的高度。同时顺带介绍了一下自己在课改方面的一些新思考，希望王教授能给予指点！信发出去没多久，王钦院长很快回了信，邀请他到首府一晤，好好聊一聊，或许可以在课题研究方面进行合作。

这对于快速作文法的进一步研究来说，可是一个更大得多的平台，他不敢怠慢，立即动身前往首府。

在首府建政路上的 GX 教育学院，袁刚找到了院长办公室，第一次见到了给他写信的王钦院长。这是一位儒雅的学者型领导，平易近人，两人一说起作文教学来，话题就很多，很快就能聊到一处去。袁刚把这几年在全国各地遍访的语文名家细数了一下，很多都是王钦院长认识的，有些他们还曾经有过合作。说起图示快速作文法的情况，他也大致做了介绍，并把自己目前正在研究的"储备快速作文法"向王钦院长作了汇报。在了解了基本情况后，王钦院长建议以他们俩的名义，申报一个省级的"G 自治区快速作文研究课题组"，仍然由袁刚负责，他为顾问，继续快速作文法的深入研究。这当然是件好事，是对他的提携，他当即同意申报这个课题。

王钦毕竟是领导，他申报的《G 自治区快速作文研究课题》很快就批了下来，这就意味着袁刚在首府又有了一个研究平台，触角伸到了首府，伸到了 G 自治区教研领域的最高机构——GX 教育学院教研部。这对于袁刚来说，是人生中的一个重大转折点，他从一朵山野之花，被移栽到庙堂之上了。如果说几年前他和中央教科所在课题上的合作只是名义上与教研高层挂了边，那么本次申报省级课题才是真正在 G 自治区教研上层拥有了一席之地。

这次首府之行持续了几天，袁刚也去拜访了几家单位，一起探讨作文教改的问题。以他亮出的教材和教案、论文等材料，很多单位都认为很有分量，都有合作意向。在荣岸县图示快速作文法课题组陷入困境的时候，首府打开的另一扇窗却让袁刚看到了新的希望。在对袁刚进行了深入了解之后，很多教育单位都意识到他的快速作文法研究成果具有很好的推广价值，包括 GX 教育学院、首府所在地市教科所、自治区小学教师培训中心等单位都表示愿意接收他，把他的工作调动到首府来。

袁刚没料到自己在作文教改领域的几年打拼，让他在首府这样的大地方也有一定的知名度了。可以在首府立足并开创一片天地，这是他以前想都不敢想的事情，现在机会之门似乎都已然打开。

　　回到荣岸后，袁刚开始着手调往首府的准备，但一说到调动工作，他马上遇到了麻烦，因为对他的调查仍然没有结束，县里不同意放行。虽然被泼了盆冷水，但面对这个不放他走的理由，还真的让他无言以对。他只好老实待在荣岸，继续作文研究，继续跟他的五（3）班在一起。

　　由于荣岸县教育局教研室已经无暇再管袁刚和他的课题组了，他只好直接向地区教研室进行汇报，因而经常往地区教育局跑。随着跟地区教研室的关系越走越近，地区教研室后来甚至聘袁刚为兼职教研员。

　　就在这段时期，地区教育局新任局长文剑夫召见了袁刚，对他的作文研究深表赞赏，并积极参与课题研究活动，参与《储备快速作文法》的理论研究与教材编写。不久，《储备快速作文法》研究成果相继出炉，出版了《储备快速作文法》、《储备快速作文指南》、《储备快速作文训练手册》（小学至初中七册）等教材，他的快速作文第二版块"储备快速作文教学体系"在地区一些高中、初中和小学校开始展开实验研究工作。

　　袁刚的研究工作重心不由自主地由荣岸县转移到了地区，课题组骨干成员变成了他和文剑夫局长等人，这个时期的研究论文《储备大作文，厚积而薄发》、《储备，生活就是作文》、《愚妇有米更难炊》等相继发表在《GX 教育学院学报》、《GX 师范学院学报》和《GX 教育》杂志上，后来还编辑出版了《储备快速作文教研论文集》和《储备快速作文选》等专业著作。

　　1993 年秋天的一个下午，已经经常在外讲学的袁刚接到荣岸县教育局的电话通知，他已经荣获"全国优秀教师"称号，国家有关部门在 A 省召开隆重的颁奖大会，要求他按时到会领取证书和奖章。这个消息对他来说，简直就是一个天大的喜讯，获奖就意味着自治区教委对他的调查宣告结束，组织上还了他清白。大半年来被扣在身上的很多不实指控，都被证明是无中生有的，他一直压在心头之上的一块巨石终于落了地，感到从未有过的轻松与舒坦。那天，他兴奋地在一块公园草地上打了几个滚，向着天空呐喊，以表达对生活的深深感谢！

　　袁刚与 G 自治区十来位获奖者一起赶赴 A 省参加了会议，接受"全国优秀教师"的殊荣。后来他才从各种渠道弄清楚，大半年前那天中午来到他办公室聊天的那位和善的老人，原来是自治区教委的一位领导干部。老同志亲自到荣岸县进行了调查，并找到相关当事人进行了解。在袁刚办公室，老同志被他对作文教改研究的执着和取得的成效所震撼，看到他一大箱票据，听他讲游学访师的故事，被深深感动。老同志深刻意识到，改革开放的中国需要一大批袁刚这样的年轻人。回到首府后，老同志把他的材料汇集起来，直接把他的"省优秀教师"申报材料上报北京，并最终获得国家教委和国家人事部的认可，获颁"全国优秀教师"荣誉证书和奖章。

遗憾的是，袁刚至今不知道那位老同志的名字。但从那以后，他总感到"全国优秀教师"这一光荣称号，对他来说不仅是一份沉甸甸的荣誉，更是一份沉甸甸的责任，因为这一称号颁给他，凝聚着很多人对他的信任、认可和希望。

<h1 style="text-align:center">64</h1>

这一年的冬末时节，原荣岸县文化馆陆居泰馆长经过对袁刚多次接触、采访、创作的长篇通讯《绘出新图献杏坛》在《世界华人报》发表，被旅居美国的访问学者季永兴教授发现并大加赞赏、推介，在华人世界引起很大轰动，图示快速作文法开始受到国内外媒体的关注，被誉为"一朵带露的山花"、"作文教改百花园中的一朵奇葩"，再一次诡异地墙内开花墙外香。

但对于袁刚来说，他知道自己跟荣岸的缘分至少要告一段落了。作为一名教师，在跟3班学生相处数年之后，这一刻最伤的是别离。他从三年级开始，就一直陪伴着3班，一直到现在的六年级，可以说一起经历过风雨，甚至一起经历过生死，这份情感实在难以割舍。他想了很多天，希望能想出一个适当的离别方式，让他与3班的离别变得更别开生面一些、温暖一些。

他想到了高仔。前段时间趁着自己经常跑省城，他给高仔物色了一家厨艺培训学校，协助他入校学习。现在，高仔应该回到荣岸了吧？没想到他一联系，高仔正好刚回来，本也正准备来给他汇报学习情况呢。

　　袁刚就约了高仔，希望他给3班的同学讲一讲他自己的故事。高仔犹豫了一会，但终于还是耐不住袁刚的劝说，答应一起到3班讲讲自己的事了。

　　这天晚上，第一节晚自习差不多下课的时候，袁刚领着高仔走进了3班教室。在同学们一片疑惑的目光中，袁刚微笑着说："今晚我占用大家一节自习时间，带来我在坟坡小学时的学生高仔，让他给大家讲一讲自己的故事，大家欢迎吗？"

　　同学们一下子兴奋起来，纷纷坐直身子，翘首以待地望着跟老师走进教室来的这位年轻人。高仔在火热的目光下，有些发怵。袁刚赶紧给他打圆场，先介绍说："高仔同学是我在雅布乡苦麻岭村坟坡小学任教时的学生，在雅布中学初中毕业后，没考上高中。他决定不再读书，出来做个体户创业。去年，他在县城开了第一家粉店，今年他又到省城参加厨师培训，现在已经是一名真正的厨师了。今天我请他来讲故事，是因为同学们明年夏天也要升初中了，在你们即将走进中学学习阶段的时候，我希望高仔同学的故事，能给你们一点启发。现在有请高仔。"

　　袁刚带头鼓掌。高仔有些腼腆地站起来，走到讲台上。其实他对讲台并不陌生，在坟坡小学时就经常上讲台。他犹豫了一下，在讲台前站好，面对同学们，开始讲自己的经历和心路历程。讲了一阵之后，他心情平静多了，变得从容不迫、侃侃而谈："我很幸运能在学生时代碰上袁刚老师这样的好老师，因为在他心中，每位同学都有自己的亮光，都有好的一面，他就把这好的一面尽量发扬光大。我考不上高中，曾经也自卑过，我跟爸爸一起到荣岸开粉店的时候，我仍然是自卑的，虽然知道袁老师和很多同学都在荣岸，但我都不敢找他们。直到我鼓足勇气找到袁老师，得到袁老师的热情鼓励，并且给我指明了方向，我才最终抬起头来。我现在对未来充满了信心。站在这个地方，我得恭喜你们，因为你们跟我一样，拥有一个好老师，这真的比什么都好！"

　　同学们热烈鼓掌，纷纷表示要去找高仔的粉店品尝他的手艺。待同学们稍安静下来，袁刚明白，今晚最艰难的时刻到了。他走上讲台，默默地望了同学们很久，似乎想把每位同学从头到尾看过一遍。等到同学们都发觉出些异样来，他这才说："今天请高仔同学来跟大家见面，讲故事，我主要是想告诉大家，俗话说得好，一日为师，终身为父。我今天是你们的老师，日后如果承蒙同学们不弃，我便还是大家的老师，大家愿意吗？"

"愿意！"同学们大声吼道。

"我还想告诉你们的是，在老师眼里，你们都是好孩子，不管是现在，还是将来，你们都是老师的骄傲，你们任何时候都不要辜负老师对你们的期望，要一辈子努力做一个受人尊敬的人，你们能做到吗？"

"能做到！"同学们又大声吼。

"好！"袁刚说，"既然同学们都答应永远做我的学生，我现在就向同学们宣布一件事，希望同学们以平常心看待。因为工作需要，我最近要调到省城工作，要离开荣岸。今天晚上算是我跟同学们的一次暂时告别，虽然我也很难舍，但这就是生活，我们总会经历分离，当然也还会有重逢。在我离开的时候，希望同学们继续努力，明年夏天以最好的成绩从二小毕业，到时我再来给大家祝贺，大家说好不好？"

这次，没有人出声，整个教室静得可怕，大家都把目光投向袁刚，似乎都在疑惑他这些话的真伪。当他们回过神来明白这一切都不会是假的时，很多女同学都哭了，特别是谢丽丽，哭出了声。袁刚强迫自己笑了笑，平静地说："我说过，我们永远都是师生，所以我们不要哭，我希望大家都开心地送我暂时离开，因为我们的心永远都在一起，大家笑一个好吗？"

有些同学们带着泪笑了起来，但更多的还是被离愁别绪所缠绕，很多女同学趴到桌面上哭了……

他不知道自己是如何拉着高仔离开3班的，但茫然走在荣岸大街上的时候，他的双眼已经蓄满了泪水。他心里明白，他可以安心离开荣岸了，3班不会让他丢脸！

这座美丽的小城啊，不管给他带来欢乐或者悲伤，都将永远铭刻在他青春最美好的时光里……

**附：袁刚快速作文法常识之二**

## 思维分级发散法

核爆炸原理揭示了原子弹爆炸威力无穷的原因。

袁刚借助核爆炸原理，创造出一把打开学生思维宝库的"万能钥匙"——思维分级发散法。

他带领孩子们把"核爆炸原理"图进行简化处理后，得到下图：

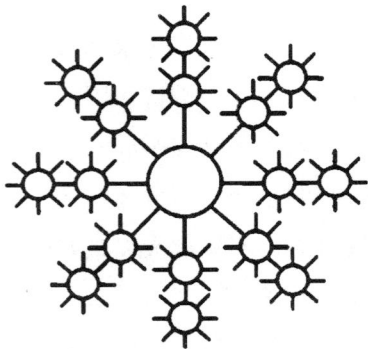

作文中的思维核爆炸原理图

不难发现，它其实充分体现了思维的发散、拓展之特性。写作文，无论是审题、立意，还是选材、构思，抑或是行文、文采等，关键就在于思维的开启及其开启的程度。因为，综上所述，作为高中生，该储备的东西大多已经储备在那里了，有了一定的生活历练和积淀。可以说，当你走向考场的时候，作文的十八般武器早已入库，就等着你这个主人打开武器库存的大门去挑选使用了。也可以说，你此刻面对的是一座作文的金山，就看你如何去发掘宝藏了。

比如写"难忘往事"的作文，怎么弄呢？如下图，以"事"为"核弹头"，向四周"爆炸""扩散"，看看能找到多少"难忘的事儿"——

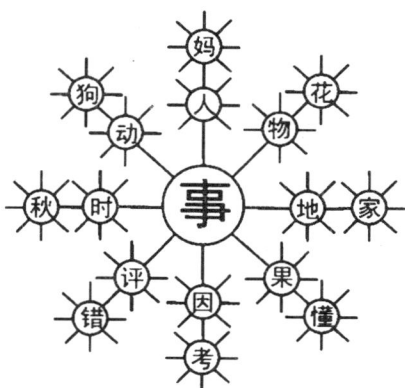

事的爆炸举例图

从"时间"角度发散：幼年、少年、青年、壮年、老年……"少年"又可发散：七岁、八岁、九岁、十岁……"七岁"那年又可发散：春、夏、秋、冬……"春"又可发散：立春、雨水、惊蛰、春分、清明、谷雨……还可细分到每天每个时辰每一刻，等等。试想想，在这么多个时间点上，会没有一些事在脑海中留下印象？

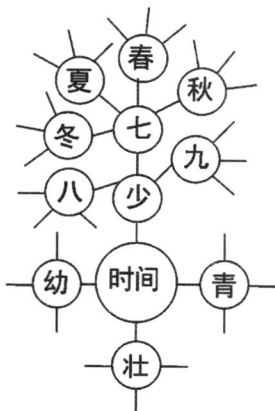

以时间为核心爆炸图

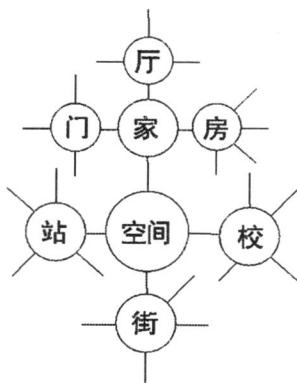

以空间为核心爆炸图

从"空间"的角度发散：家里、街上、学校、车站、公园、赛场……"学校"可发散：教室、操场、升旗台、图书馆、办公室……"家里"可发散：

门口、客厅、厨房、睡房、厕所……"公园"可发散：小池边、花圃旁、树林里、凉亭上……同样可以细分到无穷个空间点——试想想，在这么多个空间点上，会没有一些事值得你回忆？

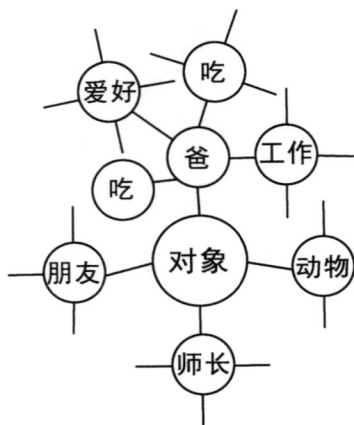

以对象为核心爆炸图

从"对象"的角度发散：亲人、朋友、邻居、师长、动物、植物、静物、学习文具等；"亲人"可发散：爸爸、妈妈、爷爷、奶奶、外公、外婆、表哥……"动物"可发散：牛、羊、猫、狗、鸡、鸭、鱼、虫……"学习文具"可发散：笔、纸、墨、橡皮擦、作业本……同样可以细分出许许多多的对象来——是啊，在你与那么多的人物、事物、动植物接触中，会没有一些令你难忘的事情么？

还可以从起因、结果、看法甚至你头脑中突然蹦出的任何事物去发散……

可以定点发散，更可以将时空、对象、因果等进行交叉发散……

如此一来，会有许多"信息点""蛛丝马迹"之类的东西闪现在你脑海中，唤醒你沉睡的记忆，打开你的灵感之门，助你找到运笔之材——让你觉得，难忘的事儿——多如牛毛也！

写人的文章或是其他文章也是同样的道理。

# 第四部　"恐怖班"新生记

　　在省城我经历了中国社会和中国教育最浮躁和混乱的几年，我把一个臭名远扬的"恐怖班"带到了青秀山下，在每位同学心里都种下了一颗太阳。

——袁刚日记

# 寄往兴宁街 11 号的第 26 封信

**亲爱的蒋叔叔：**您好！

离开荣岸已经有些日子了，但我仍然无法让自己的心情平静下来，真的想跟您倾诉。这段时间，每每午夜梦回，出现在我眼前的依旧是 3 班那群可爱的孩子们，还有荣岸小城里的那些人和事。说心里话，我难舍荣岸，因为荣岸是我的福地，是我的第二故乡，是我进行作文教学改革研究与实验的始发港，是我梦想放飞的地方。

五年前那个火热的夏日正午，我还是一个二十出头的小青年，带着在坟坡摸爬滚打一年多的一身泥土味，一头扎进生机勃勃的荣岸县城。那是年轻的朋友来相会的火热的八十年代，是所有年轻人都热血沸腾的年代，我当然也不例外，面对眼前日新月异的生活，我也时常心潮澎湃，恨不得尽快做出成绩来，成为新时代的有为青年。这就是我们这一代年轻人的特点，跟整个国家一样有梦想，勇于接受新生事物，勇于实践，努力奋斗。

在这样的时代大背景之下，您就能理解我为什么一到县城，就组建了少先队仪仗队了。这种仪式、这份荣光、这桩喜庆，是我们这个时代的主旋律，是这个时代所需要的。您也知道，哪怕是桂北小城荣岸，也隔三岔五上马新的建设项目，哪个开工庆典不需要仪仗队呢？事实也证明，二小少先队仪仗队曾经风光一时，参与了荣岸大建设的进程，振奋了荣岸人民的精神，起到了积极的作用，就连地区领导也给予了充分肯定。任何新生事物的出现与消退，都是有一定周期率的，后来二小少先队仪仗队的偃旗息鼓，我觉得也是合情合理的，因为它完成了自己的历史使命，就该退出舞台。有人会认为仪仗队只是个花架子，但我一直在思考，让学生以一种合适的形式参与到时代进程当中去，让他们以适当的方式接触社会，应该是我们教育当中固有的一部分,这难道不正是陶行知先生所倡导的"生活即教育"吗？我读小学的时候,还有劳动课啊！

的确,生活原本就时时刻刻教育着我,教会我如何度过自己火热的青春岁月。我是一个人民教师,时刻都牢记自己的职责,肩负着教书育人的使命。在如何做一个好教师这个问题上,我确实花费了心思。在这个教育已经慢慢被应试绑架的时代,所有人都只关注升学率,考试与升学成了学生学习的最大目的,一切都与功利挂钩。在这种千万人挤过独木桥的壮观场景中,所有的教育理想都显得太过苍白无力。这是时代洪流,大势所趋,无人能改变。但我至少牢记为师的三原则,那就是学问、爱与责任。因此,在荣岸的五年,我基本上就围绕着这三点,实践自己作为教师的理想。我把精力投到作文教学改革的研究与实验上,带好一个班,努力坚守自己作为教师的职责,哪怕这种坚守有时候让我显得与周边环境格格不入。

我坚信作文教改研究是我的优势,是我最能出彩的地方,于是我全力以赴,把图示快速作文法这棵幼苗,栽种在荣岸这块土地上,培育它成材,开花结果。图示快速作文法课题组与中央教科所的联姻,图示快速作文法在荣岸及其周边上百所学校的实验,上千教师的参与,都充分说明了她的价值与受欢迎程度。说实话,图示快速作文法成功的起步,是我当初所意想不到的,我甚至仅仅凭着自己一股年轻的激情与勇敢促成了这一局面,因此我不能不说我是幸运的,我在最好的年华里遇上了荣岸。

这五年,我的图示快速作文法课题组得到了荣岸教育界的大力支持,实现了研究的深入与实验的规模化,让图示快速作文法在国内外崭露头角;这五年,我陪着可爱的3班慢慢长大,在让他们拥有一个美好童年的同时,我也获得了"全国优秀教师"的殊荣;这五年,我也从一个固执冲动的青年教师,成长为一个成熟的人民教师,明白了什么是为师之道！

离开荣岸,虽然有很多因素促成,但我觉得主要还是因为我对自己人生的重新定位所致。我想,我似乎一生注定要追随您了,我越来越把自己定位成是作文教学法的研究者与推广者,因此我必须走出去。

于是我到了首府，我知道我的作文教改研究将向更高的未知领域进发，我不知道前面的路还会经历什么，但我的目标不会改变，我的追求也不会改变。

但是，未来是什么呢？我不知道。您能告诉我吗？蒋叔叔！

您忠实的小朋友：袁刚 敬启

1993 年 9 月 20 日深夜

# 第 14 章

## 65

在首府安顿下来之后，袁刚就迫不及待地去老城区找兴宁街 11 号。

然而此时的老城区，已经处在旧城改造的运动之中，很多老街都已灰飞烟灭，不复存在。兴宁街这条不长的老街上，已经被几个大工地肢解得七零八落，面目全非。他把整条街从头走到尾，都没有找到 11 号的门牌。问一个在树下纳凉的老街坊，那人指着那片正在大兴土木的地方说，原来就在那，但现在不知道如何编号了。他茫然站在这个时间与空间的纬度上，看着矮小、灰暗的老街被一座巨大的脚手架骑在半腰上，这种奇怪的图像让他怅然若失，心里不知是何滋味。

说实话，他有些惆怅，但似乎已经没有遗憾。那个地方从来就没有在他的生命中出现过，那个地名只不过是他梦中的一个符号。他久久站在这条被开膛破肚的老街上，用温柔的目光向那个地方致敬，因为这是一个承载着他沉甸甸青春梦想的图腾。

他知道这一刻，兴宁街 11 号已经刻到他心上了。

……

袁刚调到首府的这一年，远在桂北乡下的父亲忽然病了，被诊断为老年性偏瘫，从此卧床不起。考虑到父亲不时需要到首府治病，他需要有个住房，而 GX 教育学院住房紧张，解决不了他的困难。在这种情况下，他只好选择能解决住房问题的单位——自治区小学语文教师培训中心，并正式把人事关系调入这里。他因此拥有了在首府的一套住房。这个中心其实就放在一所民族师范学校内，是两块牌子一个单位，与该校的附属实验中学在一起，地址就在首府近郊的长村岭上。

搬进学校住一段时间后，袁刚很快发现长村岭这地方的复杂环境。这里是城乡接合部，城市到此为止，乡村从此漫延出去，这地方住着当地农村人、工厂职工、学校师生还有进城的农民工们，可谓五花八门，什么类型的人都有。他走过那条街道，发现一溜儿全是游戏机，还有好几间阴暗的录像厅，一些流里流气的小青年就在那里出没，谁也不知道他们在干什么。而这里唯一的一所学校，便是民师附中，进来读书的自然就是这些人的子弟。学校学生的复杂程度，由此可见一斑。

进入这家单位，袁刚除了完成小学语文教师培训中心的工作，他还自己要求下到基层，希望担任附属中学的具体教学工作。他的想法是，要真正了解学生，就必须到班级中去，跟同学们在一起。这就是他进入省城后即将要展开的生活和工作状态，一切似乎都充满着新的挑战。

一个仲夏之夜，袁刚奋笔疾书了好久，有些累，也有些闷，便停笔出了门，信步朝校外而去。

长村岭实在乏善可陈，除了一条过度喧哗的街道，便没有其他的去处了。他越过铁路路口的关卡，来到园湖路上，往左走一段路，就是热闹的建政路。老南宁人都懂得，建政园湖路交叉路口上的实验电影院，可是这个年代省城最新最大的电影院之一了。他来到这里的时候，电影院门前还有稀稀拉拉的一些人或坐或站在旁边的个体商店前，可见夜场电影还没有到散场时间。

忽然之间，他听到对面马路边上有一夜市摊竟传来清脆的吉他声和歌声，这多少让他精神为之一振。他寻声而去，只是一位三十出头的女人正在煮着粉，已经有几个人在小桌前吃上了，从浓烈的香味上判断，应该是省城有名的老友粉，一种用酸笋、豆豉、碎肉、辣椒等配料在油锅上爆过，放水烧滚，然后加米粉即成的汤粉。见他从对面走来，老板娘马上热情地喊："来啦，阿弟想吃点什么？"

袁刚赶紧应上说："来碗二两老友粉吧，多放辣！"

"好咧！"老板娘大声说，"你先找位子坐下，桌上有茶。"

他找个靠近歌声来源的地方坐下，倒了杯茶，边喝边朝唱歌的地方望去。隔着几张小桌，只见一个半大不小的男孩抱着把吉他，正在旁若无人地边弹边唱。他听得出来，唱的是时下正流行的台湾校园民谣《童年》，正在变声的小男孩唱得还有些味道，吉他更是弹得像模像样，造诣已经很不一般了。可这男孩的状态却让他感到有些震惊，年纪不大，却留着一头与他年纪不相符的长头发，特别是那旁若无人的吟唱，似乎还生生透出些江湖派头，真是太稀奇了。

他的老友粉上来了，他边吃边看着这位酷酷的小男孩，一边听他的歌声。接下来是《外婆的澎湖湾》。这首歌他也耳熟能详。在这样的闷热的夏夜里，听着这样的歌，确实还真别有一番滋味。按照他的性格，本来他是想跟老板娘或这位小男孩聊聊的，但见夜场电影正在散场，很多年轻人涌上来吃宵夜，老板娘忙得不亦乐乎，小男孩依旧旁若无人地自弹自唱，他就只好打了退堂鼓，认真地吃起自己的老友粉来。

一曲终了，早已坐满了人的夜市摊响起了热烈的掌声，有人在喊好，有人在喊再来一首。小男孩依旧是旁若无人，沉浸在夜色苍茫的《酒干倘卖无》之中：

多么熟悉的声音
陪我多少年风和雨
从来不需要想起
永远也不会忘记

没有天哪有地

没有地哪有家

没有家哪有你

没有你哪有我

……

袁刚站了起来，离开夜市摊，他的位子马上有人坐了下去。走在并不太宽的建政路上，他把一个卖花小姑娘叫过来，向她买了一枝花，让她送到唱歌的人手上。

小姑娘去了。他也走了。但奇怪的是，长发少年歌者的歌声竟然一直跟着他走了一路，他脑海里满是那个长头发的少年歌者的模样……

沿着来时的路往回走，他穿过铁路道口，进入长村岭街上。这里夜场的录像厅仍然还在不间断播放，从门口野性十足的片名看，应该是从香港舶来的三级片无疑。看见他一个年轻人走过来，一个小散仔赶紧凑上来，神秘地跟他说："有毛片，要不要看？"

他没有停步，只是好奇地问："什么是毛片啊？"

那人有些像外星人一样看着他："进去看就懂啦！"

他逃也似的赶紧离开这个阴暗的角落。其实他也听人说毛片是什么东西，此刻他想的是，学校的学生就在这样的环境中成长，如果没有一定的免疫能力，那实在太可怕了。

## 66

学校把初一（1）班交给袁刚的理由很简单，就冲着他是全国优秀教师。言下之意是，这个瓷器活，只能由他这位怀抱着金刚钻的师傅揽了。

但袁刚稍作了解，马上就大吃一惊，这原来就是上学期因为闹出人命案在省城轰动一时的那个班，时人称为"恐怖班"，可谓臭名昭著。

去年十月，班里长得老实巴交很不起眼的甘果同学在一个没有太阳的中午，以一起去街上玩游戏为由，把同班同学李平约了出来，把他引到了离学校不太远的一个小树林里。他们就在树林里碰到了另一个长得一脸小横肉的男孩，那男孩不由分说就一把抓住李平，用一根塑料绳子勒住了他的喉咙，恶狠狠地说："你已经被打劫了，再动就勒死你，你赶紧让家里人拿五千块钱来！"

甘果就担负起去联络李平家人的任务，但当他带着李平的爸爸妈妈来到小树林时，却发现小树林里没有人影了。打劫的那人已经不见，而李平却被发现躺在附近的灌木丛中，人已经死了。这个平时无人注意的小树林马上爆炸起来了，警车呼啸而至，校领导全部到齐，很多人都围了来看热闹，但被警察用绳子拦在 50 米以外。

甘果傻了一样浑身发抖，被一起带上了警车。

这就是轰动全城的学校命案。这个命案似乎与 20 世纪 90 年代上半叶长村岭上小流氓小混混横行有关。但真相大白之后，所有人都十分意外：没有人想到凶手也是一位年仅十四岁的外校初中学生。

话说那天甘果随着警察来到派出所，他已经惊吓得六神无主，对警察的盘问一五一十地都做了如实回答。从他结结巴巴的叙述中，人们才知道，他不久前在长村岭街上的游戏厅里认识了附近一所学校的一位花名叫野猫的初二学生，两人因为打游戏成了朋友。野猫平时似乎挺大方，有一段时间两人玩游戏，都是他出钱。后来野猫没钱了，甘果也没钱，野猫就让他把班上家里最有钱的同学约出来，他要敲点钱来玩游戏。甘果不知道敲点钱的轻重，就把李平约了出来。他没想到的是，野猫竟然把李平勒死了。见出了人命，甘果就彻底慌了神。

很快野猫就被抓获，甘果因为是从犯，也被扣在派出所。审问野猫的结果让人大跌眼镜，他绑架李平的目的，就是想吓一吓他，让他敲家里几千块钱出来，打算用于打游戏。这种做法，竟然是他从录像片上学来的，但在他手上玩砸了。他没想到那位被绑同学那么不愿意配合，那么容易就死了。见李平真的在自己手上瘫软下来，而且慢慢没了气，他这才吓了一大跳，赶紧把人拉到灌木丛中，慌忙潜逃。但当天他就被抓获了。

事件的结果是，两位犯人都是未成年人，主犯野猫被判关进少管所，从犯甘果因年纪尚小，且对事件发展并不知情，责成监护人加以管束，其本人仍继续留在学校读书。从此以后，该班被人称"恐怖班"，名声在外。

当袁刚得知接手的是这样一个班时，心里还是有些发虚，真不知道接下来还会发生什么。这样一个声名狼藉的班，在他手上能否有所变化呢？这些学生是不是都长得面目狰狞呢？说实话，对于即将打交道的这个班，他是充满期待，又难免有些惊惧：他长那么大，又教了六年书，还真从没听说过有出过人命案的班级，更不用说要出任这个班的班主任了。

为了了解全班同学的情况，袁刚调阅学生的档案资料，但这仍然让他很失望，他看不到什么有价值的东西。万般无奈，他只好单刀直入，把该班班长陈一梅约到了办公室，让她说说班里的情况。然而，单是这个陈一梅，就颠覆了袁刚以往对班长的认知。她大大咧咧地介绍自己说，她能当这个班长，不是因为成绩有多好，而是因为她敢说、敢想、敢干。她是城里人，父母都是单位里的小领导，自己也长得块头大，嗓门也大，班上就连男同学都怕她三分。至于整个班，问题学生不少，除了绑架案参与者之一的甘果，还有经常打架闹事的李一兵、帮父母打零工经常逃课的黄达、男扮女装阴阳怪气的何流等，这几个都不是好惹的主儿。整个班纪律散漫，成绩低下，无人敢管，形同一盘散沙，明摆着是学校的一枚烫手烂山芋。

听陈一梅说了半天，袁刚忽然冷不丁问："陈班长，你说了不少，但都是不好的东西，你能不能告诉我，这个班有什么优点？"

陈一梅愣了半晌，似乎在努力想这个问题，但她最后仍然一无所获，失望地对着袁刚笑："我真不知道有什么优点。"袁刚看得出来，她应该没有说谎，但她似乎在为这个回答感到羞愧，这点或许就是他们师生这次会面的唯一的一抹亮色了。

袁刚微笑着盯住陈一梅，诚恳地对她说："陈一梅同学，学校已经安排我担任你这个班的班主任兼语文老师，我们一起来努力，让这个班振作起来，成为一个好班,你愿不愿意?"

陈一梅嗓门确实够大:"愿意啊,当然愿意!"

"好,"袁刚站起来,拍了拍她的肩膀,对她说,"从今天开始,我们俩就是统一战线,班上有什么情况,你要及时向我汇报,你做得到吗?"

"可以!"陈一梅爽快地回答。

两人正儿八经地伸出小手指头,拉了一下钩。

# 67

这是名震一方的"恐怖班",袁刚不敢掉以轻心,他得精心准备与同学们的第一次见面。他给同学们的第一次印象,将决定他带领这个班前行的轨道。

然而,他还没有做好准备,李一兵同学就撞上门来了。这天下午,学校门卫大叔把两位男生拎到袁刚的办公室,怒气呼呼地说:"袁老师,这是你们1班的,刚出校门就打架,太不像话,我把他们交给你啦!"

门卫大叔走了,两个半大小子就像两只斗败的小公鸡,立在袁刚面前。他一眼就认出留着长发的这小子就是建政路宵夜摊上弹吉他的歌者,另一位似乎是年纪和个子都更大些,看得出来这次打斗双方打成平手,年纪与个子稍大的那位没能讨到什么便宜。袁刚上上下下打量了他们一遍,这才问:"你们都是初一(1)班的吗?"

个子稍大的那位马上气呼呼指着长头发那位说:"他是,我不是。他叫李一兵,是他先打的我。"

李一兵也马上冲那人说:"打的就是你这只公鸡!"

袁刚望着李一兵问:"为什么打的就是他?"

李一兵说:"你问他。"

被称作公鸡的那位同学说:"我不知道,我一出校门,他冲上来就打我,我当然要还手。"

"你不知道是吗？"李一兵恶狠狠地指着"公鸡"说，"那我就见你一次打一次，直到你知道为止！"

袁刚赶紧制止了李一兵，让"公鸡"留下联系方法，便先把他放回去。办公室里只有袁刚和李一兵两个人的时候，他笑着问："你晚上还到建政路唱歌吗？"

李一兵闻言愣住了，望着这位新来的年轻老师，一时说不出话，不知如何作答。

"其实你唱得真不错。"袁刚似乎并不要求他回答，不经意地说，"可惜吉他表现只能算一般。"

李一兵像一节木头，仍旧低头不出声。

"你先回去吧，想说什么的时候再找我。"袁刚转过身，埋头写东西，不再搭理他。

李一兵抬头看了袁刚好一会，将信将疑，犹豫了一会，这才轻轻退出办公室。但直到走出学校办公楼，他还有些不敢相信事情就这样轻描淡写被处理掉了，也看不透这位陌生的年轻老师葫芦里到底卖的什么药。

袁刚目送李一兵的背影消失在楼梯角，心里暗想，这个人身上似乎莫名其妙透着一股正气，打了架还理直气壮，事情看来不会太简单。此人是1班的，这么说他即将是他的学生了，这将意味着什么呢？这个班出了个甘果，还有这样的李一兵，看来比想象中的要复杂啊。他感到要接手这样的班，出场时非得震慑一下他们，否则难以征服他们。但是，如何震慑呢？

……

数日之后的一个下午，袁刚在学校教导处梁智勇主任的陪同下，第一次走进初一（1）班的教室。

闹哄哄的同学们忽然安静了下来，好奇地抬头看这两个走进来的人，特别是齐刷刷盯住了新来的袁刚。梁主任走上讲台，清了一下嗓门，向同学们宣布："1班的同学们，你们原来的班主任老师调走已经一个多月了，现在学校又给你们安排了新的班主任，就是你们面前的这位袁刚老师，大家热烈欢迎！"说完带头鼓掌，带动起同学们一阵稀稀拉拉的掌声。袁刚就在这掌声里给同学们点头招手。

梁主任接着介绍："袁刚老师是全国优秀教师，是有名的作文教学研究专家，他的到来，是全体1班同学的福气。在往后的日子里，袁刚老师就跟你们在一起，陪伴你们度过初中这段学习的时光，希望同学们好好珍惜，努力学习，天天向上！接下来，我把你们1班，交给袁刚老师！"

梁主任说完就离开了。教室里只剩下袁刚和53位同学，所有同学的目光仍然好奇地盯住他。他站上讲台，环视了全班同学一眼，而且还跟同学们大眼瞪小眼互相对望了半分钟，忽然哈哈地大笑了两声，惹得全班同学哄笑起来。他举手示意大家安静，这才平静地开口说话："今天是本班主任跟同学们第一次见面，按理说应该给大家一个见面礼。我考虑了一下，还是给大家表演一个吧，大家说想不想看？"

"想！"很响亮的回答。

袁刚请两位同学上来把讲台搬到一边，然后拿来两把椅子，放到黑板前空地中央。他神秘地从教室门口拿进来一块红砖，向同学们展示。看这几寸厚的砖头，挺沉的样子。他把这砖头放到两张椅子中间。就在同学们看得莫名其妙的时候，他开始在台上运功，一副少林寺武僧的样子，扎下马步，气沉丹田，运于手臂，最后到达手掌，手掌微微颤抖，嘴里缓缓吐出大气。这些动作完了后，他转身到了砖头前，以迅雷不及掩耳之势一掌下去，只见几寸厚的砖头已拦腰而断，掉到椅子底下。同学们惊呆了几秒钟，忽然爆发出了雷鸣般的掌声和欢呼声。袁刚请几位男同学上来验证，顺便试试砖头的分量。上来的同学全都啧啧称奇。

接着袁刚又变戏法一般从教室门口拿来一把吉他，也不说话，开始旁若无人地弹唱起来。只见他双手灵巧地在吉他上游走，美妙的乐曲瞬间就倾泻而出，配着他充满磁性的嗓音，唱起了《童年》：

池塘边的榕树上

知了在声声叫着夏天

操场边的秋千上

只有蝴蝶停在上面

黑板上老师的粉笔

还在拼命叽叽喳喳写个不停……

一曲歌罢,同学们听得入了神,意犹未尽,袁刚甚至用眼睛的余光看到李一兵抬起头,一脸惊讶地望着他。他不动声色,一副轻松的样子,又抽身回到武功的情境里对同学们说:"小时候我们村东头的笔架山上来了位和尚,住了段时间,我有幸成了他的徒弟,练下了武功底子。我知道长村岭这地方鱼龙混杂,治安比较差,小流氓小混混多,我们班的男同学没少跟他们打架。但我想,跟坏人打架就要打赢,所以我提议我们班开设业余武术小组,把喜欢武术的同学组织起来,练习武术,强身健体,大家说好不好?"

"好!"很兴奋地回答。

"每个同学都有自己的爱好,我们要发挥每位同学之所长,成立歌舞小组、文学小组,让大家全部都动起来,大家愿不愿意?"

"愿意!"几乎是喊叫起来了。

袁刚心中暗喜,他在初一(1)班的出场首秀起到了很积极的作用。这两年,从李连杰主演的电影《少林寺》开始,中国功夫家喻户晓,功夫英雄绝对是小男孩们崇拜的对象。他这一招铁掌断砖的表演,应该没露出什么破绽,多亏了气功风行。他在坟坡小学唱独角戏的日子里,曾经练过一段时间,没少操练单掌断砖的把戏。全班同学眼见为实,全都目瞪口呆,老师在他们心目中是一位深藏不露的民间武林高手,这不仅很有时代感,而且还有一种很容易让人兴奋的神秘感。

兴趣会、读书会、家长会是袁刚冥思苦想了许多天得出的治班三大招,现在已经不显山不露水地亮出了两招,沉闷了整整一个学期的1班终于被鼓动了起来,全班同学的目光都聚集到新来老师的身上。

袁刚这会儿倒安静下来，开始给同学们讲故事。

当然都是他的故事，从小时候讲起。除了"恶魔外公"，自然还有蒋叔叔。他饱含深情地讲了落凤河放飞小纸船那一段。那天蒋叔叔领着他来到落凤河边放纸船，从他们躺在岸边的视角看出去，纸船真的向天边飘去。他把那天的晚霞描绘得很绚丽多姿，把落凤河水染得五彩纷呈，梦幻极了。小纸船漂啊漂，漂到了遥远的天边，跟金子般的云霞融为一体……

后来呢？同学们急切地问。

他说，后来，留着让老师慢慢给同学们讲吧……

# 第15章

## 68

进入九十年代以后，那些数得上号的作文教学流派、模式、体系，全都在全国各地采取割据之势，占据一块地盘，进行作文教改实验。因为这个时候的作文教改实验涉及了教材、教辅和办作文培训班的利益关系，各派别之间出现了明显的竞争态势。偶尔会发生某个流派某个模式侵入了另一个流派的领地，进而产生瑜亮情结、相互打压、互相拆台的情况，但总体来说，情况还不严重。这终究还是一个在学术领域百花齐放、百家争鸣的时代，是一个改革开放、变革求新的大时代。

六年多前袁刚在坟坡小学为小学生们研拟的图示快速作文法，作为来自广西偏远山村的一朵小野花，如今已经在不知不觉中变成了一株亭亭玉立的芭蕉树，焕发出勃勃生机。继在地区各县进行推广实验后，现在又在桂中和桂北拥有了自己的根据地，并开始把影响向区外拓展，引起了国内同行的瞩目。袁刚料想不到的是，当年不经意钻进作文教学研究领域，冥冥中就注定了他一辈子探索不止的方向，欲罢不能了。他只能生命不止，钻研不停，去到哪里，就把研究带到哪里。

孙子兵法里说，知己知彼，百战不殆。善于博采众家之长是袁刚的优点，经过对作文教改各流派各模式各体系的摸底了解，他发现没有哪个流派真正解决了作文教学的问题，它们大都只是从某个方面入手，进行作文技术训练，没有人能深入作文的本质，摸清作文的真正规律，进而形成一整套行之有效的理论与实践兼备的作文教学模式。他直觉感到自己的路还很长，作文教学领域还有很多未知的东西等待他去探究。

在初创图示快速作文法的时候，他有两个支撑点，一是图示，二是快速。小学作文教学，必须考虑小孩子的接受心理，图示法就是专为小学生们初学设计的。小学生感性认识比理性认知强，而图像便于感性认识，图示由此而来。图形便于小孩认识，便于小孩记忆，而且具有很强的趣味性，适合孩子们进行各种游戏。而快速则是顺应时代的要求，因为中国已经进入快节奏社会，快速已经是一种生活方式。因此，培养孩子们的快速作文能力，也是提前让孩子们从小适应快节奏生活方式。

与重视文本、思维、过程、兴趣的各作文教学流派不同，袁刚创立的图示快速作文法，整个图示系统包括两个部分：一是结构图，二是修辞符号体系。这两张图，可以解剖任何一篇文章，也可以构建任何一篇文章，从一开始就不是一套片面的系统，而是一个涵盖情感、思维、语言的能动创造系统，在这个用图形与符号构成的系统里，文本、思维、过程、兴趣等所有作文构件均包罗其中，每个图形的搭建，就是一篇作文的写作思维过程。

初创时期的图示快速作文法，主要还是解决小学生作文"怎么写"的问题，但"写什么"却被忽略。随着研究的深入与实验反馈的呈现，袁刚感觉到，图示快速作文法能通过结构图与符号系统来完成文本、思维、过程等要素，但却解决不了写什么的问题，也就是解决不了写作素材的问题。正是认识到这个问题，他才在一些专家、学者的指点之下，着手构建作文素材"储备库"，也就是"储备快速作文法教学体系"，在这个体系中建立了"家庭储备、学校储备、社会储备"三个素材库。至此，他的快速作文法第二版块"储备快速作文教学体系"教材及训练方法这才相继出台，并迅速率先在地区部分县进行实验推广。

随着"储备快速作文课题组"骨干人员袁刚与时任地区教育局长的文剑

夫双双调到首府，储备快速作文法教学体系在首府的推广也已箭在弦上。文剑夫调任 GX 教育学院教研部主任后，就把储备快速作文法的情况向王钦院长作了一次汇报，决定先在首府举办一次《"绿城印象"储备快速作文观摩研讨会》，尽快把最新的作文教改信息向广大师生进行实验推广。

这是一次首府范围的储备快速作文观摩研讨会，拟在市教科所大礼堂举行，首府各中小学校约 600 名语文教师与会。这是袁刚快速作文法在首府的第一次亮相，全部示范课由他一人担纲。

袁刚没有忘记自己刚刚履新的"恐怖班"，力排众议为自己这个班争取到参加本次储备快速作文法展示课的机会。他私底下希望通过这样高层次的集体活动，激发起 1 班同学的参与热情和集体荣誉感。虽跟同学们接触不久，但他还是切身感受到，这个班已经沉默太久，压抑太久，同学们需要有个突破口，来击穿积蓄已久的沉闷和沉沦铁幕。

为了让同学们更好地了解快速作文法的来龙去脉，袁刚把整张的《世界华人报》张贴在教室后面的墙上。陆居泰馆长的长篇通讯《绘出新图献杏坛》就刊登在上面，同学们通过这篇文章，可以全面了解他们的老师和快速作文法产生过程，以及这个作文法在全区各地的影响。

同学们好几天都围着教室后面墙壁上的报纸看，对袁刚和他的快速作文法充满了好奇，不仅议论纷纷，而且主动要求老师要尽快给大家上一课。

# 69

当袁刚把参加全市快速作文观摩会的消息向初一（1）班宣布的时候，全班同学确实欢呼雀跃。自从死亡事件发生后，他们被冠上"恐怖班"的恶名，就像弃儿一样被抛弃了，被遗忘了。现在袁刚老师说他们可以参加市里的活动，简直就一扫长期笼罩在他们头上的乌云，阳光忽然间照射了下来，四周变得亮堂堂的，他们脸上都不自觉地洋溢起兴奋的神情。他明显感觉到了一股喜庆的气氛弥漫在同学们中间，轻松的笑容开始回到了他们的脸上。

这是袁刚走进1班一个多月以来，给同学们送出的第一份大礼。他不仅是他们的班主任，还是他们的语文老师，他已经把快速作文法运用到课堂上了。他曾经在一节作文课上，让同学们海阔天空任意出题，他通过奇妙的核爆式思维发散图，使用轻松画圈圈的方式，竟能通过一点生发起无穷无尽的想象空间，从而迅速解决同学们写作文时素材缺乏的问题，让同学们大开眼界。有了这个基础，准备起快速作文展示课来，就变得水到渠成了。

初一（1）班为参加观摩会进行了十分认真的准备，呈现出了前所未有的积极状态。在袁刚的带领下，全班同学突击练习画圈圈，适应随时把思维打开，让联想飞翔起来的节奏，并且慢慢乐在其中。

看着同学们越来越灵动起来的眼神，袁刚不失时机做起战前动员："能够参与全市快速作文观摩会，是我们班的集体荣誉，每位同学都要珍惜这个来之不易的机会。我们要在最短时间内尽快熟悉图示快速作文法和储备快速作文法的内容，熟练使用各种修辞符号、结构图和思维发散图，在观摩会上展示我们1班的风采，大家有没有信心？"

被激发起情绪的同学们配合度相当高，齐声高喊："我们有信心！"

观摩会召开的这一天，不知不觉很快就来到了。

GX教育学院教研部派来了一辆大巴车，把同学们从学校接到了市教科所大礼堂。同学们就像要参加一场隆重的演出一样，兴奋之情溢于言表。"恐怖班"的这般异动，引来了全校其他班同学好奇和羡慕的目光。

这一天上午两节作文展示课，袁刚把图示快速作文法及其延伸储备快速作文法的精要全都淋漓尽致地展示了出来，课堂气氛轻松活泼，师生互动频频，效果奇好。1班同学的表现可圈可点，精彩纷呈。下午的思维发散现场测试更是把台下老师们看得极其兴奋，老师们任意出的题目，同学们都能轻轻松松完成现场思维发散，有的同学还能发散到三层之外，令人赞叹不已。台下老师现场随机点名抽查，几位同学来到黑板前画圈圈，圈圈内的奇思妙想，竟也引来老师们的阵阵掌声。在接下来的问答环节中，老师们问了很多作文教学的难点，一一与袁刚交流，袁刚均能驾轻就熟，从容应对，他对作文问题的了解程度，大大出乎老师们的想象。

整整一天的观摩会，袁刚和他的 1 班给六百多名语文老师留下了难忘的印象，结束的时候，全体老师都站了起来，长时间为他们鼓掌。

1 班全体同学总算第一回见了大世面，也感受到了他们老师在讲台上的迷人魅力，更找回了久违的自信和快乐。回程的大巴车上，同学们兴奋地议论纷纷，倾诉着参加这次观摩课的所见所感。袁刚见同学们兴致很高，就提议大家唱歌，就唱那首耳熟能详的《让我们荡起双桨》。他起了个头，大家就士气高昂地高唱起歌来，一时之间，歌声弥漫了整个车厢，飘出了车窗外——

　　让我们荡起双桨
　　小船儿推开波浪
　　海面倒映着美丽的白塔
　　四周环绕着绿树红墙
　　小船儿轻轻，飘荡在水中
　　迎面吹来了凉爽的风

　　红领巾迎着太阳
　　阳光洒在海面上
　　水中的鱼儿望着我们
　　悄悄地听我们愉快歌唱
　　小船儿轻轻，飘荡在水中
　　迎面吹来了凉爽的风

这一刻，袁刚才真正感受到，同学们已经接受了他，把他当成他们中的一员了。而对 1 班每位同学来说，一车人的开心与快乐，让他们感受到了集体的交融与力量。就在这车上，就在这歌声里，袁刚心里美美地想，教育从某种意义上来说很简单，它就是心与心的交流，是心与心碰撞出来的火花；一个教师只要对学生付出了爱，肯定能收获爱的回报，天下没有命中注定的坏孩子！

……

然而，就在袁刚心中窃喜的时候，他忽然发现李一兵和甘果两个人似乎把自己置身事外，一直绷着脸，跟全班同学的兴奋有些格格不入。甘果木然地坐着，一副茫然无措的样子，双眼空洞地望着眼前欢乐的同学们；而李一兵却是把头扭向窗外，不知道在想什么，似乎一脸写着不陪你们玩的感觉。他很快意识到，尽管已经有了好的开始，但1班真没有他想象的那么简单。

但事情还得照原来想好的做。他一直认为从学生们的喜好出发，是最能调动学生积极性的举措之一，只要把学生们的积极性激发出来，把士气提振起来，所有的事情就都好办了。这就叫投其所好，他得寻找跟同学们产生共鸣的最佳切入点，把全班同学的兴趣都激活起来，让所有同学都心有所属。接下来的日子里，袁刚趁热打铁，让陈一梅召集班上几个比较活跃的同学，成立了歌舞会，开始组织热热闹闹的课外文娱活动。

经过一段时间的深入接触之后，袁刚慢慢了解到，"恐怖班"绝非一潭死水，而是一汪深埋地下的活泉。班长陈一梅就是个很有个性的女孩，为人豪爽侠义，个子在班上算是比较高大的，留着短发，一副假小子的样子，就连强悍如李一兵者，也都得给她几分面子。她父亲是本辖区的派出所副所长，难怪她一身正气，在班上拥有挺高的威望。袁刚让她调查李一兵校门打架的事情，她很快就回来报告，说是因为外班那个外号叫公鸡的同学调戏我们班女同学，李一兵没放过那家伙，才埋伏在校门口，出手教训了那家伙。

陈一梅说，李一兵平日沉默少语，虽然看起来吊儿郎当，但是挺讲义气，打起架来拼命。上学期初三几个流里流气的同学欺负我们班同学，他不管三七二十一冲上去就跟人家打，疯了一样，把人家打得鼻子流血，跑得比兔子还快。班上男同学基本上都服他。他弹着吉他唱歌很好听，弹吉他的样子也很酷，很多女同学都暗地里喜欢他呢。

袁刚终于知道，李一兵打架在全校是出了名的，但这打架的背后，却有着打抱不平的意蕴在。好在他没有急着当场批评李一兵，否则就该冤枉人家了。他决定先从李一兵入手，真正打开1班的心扉。

# 70

一天晚上，袁刚再一次来到了建政路实验电影院前，在李一兵妈妈的夜市小吃摊找了个位子，装着像客人一样坐了下来。他要了一瓶啤酒，烤了几串牛肉，边吃边东张西望，伺机想跟她谈一谈。应该是第二场夜电影散场的时候吧，这会儿人有些多，一些年轻男女看完电影后，大都停下来吃点宵夜再走。李一兵妈妈虽然就一个人，但招呼客人却溜得很，动作也十分麻利，一般客人坐下后，她很快就把客人点的东西送上来。

这拨人大约热闹半个来钟头就走了，接下来是午夜场电影时间，摊子上除了还有一对依依不舍的年轻男女还在窃窃私语之外，就只有袁刚一个人还在独饮了。

他仔细观察了一下，李一兵妈妈大约也就三十多岁，一副干练好强的样子，一看就知道是从农村来城里打拼的女人。中等个子，身材匀称，看得出年轻时挺漂亮，现在虽然已过而立之年，但仍像自然成熟的芒果一样，透出真正芒果的味儿来。他有些奇怪，这样一个女人在长村岭这样的地方混日子，怎么就不见她男人呢？

看见她有了空闲，袁刚就把她招呼过来，再添一瓶啤酒，并请她坐下来，问她说："你是李一兵的妈妈吧？"

李一兵妈妈有些意外，她客气地给袁刚倒酒，也不管眼前的这个人是谁，就急切地问是不是李一兵在学校里又惹出什么事来了？袁刚说你怎么会觉得是他惹事了呢？她苦笑着说，自己的儿子她能不知道嘛！

　　袁刚这才笑着对她说："李一兵好好的没惹什么事，他应该是个好孩子，只是心里可能有事，不合群，脾气不好，易动怒，我是他们班新来的班主任，名叫袁刚，我这次是专门到你这里来，想听你讲讲他的事，尽可能了解他心里到底在想些什么事。"

　　李妈妈一听，好一会沉默不语，神情有些落寞，仿佛勾起了许多不堪回首的过往。许久，她才轻叹了一声，说以前他跟他爸挺好的，也很快乐，只是后来他爸走了，他就变了，变得不爱说话，不想上学。

　　袁刚这才了解到，李一兵的爸爸是个流浪歌手，常年云游在外，这几年都没有踪影了，甚至连音讯都没有，人间蒸发了一样。他们本是郊区农村人，原先也在省城做点小生意，这几年李一兵爸爸失踪后，只剩下母子两个人相依为命，在长村岭上苦撑着过日子。李一兵妈妈现在就在建政路上的实验电影院旁边开夜市摊，每晚几乎干到天亮才能回家。所以，她很歉疚地说，她顾不上儿子的学习了，有时候甚至好几天都见不着面呢。

　　一个破碎的家庭展现在袁刚面前，李一兵在家中事实上处于无人管教的境地。这种情况，是一种越来越显现的社会现象，很多农村家庭已经因为父母外出的原因散开了，孩子落了单。这些孩子与城里的独生子女一样，都是教育不能忽视的问题。每个家庭都有一本难念的经。全班53个学生，每位学生背后都是一个家庭，合起来就是53本经，教师要念好这53本经，实在不容易。但是一个好教师不能不念这些经，尽管这实在有些沉重。

　　短暂的沉默之后，李一兵妈妈又叹息着说："他小时候特别黏他爸，因为他爸每天都弹琴唱歌给他听，他也咿咿呀呀跟着他爸唱，两个人常常高兴得在地上跳舞。"她哽咽起来，双眼渐渐蓄满了泪水，带着哭腔继续说："他爸走后，他就一直不开心，整个人好像都变了，有一次我骂了他一句，他一生气就自己连夜走路回农村找他外婆。我想都想不到他那么小敢一个人摸黑走回老家，那天半夜回家不见他，我疯一样找到天亮，仍然找不到他。"她全身发抖，似乎说起那天晚上的事还心有余悸。

　　袁刚安慰她说："由于家庭的原因，李一兵虽然有明显的缺点，但也有很多优点，孩子将来要往缺点还是优点走，就看家庭和学校怎么引导、教育。在这一点上，家庭的温暖和教育尤其重要，希望你能配合学校，把李一兵教育好，让他往正道走……"

李一兵的妈妈几乎要哭出声来了，她眼泪汪汪地望着袁刚说："小袁老师，你要帮我救救一兵，我整天担心他会出事，他经常跟长村岭上的烂仔打架，我担心有一天他们会把他打死。现在他也不听我的话，我实在没有什么好办法，你帮帮我吧！"

袁刚把一张写有自己电话号码的纸条递给李一兵妈妈，对她说："一兵妈妈，我是一兵的老师，我会尽到责任教育好他，我希望你能配合学校，以后有什么事，或者发现一兵情绪上有什么变化，你要第一时间打电话给我。"

李一兵妈妈连连点头，小心把纸条收好。

"一兵最近回到家里，有什么不对吗？"袁刚问。

李一兵妈妈想了一下，说："前两天好像是那把吉他弄坏了，一直修不好，他脾气一上来就把线都拉断了。"

"他没要求你给买一把新的吗？"

"他从不要求我给买东西，他知道家里没钱。"

"他很喜欢唱歌吗？"

"是啊，都是小时候他爸爸带的。"

"他专门找老师学过唱歌吗？"

"没有。"

……

## 71

铃声有些刺耳。下午第一节课刚结束，李一兵走出教室，正想到外边溜达一下，班长陈一梅堵住了他，大声说："李一兵，袁老师找你呢，赶紧去他办公室！"李一兵横了她一眼，没接茬，自顾扭头跑一边去。但他转个弯目标还是袁刚老师办公室。他不知道老师为什么找他，对于他来说被叫到老师办公室已经是家常便饭，他并不感到意外，一副死猪不怕开水烫的样子，很淡定地来到袁刚老师面前。

李一兵站到跟前，袁刚才发现这家伙确实长得比同龄人要高许多，跟长得不太高的他基本持平了。他似乎饶有兴味地上下打量着李一兵，还围着他转了一圈，就是不出声，这让李一兵心里有些发毛。就在李一兵不知所措僵立不动的时候，袁刚忽然问："你知道我为什么叫你来办公室吗？"

"不知道！"李一兵头也不抬地说。

袁刚指着办公桌上的一个大皮盒子，对李一兵说："你打开这个盒子。"

李一兵这才抬起头，听话地上前打开桌上的盒子。他惊奇地发现，盒子里躺着一把崭新的吉他。他停住手，退后一步，疑惑地望着老师。

"把吉他拿出来，试一下手。"袁刚说。

李一兵重又上前拿起吉他，轻轻地拨了一下弦，声音清脆地崩泻而出，他能感受到这把吉他优异的音质。他的双眼不由自主亮了起来。

"怎么样？这把吉他是奖励给你的，你知道是为什么吗？"袁刚仍然是一副微笑的模样，盯着他问。

李一兵不敢相信这是真的，他低着头说："不知道。"

袁刚说："你在校门打架的事，我一直没找你处理，你以为没事了吗？我通过了解，知道你是因为自己班女同学受欺负才出手教训那位高年级同学，所以我决定以 1 班的名义，奖励你一把新吉他！"

"我不能要！"李一兵赶紧说。

"为什么不能要？"袁刚问。

"我打架也不对，不能奖励。"李一兵小声说。

袁刚大声叫好，笑着对李一兵说："你能自己反省，更应奖励，我在读师范的时候学过一些声乐，我决定收你作为第一个声乐徒弟，你愿不愿意？"

李一兵连忙点头，嗯了一声。

袁刚拿起那把新吉他，斜靠在办公桌上，轻声弹唱起时下正流行的另一首台湾校园民谣《外婆的澎湖湾》。娴熟的指法、流畅的音乐、磁性的男中音，一下子把李一兵吸引住了。他呆呆地望着老师，一脸充满陶醉的神情。一曲唱罢，袁刚发现李一兵脸上露出了难得一见的笑容，便把吉他交给他，鼓励他好好练，学好唱歌，将来像他爸爸一样成为一名歌手，或者努力成为一名歌唱家。他发现，此刻的李一兵激动得眼泛泪花，使劲地点头，有些不好意思地背对着他。

袁刚轻声笑了，请李一兵也即兴来一首。李一兵也不说话，不客气地转过身来，熟练地调了一下吉他的音色，就娴熟地弹奏了起来。很熟悉的旋律，好像是香港歌手黄家驹的《光辉岁月》。听得出来，李一兵的吉他造诣明显超越了年龄，一个初中小男生能弹到这份儿上，已经很不简单了。他边弹边唱，竟然能把这首难度挺大的粤语歌曲唱得很有港味。袁刚情不自禁地给他鼓了掌，大声叫好。

一曲唱罢，李一兵舒心地笑了，他的笑容甚至混杂着几丝腼腆。袁刚兴奋地对他说："李一兵，想不到你吉他弹得好，歌也唱得很好，你真的在音乐上有天赋，只要好好努力，你就能成才。"

李一兵用疑惑的眼光望了袁刚好一会，这才笑着点了点头。内心里挣扎了好久，李一兵终于小声对袁刚说："谢谢老师。"

下午第二节课是自习，袁刚一不做二不休，一把拉住李一兵的手朝自己宿舍跑去。他从宿舍拿上自己的吉他，带着李一兵来到校园里僻静的一个小池塘边上，说："这个地方远离教室，可以练习弹唱，以后我们就在这里练歌吧。"李一兵来过这里，也喜欢这地方。他们找好位置，开始试着合作弹唱《童年》这首歌。

袁刚在吉他手法和唱歌的发音与气息控制上，都对李一兵进行指导，他不无得意地告诉李一兵，他可是"全国优秀少先队辅导员能手"，琴棋书画样样都不在话下，当年比赛的项目里就有吉他弹唱。他甚至感叹着说："要不是阴差阳错当了老师，说不定我现在也当流浪歌手去，那才自由自在，可以云游四方。"

这话再一次让李一兵沉默起来。父亲失踪在他心里投下的阴影面积实在不小。袁刚坚定地望着他的眼睛，用很真诚的语调对他说："李一兵，你爸的情况我都了解了，你不要恨或者怪你爸，他一走多年不回来，可能有他的苦衷或者其他原因。现在，你是家里唯一的男子汉，你一定要振作起来，做一个懂事的孩子，不让妈妈操心，有空的时候还应该去帮妈妈的忙，你妈妈真的不容易。前天晚上我去宵夜摊看望了你妈妈，她说到你就哭，她担心你走歪路啊！"

李一兵呆立住，眼泪夺眶而出。看来，妈妈是他心里最柔软的那部分了。袁刚没有再说话，只是男子汉一样拍了拍他的肩膀，自己坐到草地上，轻轻弹唱起来：

假如你不曾养育我
给我温暖的生活
假如你不曾保护我
我的命运将会是什么
是你抚养我长大
陪我说第一句话
是你给我一个家
让我与你共同拥有它……

……此后，两个人和两把吉他在小池塘边上的弹唱慢慢就成了校园一景。优美的歌声总是吸引来很多同学，先是1班的，后来就连其他班的同学都聚拢来，或听歌，或在袁刚带领下一起唱，很是热闹非凡。

1班的歌舞队，就这样火热起来。成员们推举陈一梅为队长，由袁刚担任指导老师，开始利用课余时间练歌练舞，有些同学也买了吉他来学习，有些同学还学起笛子、二胡等乐器，玩得不亦乐乎。

在袁刚提议下，武术小组也顺利成立，邀请从区体校毕业的体育老师担任指导，由李一兵担任组长，开始展开活动，每天在学校的小操场练习武术。

兴趣小组这几把火点着之后，1班的各种文娱活动便如火如荼开展起来了。

# 第16章

## 72

时机终于成熟。

在跟陈一梅等班干商量后，袁刚决定在班上发起成立读书会。他利用一个双休日的时间，找来几块木板制作了一个简易书架，并钉在教室的墙上。这个书架上隔段时间放上几十本书，由同学们自由借阅，只要在借阅本上登记一下名字与时间就行。书除了他每隔十天就从学校图书室里借来轮换外，他还带头把自己的书拿来跟大家分享，而且发动有书的同学也这么做。

读书会由袁刚亲自担任会长，班长陈一梅任召集人，全班有四十二名同学报名参加，但有十一名同学就是不愿意参与。这些同学有畏难情绪，因为不仅要看书，还要写心得，谈感受，他们觉得太难做不来。袁刚要求陈一梅不要去逼迫他们，而是希望通过周边同学的耳濡目染，最终带动起他们。对待后进的孩子，老师这时候最需要的是理解与坚定的耐心。

袁刚真的动了脑筋。不是有十一位同学不愿意参加读书活动吗？他想了一个办法，把参加读书会的人分成十一个读书小组，让十一位不愿意参加读书活动的人担任监督员，这些监督员自己可以不读书，但必须监督小组成员读书。如此一来，这十一个人就没有任何理由推托了，他们只好被动参与读书活动。

每个读书小组都竞赛一样组织丰富多彩的活动，有朗诵、有讲书中故事、有讨论、有表演书中人物对话等，不仅轻松活泼，而且十分好玩。这些新鲜事物，慢慢地感染到监督员，不出多久，几乎所有监督员都不自觉地参与进来，参与自己所在读书小组的活动，不得不也跟着读起书来了。

经过一番分化组合之后，袁刚发现全班只有甘果、何流和黄达三个人仍然漂浮在所有活动之外。不单是他们融不进集体中来，而且是同学们都有排斥他们的潜意识。他们长期以来都是班上同学嘲弄的对象，他们自己都已经养成破罐破摔的习惯了。

这三个人中，甘果的情况尤其严重。自从去年绑架致死案发生后，由于巨大的惊吓和家人、学校瘟神一样的隔离，让甘果似乎丢了魂，整天就像一副空空的躯壳，木无表情地游荡。袁刚曾经试着接近他，找他谈心，但发现他油盐不进，永远一副失去了感觉能力的样子。他的总体感觉就是，这孩子受的伤实在不轻，整个人已经可以称得上是行尸走肉了。

在这种情况下，袁刚觉得应该去走访一下甘果家了。

甘果是本地长岗村人，父母原先是农民，改革开放后村里土地一步步被城市吞没，他们就改做点小生意，母亲种菜卖菜，父亲贩卖活禽，家里生活原本还过得不错，建起了三层楼房。但绑架案发生后，他们一家就跟死者一家成了仇人，不仅赔了大钱仍然没被对方放过，还处处跟他们家作对。他们一家就此生活在自责、恐惧之中，甘果的父亲受此打击，有些承受不住，因此染上了赌博的恶习，家里生活每况愈下，甘果也成了家里的出气筒，父亲对他动辄非打即骂，视作灾星。

袁刚第一次去甘果家，只有他母亲在屋里。一见学校的老师找上门，他母亲就只知道哭，根本谈不上能沟通。找他父亲吧，他母亲把他带到街尾的别人家门前，指着里边的麻将摊说，就在里边。

袁刚对着里边的人喊："请问哪位是甘果的爸爸？"

里边有人回应说："什么事？"

袁刚知道此人应该就是甘果的爸爸，便说明来意："我是甘果的班主任老师，我来家访，但你没在家，我只好找到这里来了。"

里边那人说："我现在没空，改天吧。"

袁刚只好回校。但接下来他又去了几次甘家，甘果的爸爸要不是不在，就是仍然在麻将桌上，他再去叫时，门干脆就关上了，任怎么喊也无人应。这种家访吃闭门羹的状况十分罕见，他多少有些沮丧。

但他没有打退堂鼓，仍然想方设法要找甘果的爸爸谈一谈。有一次他想晚些去长岗村，但当他走进路灯昏暗的村道时，一不留神跟角落里蹿出的两位留着长发的年轻人撞到一处，那两小青年冲着他不由分说推倒在地，拳脚相向，然后迅速跑开，消失在黑暗中。等他回过神来时，已经鼻子流血，嘴角肿痛，但却四顾无人，恍然不知发生了什么事。

后来，袁刚被迫放弃了对甘果的家访。

他不得不承认，现在的教育环境比教科书说的或想象的要复杂得多。这个飞速发展着的时代，变化已经远远超出了人们的想象。在一切向钱看的冲动中，所有道理都显得过于苍白，很多家长在沉重的生活压力面前，已经顾不上孩子的家庭教育责任了。但作为教师，总得守住自己的底线，守望教育对于人的真正意义吧。不管怎样，现在孩子们在他手上，他得千方百计为他们着想，让他们在合适的年华里接受良好的教育。

尽管家访遭遇挫折，但袁刚没有轻言放弃。在征得学生家长同意之后，他把甘果、何流和黄达三个人带到自己家里寄宿，让他们跟他一起生活、学习，成为朝夕相处的室友。他在他的三居室里，辟出一间来让他们三个住，严格按照规定的作息时间来学习与生活，希望自己的一言一行能对他们起到潜移默化的示范作用。

这三个人性格完全不一样。如果说甘果像个半死人，何流像个女人，那么黄达就像是颗坚硬的石头。在班上，黄达是迟到早退与旷课最勤的人，他跟他父母坐着一辆人力三轮车，车头上挂着"泥水工"的牌牌，在大街小巷游荡，承接零活。进入居民区的时候，他父亲还会时不时地吼上一声"泥水工，疏通活！"，后边还接上一串零活儿的名字。父母似乎已经认定儿子将来要走他们一样的路，所以对学校上的事从来没挂心上，因为干这一行不需要上太多学。

而何流不知为何从小便被他妈妈当女儿养，梳小辫子，穿花衣，讲话嗲声嗲气，妖得很。袁刚也去找过这位母亲，但人家死活不肯改变这种状况，想问原因，人家说没有原因，只是习惯了，不打算改。这是个单亲家庭，妈妈说了算，袁刚就毫无办法了。

袁刚唯一能做的就是要求他们寄宿到学校来。

四个人成为"室友"的第一个晚上，甘果、何流、黄达三人拎包入住，按照袁刚的安排，各自找到了自己的床铺。甘果与黄达是上下铺，甘果在下，黄达在上；何流自己睡一张单人床。三个人平时交流不多，这会儿各自坐在床上，也没有话，只好都扭头看着床头墙上的时间表。袁刚这时候笑哈哈地从隔壁房间走进来，向他们打招呼："欢迎你们住进我家里来，我们四个从今天开始就是室友了，以后要互相照应，互相帮助，你们能做到吗？"

三个人相继表态："能！"

"好！"袁刚说，"我们四个人组成1班特别行动小组，要秘密监督读书会、音乐组、武术组、文学组的活动，你们三个要留点神，发现问题随时向我汇报！"

三个人有些茫然，但都点了头。当夜无话。

次日清晨，袁刚按严格的时间表督促他们三人起床，起床时必须整理好自己的床铺。起床后洗漱，跟着他出去晨练，然后到学校食堂吃早餐。上完一天课之后，回到宿舍里三个人还得跟他一起，洗菜做饭，一起吃晚餐，一起收拾碗筷，按顺序洗澡洗衣服。这一切都办妥了，袁刚这才坐到自己书桌前，开始伏案写作或看书。他们三人也按时间表写作业或看书，直到晚十点他们睡觉，老师房间里的灯光还一直亮着。

日复一日都是这样的作息规律，袁刚只能用如此周而复始的重复、日月轮替的积累，来养成他们的良好生活习惯和学习风气。在这个过程中，他没有时刻端着老师的架子，而是把自己放到跟他们是伙伴这样的位置，什么话都可以讲，有时候会用笑话把他们逗得哈哈大笑，有时候又严肃得近乎铁面，坚持一些做事的原则。他的目的只有一个，他要让他们感觉到他是他们的朋友，进而打开他们的心扉，疏理每个人的心结。

少年本来就不识愁滋味，甘果、何流和黄达在这样轻松愉快的环境中，很快就成了能打闹在一起的伙伴，回复了少年应有的快乐与阳光。在他们面前，袁刚就像个大哥哥，总能给他们带来欢乐，他讲的故事也能牢牢把他们吸引住。他会在不经意之中顺水推舟给他们推荐一本好书，让他们看，还带着他们一起讨论书上的故事。

与此同时，袁刚要求班上比较有影响力的陈一梅、李一兵等人，主动帮助甘果、何流和黄达，多跟他们接触，多让他们参加班组的集体活动。如此内外结合，终于把他们三个人都拉进了读书会。他特别把何流安排到李一兵那个小组，让何流担当李一兵的助手；安排黄达到陈一梅的小组，让他担当陈一梅的助手；而甘果因为对文学情有独钟，就被推选为文学组组长。

袁刚终于看到1班完全融合，一个班集体开始真正站立起来了。他不知不觉在班主任岗位上走过了一年多的时间，1班也从初一走到了初二年级，离中考越来越近了。

## 73

考试。分数。上好学校。这几乎是这些年中国孩子们生命中的主旋律，也是学校教育的全部目标。

在全民经商、全民逐利的年代，袁刚深知当今学生的成绩已经被看成是一个好班级、一所好学校的标杆，而且是唯一的标杆，这个标杆跟利益是挂钩的。要做到这一点，好的学风是必要条件，好的老师是前提条件。对于袁刚带的班来说，别的科目他不敢说，但他能做主的语文，特别是作文，他有十二分的把握可以成为整所学校的亮点。通过语文这一科的异军突起，让全班的整体士气提上来之后，其他科目自然也能水涨船高。因此，袁刚眼下要做的是，必须让同学们从喜欢作文开始，慢慢体味文章之美、语文之大情怀。

　　这个时候，袁刚对作文教学的研究，已经到达了真性情快速作文法这个版块，解决了学生文章真情实感的根本问题，开始直达作文的本质。他调到首府时成立的"GX快速作文法课题组"，在"绿城印象"研讨会之后，也开始了在首府的相关课改实验。

　　袁刚恍然发觉，似乎总有永远做不完的事情在等着他去做。如果仅仅是做一名语文教师，他本可以很轻松过日子，但他却选择了不断进取、不断挑战、不断提升，一头扎进作文教改研究当中不能自拔。由于长年伏案写作，他这几年来明显发胖，坟坡时代的那个瘦削青年，已经变成了真正的"圆缸"。而且还时常受到一些小病痛的困扰，但都被他一掠而过，忽略掉。从编写《图示快速作文法讲要》至今，他已经独立完成或合作完成各种作文教材数十种，字数达数百万计。这些成果几乎全都是爬方格纸爬出来的，其艰难程度可想而知。好在近年有了电脑，他也学会了在电脑上写作，这才稍微减轻了些写作压力。

　　这样有企图心的工作狂，在教师队伍里是不多见的，因为巨大的付出，袁刚的稿酬、课酬等收入也比一般教师要多很多。但自从他父亲病倒后，基本上已丧失生活自理能力，母亲成了父亲的专职护理员，而所有生活、治疗费用都只能由他来负担，因此他仍然感受到生活的压力。但这又从另一个方面倒逼着他更加努力地挣钱贴补家用，工作的轮子由此变成了永动机。

　　父母曾经也来到首府他这里住过一段时间。对于父亲这种病，西医已经没有什么办法，只能靠中医来维持，所以病情一直没有什么好转。父亲终日躺在床上，意识是清楚的，但全身不能自理。这让一直强壮的父亲内心很痛苦，他无法忍受自己不死不活的状态，有时候会显得很烦躁，给母亲的护理带来麻烦。但母亲一直隐忍着，无怨无悔地细心服侍着他。

　　有时候袁刚会恍惚地想，父亲或许是上辈子为他们一家人吃了不少苦，这辈子需要他们回报他老人家。不管怎样，他始终认为，这辈子能够成为父子，是成百上千年修来的缘分，一家人不离不弃是做人的最低底线，再苦再难也是要坚持的。因此，在久病的父亲面前，他们都尽量表现得轻松、快乐，营造一种其乐融融的家庭氛围。然而，母亲最后还是没法适应大城市的生活，带着父亲回了老家。

调到首府的第一个年头，袁刚申报的第一个市级社科类科研奖，就是在荣岸时代《图示快速作文法讲要》基础上改进完善，后来正式在广西师范大学出版社出版的《图示快速作文法》一书。这是首府所在地人民政府四年一度的市级科研大奖，含金量高，材料报上去之后，他本来并没抱太大希望，自以为资历尚浅，很难进入评委法眼，但私下里却是一直关注着评奖结果。没料到年末的时候，获奖名单公布，他竟然高中，获得大奖。惊悉获奖消息那一刻，他曾调皮地想，当年读书人高中的感觉，大概也就这样的吧，那位叫范进的兄弟估计是心理素质差了点，发疯无论如何还是有些过了的。

获奖之后，袁刚不仅有更多繁重的写稿任务，还有更加繁重的实验教师培训和示范课任务，愈加忙碌了。但对1班他仍然不敢有丝毫的放松。有时候，虽然会半个月才跟同学们见一次面，但每次到班上他还是明显感觉到同学们对作文的热情在上涨，进步也很快。让他感到万分欣慰的是，甘果竟然悄悄把自己的习作塞给他，让他给予指导。而甘果习作中透出的灵气，更让他感到意外和惊喜。

陈一梅在班上定期办了一份名叫《向日葵》的墙报，发表同学们的优秀习作，甘果已经能够参与其中了。待到甘果的文章破天荒在墙报上发表，全班同学马上就对他刮目相看，李一兵更是一把搂住他，向正在观看墙报的同学们大声嚷嚷："我宣布甘果同学咱班文章第一，大家服不服？"没有人提出异议，李一兵便带头鼓掌，惹得甘果红了脸，腼腆而开心地笑起来。

袁刚不会放过任何一个让同学们表现的机会，在得到首府供水系统面向全市举办首届节约用水征文大赛的消息后，他火速赶回学校，要向1班同学隆重宣布，并发动大家参赛。他把征文的具体事项向全班做了详细说明，要求参赛的同学们写好作文后先交到班里，由班里初选，再择优送交组委会参赛。全班同学跃跃欲试，这是他们第一次参加全市征文大赛，不仅规格高，而且奖金数额看起来足以让人兴奋。

走出教室的时候，他跟李一兵打了个照面，发现他眼角有一块明显的青肿，便拉住他问道："哎，李一兵，你眼睛怎么回事？"

李一兵没有回应，挣脱他溜到一边去了。待同学们散去，袁刚回头再找李一兵时，他早就没了影。班长陈一梅还没有走，袁刚就问她李一兵的眼睛受伤是怎么回事？她轻描淡写地说，李一兵与甘果都成铁哥们了，两人结对在外边跟两个小烂仔打了架，光荣挂彩负了伤。但具体为什么打架，她也不知道，他们可没有说。袁刚感到事有蹊跷，他赶紧回到自己宿舍，找到甘果，要弄明白到底发生了什么。

甘果结结巴巴的叙述还原了事情的经过。前天下午，李一兵找到甘果，拉着他就问："甘果，敢不敢跟我去街上教训两个小流氓？"

甘果有些摸不着头脑，急忙问道："要去打架，为什么？袁老师不是说不让打架吗？"

李一兵有些不耐烦，对他说："我们就是要为袁老师报仇！袁老师去你家的时候，被两个黄毛偷袭了，我们一定要教训教训他们，你不敢去就算啦！"

"我要去！"甘果说。

两个人就上了街，在街角的一个小游戏室里找到了黄毛他们。李一兵走进去不由分说朝黄毛就是一巴掌，然后迅速退到大街上。两个黄毛一起追出来，四个人就在街上大打出手。李一兵是占上风的，但甘果就占下风了，李一兵是为了帮助甘果，才不小心被其中一个黄毛打中了一拳，眼角就黑了。李一兵被惹怒了，打得更加狠，一副拼命的架势，一拳就把一个黄毛打得嘴角流血，吓得他们落荒而逃，一溜烟就没了影。

李一兵的眼角又黑又肿，几天了还没好……

天黑的时候，袁刚带着甘果来到了李一兵家租住在长岗村的出租屋门前，发现屋里还亮着灯。透过门缝，他看见李一兵正安静地坐在电灯底下，聚精会神地看着书，他妈妈在一旁似乎在整理着东西，场面还挺温馨。

他轻轻敲了门。李一兵妈妈透过门缝观察了一下，这才打开门，把袁刚和甘果迎进家里。

对于老师和同学的不约而至，李一兵似乎并不意外，他放下书，低下头，一言不发。一兵妈妈见了袁刚，赶紧热情地给他们让座，忙乱地端水，嘴上不停地说："都是老师教育得好，一兵近来变化可大了，懂得替我做家务了，有时还过去帮我看摊子，没事时就喜欢看书，或者弹一会吉他，不像原来那样整天不着家了……"听她说完这些，袁刚插上问道："李一兵眼睛受伤，你知道怎么回事没有？"

李妈妈迟疑地望了儿子一眼，压低声对袁刚说："他说是为你报仇，跟两个小子打架了……他不让说呢……"

袁刚没再说什么，来到李一兵的跟前坐下，打开自己带来的消肿止痛药，用棉签为他涂抹伤口。他忽然发现，李一兵已经把头发理短，难怪他刚才一进屋，就感到有些异样，似乎哪里有了变化。他心中暗喜，但表面上还是很严肃地对他说："我知道你已经变了很多，也知道你这次为什么打架，你是想为老师出口气，但老师要告诉你，你这次拉上甘果去打架是错的，因为这样做太鲁莽，也太危险。你想过这个问题吗？"

李一兵仍然低着头，小声说："想过，我不应该逞能，更不应拉上甘果去冒险。"

袁刚笑了，用手摸了一把李一兵的短头发，把甘果也拉到跟前来，说："好，这事过去了，以后不许再有。现在我们来研究一下，怎样把节约用水的这篇文章写好！"

李一兵妈妈看着这师生三人凑到一处的样子，欣慰地笑了。

## 74

这届节约用水征文活动开展得轰轰烈烈，各媒体推波助澜，全市很多单位都组织参赛，全市中小学校更是踊跃参与，形成了全民参与节约用水征文比赛的态势。民师附中也进行了全校动员，要求各班级组织学生全员参与，争取获得好成绩，为学校争光。

袁刚再一次在全班进行了参赛动员，并根据储备快速作文法的理论，要求同学们深入生活，关注一切与用水相关的生活细节，挖掘出深刻的内涵来。他给同学们打气说，1班是全市储备快速作文第一班，这次一定拿下奖项，用实实在在的成绩证明1班的超强实力，彻底洗刷"恐怖班"的恶名！

全班动员之后，李一兵又一次去找甘果。他拉着甘果来到练歌的小池塘边上，望着一脸疑惑的甘果，认真地问："你说，袁老师对你好不好？"

"好啊。"甘果说。

"那你知道袁老师现在最想要什么吗？"

"不知道。"甘果还是一副茫然的样子。

"笨！"李一兵一屁股坐到草地上，说："袁老师不就希望我们班在比赛上出成绩，让我们班在全校出头嘛，你打算怎么做？"

"我一定把这篇文章写好！"甘果恍然大悟似的笑着说。他有些讨好地也一屁股坐到李一兵旁边。

"问题是怎样才能把征文写好。"李一兵说。

两个人各自想了一会，想不出什么好主意来。李一兵忽然灵机一动，拉起甘果，说："走，我们家旁边有一个小菜市场，那鱼摊整天都用水，我们去看看，袁老师不是让我们多观察嘛！"

两个人结伴来到长岗村菜市场，转着圈观察卖青菜的、卖鸡鸭、卖猪肉的和卖鱼的人怎样用水。特别是鱼摊，李一兵和甘果远远地坐在对面，认真观察到水是从水管流进铁皮制成的鱼池，然后又哗哗地流淌出来，向下水道流去。旁边五六个鱼池都是这样，水明显是浪费的，但鱼老板们没有谁在意这些。他们又一起来到鱼池边，假装看鱼，实则悄悄把水龙头关小了些，没料到他们的举动竟然遭到了鱼老板的呵斥，他们吓得兔子一样跑开……

时间过得飞快，转眼就要到征文截止的日子。全班同学除了李一兵和甘果等少数几个人，都把征文交了上来，集中到袁刚手上。从交来的文章中，袁刚看不到眼前为之一亮的好作品，只有陈一梅等几篇勉强进入他的法眼。

他也知道，平日闷不出声的甘果，可能是最有希望出彩的，但这回他迟迟没交稿，到底是怎么回事呢？住在一起的何流和黄达虽然写得一般，但两人早就交了稿，甘果不会是要打退堂鼓吧？

袁刚决定要出击了。这天晚上他没像往常一样关在自己房里，而是早早就踱到隔壁，看三个室友在干什么。但他们一切正常，不是在看书，就是在写作业，对于他的到来也淡然处之，只行注目礼，没出声。他赶紧示意甘果，小声说："甘果，你出来一下。"

甘果默默地跟了出来，他没料到的是袁刚一把把他拉着出了房门，往楼下走。出了这栋教工宿舍楼，甘果跟着袁刚，在夜晚的校园里开始漫步。

"你为什么到现在还没交征文呢？"袁刚单刀直入地盯着甘果说，"现在只剩下你和李一兵几个人了，你们不想参加比赛吗？"

"老师，我写了好多次，都不满意，我怕丢您的脸，就不敢拿出来。"甘果有些不好意思地低着头，小声说。

"你不要背包袱，"袁刚说，"你一定要对自己有信心，其实你的作文是很好的，构思很巧妙，文笔也流畅，你只要放开思路，就能写出好文章。"

"嗯。"甘果感激地望着袁刚，频频点头。

两人不知不觉漫步到了小池塘边。秋夜的风，已经有了些凉意，一轮明月出人意料地挂在树梢上，把池塘边的几株歪脖子柳树全都倒影到水中，平添了几分趣味。这样的情景，适合于谈心。袁刚带头在草地上坐了下来，并且把甘果也拉着坐了下去。两个人并肩坐在微风荡漾的草地上，这时候的甘果是很感动的，这份师生之间的亲密接触，是一年多前他连做梦都见不到的。他从一个谋害同学的坏人，到现在成为老师和同学们信任的人，这种变化实在太神奇了。这一切，都是因为有了袁刚老师。甘果多么希望这次征文能为亲爱的老师争口气啊，但越是这样想，他越是写不出东西。李一兵的情况跟他差不多，现在肯定也是憋着一口大气出不来，难受得很呢。

袁刚似乎并没有察觉到甘果的这些心思，他见甘果一副呆呆的模样，便关心地问道："甘果，你住校也大半年了，实话告诉老师，你现在完全从过去的阴影中走出来了吗？"

甘果刚醒过来似的望了袁刚一眼，这才轻声说："我一直记住老师的话，我不是坏人，虽然做了错事，但我改好了，我就是好人。"

袁刚一边手搂住甘果的肩膀，使劲地摇了摇，坚定地说："对，甘果，你这样想就对了，我们每个人都要向前看，最好的风景永远在远方。"

甘果心里一热，眼睛都红了，他忽然哽咽地对袁刚说："老师，我明天就把征文交给您。"

"好，好样的！"袁刚猛然跳了起来，拉起甘果，向宿舍楼跑去。……

两天之后，李一兵、甘果等最后几位同学的征文全都交到袁刚手上。果然不出他所料，李一兵的《细水长流》和甘果的《如果没有水》两篇文章给他带来巨大的惊喜，他一口气读完，脸上不由自主露出了轻松的笑容，心里终于有了底。李一兵通过对鱼摊的观察，指出了人们平常生活中的水浪费陋习，揭示出细水方能长流的道理，很有见地。而甘果却独辟蹊径，通过对"如果生活中没有了水"的想象，告诉人们水的宝贵，必须珍惜。

袁刚兴奋地把李一兵和甘果找来，就他们的文章提出了自己的意见与建议，希望他们稍作修改完善。经过紧张的几个来回，最后拿出手的两篇文章均文采飞扬，详略得当，布局精妙，堪称佳作。

在征文截止日的前一天，袁刚胸有成竹地把1班陈一梅、李一兵、甘果等同学的十篇征文，亲自送到征文组委会办公室。他心里清楚，1班不会颗粒无收，但收获多少就只能看结果了……

那天从征文组委会办公室走出来的时候，袁刚特别注意到，矗立在古城路街角的一只绿色邮筒旁边，是一棵老梧桐树，飘落的金色树叶把秋意染得更浓了。他把目光伸向远处午后无人的街道，忽然意识到自己在这个城市已经生活了两年多时间，原先杂乱的街道现在似乎整洁多了，生活在不经意间，有如悄无声息的光阴故事，每分每秒都在演绎着啊！

就在古城路这条有着两排梧桐树的街道上，在秋日的暖阳里，袁刚心里一热，竟忽然热泪盈眶……

　　本次征文大赛是改革开放以后省城最大的一次赛事，时间跨度长，媒体参与度高，规模空前。不仅全市中小学校全部参与，全市各机关单位也都进行了动员，其权威性不容置疑。这样的机会袁刚等了很久。他渴望有这样的平台，只有这样才能凸显出他快速作文法的威力；只有在这样的权威平台出彩，1班才能在全校同学面前抬起头，真正地站立起来！他相信1班同学的征文肯定会获奖，这底气就来自于他多年来所带学生不少是作文获奖专业户的光辉履历！

# 75

　　这一年的年末，纷纷扰扰大半年的首府节约用水征文大赛结果终于揭晓，通过媒体进行了公布。民师附中初二（1）班甘果同学的《如果没有水》荣获特等奖，李一兵同学的《细水长流》荣获一等奖，陈一梅同学的《节水记》荣获二等奖，同时还有三位同学的征文获得了优秀奖。而整个民师附中其他班参赛作品虽多，却仅有一位同学获得了三等奖，五位同学获得了优秀奖。1班可谓是脱颖而出，从整个首府范围来看，仍然属于出类拔萃之列，特别引人注目。经此一役，民师附中在全市落下了个出文才的好名声，1班也在全校获得了"秀才班"的美名，把"恐怖班"完完全全盖住了。

　　为表彰在本次征文大赛中为学校争得荣誉的班级和同学，民师附中专门召开了全校庆功大会，向初二（1）班、班主任袁刚老师、获奖的同学们都颁发了奖状和奖品，李一兵和甘果同学还被请上主席台，校长亲自给他们挂上了大红花，全校师生为他们热烈鼓掌！

　　经过这样一阵热情洋溢的喧闹之后，征文大赛才算正式落下帷幕，一切这才慢慢恢复平静，进入另一个别样的激情周期。

　　但袁刚却意犹未尽。他在一次对全班发表讲话的时候提议，1班取得这样的成绩来之不易，应该让家长们也来分享，眼下元旦将至，1班有必要自己组织一次新年晚会，请家长们也参加，让家长们也能感受到孩子的成长与进步！他的提议获得了全班同学的热烈回应，大家一致同意独立举办一次迎新晚会，名字就叫"民师附中初二（1）班元旦晚会"。同学们说干就干，很快成立以班长陈一梅为组长的晚会筹备组，成员包括李一兵、甘果、何流和黄达等人，顾问为袁刚老师。

如果有哪位老师说初中生不能独立办一场晚会，那只能说这位老师太低估了这些"小宇宙"的能量了。1班元旦晚会筹备组成立后，果真就雷厉风行地开展起工作来，成立了节目组、后勤组、联络组等机构，专门负责相关事宜，有解决不了的问题才找老师。当然，在这个过程中，袁刚也有问必答、有求必应，尽可能地帮助他们。结果，同学们呈现给袁刚和家长们的，是一场十分精彩的晚会。

元旦那天，吃过晚饭，袁刚就匆匆来到1班教室。这个时候，教室已经布置成晚会的样子，虽谈不上张灯结彩，但却点缀得简朴而温馨。黑板上用红白粉笔写出了"民师附中初二（1）班元旦晚会"几个大字，左右两边还用线描画装饰了些花草。讲台就是舞台，舞台两边放上了两只康乃馨花篮，活脱脱营造出了晚会的主题氛围。而舞台顶上，是女同学们布置的两条彩绸带，分向两边，一下子把整个空间渲染出淡淡的喜庆来。陈一梅、李一兵等已经在现场指挥做最后的布置，同学们一见袁刚来，纷纷围上来问这样行不行？袁刚对他们说，这次他就先不说话，大家做得好不好，让家长们来评判。

为了给同学们鼓劲，袁刚特意对着围在身边的同学们笑着说："不要指望第一次就做得十全十美，有点缺陷，才留有下一次进步的空间。所以，大家不要有顾虑，尽力而为就好。"说罢，他就在靠近舞台的地方找张椅子坐下，静待晚会的开场。

看来全班同学是做了很扎实的发动工作，每位同学都至少把一位家长拉了来，教室里慢慢人就满上了，一时间显得热闹非凡。每位同学都把自己的爸爸或妈妈拉到袁刚跟前，彼此介绍认识。袁刚留意了一下，发现来的主要是妈妈，女人在一起肯定热闹。在家长中间周旋本就是袁刚的长处，这会儿他可是如鱼得水，与家长们打成一片，为数不多的几位爸爸在妈妈们中间也不显得单调，反倒有一种花丛之中陪衬着几片绿叶的感觉。

在一派喜气洋洋的气氛中，班长陈一梅征求袁刚同意后，宣布晚会开始。主持人陈一梅、李一兵在开场白之后，首先请班主任袁刚老师致辞。袁刚走上舞台中央，微笑着向家长们鞠躬，对家长们的到来表示欢迎，然后动情地说："这是我担任 1 班班主任后的第一次元旦晚会，也是一年多来全班同学送给我的一份大礼，因为同学们把自己的爸爸妈妈都给我带来了。对于我来说，家访和家长会一直是我多年从事教育工作所推崇的家校联动教育方法之一。由于我工作忙，家长们工作也忙，每家每户家访不太现实了，家长会就成了我和家长们联系与沟通的有效办法。今天，以共庆新年的名义，同学们帮我实现了，我很难掩饰我的这份感动。从我学习教育理论那天起，我就十分认同一个事实，那就是孩子的教育是从家庭、从父母开始的，父母是孩子人生的第一任老师。如果父母认识不到这一点，那么父母就不会是称职的；如果老师认识不到这一点，他也称不上是一位好老师。因此，只有把家庭教育与学校教育结合起来，相互配合，互相促进，对孩子的教育才是完整的。今天家长们都来了，我觉得是个很好的开头，明年孩子们要升高中了，我希望在未来的一年里，我们能多沟通，一起把孩子们护送进人生的第三个学习阶段！"话音刚落，同学和家长们全都热烈鼓掌，经久不息。

袁刚明显感觉到，他的话引起了共鸣，家长们被他的话吸引住了。他稍作停顿，待大伙安静下来，继续说道："一年多前我开始担任 1 班的班主任，大家应该都知道，这个班当时被称为恐怖班，刚刚发生了一起轰动全城的命案，全班同学士气低落，成绩低迷，是全校的包袱。来到这个班，说实话我也没有什么过人的本事，没干出什么轰轰烈烈的大事，我只是尽可能地接近或走进孩子们的内心世界，想尽办法去了解他们、理解他们，用真心去换取真心，从而取得同学们的信任。我做过一些家访，跟在座的一些家长是老相识了，他们的有力配合，是我做好教育工作的重要保障。一年多过去了，1班的每一点变化，都让我开心和感动，看着同学们重拾了信心，重新燃起激情，变得更加团结友爱，更加积极进取，我真的为他们骄傲，是同学们一起把"恐怖班"变成了今天的"秀才班"，他们将继续用自己的行动向社会证明，1班是好样的！1班万岁！"

"1班万岁！"学生和家长们激动地随声附和，大声高叫起来，震耳欲聋。

袁刚的讲话就在高呼声中结束，接下来是同学们表演节目的时间。唱歌、小品表演、课文朗诵，同学们都进行了倾情的演绎，可谓精彩纷呈。有的同学主动邀请自己的爸爸或妈妈上台跟自己一起朗诵，母子或父女配虽然略显生涩，但却始终洋溢着暖暖的温情，浓浓的爱意，温馨而又感人。

最后，在一浪高过一浪的掌声和呼喊声中，袁刚和李一兵各执一把吉他上场了。所有人都知道，压轴节目到了。陈一梅举手示意，全场灯光灭了，同学们变魔法般在每张桌上点了蜡烛。忽然的静寂中，《烛光里的妈妈》动人的旋律倾泻而出，袁刚和李一兵深情演绎：

妈妈我想对您说，话到嘴边又咽下，
妈妈我想对您笑，眼里却点点泪花。
噢！妈妈，烛光里的妈妈，
您的黑发泛起了霜花，
噢！妈妈，烛光里的妈妈，
您的脸颊印着多少牵挂。
妈妈，烛光里的妈妈，
您的腰身倦得不再挺拔，
妈妈，烛光里的妈妈，
您的眼睛为何失去了光华，
妈妈呀，女儿已长大，
不愿牵着您的衣襟走过春秋冬夏。
噢！妈妈，相信我，
女儿自有女儿的报答。

这首电影《眼镜里的海》主题歌唱到一半的时候，现场的妈妈们已经哭了一大半，有的甚至与自己的孩子抱头痛哭。或许，这样的表达现实生活中太少太少，妈妈们心中最柔软的部分一旦被触及，便一发不可收拾。或许，爱太需要表达，而这首歌让表达变成了决堤的海。唱到最后，袁刚和李一兵也都双眼蓄满泪花，李一兵的妈妈冲上台来，把袁刚和李一兵抱在一起，哭成一团。

袁刚费了好大的劲才把李一兵母子扶回座位上，他自己努力平复了情绪，示意大家冷静下来，轻声说："各位家长，各位同学，爱是需要表达的，我希望不管作为父母或者儿女，都应该把自己的关心和爱传递给对方，今天是个很好的机会，家长们可以上台来，谈谈自己的心里话。"

家长们带着深深的感触，纷纷上台讲话，对这次晚会表达了真诚的感谢。有些也谈了自己对于家庭教育的感悟和无奈。让大家印象最深的是甘果的妈妈。她一上台就哭了，颤抖着声音第一句话就说："两年前，我曾经当自己孩子已经死了，已经没药救了。他小小年纪，犯下那么大的错，我和他爸不原谅他，受害的家长不放过他，他的学校不理他，同学排挤他，他都没路走了。我知道孩子后悔，心里苦，但我不知道怎么帮他。后来袁老师来了，把他当人看，把他叫到身边来一起吃、一起住，孩子终于才醒过来，活过来，现在变成了正常人！我真心感谢袁老师对甘果的救命之恩！"声泪俱下地说着，忽然就朝着袁刚的座位，扑通一声跪了下来，把头叩到了地上。这突如其来的一幕，让好几位妈妈再一次流下眼泪。袁刚赶紧上前把她扶起来，对她，也是对所有家长深情地说："孩子犯下大错，是因为我们学校和家庭没有教育好；如果有人抱怨孩子不好，那肯定是因为他没有用心寻找，或者他本身就缺乏发现孩子好在哪的眼睛！其实，我们——老师和父母，都是陪伴孩子慢慢长大的人！"

又是一阵雷鸣般的掌声响起来。晚会就在这样温馨而又热烈的氛围里，圆满结束。同学们和自己的父母相继回家，教室里终于只剩下袁刚一个人的时候，他的眼泪才尽情地流淌下来。不知道为什么，这一刻，他是被感动着的，这忽然的宁静，那么温柔地裹紧了他，把他放到温暖的海里。他感到那只小纸船载着他漂到了海的尽头，漂到了天边……

# 76

长期的超负荷工作与生活的极度不规律，让袁刚很快就品尝到自己栽培的果实。

仅仅是五六年前，他还是一个身材苗条的男青年，但现在刚跨入而立之年，他就已经过早发福，身材迅速珠圆玉润，体重迅速上升。在升级成为小胖子之后，他开始体会到胸闷、气短和血压升高的困扰，甚至领略到腰部疼痛的感觉。有如一辆年跑十万公里的汽车，不得不提早进入维护期。谁都想象得出来，这实在不是一个好兆头。

果然有一天，袁刚一连在首府几所学校赶了几场大型作文公开课，可以说是马不停蹄。下午在近效一所中学的全校快速作文公开课上，他正拿着话筒热情洋溢地讲着，忽然感到身体里的某个地方剧烈地刺痛了一下。他不得不停顿了半分钟，把豆大的汗珠挤了出来。疼痛稍微过去，他又继续讲课。但这样的剧痛一阵紧似一阵，他终于熬不下去，瘫软在学校大操场的讲台上。全场上千师生大吃一惊，赶紧把他送到附近的医院，检查的结果是急性肾结石加上发炎，结石部位都磨出血了。只好立即开刀取石，紧张地手术后，他终于看到了自己身上取下来的坚硬石头，疲倦地睡过去。

醒过来后，医生告诉袁刚，他自己做了一辈子医生，从未见过肾里长出这么大颗的石头。之所以出现这样的情况，可能跟长期伏案静坐、少运动、少喝水有关。医生告诫他，如果生活再不规律，还长期静坐，这石头会重新长出来。吓得袁刚一头冷汗。

从此以后，袁刚身上留下了一块永恒的刀疤，时刻提醒他那种致命疼痛的感觉，好让他注意生活规律，千万要把这些可恶的石头消灭在萌芽状态，不能让它们再疯狂生长。术后第二天，他转回离校很近的园湖路上的市中医院第一附院，继续治疗。

这时候他的 1 班已经是初三年级，变为初三（1）班了。因为是毕业班，袁刚外出讲课任务重，学校多次想另行指派新的班主任，但同学们坚决不同意，还是由他挂着班主任这个名号。不知同学们是怎么打听到袁刚住进市中医院第一附院的消息，他们派出了陈一梅、李一兵、甘果、何流、黄达等同学，代表全班到医院来看望袁刚。他记得那是一个初秋的午后，同学们采了一大篮长村岭郊外五颜六色的野花，还凑钱买了苹果，送到他病床前。他说不出那都是些什么花，但却闻到了一股执拗不羁的野花香味。

陈一梅是 1 班的主心骨，她除了带领大家帮袁刚打理病床周边的卫生，还小大人一样对他说："老师，你只要还住在医院，我们全班同学每天都轮流来服侍你，帮你打水打饭。"

他赶紧说不必，但同学们坚持说，这是他们的约定，不能改变。望着孩子们坚毅的目光，他心里泛起一股春日般的温暖，孩子们是小大人了。那个曾经的"恐怖班"，如今在陈一梅等几位同学轻松愉快的叙述中，变得温婉多了，而且更主要的是，全班上下充溢着一股积极进取的激情，同学之间充满着团结互助的精神。同学们都说，这都是袁老师通过很多小组活动，让同学之间在交往中结成了友谊，在共同活动中体会到集体的荣誉感。1 班参加全市作文观摩会的表现已经让全校师生刮目相看，参加全市节水征文撷取桂冠之后，他们更是赢得了全校师生的尊重。在班委和读书会、各兴趣小组的带动下，同学们已经能够自我管理，自我学习，自我进步。现在，他们甚至还自我组织举办了班内各科目的比赛，把各科任老师都拖了进来，形成很鲜明的 1 班特色。

听着听着，袁刚的双眼潮湿了。他闭上眼，装作睡着的样子。他听到同学们忽然安静了下来，悄悄地离去。一行热泪终于从他眼角滑落了下来。1班同学就像穷人的孩子早当家一样，他们的懂事，让人心疼，也真让人感到宽慰。病房里只剩下一片白色的时候，他这才真正闭上眼睛。只有这时候，他才真的感到累了。他自己也不知道为什么，从走上教师岗位那天起，他就像一只上足了发条的钟表,从来没有停止过转动。雅布中学、海南、坟坡小学、荣岸二小,这些过往的经历此刻都历历在目,浮上他的脑际。当然还有图示快速作文法,那些他和坟坡小学的孩子们一起发明的符号,此刻也全都在他眼前飘舞。就算在梦中,他也是一节又一节作文展示课地上,在各个学校穿梭,马不停蹄地连轴转。他就像一部不停转动的机车,真的过早消耗了零件,透支了生命。但想到孩子们的笑脸,一切又都释然了。

又是一天清晨,医院刚刚苏醒过来,袁刚睁开眼睛的时候,床头的一大捆带露玫瑰花撞进了他的眼帘。李一兵妈妈坐在他的病床前,正在关切地望着他。看见袁刚醒来,李一兵妈妈拿起装有自己亲手煲的鸡汤的保温瓶,亲切地对他说:"小袁老师,听一兵说你病了,我抽空来看你,给你送点鸡汤来补补身子。以后你想吃点什么就告诉小兵,我煮好让他带给你。你一个人在这里,又不懂照顾自己,身体会受不住的。"

"多谢姐姐!"袁刚感激地说,"你又送花又带东西,麻烦你了。"其实一兵妈妈大不了他几岁,他该叫她姐姐。

一兵妈妈赶紧说:"小袁老师你千万别客气,以后你就叫我姐姐吧,我们是一家人。你一定要注意身体呵。"

他望着那捆玫瑰花,双眼又不争气地潮湿了。经历多了,他反而受不住一点点感动。一兵妈妈待他洗漱完毕,亲眼看着他喝下一碗鸡汤后,这才离开医院。

袁刚在医院待了一周,就转回学校家里休息静养。1班的同学们一拨又一拨地来看望他,他的三居室家里热闹非凡,同学们在这里谈论新读的书里的故事,讲笑话,还议论某位同学的趣事,要不就朗诵朱自清的《春》。他知道同学们是为他病愈回家而高兴,现在屋里流淌着的是一股浓浓的亲情。他很享受这样的感觉,他仿佛已化身成为他们中的一员,跟他们一道度过美好的少年时光……

几天之后,当袁刚能够下地走路,来到1班的教室时,同学们在报以热烈的掌声之后,便开始你一言我一语地汇报各个兴趣小组的活动情况了。

在这种情况下，袁刚不会吝啬所有的赞美之词，他知道自己笑得很有感染力，声音洪亮，一扫了这段时间的病态，对全班同学说："这段时间我病倒了，但现在我认真想起来，我真得感谢这场病，因为这场病给了我跟同学们在一起的宝贵时间。说实话，看到你们，我很快乐，也很幸福。从接手 1 班那天起，我就相信，天下的孩子都是好样的，如果你们没有那么好，那就是因为你们的老师和家长做得不够好！今天，我做到了，同学们也做到了，你们是最棒的，你们将用即将到来的中考成绩，向你们的爸爸妈妈证明，你们是他们的骄傲！看到你们所付出的努力，老师对这一点充满信心！让我们一起期待明年夏天的中考好不好？"

全班的热情被点燃，有些同学高兴得跳了起来，大声吼叫："1 班是最棒的！中考全胜！"

他坚信，这一刻，53 颗小心脏已经充满了巨大的能量，因为他真真切切地看到何流同学都已经像个男子汉一样吼叫起来了。这震撼人心的一幕让他感到了一个教育工作者的光荣，只要心中有爱、有责任并真诚付出，教育就会生长出奇花异果，令一切都有可能。

## 77

民师附中袁刚的宿舍里，四位室友住在一起久了，难免会生发出一些故事或滋长出一些变化来。

在袁刚的眼里，甘果的变化已经有目共睹，他不仅迷上了看大部头的小说，还自己偷偷地写，写得越来越长。跟李一兵混久之后，甘果甚至有了一些阳刚之气。何流自从跟几个大小男人生活在一起，慢慢也男性化起来，举手投足越来越跟黄达看齐。让所有人想不到的是，何流迷上了看书，特别是历史书，抓到手上看不完就不放下。他从上小学时起，就一直不喜欢作文，可自从参加了袁刚的快速作文观摩会之后，不知哪根弦被拨动，竟忽然爱上了作文，叫嚷着要参加袁刚在校外开办的"快速作文实验班"，实在让人不可思议。倒是黄达像极了深井里的石头，又黑又硬，还是原来那副德行。袁刚也看得出来，他也想改变，也想进步，但读书的天资实在太低，怎么都看不进书里，考试成绩总是上不去。看到同室的甘果和何流都心有所属，屁颠屁颠忙乎去，黄达的失落感越来越明显了。

袁刚找了班上各科成绩较好的尖子，组成了一个针对黄达的帮扶小组，加强对他的补课，但所有给他补过课的同学全都败下阵来，没法进行下去。就连英语拔尖、性格温和的陈一梅，在给黄达补过几次英语之后，也叫喳喳地退了出来。她甚至对袁刚说，教黄达简直比教猪爬树还难，虽然她也没教过猪爬树。在一次召集这几位学习尖子开会的时候，袁刚从另一个角度，问他们说："你们跟黄达同学打交道不少，你们都认为他学习不行，那你们能不能告诉我，黄达同学有什么方面比你们更强？你们最佩服他什么？"

几位同学面面相觑，不知如何回答。

"黄达同学是不是很热心帮助别人？"袁刚提示道。

袁刚这么一提，同学们纷纷说出了黄达在日常生活上热心帮助同学的好多事例。他顺水推舟地对同学们说："你们要善于发现每位同学身上的优点，要明白一个道理，每个人都有自己的长处，这些长处有时候是无法替代的。什么时候都不要老盯着别人的短处，更不要取笑人家的短处，这就是修养。"

同学们听得云里雾里，但似乎又像是明白了什么。

袁刚跟各科任老师都沟通了一遍，把1班成绩不好的同学做了一次摸底，他很清楚在每个班级中都会出现成绩不平衡的情况，1班也不会例外。作为班主任，他能做的就是，尽可能了解成绩不理想的同学的想法，想方设法给他们提供切实的帮助。他坚信一点，天生我材必有用，每次考试都会有落榜的学生，但好的老师仍旧能够给落榜生以希望。根据排查，1班还有五六名同学成绩上不去，面临中考无法过关的问题，黄达就是其中之一。越是邻近中考，袁刚就越是焦虑，考不上高中或中专的同学怎么办？如何能让他们都得到妥善安排？

他得一个个地跟这些学习成绩不好的同学谈心，了解他们的想法，万一考不上他们有什么考虑没有。黄达是他的室友，他们谈心的机会就比其他同学多得多。

他有时候会不经意地把黄达叫到自己房里，先乱扯一通，然后不经意地问："下学期就要中考了，你有什么想法？"

黄达不会拐弯，直接就说："课程太难，我肯定考不好，都不想考了。"

"不想中考？不读书那你能做什么？"

"做什么都行啊，跟我老爸打零工，或者去广东打工，我都可以，现在很多人都到广东打工去了。"

"如果考不上，你不考虑复读一年吗？"

"复读也没用，我不是读书的料。"

"将来你喜欢做什么？"

"开车，自己修车。"

"挺好的想法，开着车满世界跑，见多识广。"

"我还是羡慕成绩好的同学，他们比我强。"

"他们可能考试比你强，但其他方面就不一能比你强了，每个人都有自己的强项。"

"同学们会看不起我吗？"

"关键是你首先不要看不起自己。"

"袁老师，你会……对我失望吗？"

"只要努力做自己喜欢的事，总是有希望的，所以我不会对任何同学失望。"

这样开诚布公的聊天，让黄达很轻松愉快，不会有任何压力，而且不会妄自菲薄。他喜欢袁刚老师，是因为袁刚老师对所有同学都一律采用平视的态度，从不以学习成绩定输赢、论好坏，尽可能发掘每位同学身上的闪光点。他虽然还不能理解这意味着什么，但至少自己不会因为学习成绩不好而自卑。这一点袁刚老师跟其他老师很不一样。黄达自己也发现，不单是何流、甘果喜欢跟袁刚老师聊天，班上很多同学都喜欢，大家几乎都把袁刚老师当成了知心朋友。

　　……按照眼下所有学校的做法，哪个班级只要上了毕业班，日子就紧张起来，所有老师和学生自动就进入应考模式，两耳再不闻窗外事。袁刚不希望自己班的学生是这个样子，他知道同学们刚刚是初中生，刚刚进入青春期，是放飞梦想的年纪，他不愿意把所有学生的梦都描绘成一条独木桥，不愿意把他们一生的成败与独木桥挂上钩。他希望向同学们展示人生中的各种可能性，希望同学们都理解所有的可能性都是合理的、正当的、具有同等价值的。

　　于是他在不同的时间里，给1班同学带来了不同的两个人。这两个人都曾经是他的学生，男的叫高仔，女的叫田小野。这两个人经历完全不一样，但都在自己的领域取得了成功。高仔中考失利辍学后创业，现在是一名厨师，也是一位餐饮业小老板，把螺蛳粉店从县城开到了地区，已经有四家了。田小野考上高中，后来又考上了著名的北京大学中文系，现在是北大学子，发表的小说已经在全国小有名气。这两个人分别给1班同学讲述了自己的故事，这些故事的路径与结局可能不同，但努力奋斗的过程是一样的。他通过讲座想告诉1班同学的是，所谓成功其实就是对自己理想的实现过程，是个人精神独立的实现。

　　多年的教育实践让袁刚领悟到，有人格的生命历程才是真正有意义的，人身外的一切都只是附丽的形式而已，人格的养成才是教育的终极目的。他希望自己的学生将来不管从事什么行业，不论贫富，都以人格高尚为荣，成为受人尊敬的人。

# 第 17 章

## 78

1996 年的春天，比以往似乎来得更早了一些，省城的青秀山上早就桃红柳绿，而千里之外的安徽著名风景区黄山，也以她迎客松的别样风韵，迎来了全国各地的一批作文教改先锋们。这一年的"黄山春韵全国小学语文教学研讨会"打量着一年之计，就在这春天的黄山召开。来自全国各地的小学语文名师们踏着春天的脚步，赶到黄山，参加这次研讨会，共同探讨小学语文教学改革的共同课题。

袁刚也收到与会邀请，一看会议规格，很多他一直景仰的语文教改前辈都名列其中，他能数得上的就有斯霞、张田若、朱作仁等人，那么多作文教学同行都汇聚一堂，他决定要去一趟黄山，希望在这样全国性的会议上，也有图示快速作文法的声音。

上了黄山，袁刚顾不上观赏"峰岩青黑，遥望苍黛"的黄山风光，急切赶到会议订的宾馆，探望已经一别多年的斯霞老师。算起来，斯霞老师应该是八十六岁高龄了，他想不到老人家仍然能来到遥远的黄山，指导这样一个全国性的会议。他找到斯老房间的时候，发现房门大开，里边挺多人。他探头进去，斯老竟然一眼认出来，招手让他近前去。

他赶紧来到老人家跟前，向她问好。老人家虽然年事已高，但眼不花耳不聋，慈祥地笑着说："小袁也来了，这会才算来齐了人啊。"

接着还详细向他问了图示快速作文的研究和实验情况，他一五一十向老人家做了介绍，说起在GX各地进行的实验，还有办起的快速作文实验班，整个形势还是十分好的。最后，他充满激情地说，他的目标是努力构建一个"书写华彩文章的乐园"，真正让写作成为人们的一种生活方式。斯老听完也十分高兴，向在座各位介绍了袁刚和他的图示快速作文法，赞扬他年轻有为，是作文教改的后起之秀。

第二天，"黄山春韵全国小学语文教学研讨会"正式开幕，在主办单位领导做了主旨发言后，来自全国各地的教改英雄们轮番上场，发表自己的论述，可谓异彩纷呈。袁刚发言的时候，向全国同行们介绍了图示快速作文法以及储备快速作文法的理论与教学模式，以及目前的研究与实验情况，以真实的对比数字来说明图示快速作文法对师生的效用，对其未来发展充满信心，目标就是要让天下人都能写一手好文章。他的发言引起与会老师的共鸣，掌声雷动。

斯霞老人压轴出场，神采奕奕地讲了一个老前辈的心里话，认为没有爱就没有教育，语文是属于人文的范畴，更留有人性的印迹，其教学就应该更加人性化、生活化。她特别提到袁刚，提到他的追求与奋斗，最后竟有些激动地说："袁刚老师的快速作文研究已经有十年的工夫了，这么长时间能坚持下来不容易，能继续深入研究，并且进行实验推广就更不容易了，我看他们已经自成一派，我想送给他们一个名字，就叫华苑派吧！……"

斯老的话，又引起一阵热烈掌声。望着台上这位为中国的教育事业奋斗了一生的老人，他的眼睛潮湿了，郑重站了起来，向老人家深深地鞠了一躬。他的举动，带动起所有与会教师，齐刷刷地站起来，向老人再一次致以最热烈的掌声。

斯霞老人站在台上，望着台下数百教师都在向她致意，老人家的双眼也泛起了泪花。她仿佛看到了年轻时的自己，不也跟台下的这些年轻人一样嘛，他们都在为国家的教育事业努力拼搏着，他们就是国家教育事业的中流砥柱啊！老人举起自己的手，也向年轻人们鼓掌，向年轻人们致敬！

袁刚没有想到的是，这次黄山会议，几乎成为年轻一代教师们向斯霞老人的致敬之行，似乎是中国教师新老交替的一次隆重仪式，因为仅仅四年之后，伴随新中国教育事业整整五十年发展历程的斯霞老人就与世长辞了。斯霞老人以她五十年如一日为人师表、率先垂范的可贵品质，成为中国教师的典范。

黄山会议之后，华苑派就不胫而走，在国内作文教改领域叫响，袁刚和他的图示快速作文法更加声名远播，成为中国南方作文教改的生力军之一。

回到省城后，袁刚亲自用毛笔写就了"华苑"两个字，裱好装框，挂在自己的住处，以为自己的目标，时时鞭策自己前行。此后，"华苑"两字跟随他，走过了整整二十年，见证了"图示快速作文"走过的三个发展阶段，见证了他在作文教改路上的痛苦与快乐、奋斗与挣扎，见证了图示快速作文三个版块整合后的凤凰涅槃，并将继续见证下去……

黄山会议后不久，袁刚收到《语文教学与研究》杂志社发来的获奖证书，上面写道：

袁刚同志：

在 1996 年度全国语文教师征文大赛暨四项全能评比中，你因教学论文、下水作文、教案、板书设计四项参赛作品成绩优秀，被评为四项全能教师。

特发此证，以资鼓励。

《语文教学与研究》杂志社

1996 年 6 月

这是一个全国性赛事，能荣获四项全能教师称号，实在不容易，这份同行的认可，让他倍感欣慰。

经过十年的历练，当年那个少不更事的袁刚已经不见了，现在的他已到而立之年，不仅学习、研究、教学都小有成就，并且已成长为一位成熟睿智的作文教改专家，一位称职的语文老师和作文导师。作为一个从基层一步一步走出来的教师，他自信可以自由飞翔了。

唯一的遗憾是，他连续申报三年的特级教师职称却迟迟无法圆梦。他已经连续三年向单位申报了，但三年都被单位涮了下来，而且都是几票之差。后来他才意识到，在首府这样的大地方，所有人似乎都被一张巨大的网罩住，如同如来佛的手掌，孙悟空再怎么变化，都逃脱不了被某种力量掌控的命运。

<h2 style="text-align:center">79</h2>

"快速作文实验班"是袁刚以"GX快速作文法课题组"的名义在校外办的作文强化培训班，开班一年多来，学生作文提高明显，对作文的热爱程度更是超出家长们的预期，获得越来越好的口碑。第一期才两个班，第二期就猛增到十个班，到第三期时，单报名就超过二十个班，GX教育学院都已经没法提供那么多教室了。袁刚只好请朋友帮忙找教室，后来经人介绍在这个城区租到了十间教室，把学员消化掉。到第四期时，报名人数又翻了一番。袁刚只好又找别的学校，再租十来间教室，让学员们有地方上课。高峰时"快速作文实验班"迅速扩张到四十多个班，一千多学员，跟一所学校差不多了。他不得不分了三个教学点，同时开班。

办班一年多，学员多次参加市、自治区、全国作文大赛，都有不少人获得特等或一等奖，还有不少学员的文章在市里的晚报、早报、日报或全国性报刊发表，可以说硕果累累。袁刚就把获奖作品全部结集出版，让成果更具体化，更让人触手可及。

……

何流进入"快速作文实验班"已经快一年了。何流妈妈本来坚持把儿子当女儿养，但没想到同意儿子住校后，袁刚老师影响力巨大，竟然不知不觉地把何流给改造了过来，还迷上了作文和历史书。儿子吵着要参加"快速作文实验班",何流妈妈不得不对这个班进行一番了解。真是"不看不知道，一看吓一跳"，这个班此时已经名满省城了。

何流对作文的认识就像对自己的认识一样，发生了很大的变化，从最初的讨厌，变成了痴迷。他不再认为作文是一件无聊的事情，而是感到作文就像他的少年之梦，能够插上翅膀，飞到他想去的地方。他惊奇地发现，原来文字可以让他把自己做的梦写在纸上，留给自己重温。这是一件越来越美妙的事，他一旦写开，就似乎有点一发不可收拾。他甚至把自己懂的一切历史故事，写成小说，自娱自乐。他变得喜欢看小说，特别是历史小说，就连上数学课时都偷偷看。这让他有些苦恼。他喜欢上袁刚老师的课，而且跟他住一起，混得很熟了，他可以大大咧咧地喊他为老大，也就是他们班头儿的意思。

有一天在校外上完培训课的时候，何流没有像往常一样很快回宿舍，而是黏上袁刚，说有很重要的问题要问老大。袁刚没办法，只好把他带到培训部办公室，郑重其事地问他："现在你说吧，有什么重大事情要问我？"

何流嬉皮笑脸地说："老大，你害我，我要罚你！"

袁刚有些摸不着头脑，严肃地问道："何流，你严肃点，我怎么害你了？这可不能胡说啊。"

何流这才神秘兮兮地说："你看，我原来讨厌作文，自从到你这里来之后，就迷上作文了，更要紧的是还迷上了跟作文有关的小说，产生了严重的偏科现象，导致别的科成绩下降，这不是你害的吗？很快要中考了，你可知罪？"

袁刚听罢，哭笑不得，但还是很认真地跟他说："偏科不是好现象，你一定改正过来，成绩拉下是哪科，赶紧抽时间补上。一定要各科平衡发展，能不能做到？"

阴气未脱的小伙子爽快地回答能。袁刚故意模仿他原来的语气，吓唬他说，要是不能，我就不理你了。

何流女孩子般调皮地吐了下舌头，不出声了。袁刚亲切地摸了一下他的头，对他说："现在正举办全国中学生作文大赛，你有本事就写一篇出来参赛，要是能得个名次，老师奖励你份神秘礼物。"

"说话要算数。"何流跳起来说："来，拉钩！"

两个人拉了钩，何流才高高兴兴地跑回宿舍了。没过两天，他又笑嘻嘻地来到袁刚办公室，把一篇作文交给了他。他打开稿纸，看见题目竟是《梦回唐朝》，不禁惊呼："哎，怎么是这么个题目呢？"

何流说："怎么啦，大赛不是说不限题目，不限内容，不限体裁的吗？"

袁刚一想也是，大赛规则是这样说的，再一看作文内容，再一次不禁惊叹："天啊，你变成了唐朝公主，你懂得还真多啊！"

何流骄傲地扬起头，说："我真做梦了啊，真回了一次唐朝，我真的是公主呢，真好玩！"

"好吧公主，"袁刚说，"我就把你这篇奇文寄去参赛，看评审老师有没有把眼镜吓掉。"

何流真像个骄傲的公主般走了。临走还赏了袁刚一颗他喜欢吃的大白兔奶糖……

就连何流的《梦回唐朝》也意外获得全国中学生作文大赛一等奖，让袁刚和何流妈妈都喜出望外。这在何家是一件挺新奇的事情，因为谁都知道这小子原来是一提作文就不干的主儿，现在居然能获得全国大奖，这不能不说是一个巨大的变化。何流自己拿到获奖证书的时候，也兴奋了好一阵，他真正体会到了一种从未有过的成就感。这么件大事，自然要向家里人炫耀一下，他把证书放到书包里，趁着周末跑回了家。

……

说来也神奇，何流本来各科成绩平平，家人没少安排他到校外补课，可效果均乏善可陈。谁也想不到的是，自从他作文获得大奖之后，不单作文水平上涨，其他科的成绩也水涨船高，都取得了不俗的成绩，同学们都公认这是1班的一个意外收获。后来，这一成果被全体同学评为继甘果同学之后的1班第二大奇迹！

# 80

袁刚偶尔会被邀请到广东讲课，只要一到珠三角灯红酒绿的地界，他就会忽然想到李一兵的父亲李卫东。他会特别注意街头艺人的演唱，朋友带他进酒吧，他也会对驻店唱歌艺人特别留意，打听一位名叫李卫东的唱歌的广西人。但他没能找到任何有用的线索。

后来他委托自己在深圳的朋友蓝天也帮忙留意街头或者酒吧里的歌手，希望能寻找到一点李卫东的消息，但一直都没有什么结果。前不久，袁刚更是自己花钱在《广州日报》和《深圳特区报》刊登寻人启事，寻找来自广西名叫李卫东的歌手。然而所有的这些努力，均没能带来一丁点的好消息。流浪歌手李卫东有如人间蒸发，不仅无影无踪，而且杳无音信。

他有些难以置信，一个大活人，竟然也能风一样飘走，空气一样化为无形。他没见过李卫东，也不是李卫东同一年纪的人，无法琢磨李卫东的想法，但一个居然能够抛家弃子的人，实在让他生气。他有时甚至想，万一有一天找到这位李卫东，自己是不是先赏他两个耳光再跟他讲话呢？

生气归生气，但只要有机会，他就会不放过寻找这个人的任何线索。在跟李一兵接触的过程中，他感受到这位父亲对儿子的深刻影响，如果能找到这个人，对李一兵来说是一件多么大的事情啊。而且，一兵的妈妈，还这么年轻的一个女人，就这么守活寡，实在是罪过。如果能够为这个三口之家的重归圆满出一份力，他是十分乐意的。他为此付诸了行动。

紧张也好，放松也罢，毕业班同学们的最后一个寒假还是如期而来了。民师附中三个初中毕业班，学校全部要求补课，学校的目标是升学率一定要上去。袁刚没有搞一刀切，而是采取自愿的原则，需要补课的同学报名，不想补课的同学放假。结果是全班三分之二的同学留下来补课，三分之一的同学选择放假回家。

袁刚发现李一兵没有留下补课，他在球场边上找到他，关切地问："李一兵，你寒假打算怎么过？"

李一兵说："给自己放松啊，当然也要看点书的。"

他忽然提议说："跟我去广东走一趟，怎样？"

李一兵一下子没反应过来，疑惑地望着老师，结结巴巴地说："我？……广东……我没去过……"

袁刚笑起来，大声说："你当然没去过。广州是流行音乐最发达的地方，我们带上吉他，去看看嘛！"

李一兵马上来了精神，爽快答应。

寒假开始后的第三天，袁刚和李一兵每人背个背包，扛着吉他就上了开往广州的火车。这是李一兵第一次出远门，第一次坐火车，所有的新鲜、好奇、兴奋都全部写在了脸上。邻近年终岁末，中国近年一年一度的人口大迁移又开始了。珠三角是眼下全国外来人口最多的地方，是人口流动的中心。哪怕是去往广东的火车，也是人满为患，每节车厢都形同沙丁鱼罐头。师生两人在硬座位上趴着睡了一觉，第二天一大早就到了广州火车站。

随着人流走出站台，不知不觉来到了车站广场，李一兵马上被密密麻麻的人流和车流震住了。他不由自主地抓住袁刚的衣角，担心自己会走丢。他们挤出人群，上了站前的立交桥。虽然很早，但桥上已经有人在抱着吉他唱歌了。袁刚说，这些人在卖唱，过路人会给些零钱。他们驻足听了一会。袁刚从口袋里掏出些零钱，丢到闭着眼唱歌的那人面前的报纸上，然后拉着李一兵离开。走下天桥的时候，袁刚边拉着李一兵边说："这些地方人很杂，不能留太久。"话锋一转忽然问道："如果看到你爸爸，你会认得出来吗？"

"认得。"李一兵说，"听声音就能认出来。"

"说不定他会在这里让我们碰上。"袁刚说。

李一兵忽然有些明白老师为什么带他来广州了。他心里不由得更加兴奋莫名，他几乎要想象把天桥上的歌手当成是他爸爸了。如果真的遇见，爸爸是不是就回家了呢？或者爸爸会把他留在广州。如果是这样，他一定把妈妈也接到广州来。

袁刚不大理会李一兵这些纷飞的思绪，拉着他来到小北附近的鹿景路上，住进了一家普通旅店。这对于经常四处游学的袁刚来说，已经是很高规格的待遇了。把行李放下，匆匆洗把脸，两人抱上吉他就出门了。

其实袁刚也不知道现在该去哪里。只能乱走一通了，哪里热闹往哪里凑，万一在哪个角落里忽然碰上李卫东，他们这一行也就不枉了。于是他拉着李一兵就上了著名的北京路，沿着人来人往的北京路走了一个来回，但没有任何收获。没有别的办法，两个人只好在周边几条街乱窜，偶尔也会看到街角处有一个瞎眼老头在拉着凄婉的二胡，跟前放着一个空铁盒，铁盒里稀稀拉拉放着路人赏的一些零钱。后来他们还上了天桥，过了地下通道，看到有人抱着吉他唱歌，但就是没有他们想见到的。傍晚的时候，两个人累得一屁股坐在一座天桥上，望着天边燃烧着的晚霞，拼命地喘着大气。天桥底下，依然是无穷无尽的人来车往，永不停息。

袁刚把手搭在李一兵肩膀上，轻叹着说："我真希望我们就这么走着走着，忽然就碰到了你爸，然后我们三个人一起唱歌，那该多好！"

李一兵没有出声，目光往远处的人流望去，伸得很长，似乎要穿透而去。但远处已暮霭朦胧了。

袁刚忽然有些感触，他轻拨了一下吉他的和弦，轻轻地唱了起来：

多么熟悉的声音
陪我多少年风和雨
从来不需要想起
永远也不会忘记

没有天哪有地
没有地哪有家
没有家哪有你
没有你哪有我
……

酒干倘卖无，酒干倘卖无，

酒干倘卖无，酒干倘卖无……

李一兵不知什么时候也跟着唱起来，这一刻，随着这熟悉的叫卖声慢慢变成低吟浅唱，他早已泪流满面，把头埋进抱着吉他的怀里，伤心地哭起来，两只肩膀剧烈地抽动着，哭声却被压抑在胸腔里。袁刚没有去安慰他，他觉得一个男子汉终究得面对生活中的所有苦难，这些经历也是他成长过程中的一部分。但他会记住这一天傍晚，因为这个寻找爸爸的小男孩的哭让他动容，让他目睹人世间的很多不如意……

后来，袁刚和李一兵还在这座大都市里待了几天，除了白天还到了天河那些地方，晚上还去了很多酒吧，看了无数个酒吧歌手，但依然没有什么奇迹发生。他们只好踏上返程，在列车上狠狠睡了一觉，第二天天亮时就到了省城火车站。

走出站台的时候，一路无语的李一兵忽然对袁刚说："袁老师，我想再找一个爸爸给我妈妈。"

袁刚乍一听有些发愣，但忽然也明白了他的意思，便笑着朝他点点头，表示赞许。这一刻他意识到，眼前的这个小男子汉真的长大了。

# 第18章

## 81

在这个世界上，在人的一生中，总有一些事情突如其来，要么喜从天降，要么悲从祸来，让人感到有一股超自然的力量，活生生改变人生原有的轨迹，令人喜极而泣，悲极亦泣。

1996年秋的一天，袁刚忽然收到家里来的电报，电报上只十二个字：父病危，速到荣福县医院。小舅。

尽管学校还在上课，但他还是迅速把工作交代完毕，赶往汽车站，上了开往荣福县的最末一班车。在车上昏昏欲睡的时候，他的脑子里只有一个问题在千万次地问：父亲不是一直都安静地躺着吗？几年了，难道他不愿意再这么躺着了吗？

没有人能回答他这个问题。

车到荣福站，天已黑。荣福县城，已经亮起万家灯火。他顾不上肚子饿，在车站坐上一辆"摩的"，直往县医院去。在重症病房，他看到了躺在病床上的父亲，床头还挂着好几个吊瓶。母亲和小舅坐在一边，望着仍在昏迷中的父亲。见他来到，母亲只是默默落泪。他在那一刻，鼻子发酸，但没有流泪，他知道流泪没有用。他把小舅拉到门外，询问情况。

小舅说："前天你妈下了屋后菜地，没想到你爸竟寻了短见。你爸睡的地方靠近窗口，他把床单布弄成绳索，抛到窗框上，然后打结绑住自己脖子，从床上滚下来，脖子就吊住了。好在你妈回来及时，要不就没得救了。"

他惊讶地问："妈不是把爸打理得挺好的吗，他为什么要这样？"

小舅叹了口气："这段时间，他老念叨自己害了你，说自己是个累赘，只能把你拖死，当时我们听着也没太在意，没料到他就干了这事。"

他听明白了，父亲是想通过了结自己，为他解脱。这些年，巨大的经济负担确实是他拼命工作、挣钱的主要原因，也是他一直不敢成家的直接原因，但这是他做儿子的分内事啊。他意识到自己跟父亲沟通得太少，没时间在床前陪他聊聊天，缓解他的不良情绪。想到这些，他自责地流下了眼泪，在心底里痛骂自己对不起父亲，没尽到做儿子的责任。

主治医生是个中年女人，听袁刚说明来意后，就向他解释父亲的病情。她说你爸本来就有脑血栓，就是脑子里血管堵塞，血流不通畅，脑供氧不足，导致偏瘫。这次他自缢时间虽不久，大脑还是受影响，估计不至于有生命危险，但病情会越发严重。

说得清清楚楚，听得明明白白，袁刚走出医生办公室，来到病房。父亲还在沉睡。他把母亲扶起来，拥到病床外，对母亲说："妈，别哭，都怪我没能常来陪陪老爸，害得他老人家想不开。常年卧病在床的人，想必都会胡思乱想，这点我们考虑不周了，没注意到他内心想什么，都是我太大意了。"

母亲的手很冷，他就紧紧地把这只粗糙的手握住，给她温暖："妈，你也要保重，你如果倒下，我们家也就倒了。"母亲含泪一个劲点头。

他问小舅："我爸醒来时，还能听得见说话吗？"

小舅说："应该能听到，也明白我们说的话，但他说话就困难了。"

弄清楚了情况，他这才感到肚子真饿了。这才想起来，自己只在早餐时吃了碗粉，然后一整天都没有吃东西。他让母亲留在病房，自己和小舅到外边找夜宵吃。

此时已近子夜，但荣福这个桂北山区小城，这会儿却还有一些地方挺热闹。广场边上的夜宵摊子还灯火通明，还有不少人在吃东西。看来，人们的际遇虽各个不同，但生活总是一样的。他要了两碗桂林米粉，两个人就在小桌子前坐了下来。小舅虽然在辈分上是他的长辈，但两个人年纪相同，小舅只大他几个月份，算是同龄人。现在，这两个刚刚步入而立之年的青年人，第一次目睹人生的无常和生命的脆弱，心里多少漫上了些苍凉的感觉，有如这夜色，漆黑一团而且无边无际，而人就如这暗夜之海里的一叶孤舟。

这一刻，袁刚才深切感受到男子汉的担当到底意味着什么。

他从自己的手袋里掏出一叠钱，交给了小舅，对他说："小舅，我爸也是你的亲人，对亲人我们都有责任，在经济上我会想办法，但在照顾上，就靠你和我妈了。"

小舅是个爽快人，他有些激动地说："我们本来就是一家人，只要我和我姐在一天，就不会让姐夫受委屈！"

这个时候，他的热泪才夺眶而出。他把头转向一边，没让小舅看出自己的样子。

这一天晚上，袁刚和母亲、小舅三个人就在病房里陪了父亲一夜。他让母亲在陪护小床上睡觉，自己和小舅就靠在父亲的床沿，一起回忆小时候的趣事，一起回忆他的父亲、他的姐夫过去的严厉和温情，一起回忆一家人的美好时光，一直到天明……

第二天，父亲醒来，一眼看见袁刚，眼泪就下来了。袁刚赶紧握住父亲的手，凑近他耳朵说："爸，您安心养病，千万别想不开，把病养好起来，其他您什么都不用去想，有我们在，您会好起来的。"父亲鼻孔还插着氧气管，但他努力点了点头，眼泪却没有止住。袁刚只好拿起纸巾，为他轻轻擦拭。他忽然想到，长大外出读书后，这是他第一次这样与父亲肌肤相亲，这种感觉让他既亲切，又感动，仿佛体会到了自己与父亲的角色互换，父亲此刻成了孩子。

袁刚在荣福县城里，一待就是七天。直到主治医生说，你父亲可以出院了，现在的状态是最好的状态了。他知道，这种状态仍然是父亲瘫在床上。接下来，父亲仍旧将与各种各样的药为伴，与亲人的鼓励为伴，耐心等待生命的奇迹发生。

一切料理完毕之后，他才告别家人，带着别人难以察觉的沉重心情，走在返回首府的路上。一个人坐在似曾相识的班车上，感觉着似曾相识的车外风光，他闭上了眼睛，把所有事情都密封进脑子里，不停地温火慢煮……

那首台湾校园歌曲熟悉的旋律飘了起来——

酒干倘卖无，

酒干倘卖无……

……

又是一年秋天。

这样的秋天总是似曾相识。

首府古城路上的梧桐树又一次把金黄的落叶铺满人行道的时候，袁刚落寞地从那里走过。他下意识地捡起一片落叶，放进自己的手提包里，这样的叶片儿，夹在书本里做成书签，是一个挺好的主意。今天是自己定的每月一次的父亲日，他得赶回宿舍去，在电话上跟父亲一起聊上至少一刻钟的时间。父亲从死神手上再次回来之后，他就这样给自己定下日子。

再一次从死神边上回来之后，父亲继续卧床很多年，虽不能起来，但脑子是清醒的，他也会等着这一天，想听到儿子的声音，跟儿子胡乱说上几句。他有时也会表达兴奋，在电话那头笑两声。袁刚在这一天会让快乐的声音围绕在父亲身边，就像过节一样，愉快地说些过去的事情，让家里的气氛变得轻松、快乐。他希望父亲能感觉得到，他们一家人仍然在一起，在一起快乐地生活。他会交代母亲，用热水给父亲洗脸，擦身，还要给父亲剪指甲，甚至修剪他过长的头发。他尽可能地用他的声音给父亲按摩，像父亲小时候抚摸他的小肚皮一样。他想象着父亲妥帖的眼神，心里也是快乐的。母亲照顾父亲多年，他这一刻也算是解放一下母亲，让她真正地放心歇一下。他要让困境中的父母深切地感到，他跟他们在一起，他从来没有放弃他们，他是他们坚强的靠山。

## 82

不管你做好了准备，还是没做好准备，中考的日子都在那里，终究都要来到。

在中考倒计时一周的这一天，袁刚来到班上，郑重其事地给全班同学做考前动员。在讲了一通考前注意事项之后，他忽然来了情绪，很动感情地对全班同学说："俗话说一日为师终身为父，我不能要求大家把我当父亲一样看待，但希望同学们把我当成一辈子的朋友，希望大家永远记住我是陪你们慢慢长大的那位大哥哥，希望在你们回忆少年时光的时候，记忆里能有我。其实我并不指望你们每个人都成为大人物，我倒是希望你们中有些人可以成为快乐的普通人，这样我们就可以经常在街头碰上，可以经常相约到小酒馆喝一盅。我不管你们这次中考考得好不好，考上好学校或考不上，你们都是我的好学生，我都为你们能参加中考喝彩！千万不要以为中考或哪一次考试就能决定你们的命运，千万不要以为中考这座独木桥是你们唯一的出路，同学们应该把心态调整好，轻松上阵，尽到自己的努力就好！考完后我们一定聚一聚，好不好？"

全体同学齐声喝彩，然后热烈鼓起掌来，有些同学甚至把桌面拍得叭叭响，现场气氛火爆。尽管同学们心里十分清楚，中考过后肯定是几家欢乐几家愁，但袁老师至少为可能落榜的同学留了体面的后路，还让他们看到希望之光。因此，哪怕像黄达这样学习成绩上不去的同学，此刻也没有太失落，仍然能跟同学们一起欢呼。

考前动员之后，全班同学便进入考前最后冲刺阶段。三个初中毕业班全部进入临战状态，校领导亲自抓备考，要求各班主任一定不能松懈，一定要保证达到预期的升学率。三个初中毕业班里，似乎只有1班的教室里还时不时飘出轻松愉快的笑声来，这让很多人感到不可思议，但一知道是袁刚带的班，就又习以为常了。

考前一天傍晚，陈一梅找到李一兵，向他提议说："明天就中考了，我们今晚放松一下，你约几个男同学，我约几个女同学，就到你妈妈那里聚会，怎么样？"

"好啊，"李一兵有些兴奋地说，"袁老师要求我们今晚不要去教室了，各自休息备考，今晚我们正好有时间，出来给大家打打气也好。"

当晚，李一兵约来了甘果、何流、黄达，陈一梅也约来了几位女同学，大家伙拼了两张小桌，就热热闹闹地喝起啤酒、吃起炒田螺和烤串来。何流一见这架势，赶紧对李一兵说："明天要中考了，今晚大家总量控制，别喝多了啊！"陈一梅抢上说，"我们女生都不怕，你怕什么？"黄达笑着说："何流跟你们是一伙的啊。"陈一梅说："他已经被我们开除啦！"大伙闻言都笑了起来。

这一晚，1 班的七八个少男少女就在这建政路夜市摊上，纵情地欢乐着，唱着他们的歌，开着他们自己的玩笑，做着他们自己的游戏，尽情挥洒着少年单纯的张狂。大家伙正闹得欢的时候，有人忽然发现袁刚老师满面笑容地朝他们走来，装着不期而遇的样子，向大家打招呼，而且还来到他们中间喝了一杯啤酒，预祝他们中考顺利，并要求他们不能玩得太晚，不能喝太多酒，然后没事人一样离开了。

老师的匆匆来去让同学们颇费思量，陈一梅甚至担心大家是不是不应该这时候放松呢？但自认为了解袁刚老师的李一兵却认为没事，让大家还是要尽兴，只是不太过分就行。同学们继续笑闹，直到李一兵妈妈看着时间已到晚上九点，频频过来劝他们早些回去休息，别耽误了明天考试，他们这才意犹未尽地散去……

……

次日清晨，中考时刻来临。

袁刚准时把"室友们"叫醒，督促他们赶紧洗漱，赶紧前往设在其他学校的考场。但何流很快跑来报告说，甘果发高烧了，现在起不了床了。袁刚赶紧来到隔壁房间，看见甘果仍然躺在床上，双目紧闭。他摸了摸他的头，感觉手滚烫，便焦急地从自己房里找出片退烧药，用温开水给他服下。他吩咐何流和黄达先行去考场，甘果由他来想办法。

甘果睁开眼，望着袁刚老师，轻声说："袁老师，我没法去参加中考了。"袁刚斩钉截铁地对他说："甘果，你一定要去参加中考，你不能轻易就放弃！你再休息一下，我等会用单车把你送到考场！"甘果点了点头。

休息一会之后，甘果竟然能爬起床来，在袁刚老师搀扶下，下了楼。袁刚拉出自己的单车，让甘果坐在后座上，他推着往前走。民师附中离考点并不远，他们在进场铃声打响之前，就来到了考场。袁刚亲自把甘果送进考场，这才回头往学校赶，把校医叫来，让校医守候在考场外，随时观察甘果的动静，以防不测。

中考三天，袁刚一直坚持在考场外陪伴着，不单是陪伴甘果，而且还有他的学生们。他用这种方式，为同学们加油打气，表示他不会缺席同学们的这场人生盛会，让他的学生们知道自己绝不会孤单！每天他在考场外迎接同学们，不是焦急地问考得怎么样，而是充满信心地跟他们一个个击掌，默默地鼓励每个人，用他温暖的微笑，给同学们以极大的鼓舞！

直到第三天最后一场考试，袁刚才在考试完毕之前悄然离去。

## 83

三天之约到了。

袁刚跟1班同学们约定，中考结束后第三天，他们要举办一场别开生面的毕业典礼。

这一天，整个学校都已经放假了，同是毕业班的初中部另外两个班，考完试就各奔东西了。只有1班有个三天之约，他们要一起为自己的成年办一个隆重的仪式！

袁刚早早就盛装在教室里恭候同学们了。

他站在 1 班的讲台前，深情环视着这间熟悉的教室，想象着空荡荡的座位上的每一个人。算起来，他跟 1 班的同学们一起走过了他们年少轻狂的两年半，这两年半看起来很短，但他觉得实在很长，长得他怎么望也望不到尽头。在这段不算短的日子里，他跟同学们一道，把"恐怖班"的阴影一点一点抹掉，把 1 班这块牌子一点一点擦亮，直到阳光完全照进每个人的内心里，让每位同学都能直起腰杆子，激情洋溢地走向他们的未来！

现在，这些十五六岁的少男少女们的脚步肯定是轻盈的，是有力的，他们不再迷茫，他们知道自己的未来在哪里，知道自己的价值在哪里，知道自己人生的意义在哪里，他们对未来的道路激情满怀！

陈一梅来了，李一兵来了，甘果、何流、黄达他们都来了，全班同学全都一个不拉地来了。袁刚一一把他们迎进教室，让同学们都坐下，然后在黑板上挥笔写下"袁刚 1 班初中毕业典礼"几个大字，笑哈哈地向同学们喊道："你们就叫袁刚 1 班好不好？"

"我们是袁刚 1 班！"同学们呐喊起来。

袁刚示意同学们静下来，这才深情地对大家说："同学们都参加了中考，我恭喜大家完成了自己人生中的第一次大考。中考是对我们学习生涯的一次小结，考得好或不好，我们都有经验与教训可以总结，然后从这个点上再出发！所以，今天我们不谈中考，我们把中考翻过去。我很高兴地告诉大家，初中毕业，你们就是成年人了，今天这个毕业典礼，我希望大家记住，这也是你们的成人礼！为了让大家都牢牢记住这一天，我现在教大家折纸船，我们要用放飞纸船的方式，完成我们的成人礼！"

袁刚把一叠五颜六色的纸交给陈一梅，让她给每位同学发一张。他一边在讲台上折纸船，一边笑着问："同学们有谁还会折纸船吗？"

陈一梅等同学异口同声答："我们会折！"

"不会折的同学要主动向会折的同学讨教。"袁刚举起自己折好的纸船，向同学们展示。

"老师，为什么要折纸船？"有同学大声问。

袁刚对全班同学说："同学们请注意，刚才有同学问我们为什么要折这个纸船，我现在要告诉大家，同学们马上要走进自己人生中最好的青春年华，我们对自己的将来有些什么期许呢？我们的理想是什么？今天每位同学就把自己的这些想法写到小船上，我们一起拿到邕江边放入水中，就当是我们每个人都给自己的未来许个愿，立个誓言，树个目标。这就是我们的成人礼，我们让邕江做证好不好？"

同学们欢呼起来，纷纷给自己的小船写上自己的理想和宣言，并小心翼翼地不让别的同学知道自己的秘密。

收拾完毕，大家一起涌出教室，上了停候在操场上的一辆大客车。这是袁刚自己掏钱为1班同学租来的车子，这是他给1班孩子们送的成人礼，他要把他们带到邕江边上，一起放飞梦想的小纸船。他在车上备足了水和食品，还让李一兵带上吉他，预备着要好好地让同学们放纵一下，在大自然中撒个野儿。

待同学们全部在车上坐好，大巴车便朝青秀山驶去。

有人说，青秀山是省城的肺，此话不假。这是上天对这座城市的惠赠，是省城人的最佳踏青去处，很久以前的省城人就在这里留下众多足迹。如今，这里已经成为一座美丽的公园，供市民休闲游乐。青秀山下，邕江绕山而过，犹如飘在山边的一条丝带。他们这次没有上青秀山公园，而是绕到后边，从一条小路到了江边——一块未被开垦的处女地，邕江蓝莹莹的水从此缓缓而过，朝远处而去，消失在山的那头。

一到目的地，同学们三五成群兴奋地在周边寻找自己的地盘，准备着铺上尼龙布，把吃的玩的放到上面，开始各自的活动。有的打牌，有的聊天，有的张罗着准备做吃的，有的干脆就躺在地上，望着蓝天白云。

袁刚和李一兵都带来了吉他，他们就靠在一棵松树下，开始弹唱起来。很多同学围上来，一起放开嗓门唱起歌，歌声很快在山野里弥漫开来，把快乐传出好远。

中午简单吃过东西后，袁刚把大家集中起来，坐在江边的一个小土坡上，开始给大家讲小纸船的故事。他讲了小时候与蒋叔叔在落凤河边放飞的小纸船，也讲了他和坟坡小学的同学们在浪溪江边放飞的很多小纸船，还讲了荣岸二小的故事，很多很多的小纸船全都放到了融江水中，它们都跟着流水流到很远的地方，流到了天边，流到了天边的老天爷那里。

有些同学就问："老师，是真的吗？"

袁刚笑着说："是真的，只要你一直记住你在小纸船上写了什么，你的梦想就一定能实现！"

同学们欢呼起来，纷纷拿出自己的小纸船，朝江边跑去。他们的手上都捧着一只自己折的小纸船，立在江边望着缓缓流淌的江水，安静了下来。袁刚能听得到同学们轻轻的呼吸声。

李一兵第一个弯下腰，把自己的小纸船轻轻放入水中。一阵微风吹来，小纸船很快朝江心飘去。大家一见，纷纷也把自己的小纸船放入水中，小心看着小纸船缓缓朝水的深处驶去。很快，1班53只小纸船便陆续入水，形成一个庞大的船队，朝江心稳稳漂去。大家伙立在江边，屏息看着小纸船远去，没有人说话，似乎都在心里默默为自己的小船儿祈祷！

清风徐来，小纸船队迅速朝邕江深处漂去，朝更远的远方漂去，慢慢跟江水融合到了一处。同学们安静地望着自己的那只纸船消失在远方，目光坚定而有力，显得庄严而又神圣。

袁刚知道，小纸船从此也漂进了同学们的心海，永远守望着他们少年梦中的理想……

他把目光投向更远的远方，轻轻地对同学们说："记得我第一次跟大家见面的时候，我给大家讲了一个故事，但那个故事没有讲完。那天，蒋叔叔陪着我把纸船放入落凤河，我在纸船上写下了我要当作家的理想，这个纸船就一直跟着河水走，一直漂到大河，漂到大海，然后一直漂到了天边。后来，我的梦想就实现了。同学们相信你们写在纸船上的梦想会实现吗？"

"会实现！"同学们响亮地答道，打破了江边的宁静。

"好！"袁刚大声喝彩，继续说："把小纸船放入水中之后，你们一定要相信小纸船会一直向远方漂去，一直漂到天边，漂进你们的心里。你们会永远记住你们想成为怎样的人，长大后，你们就成了那样的人，同学们说奇妙不奇妙？"

"奇妙！"众人异口同声回答。

"相信不相信？"

"相信！"

袁刚由衷地笑了，朝李一兵问道："李一兵，你长大后想做什么？"

"当歌手！"李一兵说。

"甘果，你呢？"

"我？"犹豫了一下，甘果说，"我想像您一样，当老师。"

"陈一梅，你呢？"

"我要当市长！"

同学们鼓起掌来。看得出，大家很佩服陈一梅的胆识。

袁刚在人群中寻找了一下，再问道："何流，你说说！"

"我要当警察。"何流的回答有些出人意料，引来一阵笑声。

黄达拍了一下他屁股，说："你当我妹妹差不多！"

两人打闹到一处去了……

这一天，袁刚和他的1班同学们在美丽的邕江边上，放飞了53个青春的梦想，在同学们的心田里种下了53颗太阳。望着同学们轻松快乐的笑脸，袁刚心里想，长大后，他们就是53个小宇宙啊……

附：袁刚快速作文法常识之三

## "四情"法

袁刚发现，学生在一节课时间里能够集中注意力的往往只有十至二十分钟，为了吸引学生能保持听课的兴趣，必须强化情感的作用。经过逐渐摸索，他总结出了不同维度的四种有效情感，简称"四情"。这"四情"，既是教师的，也是学生的。

用直观的图示符号分别呈现为：

一、真情。

教师对学生的经历、思想、感情或者作文的话题、人物、事件表现出真情实感，通过与学生真诚的交流，引起学生对老师的感情，或者对作文话题、人物、事件的体验、感受。真情展露的方法有自然流露法、情真意切法、深情款款法、言语抒情法、眉目传情法、泪眼婆娑法、恍惚朦胧法、悲痛情伤法等十多种。

二、痴情。

教师以自己对工作的痴迷态度，身体力行的风范感染学生，学生模仿、学习教师对待生活和作文的态度。例如，在教学工作上的严谨认真、态度端正、关心学生、无私奉献、学识渊博、积极上进、教课娴熟、机智灵活、亮点纷呈、收放自如、个性鲜明、自成风格等，再如"三笔"字写得好，经常发表文章，获得嘉奖，著书立说，等等。

三、激情。

激情是师生对事物、对作文正面的、激昂的情绪和强烈的感觉，具有强大的能量，足以摧毁作文的顽固堡垒。调动激情的方法有提高音量法、加快语速法、肢体配合法、抑扬顿挫法、掷地有声法、目光如炬法、隔山打牛法等十多种。

四、煽情。

煽情是通过某些与学习内容或学习方式相关的、带有特定情绪的话语、动作、声音等，引起学生的联想，调动学生的情绪，激发学生思维的方法和手段。常用方法分为三个类别（三个层次）、百余种具体方法。

第一类：新手。指缺乏讲台经验、对煽情还不熟练的老师，常用方法有故事煽情法、笑话煽情法、唱歌煽情法、跳舞煽情法、表演煽情法、模仿煽情法、自我调侃法等20多种。

第二类：老手。指煽情经验丰富、有一定火候的老师，常用方法有肢控煽情、声控煽情、环境煽情、真情震撼、褒贬煽情、即兴创作、巧借修辞等40多种。

第三类：高手。指对于煽情已经达到炉火纯青程度的教师，常用方法如亮点扩展法、猛火煨汤法、打破平衡法、偷梁换柱法、先抑后扬法、思维错位法、话语调侃法等上百种方法，全凭教学者机智生成，就地取材，信手拈来。

高明的煽情者，不管看到什么、拿到什么、想到什么……均可以联系作文内容和方法，引爆学生的想象和思维，激发学生的情感体验，让学生兴奋、激动、紧张……因而对作文的审题、选材、谋篇、布局等产生极大的兴趣、给予高度的关注，引发丰富的联想。

"四情"是分别属于不同维度的概念。真情是作文的出发点、落脚点和归宿；痴情是作文的态度和前提，到后来逐渐成为一种积淀、一种境界，甚至一种本能；激情是作文的感觉和情绪；煽情是作文情感激发的方法和手段。

"四情"构成了作文多维度的、立体的、可操作的情感系统。写作过程中，首先要有真实的情感体验，用教师对生活、对学生、对作文的真情引发学生的真情，再加上教师对工作、对作文的痴情，进一步形成学生对生活、对作文的痴情和热爱。然后调动激情去突破与生俱来的惰性、畏难情绪和无从下手的障碍，达到想写、愿写、乐写的状态。如果在体验中仍然找不到那种情绪和强烈的感觉，就需要通过煽情来实现，教师运用多种方法，激起学生情感；学生也可以学习教师的煽情方法，在表达中结合语言运用，就会具有极强的感染力。此时，只要加以适当的语言、思维引导，作文难题即可迎刃而解。

# 尾　声

## 寄往兴宁街的第 31 封信

尊敬的蒋叔叔：

我又要给您写信了，这似乎越来越像是一种习惯，您早就是我最好的倾听者了。这些年，我一直不间断地给您写信，这些信排列起来，其实就是我的心路历程。我一直坚信，在这个一切"向钱看"的年代，能够安静地听我倾诉的人，大概也就只有您了。不知为什么，我始终坚信你会看得到，也会看得懂我的信。

我不能确定在时间的长河里，1996 年到底意味着什么，但相对于我而言，这一年是我从教十周年。十年前从浓烟滚滚的班车上下来，走进一座陌生小乡镇的小青年，如今已经成长为一名成熟的人民教师。回望这十年，我虽然无怨无悔，但迷惑却如影随形，至今无解。

两天前，我刚送走黄达。我想告诉您的是，这次中考黄达真的没达到高中录取线，考试成绩确实很差。得知分数后我立即找了他，劝他复读一年，无论如何要读完高中。但他不愿意，想立马去广东打工挣钱。我知道自己无法改变他，那就希望能最大限度地影响他。我跟他谈心，帮他分析了他自己的长处和短处，建议他把自己的人生目标定在汽车行业，开车或者维修汽车，要想办法朝这方面发展。他接受我的建议，打算到广东后，要学会开车，然后想办法进汽车技工学校学习，要让自己将来成为一名出色的汽车技师。说实话，我为黄达的这个人生目标感到振奋！

黄达去广东那天我去送了他。您也知道，南方秋天的太阳依然很火辣，但望着黄达走向开往广州的绿皮列车，临上车门前向我回眸一笑的刹那，我发现他的眼睛里已经满是泪花，我笑着向他挥手，我知道自己的双眼也是潮湿的。我十分清楚，从此后黄达将走上属于他自己的人生轨道，我将无法监控他的人生轨迹，但我相信我此刻的陪伴将影响他一辈子！

我自己带的班级，我都能善待每位学生，不管成绩好坏，考上考不上，我都一视同仁，坚信他们能在不同领域找到自己的位置。但是，我不能不向您抱屈的是，我这样的老师在这个年代，早就是一个另类了。

自从应试教育制度确立之后，学校唯升学率化越来越严重，所有学校都抓尖子班，所有老师都抓尖子生，更可怕的是升学率或考试成绩与老师的收入挂钩，成绩不好的学生基本上就成了弃儿。没有人去关注落榜生，没有人告诉落榜生还有没有第二条路走。很明显的是，就像官员抓 GDP、下海成功意味着挣上大钱一样，学校升学率上升跟利益挂钩，学生考上名校也意味着能挣更多钱，这种功利导向已经弥漫了整个社会。我不能不失望地看到，我们的教育已经被急功近利绑架，这样的教育跟我的教育理想是背离的，我身在其中，冷暖自知。

教育本应育人为先，中国现代教育先驱蔡元培先生在《1900 年以来教育之进步》手稿中曾说："教育者，养成人格之事业也。使之仅仅为灌输知识、练习技能之作用，而不贯之以理想，则是机械之教育，非所以施于人类也。教育界中所不可缺之理想，大要如下：一曰调和之世界观与人生观。二曰担负将来之文化。三曰独立不惧之精神。四曰安贫乐道之志趣。夫以当今物质文明之当王，拜金主义之盛行，上述诸义，几何不被目为迂阔，然教育指导社会，而非随逐社会者也，则乌得不于是加之意焉。"蔡先生所言与当下的社会现状是何其之相似，但时光却已逝去七八十年，这到底是时光不流，还是我们没有改变呢？作为一个教育工作者，我时常陷入深深的矛盾之中，难以自拔。如果我们连教育的要义都不清楚，而且不身体力行，我们怎么能自称为教师呢？

陶行知先生也说过："教育就是教人做人，教人做好人，做好国民的意思。""真教育是心心相印的活动，唯独从心里发出来的，才能打到心的深处。"从教十年，送走了两届小学毕业生，送走了一届初中毕业生，我自信自己都是从心开始，以心换心的教育，但我这样做的结果是，被视为另类，自己身心俱疲，难以为继。

我不能不承认我也是一个普通人，不能自外于这个社会，不能不深受这个社会价值观导向的影响。我尽管也曾经努力过，但现实无法让我在物欲横流之中安贫乐道，无法让我在歌台舞榭之包围里独享清新雅静，我更不能在深刻的矛盾之中沉默并分裂自己。于是，我已经在面临抉择了，我得做出艰难的选择！

是继续当一名清贫而分裂的老师，还是勇敢地跳下海去，在市场经济大潮之中拼搏？眼下，在教育产业化的今天，我钻研十年的快速作文法已经不仅仅是一种作文教学方法，而且早已被全国同行们演绎成了一种深具市场价值的作文教学理论和模式，是一种能够产生效益的知识产权！换一句话说就是，我十年寒窗钻研的成果，如今可以为我带来不可限量的财富，而且名利双收，就看我如何选择了。

蒋叔叔，您说我该如何呢？思之再三，我还是认定，作为一个中国人，用汉语进行文字表达原本就是必需的生活方式，而在眼下全国一片重英语轻母语的氛围中，普及并提高学生的汉语写作能力是一项十分重要的工作，我能够参与其中，并成为一名重要的推手，应该感到幸运和光荣！而且更重要的是，这个工作与您为我种下的梦想本就是一件事，为自己的梦想而努力，这不就是我的人生目标吗？您说呢？

今夜，星月无眠。临窗对月，我的思绪又回到了当年的落凤河畔。您的身影还在，水还在流，小纸船仍旧在飘，我的梦却已去了远方。远方，您在那里吗？

若来日相见，您我落凤河放飞的小纸船是否还在心中？

不管怎样，衷心祝愿您心随己愿！

您的朋友：袁刚　敬启

1996 年 9 月 6 日

　　……

　　1997 年，带着对现行教育体制的另类思考，在新一波下海潮的推动下，袁刚辞去学校教职和单位公职，下海全职搞作文教研与实验推广。

　　1998 年至 2013 年的 15 年时间里，袁刚潜心钻研作文理论，把快速作文法理论从"图示"到"储备"，再到"真性情"，实现了作文理论由浅到深的升华，揭开了作文的本质。同时身体力行，在全国范围内开展快速作文教学实验，开讲大型作文公开课数千场，足迹遍布广西、广东、福建、浙江、湖南、湖北、海南、北京、吉林等地及东南亚华人区，成为中国新时期三十年不间断坚持作文理论研究与教学实验的第一人。

　　2014 年，袁刚回到故乡广西，与广西教育学院教研部合作，在其三十年作文教改研究基础上，总结出了"情感、思维、语言"三位一体的新派作文理论和作文思维发散教学模式，出版了《新派作文基础理论》、《新派作文实践与操作》、《新派作文实验指南》、《新派作文 100 问》四部理论著作，并推出了从小学到高中的全套新派作文教材，从此填补了中国作文教学理论与教材的空白。新派作文因此得以在广西进行大面积实验。

　　2016 年，因病卧床近二十年的袁刚父亲走到了生命的尽头，安详辞世，创造了一个生命的奇迹。母亲陪侍父亲病榻二十年，也成为一段人间绝唱。

　　同年，以袁刚为核心的新派作文团队踏上申报国家级教学成果奖的征程，向全国最高教学成果目标进发！

*289*

袁刚自始至终，都是一名优秀教师。

……

2016 年 12 月 1 日第五稿

完成于二十八亩田工作室

# 后　记

　　我认识袁刚老师大致在 2011 年，其时他已经在国内作文教研界名声挺大了，且面临与广东老板的合约到期，正酝酿着要回归广西，我正是在这种情形之下，被广西民办教育界大腕黄灿约上，在邕城一家咖啡馆里第一次见到了袁刚本人。记得黄灿与袁刚谈的是合作的问题，而黄灿捎带上我，大约是想让我发挥可能的文字的作用罢。

　　他们的合作似乎条件并未成熟，因而不了了之，而我却因为认识了袁刚，第一次随着他的团队人马远赴浦北县，见识了所谓的袁刚旋风。在一天的时间里，袁刚的时间基本上安排得满满当当，从早上到晚上，一刻不停，都在讲课或在去讲课的路上。如此一天下来，我已累得只剩喘气的份了，但整天挥汗如雨的袁刚却一直没有停下来的意思。那时候我就想，这行当干得实在不容易，袁刚能坚持二十多年做下来，可以称得上难能可贵了。

　　此后两三年中，我跟袁刚只有偶尔的交集，但 2015 年的时候，袁刚的新派作文终于与黄灿达成合作，在广西外国语学院附属实验学校建设新派作文南方基地，我再一次被黄灿约到了现场，再一次走进袁刚的生活。原来袁刚自 2013 年即回到广西，与广西教育学院教研部合作，展开了名为"新派作文"的作文理论与教改实验工程，如今已经把一个作文教学法折腾成了一个庞大的系统工程，在广西各地开展起声势浩大的推广活动。看起来，袁刚的快速作文教学研究终于修成正果，形成了有作文理论支撑、有作文教学方法支持、有相应作文教材配套、有独特师资培训的完整的教与学实操体系，成为一套可以复制的作文教学模式了。

对此，我个人的评估是，这套作文教学模式接近成熟了。

于是我也加入到了新派作文的行列之中，成为新派作文宣传方面的操盘手，跟随新派团队在八大实验区穿梭不停，参与了新派作文运营模式的探索。就在这个过程中，我与袁刚老师的接触多了，对他的了解也就更为深入，把他三十年从教的经历都摸了个透。我不能不说，他跌宕起伏的人生际遇，特别是作为一名教师的教育故事，特别地吸引我，引发我对教育展开思考，这是我写这部书的最初缘由。

这类书写起来并不容易，我五易其稿，终成现在这个模样。我不能说书中蕴藏着多么高深的道理，我只想把自己的领悟，通过袁刚的故事告诉给广大的教育工作者、家长和广大的学生们，教育首在传道，授业次之，这本是常识，但我们常常忘记了。

我最后想说的是，老师其实就是陪着孩子们慢慢长大的那个人。

吴　语

2017 年 9 月 25 日广外附校